Par une nuit de décembre…

*

La tentation de Noël

LESLIE KELLY

Par une nuit de décembre…

HARLEQUIN

Titre original : IT HAPPENED ONE CHRISTMAS

Traduction française de ALBA NERI

Ce roman a déjà été publié en novembre 2012

HARLEQUIN®
est une marque déposée par Harlequin

HARLEQUIN

83-85, boulevard Vincent Auriol, 75646 PARIS CEDEX 13.

Service Lectrices — Tél. : 01 45 82 47 47

www.harlequin.fr

ISBN 978-2-2803-5000-6

Chapitre 1

Aujourd'hui
Chicago, 23 décembre 2011

Lorsque Elite Construction lui avait demandé de remplacer au pied levé un photographe qui leur avait fait faux bond le jour de la fête de Noël, Lucy Fleming avait tout de suite imaginé une de ces soirées d'entreprise où collaborateurs et clients se comportaient comme des ados en rut — filles pompettes sur les genoux de collègues aux mains baladeuses, punch coulant à flots, usages fantaisistes de la photocopieuse — de quoi ruiner une réputation pour toute l'année suivante.

Eh bien, elle s'était trompée.

Ce n'était apparemment pas le genre d'Elite Construction. Pour commencer, l'événement avait lieu l'après-midi, et clients et employés étaient venus avec conjoints et enfants. On avait dégagé les boxes et déplacé les cloisons amovibles, de sorte que pratiquement tout l'étage s'était transformé en une grande salle de réception. Un buffet offrait toutes sortes de mets appétissants ; il y en avait pour tous les goûts, du caviar aux hot dogs. Un immense sapin joliment décoré abritait sous ses branches un tas non moins immense de paquets-cadeaux, et des chansons de Noël étaient diffusées en sourdine. L'ensemble dégageait un tel charme, une telle ambiance bon enfant, que même elle, qui aurait préféré traverser la période des fêtes en avance rapide, avait presque envie de se mettre à chanter « Vive le vent d'hiver ».

Sauf que le Père Noël censé animer les festivités était d'une humeur massacrante.

— S'ils pensent que je vais rester au-delà de mes heures, ils se fourrent le doigt dans l'œil ! A 15 heures tapantes, je me barre !

Il avait pourtant le physique de l'emploi, ou plutôt, le ventre de l'emploi.

— Allez, on arrive au bout, l'encouragea-t-elle.

Cela dit, il avait une bonne raison pour râler : il venait de passer dix minutes en caleçon dans les toilettes, le pantalon sous le sèche-mains, après qu'un petit bonhomme qu'il avait pris sur ses genoux pour la photo lui eut exprimé son bonheur de manière particulièrement humide.

Le déguisement qu'elle-même portait ne reflétait pas plus son état d'esprit que ne le faisait l'air faussement jovial de son comparse. Un costume d'elfe dans lequel elle se sentait parfaitement ridicule. Mais les enfants adoraient. Et des enfants heureux et détendus étaient des enfants faciles à photographier... De belles images à ajouter dans son portfolio...

L'un dans l'autre, elle devait reconnaître que l'événement avait été un succès. Aussi bien pour Elite Construction, dont les employés devaient compter parmi les plus heureux de Chicago, que pour elle. Depuis qu'elle avait quitté New York, dix mois plus tôt, pour revenir dans sa ville natale, elle avait travaillé sans répit pour retrouver le niveau professionnel qu'elle avait acquis dans la Grande Pomme. Et si ses efforts avaient été justement récompensés, l'argent qu'allait lui rapporter cette demi-journée de travail tombait à pic.

— Je crois qu'on a fini, dit-elle alors que le dernier enfant quittait enfin les genoux du Père Noël. Avec cinq minutes d'avance...

— Ce n'est pas trop tôt ! Je déteste les enfants.

— Alors, pourquoi tu fais ce boulot ?

L'homme montra son ventre avec un ricanement.

— Tu me vois en lapin de Pâques ?

Assurément, ce serait le meilleur moyen de rendre les enfants allergiques au chocolat, pensa Lucy. Elle eut envie de lui suggérer d'essayer le rôle du redoutable Oogie Boogie dans le spectacle musical de *L'Etrange Noël de monsieur Jack*, mais garda sa remarque pour elle. La personne qui s'était occupée de la décoration de l'« atelier » du Père Noël avait réalisé un travail formidable. Sur un parterre de neige artificielle, des elfes en feutre semblaient s'affairer autour de jouets de bois, et deux rênes grandeur nature gardaient le trône où le prétendu meilleur ami des enfants les avait reçus pour l'inévitable photo. D'ailleurs, les petits ne le laissaient pas partir.

Elle décida d'intervenir avant que ce grincheux ne ruine à jamais leurs illusions.

— Allez, allez, le Père Noël doit partir, maintenant ! Il a beaucoup à faire avant sa grande tournée de demain ! Il doit encore réviser son traîneau avant de prendre la route. Ouvrez grand les oreilles, il va nous dire un dernier mot...

Avec une grimace, le Père plus Fouettard que Noël se releva et secoua des miettes de cookies accrochées à sa poitrine.

— Soyez sages ou vous n'aurez... que pouic! rugit-il en ajoutant un « ho ho ho » plus chaleureux pour adoucir sa menace.

Les enfants rirent, enchantés, mais aucun des adultes présents ne fut dupe. La preuve : le bonhomme fonça vers l'ascenseur sans même prendre la peine de dire au revoir de la main ni de caresser un seul des visages ravis qui se tournaient vers lui.

Quel abruti! Ça lui coûtait quoi, franchement?

Ils étaient pourtant craquants ces petits! Mignons comme tout avec leurs tenues de fête et leurs chaussures vernies. Si heureux, si pleins de vie... Un garçonnet brun avec des lunettes et des cheveux en pétard était si photogénique qu'elle le voyait déjà sur la couverture d'un magazine et elle espérait que ses parents donneraient leur accord pour une séance en studio après les vacances.

Tu as fait du chemin, ma grande. Un long chemin.

Et dire qu'un jour elle avait juré que plus jamais elle ne prendrait le Père Noël en photo, à une époque, désormais révolue, où photographier des enfants était pour elle l'image précise de l'enfer.

Lorsqu'elle avait décidé qu'elle voulait devenir photographe professionnelle, il lui avait fallu convaincre son frère Sam qu'elle devait partir à New York. Ensuite, elle avait encore dû batailler pour lui faire comprendre que son avenir se trouvait en Europe, où elle pourrait réaliser son rêve : travailler dans la mode, voyager partout dans le monde et photographier des femmes sublimes pour la couverture de *Vogue*.

Ce rêve, elle l'avait accompli. A l'exception de la couverture, même si certains de ses reportages, pendant la semaine des défilés, avaient paru dans le magazine. Mais alors qu'elle avait atteint une certaine reconnaissance et que les commandes pleuvaient, elle avait compris qu'elle ne pouvait pas vivre loin de son pays. Et que la photographie de mode n'était pas le domaine qui lui permettait de déployer au mieux son talent. C'était dans la photographie d'enfants qu'elle excellait, sans fausse modestie, et qu'elle s'était fait un nom à New York. Désormais, on reconnaissait ses clichés grâce au détail qui était devenu sa signature : l'élément de couleur inséré systématiquement dans ses images en noir et blanc. Il pouvait s'agir d'un nounours ou d'un bonnet, d'un sucre d'orge ou du T-shirt de l'enfant, l'idée étant de rehausser ainsi la vivacité de la composition. Et d'attirer l'attention du spectateur. Ce que ses clichés ne manquaient pas de faire.

Elle n'avait pas imaginé, au départ, qu'elle retournerait à Chicago, mais lorsque Sam avait divorcé, elle avait décidé de rentrer. Elle était sa seule famille, il avait besoin de sa présence, et… elle aussi avait besoin de lui.

Une décision que personne, et surtout pas elle, n'aurait pu prédire. Même Kate, sa meilleure amie depuis la fac, avait été surprise, Kate qui ne ratait pas une occasion de se moquer de ses grands discours de jeune rebelle pestant contre la ville et la vie de couple.

Il fallait d'ailleurs absolument qu'elle la rappelle. Elle lui avait parlé de nombreuses fois au téléphone depuis son retour, mais n'avait pas encore trouvé le temps de lui rendre visite. Pourtant c'était grâce à elle, ou plutôt à ses deux enfants, qu'elle avait découvert à quel point les petites frimousses pouvaient être une source d'inspiration intéressante. Lucy voulait s'assurer que les cadeaux qu'elle avait envoyés aux petits étaient arrivés à temps.

Ces cadeaux et le fait de travailler affublée de ce déguisement absurde étaient les seules concessions qu'elle comptait faire aux traditions de fin d'année. Sam, officier de police, travaillait tout le week-end, et prendrait ses vacances plus tard. Par ailleurs, elle n'avait pas renoué avec ses anciens amis qui auraient pu l'inviter à se joindre à eux. Et quand bien même on lui aurait fait une proposition, elle aurait décliné. Elle évitait les fêtes comme la peste et passait la dernière semaine de l'année à faire comme si les réveillons et autres réjouissances ne la concernaient pas.

C'était pour elle la seule façon de traverser ces moments de façon sereine. D'autant que, d'après la météo, la tempête de neige qui se préparait rivaliserait probablement avec celle de 1967, lorsque cinquante mille véhicules avaient été abandonnés dans les rues de la ville. A la radio, on avait annoncé que les éléments allaient se déchaîner pendant la nuit et qu'il y aurait donc de la neige à Noël. Beaucoup de neige... Plus de cinquante centimètres. L'excuse parfaite, en somme, pour rester au chaud à la maison avec un tas de bouquins — façon de parler, car elle était depuis peu l'heureuse propriétaire d'un Kindle —, du bon chocolat et une bouteille de vin. Ou même du vin au chocolat, une boisson qu'elle avait découverte récemment et dont elle était devenue accro.

Le ciel gris s'assombrissait derrière les grandes baies vitrées, il ne restait plus qu'une dizaine de personnes dans la salle : la fête touchait à sa fin. Lucy commença à remballer son matériel sous le regard amusé d'un petit groupe qui s'attardait. Elle leur rendit leur sourire avant de comprendre que leur hilarité venait de son bonnet, qui n'était pas seulement comique, mais aussi de travers. Elle leva la main pour le retirer.

Une voix se fit entendre alors, une voix masculine et profonde, veloutée. Elle se figea comme si on avait appuyé sur le bouton « pause ».

— On ne me parle que de vous ! Apparemment, vous avez fait un boulot formidable...

Elle ne répondit pas, raidie, saisie de chair de poule : cette voix lui était familière. Terriblement familière.

Non. Impossible...

— Les petits ont adoré, me dit-on.

Elle pivota comme un automate, sans pouvoir en croire ses oreilles. Ni le reste de ses sens. Six ans, c'était une longue période, et sa mémoire lui jouait peut-être un tour. Quelle était la probabilité qu'elle tombe sur lui, ici, et à cette date précise, en plus ? Le 23 décembre. Six ans jour pour jour.

Un seul regard lui suffit. Elle avait bien entendu, sa mémoire aussi avait fait du bon boulot. C'était bien lui.

Ross Marshall.

— Lucy ? murmura-t-il, aussi stupéfait, sinon plus, qu'elle.

Lentement, elle hocha la tête, les yeux rivés sur lui. Il

était plus séduisant que jamais. C'était tout bonnement injuste ! Dans quel guichet du cosmos devait-elle présenter une réclamation ? Cet homme aurait dû commencer à perdre ses cheveux châtain-blond, à développer des bouées disgracieuses sous son torse athlétique... Mais non, rien de cela, et ses yeux verts étincelaient encore comme six ans plus tôt.

Il était tout simplement à tomber par terre. Littéralement, car elle sentait ses jambes se dérober. Aussi beau qu'à leur première rencontre. Un peu plus, même, car il n'était plus le garçon osseux qu'elle avait connu. Le temps lui avait permis de développer une musculature d'adulte ; il avait une autre carrure, plus d'envergure. Bref, il était devenu un homme. Un vrai.

Elle avait vingt-deux ans à l'époque de leur première rencontre, lui, deux de plus. Et pendant la brève période qu'ils avaient passée ensemble, il avait chamboulé tout ce qu'elle pensait être et vouloir, tout ce qu'elle comptait faire lorsque l'homme de sa vie croiserait son chemin.

Il avait été son premier amant.

Ce temps qu'ils avaient partagé avait été l'une des périodes les plus heureuses de sa vie. Sauf qu'après ces quelques jours de Noël volés au cours des choses, elle ne l'avait plus jamais revu. Jusqu'à présent.

— Salut, Ross, répondit-elle d'une voix étranglée.

Depuis quand sa vie était-elle devenue une comédie romantique ? On aurait dit la scène d'ouverture d'un film à l'eau de rose, où l'héroïne aussi courageuse que malchanceuse en amour se retrouve face au seul homme qu'elle n'a pas réussi à oublier. Pas de chance, mais ça allait bien avec le personnage : on la faisait jouer dans une production sans le sou avec un scénariste sadique qui s'était acharné sur elle. Il n'y avait qu'à regarder pour s'en convaincre sa courte robe chasuble avec le col à pointes et les grelots au bout, plus les collants à rayures rouges et blanches, plus les chaussures pointues et, par-dessus le marché, le chapeau avec une plume dépressive qui lui retombait sur le visage... On lui avait juste épargné le Père Noël pervers qui la retenait contre son gré et la pelotait pour que le beau héros puisse venir à sa rescousse...

Ross est bel et bien venu une fois à ta rescousse. Et heureusement.

Son cœur se serra, comme chaque fois qu'elle se rappelait ce moment... La façon dont Ross l'avait sauvée de ce qui aurait pu être une horrible expérience. En dépit de ce qui s'était passé par la suite, en dépit d'autres choses pour lesquelles elle lui en voulait encore, elle n'oublierait jamais qu'il avait été là pour empêcher qu'on lui fasse du mal.

Mais tout cela était arrivé il y avait longtemps. Elle n'était plus une damoiselle en détresse.

— C'est vraiment toi ? dit-il.

— En chair et en os.

— Je n'arrive pas à le croire !

— On est deux dans la même situation, alors...

Elle avait beau se creuser les méninges à la recherche d'une repartie drôle ou au moins d'une phrase cohérente, rien ne venait. Si, à son réveil, elle avait découvert que son lit s'était envolé accroché à une montgolfière, elle n'aurait pas été plus étonnée qu'elle ne l'était à cet instant.

Ni plus troublée.

Elle n'était pas censée le revoir. Encore moins avoir le cœur retourné en le revoyant.

Elle avait déjà vécu une scène très semblable, et à la même période de l'année. Il était hors de question qu'elle s'inflige un remake.

Mais alors que sa raison lui conseillait de prendre son matériel et de s'en aller au plus vite... elle se sentait le cœur en fête. Drôle d'expression d'ailleurs, mais qui décrivait si bien ce qu'elle ressentait ! Son cœur dansait au son d'une musique virevoltante et joyeuse qui lui montait à la tête, faisait briller ses yeux, la poussait à sourire.

Parce qu'il s'agissait de Ross. L'homme qu'elle avait rencontré six ans auparavant jour pour jour. L'homme dont elle était tombée éperdument amoureuse.

Très exactement, en pleine période de Noël.

Chapitre 2

A l'époque
New York, 23 décembre 2005

La décision n'était pas évidente. Lucy n'arrivait pas à choisir l'outil le plus approprié pour la tâche qu'elle s'était fixée. Après tout, elle ne se trouvait pas souvent confrontée à ce type de besogne. Et rien de ce qu'elle avait appris en trois ans d'études ne pouvait s'appliquer à la situation présente.

Un grand couteau ? Non, elle risquait de mal calculer l'angle et de se blesser elle-même.

Des ciseaux ? Sans doute pas assez costauds pour couper ça.

Un rasoir ? Son Gillette Venus ne ferait pas l'affaire, et elle ignorait où se procurer un de ces beaux rasoirs à l'ancienne avec un manche en corne, à moins de braquer la boutique d'un barbier. Mais le jeu n'en valait pas la chandelle.

Une tronçonneuse ? Une hache ?

Démesurées et trop difficiles à manier. Et puis l'idée était de rétablir la justice, non de devenir une meurtrière.

Elle ne voulait pas tuer Jude Zacharias. Juste le délester

d'une certaine partie de son anatomie ; pour être précise de celle avec laquelle il l'avait trompée.

Elle ne s'était pas aperçue qu'elle parlait à voix haute jusqu'à ce que Kate, sa meilleure amie, assise en face d'elle dans un café-librairie branché de Manhattan, lui fasse remarquer :

— Arrête donc de fantasmer ! Tu sais très bien que tu ne l'émasculeras pas !

Heureusement, personne ne l'avait entendue. Elles s'étaient installées à « leur » table, au fond du Beans & Books qui était rempli d'une foule affolée parce qu'il ne restait qu'un jour et demi pour finir les achats de Noël. Chacun était trop occupé à décompter les minutes avant le moment fatidique d'échange de cadeaux pour s'occuper de leur conversation.

— Et toi ? Est-ce que tu as arrêté de fantasmer sur une folle nuit d'amour avec Matt Damon et Ben Affleck en même temps ? rétorqua-t-elle.

— Eh ! Ce n'est pas du tout la même chose ! Moi, ça pourrait arriver. Enfin… disons que c'est dans l'ordre du possible. Alors qu'il est absolument improbable que toi, Mlle La-gentillesse-en-personne, tu deviennes une Lorena Bobbit pour botter le cul de ce salaud, même s'il le mérite amplement.

« Botter le cul » n'était pas l'expression qui exprimait au mieux ce qu'elle aurait voulu faire. Mais Kate avait raison. Elle n'était pas du genre violent, et tout en se rêvant vengeresse impitoyable, elle savait que jamais elle ne passerait à l'acte.

— Et alors ? Je peux au moins m'apitoyer sur mon sort

et tirer des plans sur la comète le temps de m'en remettre, non ?

— Bien sûr, ma chérie. Mais pour bien s'apitoyer sur son sort, il faut quelques tequilas, ou au moins une bonne pinte de bière. Il nous faut un bon vieux bar, pas un café BCBG comme celui-ci.

Kate avait encore raison. L'établissement n'était plus le café calme et un peu vieillot que Lucy avait découvert à son arrivée à New York trois ans et demi plus tôt. Beans & Books était alors son endroit préféré pour retrouver ses amis, travailler à ses cours ou simplement humer l'odeur gourmande des grains d'arabica fraîchement moulus.

Des travaux de rénovation avaient métamorphosé ce petit repère douillet et discret qu'elle avait tant aimé, en un bar « tendance », un « lounge » rempli de beaux livres, de cartes postales et de calendriers hors de prix. Il n'en fallait pas plus aux New-Yorkais, si enclins à faire d'une pierre deux coups et trois choses à la fois, pour prendre les lieux d'assaut. Ils pouvaient ainsi acheter un cadeau de dernière minute pour leur grand-tante Susie — *La Vie privée des gnomes de jardin*, par exemple, un bouquin aussi absurde que cher — en même temps qu'ils savouraient leur thé Oolong à la grenade avec un nuage de lait de soja.

La magie de Noël était devenue une folie consumériste arrosée de boissons dernier cri et « incontournables ». En ce qui la concernait, elle avait laissé tomber les réjouissances téléguidées de fin d'année, et ne comptait pas revenir sur sa décision.

— Il faut t'y résoudre, Lucy, la vengeance n'est pas ton

truc. Tu es aussi violente qu'un Schtroumpf, ou qu'un elfe du Père Noël.

— Ce n'est pas drôle. Mais pas drôle du tout…

Elle effectuait un « stage » chez un photographe, et en raison des fêtes, on l'obligeait à porter un costume d'elfe parfaitement ridicule. Kate ne manquait pas une occasion de le lui rappeler. Un elfe bénévole et corvéable à merci qui passait ses journées à débarbouiller les joues des enfants qui venaient s'asseoir sur les genoux du Père Noël. Autant dire de grands moments de solitude pour une fille qui rêvait de devenir photographe professionnelle, et qui allait quitter tout ce qui lui était cher pour partir à Paris le mois suivant, avant de conquérir le monde grâce à son talent de photographe. Une fille de cette trempe ne pouvait pas se soucier d'un minable comme Jude, n'est-ce pas ? Sans doute ne l'était-elle pas encore tout à fait, cette fille… car, outre ses rêves de vengeance, elle se sentait blessée et mortifiée.

— Franchement, je n'arrive pas à comprendre pourquoi je suis sortie avec lui, dit-elle. J'aurais dû deviner dès le départ.

Kate lui serra la main, solidaire. Elle avait été témoin de ce qui avait été le moment le plus humiliant de l'histoire, celui où Lucy était entrée en douce dans l'appartement de son petit ami pour préparer sa fête surprise d'anniversaire.

Eh bien pour une surprise, c'en avait été une !

Jude avait déjà commencé à faire la fête de son côté. Au lieu d'aller « faire un saut » chez lui pour passer la journée en famille, comme il le lui avait annoncé, il avait préféré « faire un saut » sur sa voisine de palier.

A vrai dire, Lucy n'avait pas vu le visage de la femme qui se trouvait à genoux devant Jude, trop occupée pour noter son intrusion. Lucy n'avait eu qu'un aperçu fugace de son derrière. Elle aurait donné cher pour une bonne amnésie qui aurait effacé ces images gravées au fer rouge dans sa mémoire.

— Je pourrais demander à Teddy de lui casser la figure, proposa Kate.

Teddy était l'amoureux de Kate, un jeune homme modèle armoire à glaces qui aurait pu démolir Jude d'une pichenette. Seulement, il y avait un hic : c'était aussi l'homme le plus doux de la terre.

— Teddy est encore plus pacifique que moi, répondit Lucy en riant, ce qui était, bien sûr, l'objectif de Kate. Et de toute façon, on sait bien toutes les deux que ce crétin de Jude ne vaut pas la salive qu'on utilise pour parler de lui.

— Ça, c'est vrai ! Mais tu n'as pas gaspillé ta salive avec ta remarque bien sentie. « Je n'avais pas compris que si tu voulais arrêter la cigarette pour ton anniversaire, c'était pour passer à la pipe. » Où est-ce que tu es allée trouver ça ?

Elle était assez contente d'elle, pour le coup, elle qui était plutôt abonnée à l'esprit d'escalier. C'était rare qu'elle trouve sur-le-champ la repartie qui tue. Mais ce très court moment de brio ne l'empêchait pas d'être affectée par cette trahison. Elle aurait dû aussi demander à ce nul pourquoi il avait besoin de se montrer à ce point décevant. Sans doute parce que, justement, il était nul...

S'il lui avait dit carrément qu'il n'était pas amoureux d'elle et qu'il voulait aller voir ailleurs, aurait-elle été dévastée ?

Certainement pas. Déçue, vexée aussi sans doute, mais pas dévastée.

Mais être trompée et surprendre de surcroît son petit ami en pleine infidélité ? L'avant-veille de Noël, en plus ? Il y avait de quoi l'avoir mauvaise, non ?

— Moi, j'aurais été incapable de décrocher un mot, continua Kate. J'aurais été trop occupée à arracher ses extensions capillaires à l'autre pouffe...

— Ce n'est pas elle qui m'a trompée, c'est Jude. Comment tu sais qu'elle avait des extensions ?

— Alors, là, ma chérie... Comment formuler ça ? Disons que sa moquette était trop mal assortie à ses rideaux...

Elles partirent d'un fou rire qui fit un bien phénoménal à Lucy.

— L'horreur ! Ne me rappelle pas ça !

C'était tout de même étrange d'arriver à en rire. Ou peut-être que non. Peut-être que c'était la preuve du peu de sentiments qu'elle avait éprouvés pour Jude.

Regarde les choses en face. Tu avais envie d'avoir quelqu'un dans ta vie, toi aussi. Mais pas spécialement ce *garçon...*

Sam venait de se fiancer, et Kate, dévoreuse d'hommes invétérée, filait à présent le parfait amour avec Teddy. Les deux personnes qu'elle aimait le plus au monde s'étaient engagées dans des relations stables, et Lucy avait eu envie de faire de même. D'autant plus que Sam, le seul autre membre de sa famille en vie, allait fonder un foyer, et que rien ne serait pareil.

Elle avait voulu y croire, croire que Jude était un chic type, croire qu'ils avaient un avenir ensemble.

Ah, les pièges de l'inconscient ! Elle s'était embarquée

dans cette relation alors qu'elle savait, dès le départ, que Jude n'était pas fait pour elle. Mais c'est qu'elle n'avait pas voulu partir en Europe encore vierge — la honte ! —, alors elle s'était persuadée qu'il était le bon partenaire pour se débarrasser de ce problème.

En résumé, ce qu'elle regrettait, ce n'était pas Jude lui-même, mais le fait d'avoir un petit ami. Sans dire qu'elle allait devoir reporter son entrée dans le club des non-vierges.

— Au moins, tu n'as pas couché avec lui ! commenta Kate qui avait eu plus d'amants que Lucy d'anniversaires.

— Oui, arrosons ça ! dit-elle.

Elle était sincère. Elle préférait tout de même un hymen intact plutôt qu'une première fois gâchée avec un type aussi peu intéressant.

Elle pouvait au moins s'accorder cela : son intuition l'avait empêchée de céder trop vite aux demandes insistantes de Jude. Elle avait dû flairer quelque chose bien avant que ce saligaud ne se donne autant de mal pour confirmer ses soupçons inconscients.

Mais si ça continuait comme ça, elle allait devenir la vierge la plus âgée de New York ! Tout au long de ses années de lycéenne, la réputation féroce de son frère avait découragé ses prétendants potentiels, situation qu'elle avait prolongée à la fac parce qu'elle traversait une période extra-romantique. L'un dans l'autre, elle avait attendu plus qu'aucune autre fille de sa connaissance pour franchir le pas. Cela dit, en dépit d'une certaine impatience de découvrir si tout le foin qu'on faisait autour du sexe était justifié, elle était contente de ne pas avoir couché avec Jude.

Non mais quel tartuffe ! On pouvait dire qu'il avait

bien caché son jeu, celui-là ! Il n'était pas le type gentil, prévenant et tendre qu'il simulait être. Ce n'était qu'un masque qu'il portait et qu'il enlevait — comme ses fringues — lorsqu'elle n'était pas dans les parages.

Comment avait-elle pu se montrer aussi naïve ?

Peut-être que Sam avait raison, finalement. Peut-être qu'elle n'était pas faite pour vivre seule à New York, encore moins pour partir en Europe. Etait-elle vraiment un agneau au milieu des loups ? Aurait-elle dû rester étudier à Chicago, gagner sa vie en photographiant des mariages et épouser un gentil gars du coin avec lequel elle aurait fait une flopée de cousins aux enfants de Sam ? Elle se serait épargné l'humiliation d'être trompée par celui qu'elle avait pris pour le prince charmant.

— Tu parles, le roi des malotrus, plutôt ! grommela-t-elle.

— Pardon ?

— Rien. Je pensais à Jude.

— Comment ça se fait que la plupart des mecs soient des salauds ? Enfin, à part Teddy, bien sûr...

— C'est la question à un million, Kate.

— Il doit quand même y avoir d'autres types bien sur la planète, non ?

— Mon frère par exemple. Il est super... Et mon père était un homme formidable.

— Le mien l'est aussi, c'est vrai. Attends, ton père était gérant d'une concession de voitures, je crois ?

— Oui.

— Et Sam est flic. Mon père est dans la vente et Teddy est routier... Hum, hum...

— Et alors ? Où veux-tu en venir ?

— La plupart des garçons avec lesquels tu es sortie étaient taillés dans le même patron que Jude. Des gosses de riches, des futurs avocats, des politiciens en herbe, des étudiants en médecine... Et tous des têtes de nœud.

— Et... ?

— Et avant Teddy, tous mes chéris étaient de la même trempe.

— Je ne vois toujours pas...

— Ça veut dire qu'il te faut un gars avec les pieds sur terre, qui travaille dur pour s'en sortir parce qu'il n'est pas né avec une cuillère en argent dans la bouche.

— Ça a l'air de se tenir, ton truc. Sauf que je n'arrive même pas à me rappeler la dernière fois où j'ai rencontré un type comme ça. Par définition, ils ne se baladent pas sur le campus.

— Il te faut un mec avec des muscles qui font craquer son T-shirt et qui te feront craquer toi aussi, chaque fois que tu le regarderas, continua Kate comme si elle pouvait voir la bombe en bleu de travail qu'elle décrivait. Un homme qui sache utiliser ses dix doigts et assez sûr de lui pour ne pas avoir à frimer quand il est avec une femme.

— Je prends. Mais pour trouver ta perle rare, bonjour !

— Pas sûr... D'ailleurs le voilà ! C'est lui qu'il te faut ! s'exclama Kate en fixant un point derrière Lucy, qui se retourna immédiatement pour voir de quoi, ou plutôt de qui, Kate parlait.

Un beau spécimen en effet...

Jeune — il devait avoir un peu plus de vingt ans, comme elle — et qui ne ressemblait en rien aux garçons qu'elle croisait au quotidien à la fac. Il portait un jean usé jusqu'à la corde qui ceignait à la perfection ses hanches étroites, soulignées par une ceinture porte-outils. Un marteau lourd, une longue lime, un gros tournevis… Que du costaud. Que du mâle.

Regarde ailleurs ! Qu'est-ce qui te prend ?

Mais elle n'arrivait pas à décrocher son regard du marteau, enfin, du propriétaire du marteau… Grand, mince, et qui n'avait pas, malgré sa panoplie du parfait travailleur manuel, le corps trapu qui allait souvent avec. Ses muscles étaient bien dessinés, très bien dessinés, même, mais il était longiligne comme un garçon. Il lui faisait penser au Hugh Jackman de l'époque de *Kate & Leopold*, avant qu'il ne devienne Wolverine.

Un corps à lui seul une ode au travail physique : du quadrillé des abdos au torse admirable que le T-shirt laissait deviner ! Et ses bras — ses bras ! —, de quoi devenir lyrique en voyant la précision et la souplesse avec lesquelles il finissait d'installer une étagère.

Il en leva un pour s'essuyer le front. Le voile de transpiration qui couvrait son visage rehaussait la beauté virile de son profil. Le mâle américain dans toute sa splendeur, songea Lucy, tout en détaillant la barbe mal rasée qui mettait en valeur ses pommettes et ajoutait un je-ne-sais-quoi de puissance à son visage. Il répéta le geste, cette fois-ci pour repousser ses cheveux de son front. Il les portait un rien trop longs, mais pouvait se le permettre : il avait une chevelure dense, châtain clair.

Elle lâcha un long soupir et s'aperçut alors qu'elle retenait son souffle depuis que l'inconnu était entré dans son champ de vision. Heureusement qu'elle avait pensé à reprendre de l'air, car lorsqu'il lui tourna le dos, de nouveau elle resta en apnée.

En jetant un rapide coup d'œil autour d'elle, histoire de recouvrer ses esprits, elle se rendit compte qu'elle n'était pas la seule à apprécier le spectacle. Les autres clientes — toutes les autres clientes — qu'elle avait crues en pleine folie de shopping, étaient en train de saliver sur le joli garçon qui déployait son charme en toute nonchalance.

Elle, elle ne salivait pas, non, pas son genre... Elle se retourna même prestement et reprit sa place, bien droite, car elle était pratiquement tirebouchonnée sur sa chaise. Kate arborait une expression médusée, assez similaire, sans doute, à la sienne.

— Pas mal, hein ?

— Pas mal du tout. Si je n'étais pas amoureuse de Teddy, je serais déjà en train de fouiller dans sa boîte à outils...

— Oui, je lui emprunterai bien sa perceuse, moi aussi, répondit Lucy parce que l'humour salace de Kate lui était irrésistible.

— Tu es pire que moi !

— Je crains malheureusement qu'il y ait une liste d'attente, déjà.

— Tu veux t'inscrire ?

— Non, pas aujourd'hui. Je viens de découvrir que mon mec me trompait et je suis dévastée, rappelle-toi.

— Que ton mec te trompait, c'est vrai. Mais dévastée, franchement...

— Touchée ! Tu me connais trop bien.

En fait, elle se sentait déjà mieux, et en fit le constat, étonnée. Alors qu'elle avait cru avoir le cœur brisé deux heures plus tôt, c'était à peine si elle avait la poitrine serrée. Bientôt, ce ne serait qu'un bleu jauni dans son C.V. sentimental.

Kate pointa du menton leurs tasses vides.

— Un autre café ?

— D'accord.

— Je m'en occupe, dit-elle en prenant son sac.

Lucy décida alors qu'elle avait accordé trop de temps à Jude. Il lui fallait tourner la page. Ou plutôt le Post-it, car ils n'avaient même pas fait l'amour. Et les quelques séances de caresses appuyées sur son canapé ne méritaient pas qu'elle gaspille une minute de plus pour lui. Il était parfaitement et définitivement oubliable...

D'autant qu'elle avait d'autres questions bien plus importantes à régler. Comme ce qu'elle allait faire à Noël par exemple. C'était dans deux jours, et pour l'instant, elle n'avait rien prévu.

Parce que tu l'as voulu !

Vrai. C'était un choix. Kate passait la soirée avec Teddy, et elle serait donc seule dans l'appartement qu'elles partageaient. Elle avait décliné l'invitation de Sam qui avait pourtant insisté lourdement pour qu'elle l'accompagne chez sa belle-famille. Elle s'en était dispensée en prétextant une tonne de travail qu'elle souhaitait abattre pendant les vacances. En réalité, se retrouver au sein d'une grande famille à cette période de l'année était au-dessus de ses forces. La dernière fois qu'elle avait fêté Noël de façon traditionnelle, un imbécile trop imbibé pour se rendre compte de sa propre ivresse avait fauché la vie de ses parents au volant de sa voiture.

Cinq ans s'étaient écoulés depuis, et pendant ces cinq ans, Sam et elle avaient passé les fêtes de fin d'année en tête à tête et de façon bien peu conventionnelle. Comme l'année précédente… Le soleil de Mexico et les cocktails sur la plage les avaient aidés à ignorer, tout en bronzant, les réjouissances autour de la naissance du petit Jésus.

Que Sam se sente la force de renouer avec l'esprit de Noël, maintenant qu'il avait trouvé une compagne, était en soi une bonne nouvelle, mais elle… elle n'y arrivait pas, tout simplement. Elle se demandait si elle en serait capable un jour. Jusqu'à la mort de ses parents, Noël était son moment préféré de l'année, mais depuis qu'ils n'étaient plus là, eux qui avaient fait de ces jours un enchantement pendant dix-sept ans, elle avait l'impression que le célébrer en leur absence reviendrait à trahir leur mémoire.

Sans compter qu'avoir été cocufiée à la veille des fêtes n'allait pas l'aider à se réconcilier avec la période !

C'est surfait, Noël, voilà tout. Le mieux est de ne plus y penser.

De ne plus penser également à tout un tas d'autres sujets qui y étaient liés. Comme l'amour. Et les histoires d'amour.

Et, en conséquence, les hommes.

— Excusez-moi, monsieur… Puis-je vous demander un service ?

Ross Marshall ne se retourna pas. Cette voix s'adressait sûrement à quelqu'un d'autre. Il était en train de donner la touche finale à l'étagère, ce qui ne laissait la place à aucune distraction. Les étagères sur mesure étaient sa spécialité, mais il avait craint de galérer dans ce vieux bâtiment, construit apparemment avant l'invention de l'angle droit.

Pourtant, jusque-là, tout se passait à merveille, et il tenait à finir en beauté.

— Monsieur, s'il vous plaît ?

Le ton était devenu insistant, mais il ne se retourna toujours pas. Le service laissait parfois à désirer et les garçons de café tardaient à satisfaire les clients. En règle générale, il évitait de travailler pendant les heures d'ouverture pour ne pas gêner et, surtout, pour ne pas être gêné. Mais le propriétaire avait insisté pour qu'il installe cette étagère au plus vite, afin de pouvoir offrir un maximum de tentations aux acheteurs de dernière minute qui ne manqueraient pas de mordre à l'appât en ces jours de folie consumériste. Il s'était donc engagé à finir le travail entre l'heure de pointe du déjeuner et le rush de 17 heures.

Il avait eu ainsi le douteux privilège d'écouter des voleurs à col blanc se vanter de gagner des milliers de dollars grâce à des transactions via leur Bluetooth, tout en buvant leur double expresso. Il avait vu aussi leurs femmes trophées faire une pause Cappuccino-light/macarons sans sucre entre leur rendez-vous pose de vernis et le vernissage du jour.

Manhattan était comme une autre planète pour lui. Il préférait largement Chicago, où il avait habité pendant vingt-trois des vingt-quatre années de sa vie. C'était presque aussi grand que New York et beaucoup moins prétentieux.

— Bonjouuuur..., insista la voix féminine pratiquement dans son oreille.

Il ne s'était pas senti concerné parce qu'à New York personne n'appelait « monsieur » les travailleurs manuels, mais il semblait que la propriétaire de la voix s'adressait bel et bien à lui.

Il se retourna. Une jolie blonde le fixait, les joues mouchetées de taches de rousseur et un pli impatient aux lèvres.

— Désolé, je n'avais pas compris que vous vouliez me parler, dit-il avec un sourire. Ce n'est pas souvent qu'on m'appelle « monsieur ».

Elle sembla se détendre.

— Ah, c'est ça… Est-ce que je peux vous demander un service ?

Il se raidit légèrement. S'il n'avait pas l'habitude qu'on lui donne du « monsieur », il avait reçu dernièrement trop de propositions osées à son goût. Comme si s'afficher au bras d'un homme aux mains râpeuses était devenu le sport à la mode parmi les New-Yorkaises aisées.

— Oui ? demanda-t-il sèchement.

— Vous voyez ma copine ? La fille à la table du fond ?

La copine en question lui tournait le dos. Il ne pouvait voir d'elle qu'une masse de cheveux bruns qui tombaient en une cascade soyeuse, mais rien que ce détail indiquait qu'il ne s'agissait pas d'une de ces businesswomen au chignon sévère ou au brushing quotidien. Il sentit ses mains fourmiller, comme si ses terminaisons nerveuses anticipaient la sensation de glisser les doigts dans ces boucles.

Il les fourra dans les poches de son jean.

— Je la vois. Et ?

— C'est ma meilleure amie, et ma coloc. On est à la fac. Elle a besoin de conseils pour un projet, mais elle ne s'y connaît pas en bricolage, et moi je suis aussi nulle qu'elle. Vous pourriez l'aider à choisir des outils ?

Elle avait l'air un peu… marteau, la blonde. Sans compter

qu'elle semblait sur le point d'éclater de rire. Mais quelque chose chez son amie lui donnait envie d'en savoir plus.

Il jeta de nouveau un coup d'œil dans sa direction. Elle avait tourné la tête, et il aperçut son visage. Peau crémeuse, joli nez, longs cils et bouche gourmande.

— Quel genre de projet ? demanda-t-il, intéressé malgré lui, en même temps qu'il rangeait ses outils.

— Euh... Je crois que c'est mieux qu'elle vous l'explique directement...

Et d'ajouter, comme si elle sentait sa défiance :

— Elle est étudiante en photo et moi en journalisme. Autant dire qu'on a du mal à faire la différence entre une scie et un marteau.

Ce n'était pas une bonne idée d'accepter. Vraiment pas. S'il avait fini ce qu'il avait à faire chez Beans & Books, il devait encore téléphoner à deux fournisseurs, faire un saut à la scierie et dessiner les plans de la bibliothèque qu'il avait promis de commencer le lundi suivant à la première heure. Le tout, bien sûr, s'il parvenait à ressortir vivant de l'antichambre de l'enfer. C'était du moins l'idée qu'il se faisait d'un bureau de poste un jour comme celui-ci. Mais il ne pouvait pas faire l'impasse sur l'envoi en urgence des cadeaux pour sa famille. Il s'était servi de ses nombreux engagements professionnels comme excuse pour repousser les courses de Noël, mais il ne pouvait plus reculer. Et si en plus d'esquiver le réveillon en famille, il ne se débrouillait pas pour que sa petite sœur ait son cadeau en temps et en heure, il en entendrait parler jusqu'à la fin de ses jours !

Et pourtant, pourtant, l'envie de prendre dix minutes

pour voir si la brunette était aussi séduisante de près que de loin le titillait.

— S'il vous plaît ? Ça ne vous prendra pas longtemps, j'en suis sûre. Et puis, aider votre prochaine vous aidera à vous mettre en phase avec l'esprit de Noël.

Il ne put que sourire devant l'effronterie de l'inconnue, qui mêlait sans embarras le ton pieux des âmes les plus nobles avec une expression malicieuse qu'elle ne se donnait même pas la peine de dissimuler. Soit elle jouait les entremetteuses, soit sa copine lui avait demandé de lui servir d'intermédiaire pour le draguer sans se montrer trop directe.

Mais pourquoi pas, après tout ? Cette jolie brune méritait le détour jusqu'au bout du café. Et si finalement ce que la blonde racontait était la vérité, il essaierait de l'aider. Peut-être qu'un petit geste altruiste l'aiderait en effet à s'imprégner de l'esprit de Noël. Il était si occupé à travailler et à se prouver à lui-même et à la terre entière qu'il pouvait s'en sortir sans intégrer l'entreprise familiale, qu'il en avait oublié comment s'amuser.

Sa mère le soupçonnait de ne pas rentrer à la maison pour ne pas avoir à supporter les récriminations de son père, récriminations qui le faisaient culpabiliser et le mettaient en colère à parts égales. Elle n'avait pas tout à fait tort.

— D'accord, dit-il. Donnez-moi cinq minutes.

— C'est très gentil ! Merci beaucoup !

Avant qu'il ait atteint le comptoir pour indiquer au patron de la boutique que l'étagère était prête à être utilisée, l'inconnue fila directement dans la rue. Comme pour laisser la voie libre à son amie. Les filles se compliquaient décidément beaucoup l'existence ! Il aurait été bien plus simple, et même plus sexy, que la brune vienne tout simplement le saluer.

Le propriétaire du café le remercia avec enthousiasme en lui remettant en même temps un chèque qui incluait un bonus considérable, confirmant à quel point il lui était reconnaissant.

Voilà... C'était maintenant l'instant décisif. Que faire : continuer avec sa journée et sa longue liste de choses à faire ou prendre quelques minutes pour discuter avec une très jolie femme qui avait demandé à son amie d'intervenir pour faire sa connaissance ?

Que diable... Il avait peut-être faim et des factures à payer, mais il avait aussi vingt-quatre ans et il était un être humain. Face à un sandwich, une jolie fille gagnait le match haut la main.

Il se dirigea donc vers la table du fond secouant la sciure qui s'était accrochée au duvet de ses avant-bras et répondant par un hochement de tête poli aux sourires et aux vœux que certaines femmes lançaient à son passage. L'inconnue brune n'avait pas bougé de sa table, mais elle remuait la tête à droite et à gauche.

Elle essaye de vérifier discrètement que j'arrive, se dit-il, convaincu qu'elle avait tout orchestré.

Eh bien, tant mieux.

Il allait se présenter, quand il s'aperçut qu'elle parlait toute seule.

— La tronçonneuse, même pas la peine, j'aurais trop peur... Le couteau électrique semble plus judicieux.

L'ego de Ross en prit subitement un coup. Cette fille avait vraiment besoin de conseils techniques... Il pensa avec une grimace d'autodérision à sa sœur et à la façon dont elle se serait moquée de lui si elle avait été témoin de la scène. Il était si sûr de son charme qu'il avait décidé que la belle brune voulait de lui, alors qu'elle avait simplement besoin de l'avis d'un expert. De n'importe quel expert...

— Laissez tomber le couteau électrique, dit-il en se penchant vers elle. Ils ont été conçus pour couper la viande, et rien d'autre.

La fille se tourna vers lui. Grands yeux marron écarquillés, bouche sensuelle entrouverte.

Elle avait aussi un visage en forme de cœur et... ces cheveux! Epais, brillants, ils tombaient en ondes autour de ses joues, bouclant dans les longueurs sur les épaules.

Il la fixa, incapable de continuer à parler. De loin, il l'avait trouvée jolie, mais de près... Elle était bien plus que jolie...

— C'est à moi que vous parlez? demanda-t-elle, interloquée.

Il toussota.

— Oui et je vous disais qu'il faut choisir un outil vraiment adapté à la tâche. Les couteaux électriques sont faits pour trancher la viande. Qu'est-ce que vous devez couper?

— De la viande, répondit-elle en finissant la phrase de façon abrupte, comme si les mots lui avaient échappé.

— Du bœuf ou du porc? rétorqua-t-il, amusé par l'absurdité de la conversation.

— Je dirais que c'est du porc. Mais je plaisantais, je n'ai pas besoin de trancher quoi que ce soit, en fait.

— Je m'en doutais, dit-il en s'asseyant en face d'elle sans attendre d'y être invité.

Il se dit que c'était pour respecter la parole qu'il avait donnée à la blonde, mais au fond de lui, il savait qu'il avait envie de l'observer un peu plus longtemps, d'entendre sa voix. Et surtout de savoir si elle avait une personnalité aussi intéressante que son physique. Car, en ce qui le concernait, une belle façade ne suffisait pas. Il avait pas mal d'amis qui ne voyaient pas plus loin que le bout de leur appendice masculin, pas lui. Si une fille n'avait pas un cœur, un cerveau et le sens de l'humour qui allait avec, il n'arrivait pas à rester intéressé.

Et à ce propos… La belle brune n'avait pas l'air bête, mais son expression ahurie commençait à le faire douter. Elle le regardait, les joues en feu, comme si elle ne savait pas quoi lui dire.

Ou alors, elle était gênée.

Hum… Ce mystérieux projet n'était sans doute qu'un bobard, car sinon, pourquoi rougirait-elle comme si des pensées inavouables lui traversaient l'esprit ?

La situation devenait intéressante…

— Alors, c'est quoi, ce projet ? demanda-t-il.

— Projet ?

— Oui. Ton amie est venue me voir et m'a dit que tu avais besoin de conseils pour savoir quel outil choisir pour un projet que tu dois…

Elle inspira un grand coup et relâcha ensuite l'air très lentement, yeux fermés, comme si elle cherchait à se maîtriser.

— Je vais la tuer !

— C'est donc pour ça qu'elle est partie ; elle voulait prendre de l'avance…

— Elle est partie ?

— Juste après m'avoir parlé, oui.

— Je n'y crois pas !

Elle était visiblement mortifiée.

— Elle voulait nous faire nous rencontrer, tu crois ?

— Je le crains, oui.

— C'est sacrément imprudent, non ? Elle ne me connaît pas ? Et si j'étais un tueur en série, ou un voleur de petites culottes ?

— Tu l'es ?

— Quoi ?

— L'un ou l'autre ? dit-elle mi-figue, mi-raisin. Ou les deux ?

Il sourit.

— Un tueur en série, non, promis juré. Quant à l'autre hypothèse, je ne dirai rien qui puisse être utilisé contre moi avant qu'on se connaisse mieux. Je m'appelle Ross, dit-il en lui tendant la main.

Elle le fixa un instant avant d'avancer la sienne, qu'elle avait petite et douce. Sa carrière de travailleur manuel n'avait que quelques mois, mais lui avait les mains déjà couvertes de crevasses, de blessures et de durillons. Elle ne sembla pas gênée, au contraire ; ce fut elle qui fit durer le contact.

— Lucy, murmura-t-elle finalement, en retirant sa main.

— Enchanté, Lucy.

— Moi aussi. Surtout depuis que je sais que tu n'es pas un serial killer, dit-elle avec une moue amusée. Quant à l'autre possibilité, rappelle-moi de ne pas entrer chez Victoria's Secret avec toi, je ne voudrais pas être arrêtée pour complicité.

— T'inquiète, je ne vole jamais de culottes neuves, quel intérêt, hein ?

Elle se raidit.

— Je plaisantais ! Le vol de sous-vêtements n'est pas mon truc.

— Mais aider des inconnues dans un projet mystérieux, si ?

— Peut-être. C'est quoi ce projet mystère, fille inconnue ?

— Il n'y en a pas, répondit-elle en regardant ailleurs.

Ses cils étaient longs, très longs…

— Ton amie a tout inventé ?

— Pas tout à fait. Je me demandais comment faire pour… euh, retirer un truc. Et elle a dû penser que ce serait drôle de t'inviter dans mon… fantasme.

Elle se mordit la lèvre, visiblement confuse.

— Je veux dire… Ce n'est pas que… Je ne fantasmais pas sur toi !

— Oh ! Dommage.

— Si tu savais sur quoi je fantasmais, tu ne dirais pas ça !

— Raconte-moi, alors.

Il ne plaisantait qu'à moitié. Il était plus que curieux d'apprendre à quoi rêvait cette jolie fille. Et surtout, de qui elle rêvait.

— Tu ne veux pas vraiment le savoir.

— Si, si, je t'assure, j'y tiens.

Elle le dévisagea un bon moment, comme si elle essayait de deviner s'il était sérieux ou pas. Et finalement, se rendant compte qu'il ne plaisantait pas, elle le lui dit.

Chapitre 3

Aujourd'hui
Chicago, 23 décembre 2011

En six ans, Ross n'avait jamais revu Lucy, mais il la reconnut immédiatement. D'ailleurs, son corps l'identifia en une fraction de seconde, malgré l'habit d'elfe : son cœur se mit à battre à tout rompre.

La grande salle, en dépit des guirlandes et des éclairages de Noël, sembla s'assombrir tout d'un coup, et il eut aussi l'impression qu'elle rétrécissait jusqu'à venir comprimer sa cage thoracique. Sa tête lui parut sur le point d'exploser, et pendant un instant interminable, il ne parvint à formuler aucune pensée cohérente.

Non. En fait, une pensée écrasait toutes les autres.

Elle a coupé ses cheveux ?

La cascade abondante qui autrefois couvrait la moitié de son dos avait été raccourcie, domptée. Mais au-delà de cette observation, il n'arrivait pas à comprendre ce qui lui arrivait.

C'était tout simplement impossible ! Il devait être en train de rêver. Il était encore au fond de son lit et la présence de Lucy n'était, une fois de plus, que le produit de son inconscient, un souvenir, qui, comme tant de fois depuis six ans, venait le hanter dans son sommeil.

Mais même si ce n'était qu'un rêve, il devait saisir l'occasion. Il allongea son bras et le posa sur l'épaule de Lucy. Elle ne le repoussa pas, alors il se pencha vers elle en prenant une longue inspiration pour sentir cette odeur pareille à aucune autre. Car ce n'était pas un parfum ou une crème, c'était son odeur à elle, celle de sa peau, cette odeur unique gravée dans son esprit qui lui rappelait qu'elle était la seule femme dont il était vraiment tombé amoureux.

Et qu'il avait laissée partir comme un crétin.

— Non, tu ne rêves pas, dit-elle d'un ton sec.

Il laissa retomber sa main et recula d'un pas.

— Ce qui veut dire que toi non plus.

— J'y ai pensé, figure-toi. Mais je n'aurais pas imaginé te croiser précisément aujourd'hui.

Il avait lui aussi la date en tête. Ce qui rendait leur rencontre encore plus irréelle.

— Même chose pour moi, grommela-t-il.

Puis le silence s'installa. Elle avait l'air aussi abasourdie que lui. Ce qui était logique, au bout de six ans. En dépit de ce qui s'était passé entre eux et du Noël inoubliable qu'ils avaient partagé, ils n'avaient pas échangé un seul mot depuis la mi-janvier 2006. Il n'y avait pas eu d'échange de cartes de vœux, pas un seul coup de fil. Et les chances qu'ils se rencontrent par hasard étaient minimes, puisque, à sa connaissance, elle était partie en Europe peu de temps après.

Et pourtant, elle était là. Non seulement à Chicago, mais dans ses bureaux.

Ses bureaux tout de même, c'était fou !

— Qu'est-ce que tu fais là ? demanda-t-il.

Question idiote... Lucy était étudiante en photographie lorsqu'ils s'étaient rencontrés et, là, elle avait une sacoche de photographe. Et un costume d'elfe, en plus.

Il réprima un sourire. Il se souvenait de ce déguisement.

Soudain, il se souvint très bien de tout.

Trop bien, même, de certaines choses.

— Je bosse, dit-elle. Mais tu n'as peut-être pas remarqué que depuis deux heures des enfants viennent se faire photographier sur les genoux du Père Noël.

A vrai dire, il s'en était à peine aperçu, il avait trop de travail pour s'occuper des relations publiques. La fête de Noël était de longue date une tradition dans l'entreprise, fondée par son grand-père et qu'il dirigeait à présent. Mais il s'était contenté de faire un tour dans la salle pour saluer ses employés, ses clients et leurs familles avant de s'enfermer de nouveau pendant deux heures dans son bureau, d'où il sortait à l'instant.

— Si, je l'avais remarqué.

— Eh bien, c'était moi, derrière l'appareil.

— Je suis au courant... On m'a dit que la photographe était excellente cette année, et je voulais justement...

— Dommage, le Père Noël vient de partir ! Mais si tu veux, tu peux t'asseoir sur le siège, et je pourrai arranger quelque chose avec un renne et un sucre d'orge.

Elle avait toujours eu la langue bien pendue. Ce qu'il avait toujours apprécié.

— Ce que je voulais dire, c'est que je voulais te remercier pour avoir accepté de venir, alors qu'on t'a appelée à la dernière minute.

— Tu ne savais pas que l'elfe, c'était moi ? fit-elle, sceptique.

Comme si elle se demandait si ce n'était pas lui qui avait arrangé leurs retrouvailles.

S'il avait su qu'elle était de nouveau à Chicago, il aurait peut-être tenté le coup, quoique, s'il se fiait à son expression, elle n'avait pas l'air enchantée de le revoir.

— Je te jure que je n'en avais pas la moindre idée.

Il avait d'ailleurs hâte de demander à Stella, son assistante, comment et pourquoi elle avait embauché Lucy. Stella avait la fâcheuse habitude de le materner et elle était parfaitement capable d'avoir joué les cupidons de son propre chef... pour son propre chef. Il soupira. Si c'était le cas, il ne pouvait même pas lui en tenir rigueur, car sous son air impassible, c'était une incurable romantique.

— Qu'est-ce que tu fais à Chicago, Lucy ? Tu avais juré que jamais plus tu n'habiterais ici. Pour moi, tu étais définitivement installée en Europe.

Il jeta un coup d'œil désolé au trône couvert de velours, à la neige factice, au trépied, et à la jeune femme accoutrée en elfe. Comment une fille aussi intelligente et déterminée avait-elle fini si loin de son but ?

— J'ai passé un semestre là-bas, répondit-elle. Puis, à la fin de mes études, j'y suis retournée.

Exactement ce qu'elle avait prévu, mais surtout, la raison pour laquelle il avait coupé les ponts avec elle. A quoi bon essayer de reste en contact, alors qu'ils allaient vivre chacun d'un côté de l'Atlantique ? Pourquoi s'entêter à prolonger une histoire alors que tout, même la géographie, jouait contre eux ?

— Et ?

— Et je n'y ai pas été heureuse, alors je suis revenue m'installer à New York il y a quelques années.

Quelques années ! Elle habitait depuis quelques années à moins de trois heures d'avion de lui ! L'idée lui donna le tournis, et même la nausée, quand il pensait à tout le temps qu'il avait passé à se demander si elle avait conservé le même numéro de portable et s'il pouvait la joindre à Paris.

En tout cas, il aurait pu la joindre à New York.

Et il n'avait même pas essayé !

— Et pourquoi Chicago ?

— J'ai grandi ici, tu ne te rappelles pas ?

Si, il s'en souvenait, mais elle avait fait vœu de ne plus y revenir, trop de souvenirs douloureux.

— J'ai emménagé ici il y a dix mois pour être près de mon frère.

Un frisson d'excitation le traversa. Ils habitaient à présent dans la même ville.

— Sam ?

— Lui-même. Son divorce a été sanglant, et je me suis dit qu'il avait besoin de soutien.

— Dommage... Je veux dire, qu'il ait divorcé.

— C'est triste, oui. Je croyais pourtant qu'ils formaient un couple fait pour durer.

— Si tant est que ça existe de nos jours, marmonna-t-il sans réfléchir.

Elle se raidit. Il s'en serait donné des gifles. Leur histoire n'avait pas duré, c'était le moins qu'on puisse dire.

D'ailleurs, la question ne s'était pas vraiment posée. Leur rencontre avait été cocasse, leur relation aussi intense qu'inattendue et les circonstances… adverses. Aucun d'eux n'était en condition d'envisager une relation à l'époque, tant sur le plan psychique, émotionnel que financier.

Sauf sur le plan physique. Là-dessus… Ils étaient plus que parfaitement assortis.

Leur complicité sexuelle, en dépit du peu de temps qu'ils avaient passé ensemble, avait été exceptionnelle. Avec le recul, il pouvait affirmer que le réveillon avec Lucy avait été le meilleur de sa vie. Et le lendemain, le pire Noël de son existence.

— Comment tu le vis, ce retour à Chicago ? demanda-t-il en sentant qu'elle avait envie de mettre un point final à leur conversation.

— Il fait froid, répondit-elle avec un haussement d'épaules.

Rien d'autre. Elle semblait déterminée à ne pas se laisser attendrir. Il ne pouvait pas l'en blâmer.

— On dirait que tu as réussi, ajouta-t-elle en le toisant, comme si elle se demandait où étaient passés le jean et la ceinture à outils.

Certains jours — nombreux — il les regrettait. Porter un costume, même s'il finissait toujours par relâcher la cravate et retrousser les manches de la chemise, ne le motivait pas autant que le travail manuel.

— Je ne me plains pas. Et toi ?

— J'ai mon propre studio.

— Tu boycottes toujours Noël ?

Elle haussa les épaules en montrant son déguisement.

— Dans la mesure du possible, ce qui n'est pas beaucoup étant donné mon métier. Et toi ? Toujours aussi « sentimental-noëliste » ?

— Absolument !

Il adorait les fêtes, même si ces cinq dernières années, il avait passé plus de temps à songer à Lucy et à se demander si elle était devenue une photographe célèbre qu'à trouver le bon cadeau pour ses sœurs, ses nièces et neveux.

A court de sujets anodins, ils n'avaient plus d'autre choix que de se dévisager. Lucy était toujours aussi belle, malgré son déguisement ridicule. Déguisement lié pour lui d'ailleurs à la nuit la plus brûlante et sensuelle de sa vie...

Evocation fugace qui le ramena directement à la longue période d'abstinence qu'il traversait. Cela faisait un bon bout de temps qu'il n'avait pas couché avec une femme.

Et plus de temps encore qu'il ne s'était pas vraiment amusé au lit.

Car la dernière fois qu'il avait fait l'amour et atteint le septième ciel, qu'il s'était engagé corps et âme dans une étreinte... datait de six ans.

Les souvenirs de leurs nuits passées envahirent alors son esprit comme un raz-de-marée. Il tenta de se donner une contenance. Lucy lui avait toujours inspiré un violent désir que le manque décuplait... Il essaya de penser à autre chose, ou alors ses employés allaient penser qu'il avait dissimulé une bûche de Noël dans son pantalon.

— C'est impressionnant que tu puisses encore porter

ce déguisement, ajouta-t-il de façon imprudente. Mais ça ne me surprend pas, tu n'as pas changé du tout.

Elle rougit.

— Physiquement, peut-être pas. Mais je ne suis plus la jeune fille fleur bleue que tu as connue.

Il lâcha un bref éclat de rire.

— Fleur bleue ? Je crois me rappeler que tu projetais de « démembrer » ton ex, lorsqu'on s'est rencontré.

— Mais je ne l'ai pas fait.

En fait, c'était lui qui avait démoli l'ex en question. Et il en avait même tiré du plaisir.

— Heureusement. J'aurais regretté que tu aies passé les six dernières années en prison.

— Si tu m'avais appelée, tu saurais où j'ai passé les six dernières années, rétorqua-t-elle d'une voix mi-miel, mi-fiel.

Il accusa le coup.

— Ecoute, Lucy…

Elle balaya sa réponse d'un geste, visiblement irritée d'avoir elle-même abordé le sujet.

— Laisse tomber. De l'eau a coulé sous les ponts depuis.

— Tu sais ce qui est arrivé, Lucy, et pourquoi j'ai quitté New York.

Elle était avec lui lorsqu'il avait reçu le coup de fil qui avait tout fait basculer.

— Je sais, dit-elle. J'avais bien compris et… je comprends toujours…

Peut-être. Mais de toute évidence, elle lui en voulait d'avoir disparu de la circulation. Lui-même s'était demandé maintes fois pourquoi il n'avait pas essayé de la recontacter lorsque sa vie avait repris un cours à peu près normal, mais il en était toujours arrivé à la même conclusion : il ne pouvait quitter Chicago, tandis que Lucy rêvait d'autres pays et d'autres cultures. La vie qu'elle voulait mener était incompatible avec celle qui s'était imposée à lui et qui tournait autour de contrats de construction, de négociations avec les syndicats et du prix du bois.

Elle était libre d'arpenter le monde, son appareil photo en bandoulière, tandis que lui était désormais enchaîné à une entreprise qui faisait vivre sa famille et des dizaines d'autres depuis trois générations. Il devait trop de choses à trop de monde pour se permettre de vivre sa vie comme il l'aurait voulu.

Il ne s'en plaignait pas. Son travail le passionnait malgré tout et il savait qu'il avait fait jusque-là du bon boulot. Il était aussi heureux de vivre à Chicago, dont il aimait l'ambiance, les gens et la culture. Au fond, il ne regrettait pas d'être rentré au bercail. Son seul regret, c'était elle.

— Et maintenant, te voilà...

Sans s'en rendre compte, il avait parlé à voix haute.

— Ne te monte pas la tête, Ross. J'ignorais que tu travaillais ici.

— Si tu l'avais su, tu aurais accepté la commande et pris le risque de tomber sur moi ?

Elle ne répondit pas. Ce qui était une réponse en soi.

Il était évident qu'elle était profondément en colère contre lui. Lui-même l'était. Chaque jour depuis qu'il avait pris sa décision, il s'était demandé : « Et si j'avais fait autrement ? » Et six ans représentaient beaucoup de jours. Mais on ne peut pas refaire le passé, et à l'époque, il était convaincu de choisir la meilleure solution pour eux deux.

— Ross ? Excuse-moi…

Il se retourna. C'était Stella. Elle avait fait toute sa carrière chez Elite Construction, comme secrétaire de son grand-père et de son père ensuite. Elle était l'efficacité personnifiée. Dire qu'elle était plus vieille que le Déluge aurait été désobligeant, mais Ross la soupçonnait d'avoir fêté avec Noé le retour du beau temps. Cela dit, avec ses cheveux teints en noir corbeau et sa robe à fleurs, elle pouvait encore passer pour une jeunette de cinquante ans. Il se demandait souvent comment il allait se débrouiller le jour où elle partirait à la retraite… En plus d'être celle qui organisait ses journées, Stella était l'une des personnes qui le connaissaient le mieux au monde. Ce qui le ramenait à la même question : comment Lucy avait-elle atterri ici, aujourd'hui ?

Stella trouvait qu'il travaillait trop et qu'il devrait se marier. Un soir particulièrement sombre, il avait craqué et lui avait avoué ses regrets à propos de Lucy. Alors il ne pouvait que se demander si son assistante avait poussé le zèle au point de pister et de retrouver la jeune femme.

C'était de la folie !

Mais si c'était bien le cas, il fallait qu'il choisisse : savon monumental pour s'être mêlée de sa vie privée ou… remerciements éternels ?

Comme Lucy ne cachait pas la contrariété que lui occasionnait leur rencontre, il penchait plutôt pour la première option. Mais s'il arrivait à la faire changer d'attitude, il ne pourrait jamais assez remercier sa secrétaire pour son intervention.

Il éprouvait toujours une puissante attirance pour la

jeune femme, et le fait qu'elle ne porte pas de bague à l'annulaire gauche lui permettait d'espérer qu'elle soit encore célibataire... Au moins, officiellement. C'était la chance dont il avait tant rêvé, si tant est qu'il parvienne à se faire pardonner la façon si peu courageuse — lâche, même — qu'il avait eue d'arrêter leur relation naissante.

— Ross ? insista Stella. M. Whitaker est sur le point de partir et il voudrait te voir...

Whitaker était l'un de ses principaux clients. Il ne pouvait pas se permettre de l'ignorer.

— J'arrive... Lucy, est-ce que tu as quelques minutes ? Je...

— Je dois vraiment y aller, Ross. Contente de t'avoir vu, répondit-elle comme s'il était un camarade d'école qui l'avait terrorisée pendant toute la primaire.

— Lucy, je t'en prie...

— Mademoiselle Fleming ? intervint alors Stella. Si vous voulez bien passer dans mon bureau... Je pourrai ainsi vous payer tout de suite. Sinon, il vous faudra attendre la fin des fêtes.

A la façon dont Lucy mordit ses lèvres adorables, Ross devina qu'elle était tiraillée entre l'envie de partir au plus vite et celle d'être payée immédiatement. Est-ce que Stella l'avait deviné et fait exprès ? En même temps, si elle avait voulu les rapprocher, elle ne serait pas venue les interrompre et aurait amadoué Whitaker sans réclamer sa présence. Peut-être qu'elle n'y était pour rien, après tout, et que tout cela n'était qu'un coup de chance. Un grand, un énorme coup de chance qui voulait peut-être dire que le destin lui tendait la main en le remettant en présence de la femme qu'il avait si stupidement laissée partir une première fois.

Argent ou dignité ? se demandait Lucy. S'attarder avec la secrétaire ou prendre ses jambes à son cou ?

Son instinct lui dictait de partir en courant. Elle avait du travail à faire : des retouches, des sorties papier, des montages... Sans parler des tâches administratives dont devait s'acquitter tout petit entrepreneur. Elle devait aussi mettre de l'ordre dans le studio et acheter du nouveau matériel avant le 31 décembre pour pouvoir en déduire le coût des impôts pour l'année.

C'est pourquoi son sens pratique lui disait qu'elle devait rester et prendre le chèque. Elite allait lui verser une jolie somme, car à ses honoraires de l'après-midi s'ajoutaient les portraits que l'entreprise avait commandés pour chacune des familles. Avec un peu de chance elle pourrait donc acheter un nouvel ordinateur portable et ces objectifs dont elle avait besoin.

Pourquoi Ross lui demandait-il de rester ? Qu'est-ce qu'il voulait ? Parler du bon vieux temps ? Et pour dire quoi ? « Tu te souviens de la fois où nous avons fait l'amour follement sur les sacs de neige artificielle dans l'atelier du Père Noël ? »

C'était un beau souvenir, certes, mais qui appartenait au passé, et le passé, il fallait le laisser derrière soi.

— Non, vraiment, je dois y aller...

L'assistante, qui semblait du genre à ne pas accepter un « non » pour réponse, n'accepta pas plus son « non, vraiment ».

— Ça ne prendra que cinq minutes. Et ça épargnera du travail à votre comptable…

Son comptable ? Si elle avouait qu'elle rangeait ses reçus et chèques dans de vieilles boîtes de fournitures, Stella tomberait peut-être dans les pommes et lui laisserait la voie libre.

— Vous savez, nous allons fermer jusqu'à la nouvelle année. Et j'aimerais régler les frais en rapport avec la fête avant le 31, alors soyez gentille et terminons ça aujourd'hui.

Il n'y avait donc pas que les petites structures comme la sienne qui jonglaient avec le fisc, les grandes aussi ! Et à en juger par la taille de ce bâtiment flambant neuf dont les six étages étaient occupés par ses bureaux, Elite Construction était une grande entreprise. Elle se demanda quel poste y occupait Ross. En tout cas, il ne maniait plus le marteau, vu sa tenue de jeune cadre dynamique. Qu'avait-il fait de son rêve d'acheter un jour un bout de terrain pour y construire de ses propres mains une maison dont il aurait fixé chaque pierre et cloué chaque planche ? L'avait-il oublié ? Ou ses rêves, tout comme les siens, avaient-ils simplement changé avec le temps ?

Comme s'il croyait que c'était sa présence qui l'empêchait d'accepter, Ross prit congé.

— On m'attend. Ravi de t'avoir revue, Lucy.

— Moi aussi.

Elle força un sourire sur ses lèvres. Si seulement elle pouvait appuyer sur la touche « rembobiner » pour revenir une demi-heure plus tôt et trouver quelque chose à dire, une bonne réplique légère et nonchalante qui n'aurait pas trahi à quel point elle avait mal vécu de ne plus avoir de ses nouvelles après ce fameux Noël. N'importe quoi d'un peu plus spirituel et bienvenu que « Si tu m'avais appelée, tu saurais où j'ai passé les six dernières années. »

La-men-ta-ble!

Elle pouvait presque entendre Kate s'indigner de ce commentaire de pauvre-fille-qui-ne-s'est-jamais-remise. Car elle continuait à avoir de longues conversations avec elle, même si, depuis que Kate avait épousé Teddy et entrepris de repeupler la planète, ces conversations se faisaient sur fond de cris de bébés.

Un parcours sentimental fort différent du sien. Après Ross, même si elle avait eu des amants, elle n'était jamais retombée amoureuse. Les deux claques qu'elle avait reçues, l'une après l'autre, Jude, puis Ross — qui lui avait fait connaître les joies de l'amour et les affres du chagrin d'amour — avaient forgé autour de son cœur une carapace aussi épaisse qu'une armure, et le précepte « entre en mon corps et sors de ma vie » était devenu pour elle une philosophie.

Même Kate n'en revenait pas.

Elle regarda Ross s'éloigner ; il ne se retourna pas. Son départ aurait dû l'aider à rester pour récupérer son chèque, et pourtant, elle sentit l'irritation monter. Encore une fois, c'était lui qui s'en allait. Pourquoi n'avait-elle pas droit elle aussi à une grande sortie ?

Mais les belles sorties de scène ne payaient pas le matériel. L'argent, si. Son installation à Chicago avait entraîné beaucoup de frais, et ce chèque pouvait sortir son compte professionnel du rouge.

Elle pouvait le poser le soir même à la banque et passer

le week-end à surfer joyeusement sur internet pendant que le reste du monde déballait des pulls de la mauvaise couleur et mangeait des plats trop gras.

Son agenda pour la semaine à venir était plus que se révéler des contrats juteux. Elle attendait en outre un coup de fil d'un magazine new-yorkais auquel elle avait envoyé son portfolio, et voulait se tenir prête si jamais on lui commandait un reportage.

— D'accord, dit-elle finalement à Stella. C'est vrai que ce sera plus pratique pour moi aussi.

— Parfait. Suivez-moi, je vous prie...

Elle la suivit dans un long couloir. La moquette était moelleuse comme un dos d'agneau et les portes laissaient entrevoir d'immenses tables de bois noble et des fauteuils en cuir. Les bureaux de la direction, déduisit-elle. Elite Construction n'avait pas lésiné sur la décoration, c'était à l'évidence une entreprise qui tournait bien.

Elles arrivèrent jusqu'à une enfilade différente de bureaux, dont le premier était plutôt une zone de réception au fond de laquelle se trouvait une double porte imposante qu'elles franchirent. Le bureau du *big boss*, sans doute : situé à l'angle du bâtiment, spacieux comme un stade et paré sur deux murs de fenêtres jusqu'au plafond qui permettaient de voir très loin. Cette pièce était plus grande que son appartement tout entier. Sur le côté, dans une sorte d'alcôve, Lucy vit une pièce moins formelle, avec frigidaire, télévision et même un canapé-lit... défait.

— Waouh ! Votre patron vous fait travailler jour et nuit ? C'est de l'esclavagisme !

— Grand Dieu non ! Il n'est dur qu'avec lui-même ! C'est pour lui, tout ça.

— Il vit ici ?

— Pratiquement. Lorsqu'on a emménagé dans ce nouveau bâtiment, il passait tellement de temps au boulot, que j'ai fini par commander le canapé et tout le reste pour qu'au moins il se repose un peu.

— Quelle abnégation !

Autant de sa part à elle que de celle du patron, songea Lucy.

— Ça a payé. Alors que la crise a affecté durement le secteur, Elite n'arrête pas de se développer...

L'assistante lui tendit une enveloppe fermée.

— Voici pour vous...

— Merci beaucoup !

— C'est nous qui vous remercions. Je suis contente que l'autre photographe ait annulé ; nous avons déjà travaillé avec lui par le passé mais il n'a pas votre savoir-faire. Vous êtes très douée avec les enfants.

Lucy accepta le compliment avec un sourire. Et dire que, six ans plus tôt, c'était le genre de commentaire qui la mettait hors d'elle... L'évolution s'était faite sans qu'elle s'en aperçoive. Elle savait seulement qu'au bout de deux ans à Paris, photographier les visages hiératiques des mannequins avait perdu tout son attrait. Pareil pour les bâtiments sans vie et les paysages inertes. C'est alors qu'en visite chez Kate, suite à la naissance de son premier enfant, elle était tombée sous le charme du bébé... puis de ceux qui n'avaient pas tardé à suivre. Les prendre en photo l'enchantait et elle percevait dans leurs bouilles adorables une vitalité qu'elle trouvait rarement ailleurs.

Elle était donc retournée à New York, y avait ouvert un studio et s'était lancée dans l'exploration des incroyables possibilités créatives qu'offrait le monde des enfants. Les commandes avaient vite afflué, les gens s'étaient passé le mot ; elle recevait même des familles d'autres Etats qui se déplaçaient pour s'offrir ses services. Elle avait aussi commencé à publier dans la presse et à réaliser des images pour des catalogues.

Qui aurait pu le prévoir ?

Certainement pas elle. Et pourtant, elle aimait vraiment ce qu'elle faisait, elle avait trouvé sa voie.

C'est drôle les chemins que la vie peut parfois nous faire prendre, alors que l'on n'aurait jamais imaginé les emprunter ! Dans son cas, elle avait même dû faire le détour par New York et Paris pour se retrouver finalement à la case départ : Chicago.

Et de retour dans la vie de Ross Marshall.

N'y pense même pas, Lucy…

Non, elle n'était pas de retour dans sa vie. Elle était dans le même bâtiment que lui, mais pour cinq minutes encore, grand maximum. Ensuite elle pourrait l'oublier de nouveau. Oublier combien sa voix l'affectait, comment le simple contact avec sa main l'avait mise dans tous ses états.

Comment, à une époque, il lui avait semblé être le seul homme qu'elle pourrait aimer pour la vie.

Chapitre 4

A l'époque
New York, 23 décembre 2005

Non seulement cet homme était beau à se damner, mais en plus, il avait le sens de l'humour ! Lorsqu'elle lui avait avoué qu'elle cherchait une façon efficace d'émasculer son ex, non seulement il n'avait pas pris ses jambes à son cou, ni porté une main prudente à son entrejambe, mais il avait éclaté de rire.

Elle n'avait pu que rire avec lui. Les plans qu'elle avait échafaudés avec Kate pendant une heure étaient si absurdes que c'était la seule chose à faire. Et en plus, comme tombé du ciel, le plus beau menuisier de New York s'était assis à sa table.

De quoi retrouver sa bonne humeur. Et tel était bien le cas !

Les femmes aux autres tables ne se privaient pas de les assaillir du regard. Qui aurait-pu les blâmer ? Pas Lucy, en tout cas… Déjà, de loin, ce Ross était à tomber par terre. Mais de près… un véritable fantasme sur pattes ! Comme elle n'avait jamais rencontré quelqu'un d'aussi beau en chair et en os, elle ne savait pas que la beauté pouvait la rendre si nerveuse, mais lorsqu'elle avait serré sa main, un frisson l'avait parcourue de la tête aux pieds et elle s'était demandé quel effet produirait sur sa peau, sur toute sa peau, celle, râpeuse, de sa paume.

Beau, sexy, fort. Et avec le sens de l'humour.

Pourquoi le rencontrait-elle précisément ce jour-là, alors qu'elle haïssait toute la gent masculine ?

Tu sais que c'est faux. Pas toute.

Même pas un seul spécimen, à vrai dire. Elle ne haïssait pas Jude, car pour le haïr, il aurait fallu qu'elle tienne à lui, ce qui, à la réflexion, n'était pas le cas.

— Tu es sérieuse ? demanda Ross, l'écho du rire encore dans sa voix.

— Pas en ce qui concerne le passage à l'acte.

— Mais c'était bien à ça que tu pensais ?

— Comme tu l'as dit : je ne dirai rien qui puisse être utilisé contre moi avant qu'on se connaisse mieux.

— Pourquoi ?

— Probablement parce qu'il est difficile d'admettre qu'on songe à mutiler quelqu'un.

— Je voulais dire : pourquoi voulais-tu le, hum... mutiler ?

— C'était une vengeance virtuelle. Il m'a trompée.

— Le salaud ! Je déteste les gens qui trahissent la confiance qu'on leur a accordée.

— C'est du vécu ?

Car, à moins d'être convalescente d'une lobotomisation, quelle femme aurait eu envie de tromper un homme pareil ?

— Pas tout à fait. Mais on m'a trompé, une fois. Un homme.

Un homme ? Lui, gay ? Impossible ! Il n'avait pas un seul chromosome non hétérosexuel dans ses cellules, sans parler du pouvoir de ses phéromones qui attirait comme le miel les mouches toutes les femmes qui se trouvaient à moins de dix mètres de lui.

— Laisse-moi deviner..., répondit-elle faussement sérieuse. En CP, ton meilleur ami a préféré jouer au ballon prisonnier plutôt qu'à chat perché et il t'a laissé seul pendant la récré ?

— Presque, dit-il en hochant la tête, comme si elle avait marqué un point. C'était au lycée. Je voulais que mon meilleur pote reste dans l'équipe de lutte, mais il s'est inscrit dans le groupe de théâtre. Je n'arrivais pas à comprendre son attitude, et ça nous a éloignés l'un de l'autre. Et quand il m'a avoué la vérité en Terminale, j'étais si furax que je ne lui ai plus parlé pendant une semaine.

— Tu t'es fâché avec lui parce qu'il était gay ? demanda-t-elle, déçue.

— Gay ? Tu parles ! Il m'a dit qu'il avait arrêté la lutte parce qu'il trouvait, je le cite : « stupide de se rouler par terre avec des mecs en sueur alors qu'on peut être comme un coq en pâte entouré par les plus jolies filles du lycée ». C'est vrai qu'il y en avait de carrément belles, dans le groupe théâtre. Ce que ce soi-disant meilleur pote s'était bien gardé de me le dire !

Lucy rit de bon cœur, amusée autant par l'anecdote que par la façon dont il la lui avait racontée. Ross cherchait à la distraire de son supposé chagrin, c'était évident. En plus d'être jeune et beau, il était donc attentionné.

— Donc, tu as compris il y a longtemps que les hommes ne sont pas fiables, reprit-elle. Mais moi, je n'aurais pas mal pris que Jude préfère *Chantons sur la pluie* à la mise au sol ou au décalage avant.

Il écarquilla les yeux, époustouflé.

— Tu t'y connais, en lutte ?

— Mon grand frère…

— C'est lui qui va botter le cul de ce goujat ?

— Sam ? Non, il n'habite pas New York, mais même s'il habitait ici, je ne lui dirais rien.

— Pourquoi ?

— Parce qu'il est flic. Et excessivement protecteur, avec ça. Il l'a toujours été, mais depuis la mort de nos parents, il cherche à combler vis-à-vis de moi le vide laissé par mon père.

Ce n'était pas souvent qu'elle s'épanchait à propos du drame qui avait changé sa vie — surtout devant un inconnu —, mais, pour une raison qu'elle ignorait, elle trouvait facile d'en parler avec Ross.

Il se pencha pour lui frôler la main du bout des doigts. C'était un geste délicat et tendre qui disait en même temps « je suis désolé », « c'est terrible » et « je comprends ». Il compatissait. Simplement, naturellement.

Elle toussota pour chasser le nœud de larmes qui se formait encore maintenant dans sa gorge dès qu'elle abordait le sujet.

— Et puis surtout, je sais me débrouiller sans appeler mon frère au secours.

— Je n'en doute pas un instant.

— Sois rassuré, je ne suis pas violente. Ce type ne m'a pas brisé le cœur, il a juste éraflé mon ego.

Il la scruta, comme s'il cherchait à s'assurer qu'elle ne mentait pas. Un sourire en coin, elle soutint son regard, certaine que ses mots correspondaient à ses sentiments et désireuse qu'il s'en aperçoive.

— Je m'en réjouis, fit-il alors, visiblement convaincu.

— Moi aussi.

— Mais si jamais tu changes d'avis et que tu décides de rejouer *Massacre à la tronçonneuse* avec lui, rappelle-moi de ne pas t'accompagner, je ne voudrais pas me faire arrêter pour complicité !

Elle eut un petit gloussement amusé en l'entendant lui resservir sa repartie.

— C'est mon ex, lui rappela-t-elle Et rien ne me ferait retourner chez lui... Je n'ai aucune...

Elle s'arrêta net de parler, se rappelant soudain un détail crucial.

— Oh ! Non ! Mais quelle idiote !

— Qu'est-ce qu'il y a ?

— Je dois y retourner, en fait ! Le cadeau de Noël de mon frère est là-bas... Il me l'a envoyé chez Jude, car il y a un concierge, alors que chez moi les effractions de boîtes à lettres sont monnaie courante.

Elle sentit ses yeux s'emplir de larmes de rage, furieuse contre sa mauvaise tête mais surtout inquiète pour le sort du cadeau.

— Il a dû le mettre à la poubelle, à l'heure qu'il est.

— Jude, c'est ton ex ? Laisse-moi deviner… Enfant gâté, fils à papa ?

— Comment as-tu deviné ? J'ai mis des mois à m'en rendre compte !

— Un appart avec concierge à Manhattan, c'est déjà un indice. Mais rien que le prénom… En plus, il a dû te faire une belle crasse puisque tu songeais à le séparer de son jouet préféré. Et par-dessus le marché, tu le crois capable de jeter le cadeau de ton frère… Bref : un gamin immature, égoïste et friqué.

— Dans le mille !

— Et tu sors avec lui… Je peux te demander pourquoi ?

— Je ne sors pas avec lui ! Je sortais…

— Jusqu'à… ?

— Jusqu'à il y a deux heures, avoua-t-elle, honteuse.

Il lâcha un sifflement dont Lucy n'aurait su donner la signification exacte, et s'adossa contre la chaise en étirant ses longues jambes, chevilles croisées.

— C'était du sérieux ? Vous étiez exclusifs et tout le tintouin ?

— Pas de son côté, en tout cas.

— Et du tien ?

— C'est ce que je croyais, mais apparemment j'étais la seule. Nous sortions ensemble depuis trois mois, mais nous n'avions pas… enfin, tu vois ce que je veux dire… J'imagine qu'il m'a trompée parce que je n'ai pas voulu franchir le pas avec lui.

Ross se frotta le menton, l'air brusquement embarrassé, et regarda ailleurs. Peut-être qu'apprendre qu'elle était du genre à attendre trois mois avant de coucher refroidissait ses propres ardeurs. Il y avait des garçons comme ça. Alors s'il en était, autant le savoir tout de suite.

Cette pensée la prit au dépourvu. Quelle importance, le genre de garçon que Ross pouvait être ? Ils allaient bientôt se lever et repartir chacun de leur côté. Et il y avait bien peu de chances qu'ils se revoient. A cette pensée, son cœur se serra, et bien plus fort que lorsqu'elle avait décidé de chasser Jude de sa vie.

— Tu as bien fait, dit-il.

Il n'était donc pas du genre à fuir les filles qui prenaient leur temps. C'était une bonne nouvelle.

— Quand il va se rendre compte de ce qu'il a perdu, il s'en mordra les doigts, j'en suis sûr, ajouta-t-il.

Elle aimait sa façon de voir les choses.

— J'espère que dans vingt ans il en sera encore à se demander s'il n'a pas raté le meilleur coup de sa vie !

Ils se regardèrent fixement, surpris de cette soudaine bascule dans le domaine de l'intime. A quoi pensait-il, au juste ? se demanda-t-elle. Au sexe et à quel point c'est bon quand c'est bien ? Qu'elle n'ait jamais fait l'amour ne voulait pas dire qu'elle était immune au désir. A cet instant même, d'ailleurs, sa seule présence la mettait dans un état de fébrilité inouïe. D'instinct, elle serra les cuisses.

Elle avait envie de se presser contre lui, de sentir sa bouche sur sa peau, sur son corps. Sur tout son corps... Il avait une façon de la regarder, de bouger, même de soupirer qui l'enflammait beaucoup plus que les étreintes les plus passionnées qu'elle avait connues avec d'autres hommes.

Il fixa sa bouche et dit :

— J'en suis presque à plaindre ce sale type.

Pas elle. Elle avait même cessé de s'apitoyer sur son propre sort, car vingt minutes à peine de conversation avec ce parfait inconnu suscitaient en elle des sensations que Jude n'avait pas su éveiller une seule fois au cours de leur relation.

De nouveau ils se turent, restant les yeux dans les yeux. Puis, comme s'ils prenaient soudain conscience qu'ils glissaient sur une pente savonneuse qu'aucun d'entre eux n'avait vu venir, ils se redressèrent en même temps sur leurs chaises, brisant le contact visuel.

Elle eut un rire léger, un peu forcé, et tenta de chasser de son esprit l'envie folle de poser ses lèvres sur le cou de Ross.

— Tu le plains ? Pas moi, et surtout pas avant de m'être assurée qu'il n'a pas détruit mon cadeau.

— Tu crois vraiment qu'il en est capable ?

Jude était lunaire. Et capricieux. Et colérique.

— Tout est possible, dit-elle sans s'étendre.

— Et si tu me laissais régler cette affaire ?

— Pourquoi le ferais-tu ? On ne se connaît pas.

— Parce que le peu que j'en sais me dit que tu n'as pas à supplier un type qui t'a trahie pour qu'il te rende quelque chose qui t'appartient.

Son ton protecteur était à la fois réconfortant et déconcertant, mais elle fut touchée par sa sollicitude.

— Ça n'a pas tellement d'importance, tu sais, répondit-elle gênée de le mêler à ses soucis.

— C'est le cadeau de ton frère, le seul membre de ta famille, Luce ! Bien sûr que si, c'est important. Je veux être sûr que tu le récupères.

Le petit nom qu'il avait utilisé, la tendresse contenue

dans ses mots lui coupèrent le souffle. D'où sortait cet homme capable de comprendre en trois phrases à quel point le cadeau de Sam était important pour elle ? Qui était-il ? Etait-il vraiment aussi gentil qu'il en avait l'air ? Etait-ce possible ?

— Tu le crois capable de détruire ton cadeau de Noël ? insista-t-il.

— On parle d'un type qui s'est mis en colère quand je l'ai surpris en train de me tromper et qui m'a crié après parce que je ne restais pas écouter son explication.

— Il y en avait une, tu crois ?

Elle fit mine de réfléchir.

— Hum, voyons... La débandade, peut-être...

Il s'efforça de garder son sérieux, mais sa bouche — terriblement sexy, vraiment — s'incurva en un demi-sourire.

— On peut imaginer que cette voisine, continua-t-elle, que certains se hâteraient de qualifier de pétasse — pour ma part je n'en ferai rien —, cette pét... voisine donc était dans son bain quand elle s'est aperçue qu'elle n'avait plus de shampoing. Elle a dû alors, bien contre son gré, filer sonner chez Jude enveloppée d'une simple serviette.

— Et moi, je parierais que, par un de ces hasards incroyables du destin, il venait lui-même d'entrer dans son bac à douche, et qu'il n'a eu d'autre choix que d'aller lui ouvrir, couvert d'une simple serviette, lui aussi.

Lucy gloussa tout en se demandant comment il lui était possible de rire d'une situation qui l'avait fait pleurer seulement deux heures plus tôt.

— Et ensuite... comme c'est monnaie courante à New York, un chien fou a pénétré dans l'immeuble, puis dans l'ascenseur. Il a ensuite investi l'appartement et, babines baveuses retroussées, s'est emparé rageusement des serviettes. Cette voisine, que nous ne traiterons pas de salope, dans une tentative de fuite désespérée pour échapper au molosse, a trébuché et, par le plus cocasse concours de circonstances, s'est retrouvée à genoux, la bouche collée au petit sexe bizarre et mou de Jude.

— Aïe !

— Aïe pour elle, ou pour lui ?

— Pour toi, dit-il avec un ton doux qui l'émut. Parce que tu as été témoin d'une scène pareille. Mais aussi pour lui. Ça doit être triste d'avoir un petit sexe bizarre et mou.

— Etant donné que c'était la première et dernière fois que je le voyais, je ne peux que me féliciter de ne pas avoir fait l'amour avec lui.

— Moi aussi.

C'était étrange de le sentir aussi concerné par l'histoire d'une fille qu'il ne connaissait ni d'Eve ni d'Adam. Allaient-ils se revoir ? Elle l'espérait de tout son cœur, même s'il n'y avait aucune raison et que le moment était mal choisi. Mais son instinct lui disait que Ross, en plus d'être travailleur et sexy, était quelqu'un de très spécial et qu'elle regretterait toute sa vie de le perdre de vue si elle ne trouvait pas très vite le moyen de faire plus ample connaissance avec lui.

— Dis-moi, tu racontes souvent ta vie sexuelle aux inconnus ?

— Tu es le premier, répondit-elle sans le regarder, tentant de formuler son ressenti sans paraître folle. C'est que... je n'ai pas l'impression que tu sois un inconnu, en fait...

C'était la vérité. D'une certaine manière, elle avait l'impression de le connaître, ou du moins, de saisir les traits essentiels de sa personnalité. L'attraction physique immédiate qu'elle avait éprouvée pour lui entrait évidemment en ligne de compte, mais elle était avant tout impressionnée par son attitude : la façon dont il avait caressé sa main lorsqu'elle avait parlé de ses parents, son indignation en apprenant l'infidélité de Jude, sa proposition chevaleresque de récupérer le cadeau de Sam…

Tout cela racontait une histoire dont elle avait envie de connaître la suite. Voire d'en devenir l'héroïne.

— Si je ne suis pas un inconnu, c'est que je suis un ami, alors ?

Il se leva. Elle ne sut pas s'il avait l'intention de partir seul ou s'il souhaitait qu'elle l'accompagne, jusqu'à ce qu'il lui tende la main.

— Alors, mon amie, dit-il avec un sourire à faire fondre les neiges éternelles, allons récupérer ton cadeau de Noël.

Ross se demandait à quoi pouvait bien ressembler ce Jude. Lucy était si belle qu'il devait forcément avoir lui aussi un physique avantageux, puisque ce n'était pas pour ses qualités morales qu'elle était sortie avec lui, à l'évidence. Ce n'était pas non plus pour son argent, il en était certain. Bien qu'il n'ait parlé qu'une demi-heure avec elle, il savait déjà qu'elle n'était pas une chasseuse de fortunes : rien chez elle n'était faux, et il croyait à son instinct. Cette fille était différente de celles qu'il avait rencontrées auparavant. Il y avait en elle quelque chose d'insaisissable qui l'intriguait profondément. Et ce n'était pas seulement son beau visage… Il y avait aussi la facilité avec laquelle ils s'étaient mis à échanger sur des sujets des plus intimes, en toute confiance, mais aussi avec légèreté, comme s'ils se connaissaient de longue date. De la même manière, le ton était passé de chaleureux et amical à *caliente caliente.*

Cela dit, aborder la question de la vie sexuelle de Lucy n'avait pas été très malin, car il n'arrivait plus à penser à autre chose. Il ne cessait de songer non plus à l'expression qui avait traversé ses yeux pendant qu'ils se dévisageaient en silence.

Après avoir quitté le café, ils avaient fait une halte à son camion pour y déposer sa boîte à outils, ensuite, ils avaient pris le métro ensemble.

Chaque seconde avec elle ne faisait qu'augmenter sa fascination. Elle parlait sans discontinuer, mais rien dans ses propos n'était banal ni ennuyeux. Il appréciait particulièrement sa façon de parler de la ville, de l'énergie et de l'inspiration qu'elle y puisait. Elle s'était d'ailleurs arrêtée plusieurs fois pour photographier des choses qui seraient pour lui passées inaperçues, comme un tas de sacs poubelle ou un vieux vélo abandonné qui rouillait contre un mur. Elle lui avait aussi raconté son projet de partir en Europe après ses études, et elle s'était arrêtée pour acheter un de ces hot dogs chimiques qu'on vendait dans la rue et l'avait mangé avec délices.

Elle avait donné cinq dollars à un SDF, et mis autant dans le seau d'un chanteur de rue qui s'époumonait sur *Il est né le Divin Enfant* tout en lui expliquant qu'elle n'aimait pas Noël et qu'en général quand on lui souhaitait des joyeuses fêtes, elle répondait : « Foutaises ! »

Amère comme le vieux Scrooge du *Conte de Noël* de Dickens, Lucy ? Il n'y croyait pas une seconde. En revanche, il avait remarqué qu'une ombre voilait ses yeux chaque fois qu'ils mentionnaient les fêtes en famille.

A part cela, elle riait souvent, souriait aux inconnus. Elle avait levé son visage vers le ciel lorsque la neige avait commencé à tomber doucement pour attraper du bout de la langue un flocon qui s'était posé à la commissure de ses lèvres.

Rire doux, sourire magnifique, lèvres affolantes…

Elle n'était pas seulement attirante, elle était ravissante. Non pas dans le sens de « jolie », mais au sens premier : elle ravissait ses sens et son esprit, s'en emparait, les capturait. Le mot parfait pour la décrire. Et adorable aussi. Sexy en diable… Son intérêt et son attachement pour elle grandissaient à chaque pas, renforçant sa détermination à empêcher que l'imbécile de fils à papa ne la blesse de nouveau.

Elle était tout simplement fantastique, c'est pourquoi il n'avait cessé de se demander, jusqu'à ce qu'ils arrivent chez Jude, pourquoi une fille comme elle avait perdu son temps avec un type qui, d'après ce qu'il en avait appris, ne la méritait pas une seconde. Que pouvait-elle avoir trouvé chez ce Jude à la noix qui habitait dans un immeuble où le loyer devait coûter cinq fois plus cher que celui de son minuscule appartement ?

Il eut la réponse en se trouvant face au minable en question.

Jude Zacharias était sans doute un crétin, mais il était

aussi grand, beau, élégant, le pur rejeton d'une grande famille bourgeoise où personne n'avait dû gagner son pain à la sueur de son front depuis plusieurs générations. Il avait surtout ce charme distingué qui fonctionne comme un aimant à filles, et dont il joua à fond dès la seconde où il ouvrit la porte. Il poussa la chose jusqu'à verser quelques larmes, déclarant qu'il était terriblement désolé d'avoir permis que cette femme l'entraîne dans une situation si « sordide », qu'il « donnerait tout » pour revenir en arrière et qu'il était « immensément soulagé » qu'elle soit revenue.

Gonflé, avec ça !

C'est alors que Ross fit un pas en avant pour lui faire remarquer sa présence.

— C'est qui ? demanda Jude.

— Je suis un ami de Lucy. Nous sommes passés récupérer le paquet qu'elle a oublié chez toi. Tu peux l'apporter, s'il te plaît ? Nous sommes pressés.

En tout cas, lui, il l'était, non pas parce qu'il avait une journée chargée mais parce qu'il avait hâte d'éloigner Lucy de ce saligaud. Il était si indigné, que lorsque l'autre tendit le bras pour la toucher, il s'interposa brusquement de sorte que la main de Jude vint s'écraser contre son torse.

— Non, mais je rêve ! Qui c'est ce type, Lucy ? répéta Jude.

— Il est sourd ou juste con ? avait-il alors demandé à Lucy avant de répéter, lui aussi : Comme je viens de te le dire, je suis un ami de Lucy. Je suis venu pour m'assurer que tu lui rendes son paquet et que tu lui fiches la paix.

— Lucy, bébé, je ne comprends pas... Tu as fait venir ce type pour me rendre jaloux, c'est ça ? Mais ce n'était pas la peine, tu n'as pas besoin de ça pour que je revienne avec toi.

— Tu n'as rien compris, ma parole ! Oublie-la, elle ne veut pas de toi.

Jude lui décocha un regard radioactif.

— Mêle-toi de tes affaires, s'il te plaît ! Et d'abord qu'est-ce que tu fous chez moi ?

— Ross est mon ami, intervint Lucy.

— Ah ouais ? Et depuis combien de temps ?

Elle se tapota les lèvres comme si elle réfléchissait et se tourna vers Ross avec une expression espiègle.

— Depuis… une heure à peu près, non ?

Jude en fut outré, mais elle l'ignora.

— Ross voulait juste s'assurer que tu ne jouerais pas au con et que tu me rendrais mon cadeau.

— Ah, bon ? Et que compte-t-il faire si je décide que tu ne l'auras pas ?

Ross serra les dents. Et les poings. C'était la première fois de sa vie qu'il avait à ce point envie de casser la figure à quelqu'un.

Lucy posa une main sur son épaule pour le calmer.

— C'est bon, Jude, ne complique pas les choses… Donne-moi mon cadeau et finissons-en. Ah, et ça, c'est à toi…, ajouta-t-elle en lui tendant une clé.

Jude la lui arracha de la main, lança un regard noir à Ross et retourna à l'intérieur de l'appartement.

Lorsqu'il revint, il portait un petit cube enveloppé de papier kraft. La boîte était toute écrasée et sale, le papier à moitié déchiré.

Lorsque Lucy le prit, on entendit un petit bruit de verre. Un coin de la boîte était mouillé.

L'objet qui se trouvait à l'intérieur contenait du liquide et il avait été cassé.

— Tu… tu ne l'as pas…, murmura-t-elle, les yeux pleins de larmes.

Jude haussa les épaules.

— Comme tu l'avais laissé ici, je me suis dit que tu t'en fichais et j'allais le balancer.

— Espèce de sale con ! siffla Ross en avançant d'un pas.

Cette fois-ci, Lucy était trop absorbée par son chagrin pour intervenir.

Tant mieux.

Il prit un malin plaisir à l'empoigner et à le pousser. En reculant pour tenter de retrouver son équilibre, Jude trébucha contre une table, et tomba à la renverse.

— Encore un pas et j'appelle les flics ! geignit-il.

— J'ai largement le temps de te démolir avant qu'ils n'arrivent, grogna Ross s'approchant encore.

— Je… je suis désolé. Lucy, tu sais bien que je ne ferais rien qui puisse te blesser. C'était un accident.

— Un accident ? fit Ross en l'attrapant par le col de son cachemire rose Ralph Lauren pour lui coller son poing dans la figure.

Lucy l'arrêta juste à temps.

— Laisse-le, Ross, je veux juste partir d'ici, dit-elle avant d'ajouter avec un mépris implacable dans la voix : Maintenant je n'ai plus le moindre doute, il est petit, mesquin et pitoyable.

— Bébé…

— Oublie-moi, Jude.

Ross le relâcha avec assez de force pour qu'il retombe comme une masse sur son canapé design.

Lucy tenait ce qui restait du cadeau contre sa poitrine, sans se soucier qu'il soit mouillé. C'était comme si elle venait de perdre un objet précieux et irremplaçable, songea Ross. Le seul bonheur, sans doute, qu'elle pouvait attendre des fêtes maintenant que ses parents étaient morts et son frère loin d'elle. Il repensa à sa propre famille. Ils pouvaient le rendre fou parfois, surtout son père avec sa manie de tout vouloir contrôler, mais il ne saurait comment vivre sans eux... Lucy était beaucoup trop jeune pour porter un tel fardeau de solitude ; elle devait être une femme d'une force intérieure hors du commun.

— Allez, allons-nous en, insista-t-elle.

A regret, il renonça à son envie de casser les dents si blanches de Jude et la prit par le bras.

— Bien sûr, dit-il en se tournant vers le canapé.

L'autre imbécile arborait un sourire tellement méprisant qu'il sentit de nouveau son sang bouillir. S'il osait la ramener encore une fois, il allait devoir contrarier Lucy et le dérouiller pour de bon.

Comme si elle avait deviné ses pensées, elle lui pressa le bras. D'accord, il resterait calme. Ou presque.

— T'inquiète pas, je ne vais pas te toucher, je ne voudrais pas abîmer ton joli minois, je crois que tu en as vraiment besoin.

— Qu'est-ce que ça veut dire ? riposta Jude d'un ton qui contenait plus d'arrogance qu'il ne pouvait se permettre.

Vas-y, crétin, donne-moi une raison de te flanquer la raclée de ta vie...

— D'après ce que j'ai vu, tu en auras besoin pour compenser ton manque de caractère. Et ton petit sexe. Bizarre et mou, avec ça...

Jude devint écarlate et bafouilla quelque chose sans pour autant parvenir à formuler clairement une réponse. Ross en déduisit que Lucy avait dit la vérité. Un garçon sûr de sa constitution lui aurait ri au nez.

— Ah, et bon anniversaire, au fait ! A toi et à ton petit truc ! conclut-il en claquant la porte.

Il avait fait un tel effort pour se contenir, que ce ne fut qu'une fois seul dans l'ascenseur avec Lucy qu'il s'aperçut qu'elle tremblait de la tête aux pieds. Elle lui tournait le dos et avait enfoui son visage dans ses mains. Après une journée si chargée en émotions, elle craquait, forcément, se dit-il le cœur serré.

Il la fit alors se retourner doucement dans l'idée de la réconforter, de lui tapoter l'épaule ou de la prendre dans ses bras comme les héros au cinéma.

Sauf qu'il avait commis une erreur d'appréciation.

— Tu l'as vu ? Oh... C'était...

Elle ne pleurait pas : elle était hilare.

— Tu as vu sa tête ? dit-elle enfin dans un grand éclat de rire.

— Oui, j'ai vu, répondit-il si soulagé qu'il avait envie de la faire virevolter dans ses bras.

— Tu as été le preux chevalier parfait, Ross... Il ne te manquait que l'armure étincelante.

— Ce n'est pas pratique pour bricoler, une armure,

fit-il en tentant de cacher la satisfaction que ces mots lui procuraient.

— Peu importe, dit-elle avec un sourire lumineux. Tu es mon héros !

Puis elle tendit vers lui son visage rayonnant et mutin, se hissa sur la pointe des pieds et frôla sa joue du bout des doigts. Il n'eut qu'une fraction de seconde pour comprendre ce qu'elle s'apprêtait à faire.

Déposer un baiser de remerciement sur ses lèvres.

Tout doux, tout tendre, tout simple.

Et absolument délicieux.

Ce n'était qu'un geste de gratitude, une façon de lui exprimer sa reconnaissance. Il l'avait parfaitement compris, mais après avoir goûté sa bouche, il ne put se résoudre à en rester là. Enflammé, il saisit son visage d'une main, enfouit l'autre dans la masse soyeuse de ses cheveux et l'embrassa avec toute l'intensité de son désir. Sa langue chercha la sienne ; elle laissa échapper un petit bruit adorable et pencha la tête pour mieux s'offrir. Le « merci » et le « mais je t'en prie » se changèrent en deux secondes à peine en une étreinte brûlante qui disait « j'ai envie de toi » et « où est le lit le plus proche ? »

— Ehem...

Il fallut un peu de temps à Ross pour établir un rapport entre le toussotement discret qu'il avait vaguement entendu et la présence de quelqu'un. L'ascenseur était arrivé au rez-de-chaussée et ils étaient en train de se donner en spectacle.

A regret, il s'écarta de Lucy. Elle avait les joues roses, ses longs cils formaient deux éventails veloutés au-dessus de ses pommettes, et elle se laissa aller doucement contre lui, comme si elle avait du mal à garder l'équilibre.

— On n'est pas seuls…, murmura Ross.

Elle rouvrit les yeux, et voyant les deux hommes et la dame aux cheveux gris qui les regardaient avec un sourire compréhensif, elle bafouilla quelques excuses.

— Ne t'en fais pas, dit le brun, le bras autour de la taille de son compagnon.

— Dis-nous juste que ça signifie que tu as largué le type du 6C ! ajouta le blond.

Lucy écarquilla les yeux.

— Qu'est-ce qu… ?

— C'est un péteux à la gomme, renchérit la femme, comme si elles étaient des amies de longue date.

Ross toussota, surpris et amusé à la fois.

— C'est une façon de le dire, en effet…

— On… on se connaît ? demanda Lucy, confuse.

— Pas vraiment, mais nous habitons aussi au 6e, expliqua l'homme brun. Le 6C est tout simplement imbuvable. Il ne te méritait pas.

— Merci, répondit-elle, de plus en plus embarrassée.

— Tu l'as frappé ? demanda le blond à Ross.

— Non.

— Eh bien c'est dommage… J'avais vraiment envie que quelqu'un lui apprenne un peu la vie. Il a besoin d'une bonne leçon.

— D'après le peu que je sais de lui, je suis certain qu'un de ces jours vos prières seront exaucées, dit Ross en poussant doucement Lucy par le coude.

Ils se dirent au revoir, et lorsqu'ils approchèrent de la

porte de l'immeuble, le portier adressa à Lucy un clin d'œil complice, comme s'il soutenait l'avis du reste du voisinage. Tout en trouvant ces gens fort sympathiques, Ross craignit que leurs propos ne poussent Lucy à se sentir stupide pour ne pas avoir découvert plus tôt que sous le masque du chic type se cachait un « péteux à la gomme ».

— Surtout, ne culpabilise pas, lui dit-il en la prenant par la main. Ce type est un comédien de première. Il a simplement joué sur tes attentes.

Elle s'arrêta au milieu du hall et le fixa, l'air sidéré.

— C'est tout à fait ça. Comment as-tu deviné ?

— Les garçons font ça tout le temps pour convaincre une fille qui ne veut pas...

Il n'osait pas dire « passer à la casserole » même s'il était certain que c'était l'expression dont Jude aurait usé.

— J'aurais dû m'en rendre compte toute seule. Merci de ne pas me rappeler que j'ai été une parfaite idiote de ne pas l'avoir vu avant.

— Mais bien sûr que si, tu l'as vu ! la rassura-t-il. C'est d'ailleurs pour ça que tu n'as pas voulu...

Il se tut. Lucy comprit sa gêne et éclata de rire.

— Tu es vraiment quelqu'un de bien, tu sais ?

— J'ai quelques ex-copines qui auraient à redire là-dessus, mais mes parents ont tendance à croire que je le suis.

— Et j'aurais tendance à être de leur avis.

— Je le leur dirai la prochaine fois que je les verrai.

Elle lui offrit un de ses sourires lumineux et lui prit la main.

En sentant ses doigts s'emmêler aux siens, Ross sentit son cœur bondir dans sa poitrine. Il l'avait prise dans ses bras, l'avait embrassée mais ça… ça c'était encore autre chose… La façon dont elle lui abandonnait sa main, paisible et sereine, montrait qu'elle lui faisait confiance comme s'ils se connaissaient depuis des mois et non pas quelques heures seulement.

Il ignorait ce qui allait se passer, à présent que sa mission de preux chevalier avait été menée avec succès. Qu'allaient-ils faire ? Ils n'avaient rien prévu d'autre, c'était la veille de Noël, dans les rues les gens couraient comme des fous, lui-même avait mille choses à faire… Pourtant, lorsqu'ils sortirent dans l'air froid de décembre, clair et dynamisant comme le rythme trépidant de la ville, la seule chose dont il était sûr, c'était qu'il ne voulait pas dire au revoir à Lucy.

Chapitre 5

Aujourd'hui
Chicago, 23 décembre 2011

Tout en sachant que Stella avait déjà préparé les chèques destinés aux fournisseurs et prestataires de services sollicités pour la fête, Ross espérait qu'elle arriverait à retenir Lucy le plus longtemps possible, car tant qu'il restait du monde dans le bâtiment, cette dernière pouvait se glisser dehors sans qu'il s'en aperçoive.

Ce qui faillit d'ailleurs se produire.

Il vit soudain une chevelure ondoyante coiffée d'un chapeau vert surmonté d'une plume s'engouffrer dans l'ascenseur. Malgré lui, il lâcha un juron.

— Pardon ? s'étonna le directeur de projets qui s'était arrêté pour discuter avec lui après que M. Whitaker fut parti.

— Désolé, je viens juste de me rappeler que je devais régler une affaire urgente.

C'est-à-dire qu'il fallait qu'il obtienne les coordonnées personnelles de Lucy et qu'il lui fasse promettre qu'ils se reverraient bientôt pour discuter un peu plus tranquillement. De quoi, il l'ignorait pour l'instant. Au bout de six ans, il se voyait mal lancer une conversation avec un simple « Qu'est-ce que tu deviens ? », d'autant moins que la véritable question serait alors : « Et nous, maintenant, dans tout ça ? »

Il savait qu'il lui suffisait d'attendre après les fêtes — Stella avait forcément une adresse, un moyen de contact —, mais quelque chose dans le regard de Lucy, sans doute son expression lorsqu'elle lui avait reproché de ne jamais avoir pris de ses nouvelles en six ans, l'empêchait de laisser passer une minute de plus. Il n'était pas certain de trouver les mots lorsqu'il serait seul avec elle, mais il sentait qu'il lui devait une explication. Il était fort possible qu'après l'avoir écouté elle continue de le trouver lâche et de le détester, mais au moins, il aurait sa conscience pour lui.

Ensuite, il se donnerait à fond pour la convaincre de cesser de le haïr.

— Merci pour la fête, monsieur Marshall. Les enfants ont vraiment adoré !

— Heureux de l'entendre. Profitez bien des vacances et joyeux Noël, répondit-il en s'éloignant prestement pour prendre l'escalier.

Personne ne l'utilisait sauf en cas d'urgence. Or c'en était une. L'ascenseur allait probablement marquer des arrêts, donc, s'il se dépêchait, il pouvait espérer atteindre le rez-de-chaussée avant Lucy.

Il dévala les marches trois par trois. Même s'il avait cessé de trimballer de lourdes planches toute la journée, il avait conservé une bonne condition physique, de sorte que les portes de l'ascenseur étaient en train de s'ouvrir lorsqu'il arriva à la réception sous le regard étonné de Chip, le vigile, qui travaillait chez Elite depuis des années. Des personnes en sortaient, certains avec des dossiers dans les bras, d'autres des cadeaux, d'autres encore des plateaux de nourriture.

L'une d'entre elles avait les mains vides, mais elle portait une robe verte de lutin.

— Comment as-tu… ?

— L'escalier. Tu allais vraiment partir sans me dire au revoir, Lucy ?

— Tu m'as vraiment poursuivie, Ross ?

— Poursuivie… C'est un peu excessif, comme mot, non ?

— Tu es hors d'haleine et tu transpires. Tu ne peux pas nier que tu as couru.

— A toutes jambes même, je l'avoue, répondit-il avec un sourire un rien forcé.

— Pourquoi ?

— Et toi, pourquoi tu partais sans me dire au revoir ?

— On s'est dit au revoir il y a très longtemps.

— Dis donc… Tu es vraiment en colère contre moi !

— C'est ridicule !

Il supposa qu'elle essayait de se montrer froide et distante, sauf qu'avec ses boucles décoiffées et les pointes du col qui remontaient, elle était plus adorable que jamais. Il ne put s'empêcher de tendre le bras vers elle.

Elle sursauta comme si sa main était du fer chauffé à blanc.

— Arrête !

— Bon sang, Lucy, tu me hais donc à ce point ? murmura-t-il en prenant soudain conscience que peut-être elle ne feignait pas la colère.

Etait-il possible que ces six ans qu'il avait passés à la regretter, elle les ait passés à le détester de tout son cœur ?

— Bien sûr que non, je ne te hais pas, maugréa-t-elle.

Comme si elle admettait une vérité qui la contrariait.

Comme si elle avait préféré le détester.

— S'il te plaît, allons boire un café et parler…

Une expression mélancolique adoucit son beau visage, comme si elle songeait elle aussi à leur première rencontre dans ce café new-yorkais.

— Je ne peux pas. Il faut que je passe à la banque avant la fermeture et que je rentre chez moi avant que la neige commence à tomber.

— Je t'accompagne.

— Je suis en voiture.

— Je monterai dans ta voiture, alors.

— Tu insistes toujours autant ?

— Seulement quand c'est important.

— Et depuis quand est-ce que je suis importante pour toi ?

Depuis le jour de notre rencontre.

Il ne prononça pas les mots à voix haute, mais imagina qu'elle les avait lus dans ses yeux.

— Ecoute, Ross, je ne te garde rigueur de rien, crois-moi. Tu n'as donc pas à te donner autant de mal pour faire la paix avec moi.

— Ce n'est pas ça. C'est que tu m'as manqué. Terriblement.

— Comment une personne que tu n'as connue qu'un week-end il y a mille ans peut-elle te manquer ?

— Tu es en train de me dire que tu ne ressens pas la même chose ?

Il prenait un risque en lui posant cette question. Si elle y répondait par l'affirmative, il se résoudrait alors à la croire et la laisserait partir. Une des choses que la vie d'adulte vous apprend c'est que des moments précieux pour vous ne sont parfois qu'un souvenir flou pour la personne qui les a partagés. Et qu'il n'y a rien à faire d'autre que de s'y résigner.

Elle ne répondit pas tout de suite, et il ne voulait surtout pas qu'elle réponde sans avoir réfléchi. Quelques mèches satinées étaient retombées sur son visage et il ne put s'empêcher de les repousser. En dépit de la fugacité de ce contact, il sentit une onde de chaleur monter le long de son bras. Elle ferma les yeux, ses longs cils tremblotant comme des papillons. Il aurait juré qu'elle avait tendu la joue vers sa main.

Aussi incapable de résister à son charme qu'il l'avait été la première fois dans l'ascenseur, il se pencha et frôla ses lèvres des siennes, sans rien oser demander d'autre qu'une nouvelle chance.

Elle hésita une fraction de seconde avant de se laisser aller contre lui. Aujourd'hui, il n'y avait pas de boîte en carton abîmée pour empêcher leur corps de se joindre, et il fut surpris de constater que leurs corps s'emboîtaient toujours à la perfection. Les courbes pleines de Lucy épousaient ses creux; elle se serra contre lui en écartant légèrement les pieds, comme une danseuse qui reprend une chorégraphie mille fois répétée.

La douceur se mua en passion, comme lors de leur

premier baiser. Il l'attira tout contre lui, et elle accepta l'invite, surenchérissant en l'attrapant par le cou. Leurs langues se retrouvèrent en un baiser long, brûlant.

Ross se demanda comme il avait pu imaginer qu'embrasser d'autres femmes pourrait remplacer le plaisir d'embrasser cette femme-là. Elle lui faisait le même effet que six ans auparavant, celui d'une drogue très pure et très puissante. Plus encore même, car à présent elle n'était plus la jeune fille en fleur qu'il avait rencontrée, mais une femme accomplie. Et il avait eu l'immense privilège d'être, d'une certaine manière, à l'origine de cette métamorphose.

C'était peut-être la raison pour laquelle ce baiser était si différent du premier. A l'époque, il y avait la curiosité et l'éblouissement, l'attrait puissant de l'autre et de l'aventure...

Alors qu'à présent ils se connaissaient déjà, ils avaient déjà expérimenté l'alchimie parfaite de leur corps nus et enlacés, la folie douce dans laquelle ils s'entraînaient jusqu'à perdre la raison et la notion du temps. Ils savaient que le plaisir serait au rendez-vous,

Lucy enroula une jambe à l'une des siennes pour mieux se plaquer contre lui, et tous deux laissèrent échapper un gémissement étouffé. Elle ne pouvait pas avoir manqué le relief de son sexe dressé contre son ventre, de la même façon qu'il sentait sa chaleur en dépit des couches de tissu qui s'interposaient entre eux.

Six années s'effacèrent d'un coup ; il oublia qu'ils étaient au rez-de-chaussée de son entreprise, que des gens pouvaient les voir. Seul l'instant présent existait, et l'émotion de retrouver ce qui leur avait manqué pendant longtemps. Beaucoup trop longtemps.

Dans le brouillard de son esprit, cependant, il entendit un toussotement discret — Chip ? — suivi du « ding » indiquant l'arrivée de l'ascenseur. Le bruit des portes s'ouvrant fut suivi de rires et de conversations... Des gens, ou plus précisément ses employés, les derniers, rentraient chez eux.

— Tu n'as pas une sensation de déjà-vu ? murmura-t-il.

Sauf que cette fois-ci, ils étaient à l'extérieur de l'ascenseur.

Elle eut un rire bref, ce rire argentin et si doux qui n'appartenait qu'à elle, ce rire qu'il avait espéré mille fois entendre de nouveau, par surprise, quelque part, tout en pensant objectivement qu'il n'y avait aucune chance que cela se produise.

— Tu crois qu'une dame aux cheveux gris va venir me dire que le locataire du sixième n'est qu'un péteux à la gomme ?

— Eh, mon bureau est au sixième ! plaisanta-t-il, réjoui d'entendre qu'elle se souvenait aussi bien que lui de ce jour-là.

— Joyeux Noël ! lança l'un de ses employés en se dirigeant vers la sortie en compagnie de sa femme enceinte.

— Joyeux Noël à vous aussi ! répondit-il en englobant dans ses vœux les six autres personnes qui quittaient le bâtiment. Profitez des vacances et faites attention dehors. La tempête s'annonce redoutable.

Une fois les derniers partis, Chip tourna la clé du système de sécurité dernier cri rendant le bâtiment aussi inexpugnable qu'une forteresse. C'était un vigile dévoué qui prenait sa mission très au sérieux sans jamais se plaindre, même lorsqu'il lui échéait l'ingrate tâche de rester de garde toute la nuit alors que le personnel était parti en vacances. Elite Constructions n'était pas le Pentagone, mais l'espionnage industriel, lorsque les enjeux se chiffraient en millions de dollars, n'était pas à exclure. Sans parler de la valeur des équipements techniques et informatiques dans lesquels la société avait investi une bonne partie de ses actifs. La surveillance du siège de l'entreprise vingt-quatre heures sur vingt-quatre avait été l'une des innovations que Ross avait eu le plus de mal à faire accepter à son père, qui en plus d'être de l'école de l'Oncle Picsou, semblait oublier bien souvent qu'il était à la retraite.

— Moi aussi, je vais y aller, dit Lucy en voyant Chip tourner clés et verrous.

— Lucy...

Elle leva la main pour l'interrompre et fit un pas vers la porte.

— S'il te plaît, Ross...

Il soupira. Elle avait l'air encore plus déterminée à s'en aller qu'avant leur baiser. Mais il ne regrettait pas de l'avoir embrassée. Absolument pas.

Chip le regarda comme pour lui demander ce qu'il devait faire et il hocha la tête. Bien sûr que Lucy pouvait partir, il n'allait pas la retenir contre son gré ! Rien n'avait changé... Il avait tenté sa chance. Et il avait perdu.

Pour l'instant...

Car si la présence de Lucy aujourd'hui, au milieu de ses employés, l'avait pris au dépourvu, il avait en revanche appris qu'elle habitait à Chicago. La distance ne s'interposait plus entre eux, et il avait mûri suffisamment pour écarter toute autre circonstance ou demande extérieure risquant de l'éloigner d'elle une deuxième fois.

C'était comme si le Père Noël lui avait apporté en avance

le plus merveilleux des cadeaux, un de ces cadeaux qu'on n'attend pas parce qu'on ignore même le vouloir, mais qui, une fois déballé, nous comble au-delà de nos espoirs.

Non, il n'allait pas la perdre de nouveau, mais il avait appris qu'il fallait parfois perdre une bataille pour gagner la guerre.

Lucy était sur la défensive, elle devait se sentir en terrain inconnu, voire en terrain ennemi, et n'avait pas eu le temps d'évaluer ce que cette rencontre inopinée signifiait pour elle. Lui laisser quelques jours de réflexion avant de revenir à la charge lui sembla la stratégie à adopter. Et la prochaine fois qu'il lui demanderait de l'écouter, il n'accepterait pas un « non » pour réponse.

— Au revoir, Ross, dit-elle en partant sans se retourner.

Sa voix était à peine un murmure, et il la connaissait assez pour comprendre qu'elle luttait pour ne pas trahir ses émotions.

Il fallait la laisser s'en aller. Avoir confiance.

— Au revoir, répondit-il. Ah, et...

Elle hésita, puis tourna vers lui son visage.

— Joyeux Noël !

Après une pause à peine perceptible, elle ébaucha un sourire de ses lèvres parfaites.

— Foutaises, Ross.

Puis elle sortit dans la nuit naissante.

En temps normal, le trajet jusqu'à la banque lui prenait vingt minutes, mais ce soir, Lucy dut se faufiler dans la circulation du vendredi que l'approche des fêtes ajoutée au début de la tempête annoncée rendait encore plus dense.

Heureusement, l'agence disposait d'un guichet drive-in ; elle n'aurait pas à se garer pour déposer le chèque.

Mais même là, il y avait du monde. La file de voitures avançait très lentement. Par la vitre de sa Jeep, elle voyait les gros flocons s'abattre sur la ville comme une pluie de confettis déversée par un dieu fou qui s'amusait à les envoyer sur les pauvres mortels par rafales violentes qui les glaçaient jusqu'à la moelle.

Une fois sa mission accomplie, elle prit le chemin de la maison en se félicitant d'avoir consulté la météo la veille et d'avoir déjà fait ses courses. Un stock de chocolat, de Coca light et de DVD l'attendait pour un week-end douillet bien à l'abri et au chaud, à manger des cochonneries, regarder des films de catastrophes et faire des achats en ligne.

Le trajet se révéla plus compliqué qu'elle ne s'y attendait. Sa Jeep avait beau être un 4x4, la visibilité diminuait à chaque seconde. Elle avait du mal à avancer dans ce qui ressemblait de plus en plus à un mur en coton qui paraissait absorber la lumière ; c'était à peine si elle parvenait à distinguer les lampadaires qui pourtant bordaient les rues profusément.

Lorsqu'elle arriva enfin chez elle, deux heures plus tard, elle n'était pas seulement frigorifiée et épuisée, elle était aussi sur les nerfs à cause de l'effort d'attention qu'elle avait dû fournir.

A peine passée la porte, elle se fit couler le bain bouillant dont elle rêvait depuis la fin de l'après-midi. Elle vida un demi-flacon de sels parfumés dans l'eau tout en se promettant qu'une fois dedans elle ne gaspillerait pas une seule seconde à penser à Ross. Ni à son baiser...

Mais qu'est-ce qui t'a pris, de l'embrasser, toi aussi ?

Maudite curiosité ! Elle avait voulu comparer ses souvenirs à la réalité. Souvent elle s'était demandé si sa relation avec Ross avait été réellement aussi intense que dans sa mémoire ou bien si le regret avait embelli ses souvenirs. De la même manière, elle n'avait jamais su si les hommes qu'elle avait rencontrés ensuite lui avaient paru fades parce que véritablement ils n'étaient pas à la hauteur ou parce qu'elle s'accrochait à son amour perdu, discréditant ainsi d'emblée tous les challengers, en comparaison d'un Ross idéalisé.

Ce baiser au moins lui avait apporté une réponse : le temps et le souvenir n'avaient rien magnifié. Six ans plus tard, c'était toujours aussi bon en vrai !

— Arrête de penser à ça ! s'intima-t-elle en se glissant dans la baignoire.

Les bains très chauds, elle le savait, étaient mauvais pour la circulation et la planète, mais ce soir, elle ne pouvait s'en passer. En cet instant précis, elle avait plus que jamais besoin de se détendre et d'oublier l'homme qui l'avait embrassée deux heures plus tôt.

Peine perdue... Ross revenait en force dans ses pensées. Non seulement le Ross qu'elle avait revu dans l'après-midi, mais aussi le jeune homme rencontré six ans plus tôt. Celui avec lequel elle avait partagé une intimité qu'elle n'avait jamais retrouvée depuis.

La chaleur, le parfum des huiles et des sels, la lumière vacillante de la bougie parfumée qu'elle avait allumée... L'eau l'enveloppait, caressait chaque parcelle de son corps — l'intérieur de ses cuisses, les bouts de ses seins —, et elle sentit ses sens s'éveiller. Sa ferme détermination à chasser Ross de son esprit s'effrita, et elle laissa bientôt son imagination s'envoler. Elle songea alors à sa façon de l'embrasser, si douce et si sexy, à la façon dont sa voix se brisait au moment de l'orgasme…

Elle promena sa main sur sa peau glissante, s'attarda sur le bout dressé d'un sein. Une onde de chaleur qui n'avait rien à voir avec la température de l'eau se propagea vers le bas de son ventre. Elle serra et desserra les cuisses. Paupières closes, la tête contre la serviette qui lui servait de coussin, rien n'était plus facile que d'imaginer que les mains qui couraient sur sa peau étaient celles de Ross, que le doigt qui dessinait des cercles autour de son clitoris lui appartenait. Avec un gémissement où se mêlaient la résignation et le plaisir, elle donna quartier libre à ses souvenirs. Son corps, affamé après des mois d'abstinence — depuis qu'elle avait quitté New York — répondit sans tarder par un orgasme lent et somptueux. Elle savoura le plaisir avec délices. Seul regret, la fugacité, la solitude du moment.

Ce n'était pas comparable, pensa-t-elle comme souvent, avec un véritable corps à corps. Jouir pour jouir ne l'avait jamais attirée ; ce qui l'intéressait, dans le sexe, c'était l'intimité partagée. Et malheureusement, après tout ce temps, en dépit du silence et du chagrin, c'était avec Ross qu'elle désirait partager son plaisir.

Elle finit de se laver les cheveux en passant en revue les événements de la journée. Quelque chose la taraudait, mais elle n'arrivait pas à mettre le doigt dessus. Elle repensa à la fête, au chèque, à Ross, à la façon dont elle avait essayé de filer en douce lorsqu'il avait eu le dos tourné... Quelle était donc la pièce qui manquait au puzzle ?

Ce ne fut qu'une fois habillée d'un jogging confortable, les cheveux enturbannés dans une serviette, qu'elle comprit.

— Oh ! Non ! s'écria-t-elle en courant alors vers le séjour. Non, Non ! Mais quelle cruche !

Son sac à main était sur la table. Tout seul. Elle voulait encore espérer qu'elle avait oublié dans sa Jeep sa possession la plus chère, mais elle était presque certaine d'avoir laissé dans les bureaux d'Elite la sacoche avec son appareil photo et ses objectifs hors de prix.

Assise sur le bras du canapé, elle s'efforça fébrilement de visualiser de façon précise les derniers moments de la journée. Eh oui, pas de doute... Elle avait laissé la sacoche sur le trône du Père Noël, avant de suivre Stella dans les bureaux. Puis, au moment de partir, dans sa hâte d'échapper à Ross, elle avait sauté dans l'ascenseur. Sans s'arrêter dans la grande salle pour récupérer sa sacoche.

Elle jura à voix haute, sans arriver à décider si c'était un simple désagrément ou une véritable catastrophe. Elle avait des rendez-vous très importants après le week-end, notamment le lundi suivant, avec la famille d'un banquier qui désirait un portrait de Noël avec enfants et petits-enfants devant la cheminée du manoir. C'était le style de commande qui pouvait lui ouvrir les portes des gens les plus fortunés de la ville, dont les directeurs des grands magasins et des groupes de presse.

Mais Stella avait dit qu'Elite serait fermé jusqu'en janvier. Affolée pour de bon cette fois, elle regarda la pendule — bientôt 22 heures — puis la fenêtre. La neige continuait à tomber, mais le vent semblait s'être apaisé ; les voitures avançaient à une allure d'escargot le long de la rue.

Les bureaux d'Elite n'étaient pas si loin que cela, à peine trois kilomètres. S'ils s'étaient trouvés à l'autre bout de la ville, comme la banque, elle aurait hésité, mais si elle agissait vite, elle avait peut-être une chance de tomber sur le vigile encore au travail. Ce qui pourrait ne pas être le cas lundi, surtout si la neige en venait à paralyser la ville entière.

Auquel cas, bien sûr, son rendez-vous serait aussi annulé, mais sinon... si les météorologues s'étaient trompés et que lundi, la vie suivait son cours habituel... Non, vraiment, elle ne pouvait pas prendre le risque.

Sans plus se poser de questions, elle passa un jean, un gros pull, ses bottes d'hiver et sa doudoune de ski.

Quelques minutes plus tard, elle chassait l'épaisse couche de neige qui s'était déposée sur la vitre de sa Jeep en essayant de ne pas penser à quel point il était imprudent de prendre son véhicule alors qu'un blizzard redoutable approchait.

Une fois sur la route, cependant, elle se sentit rassurée. La circulation était bien plus fluide que lorsqu'elle était rentrée chez elle, et en dépit de la neige qui tombait lourdement, elle n'avait plus à coller son nez au pare-brise pour ne pas emboutir l'arrière de la voiture qui la précédait. Il semblait que le dieu fou avait quitté le jeu, du moins pour l'instant. Il ne lui restait plus qu'à espérer qu'il ne s'amuse pas à lui envoyer une bourrasque avant qu'elle ait pu rentrer saine et sauve chez elle. Avec son appareil photo, bien entendu.

Elle mit un quart d'heure pour effectuer le trajet qui ne lui avait pris que cinq minutes plus tôt dans la journée, mais lorsqu'elle arriva devant les bureaux d'Elite et qu'elle vit le rez-de-chaussée éclairé comme s'il lui souhaitait la bienvenue, elle se félicita d'avoir tenté le coup.

Elle se gara à la hâte et courut à la porte d'entrée qu'elle frappa de ses mains gantées. Surpris, le vigile faillit en tomber de son tabouret.

— C'est fermé ! dit-il en s'approchant de la baie vitrée.

— Je sais, cria-t-elle en retirant sa capuche pour lui montrer son visage en se disant qu'avec un peu de chance, il reconnaîtrait la jeune femme qui avait embrassé Ross Marshall quelques heures plus tôt. Vous vous souvenez de moi ? J'étais là tout à l'heure.

Il hocha la tête avec un grand sourire et lui ouvrit promptement.

— Par tous les diables, mademoiselle ! Qu'est-ce que vous faites dehors par un temps pareil ?

— Je ne serais pas sortie si ce n'avait pas été vraiment urgent, dit-elle en frottant soigneusement ses bottes sur le grand paillasson. J'ai besoin de monter au sixième étage ; j'ai laissé quelque chose d'important dans la salle où a eu lieu la fête.

— Ça doit être vraiment important, alors. C'est peu de dire que c'est une nuit de chien !

— Même les loups doivent rester au chaud ! répondit-elle avec son meilleur sourire. Vous me permettez de monter pour récupérer mes affaires ?

— Je vous accompagne, c'est l'heure de ma ronde, de toute façon.

Il saisit un code sur le pavé numérique à côté d'un des ascenseurs et la lumière au-dessus de celui du centre s'alluma.

Les portes s'ouvrirent. Elite Constructions ne lésinait pas avec la technologie, ni avec la sécurité, se dit-elle.

Une fois au sixième, elle marcha au pas de course, suivie par le vigile, jusqu'à l'endroit où le décor de la fête avait été installé. Tout avait été parfaitement rangé et nettoyé, le trône du Père Noël avait disparu et sa sacoche avec.

— Oh ! Non !

— On a entreposé des affaires dans la salle de détente. Si c'est une chose de valeur, il se peut que quelqu'un l'ait mise sous clé.

— Je l'espère ! Cette dame, Stella je crois, m'a vue poser ici tout mon équipement.

— Allons voir d'abord dans son bureau, suggéra-t-il en lui faisant signe de le suivre.

Mais juste après, il s'exclama :

— Eh, attention ! Bon sang ! Attention !

Elle suivit son regard à travers les grandes baies vitrées. Une voiture dont le conducteur avait visiblement perdu le contrôle avait dérapé et tournoyait comme une toupie, s'approchant à toute vitesse de la camionnette de sécurité garée dans le parking d'Elite Construction. Lucy fit la grimace, anticipant la collision qui, inévitablement, finit par se produire.

— Nom d'un chien ! grogna le vigile. Je peux vous laisser vous débrouiller ? Il faut que je voie si le conducteur n'a rien. Si vos affaires ne sont pas là, allez voir dans la salle de pause, quatrième porte à gauche.

— Bien sûr, allez-y.

L'homme s'éloigna aussi vite que ses jambes le lui permettaient et Lucy passa l'open-space en revue. Son matériel n'était pas en vue, et elle n'avait pas l'intention de fouiller dans le bureau de Stella. D'ailleurs, sa sacoche n'aurait pas pu entrer dans les tiroirs ni dans le meuble à archives.

Elle passa alors un bon quart d'heure dans la salle de pause où de nombreux cartons contenaient les décorations de Noël et des boîtes de nourriture encore intactes.

Elle les ouvrit un à un.

Encore une fois, chou blanc.

Commençant sérieusement à craindre que quelqu'un soit parti avec son matériel, elle ouvrit un dernier placard que les cartons avaient occulté jusque-là.

Ses affaires s'y trouvaient.

Avec un cri de victoire, elle serra son matériel dans ses bras comme si c'était un nouveau-né et retourna vers l'ascenseur, le cœur léger. Elle en aurait pleuré de soulagement.

L'ascenseur tardait à remonter à son étage. Elle attendit. Pressa le bouton d'appel. Une fois. Deux fois. Trois fois…

Puis comprit qu'il fallait entrer un code pour déverrouiller le boîtier de commande. Elle n'avait plus qu'à attendre que le vigile remonte et la rejoigne. Il était sans doute encore dehors.

Elle s'approcha de la fenêtre et jeta un coup d'œil en contrebas pour vérifier. La lumière orangée d'un gyrophare éclairait le parking comme une scène de film. La collision avait dû être assez grave, car deux ambulanciers poussaient un brancard vers l'arrière de leur véhicule. Lorsqu'ils passèrent sous un lampadaire, en dépit de la neige qui continuait à tomber dru, elle put distinguer le visage du blessé… qu'elle reconnut à ses cheveux gris et, surtout, à son uniforme.

C'était le vigile.

Qu'est-ce qui avait bien pu se passer ? Il avait peut-être glissé ? Quoi qu'il en soit, il était évident que son état demandait qu'il soit emmené à l'hôpital.

Le pauvre…

Elle soupira, attristée pour lui, avant de comprendre une autre chose… Si le vigile était en route vers l'hôpital… elle, elle était probablement enfermée dans les bureaux d'Elite !

Elle repensa à la minutie avec laquelle le très consciencieux employé avait fermé l'immeuble en fin d'après-midi. De toute évidence, il avait aussi bloqué l'ascenseur alors qu'il savait pertinemment qu'elle était en haut.

Avait-il également refermé l'accès général au bâtiment avant de sortir aider le conducteur de la voiture accidentée ?

Un instant, la panique la submergea à l'idée qu'elle était peut-être bloquée dans les bureaux d'Elite Construction pour toute la durée des festivités de Noël.

Puis elle se ressaisit : si Ross avait pu la devancer quand elle avait quitté les locaux dans l'après-midi, alors qu'elle avait pris l'ascenseur, c'était qu'il y avait une autre façon de descendre. Logique, non ? Elle chercha donc l'indication d'un escalier, qu'elle trouva bientôt, à l'autre bout du couloir. Elle y courut.

La porte, malheureusement, ne voulut pas s'ouvrir.

Ni celle attenante, ni une troisième…

Elle était bel et bien coincée dans ce fichu bâtiment !

— La sortie de secours, grommela-t-elle essayant de

ne pas se décourager. Il y en a toujours une. Il suffit de la trouver.

Mais à ce moment-là, sans un seul clignotement annonciateur, sans la moindre vibration suspecte, comme si on avait simplement pressé un interrupteur, elle se trouva engloutie dans l'obscurité.

L'électricité ne marchait plus.

Chapitre 6

Ce Noël-là…
New York, 23 décembre 2005

De nouveau plongé dans les rues fourmillantes de Manhattan, Ross fut surpris de constater sur l'horloge du Clock Tower Building qu'il était déjà près de 16 heures. Il essaya de calculer combien de temps il lui faudrait pour venir à bout de tout ce qui lui restait à faire avant la fin de la journée. Il n'avait toujours pas trouvé de cadeau pour son neveu et devait repasser ensuite chez lui pour récupérer ceux du reste de la famille. Il se demanda aussi si les bureaux de poste privés ouvraient tard pendant les fêtes, s'ils offraient des livraisons en urgence le jour de Noël et, dans ce cas, s'il lui restait assez d'argent sur son compte pour payer le tarif faramineux que cela risquait de coûter.

Mais, curieusement, cette perspective ne l'affolait pas. Ces tracas lui semblaient même un prix dérisoire à payer en échange d'un peu plus de temps passé en compagnie de Lucy. Après la scène désagréable avec son ex, et surtout après le merveilleux baiser dans l'ascenseur, il lui semblait impensable de la quitter sur un simple « Au revoir, ravi de t'avoir rencontrée ! » Ses emplettes pouvaient bien attendre. Et en dernier recours, il pourrait toujours envoyer à sa famille des bons-cadeaux par courriel. Sa petite sœur ne demandait pas mieux que vingt-cinq dollars à dépenser sur Amazon ; elle était accro aux romans à l'eau de rose.

Ce plan B établi pour son plus grand soulagement et sa plus grande satisfaction, il décida d'oublier qu'il allait passer le réveillon loin des siens, le chantier qui l'attendait et la conversation tendue que son père lui avait infligée la semaine précédente, conversation qu'il aurait eu à subir de nouveau à table entre les commentaires sur la météo et les compliments sur la cuisine de sa mère et qui se résumait en substance à : « Quand vas-tu quitter cette vie de patachon et revenir à la maison pour travailler dans l'entreprise familiale ? »

Merci bien…

Il préférait, et de loin, passer l'après-midi avec cette merveilleuse jeune femme dont les yeux marron pailletés d'or étincelaient à faire pâlir les guirlandes des boutiques. C'était la meilleure journée qu'il avait passée depuis des siècles, la précédente étant celle où, après avoir obtenu son diplôme à l'université de l'Illinois, il avait décidé de tenter sa chance à New York plutôt que de rentrer au bercail et se soumettre à la férule de son père. Il n'avait pas regretté sa décision, et aujourd'hui moins que jamais.

— Tu veux que je porte la boîte ? demanda-t-il à Lucy.

En un pas de deux un peu heurté, ils slalomaient parmi les passants et les vendeurs ambulants, et depuis que ce crétin de Jude le lui avait rendu, elle n'avait pas cessé de serrer le cadeau de son frère contre sa poitrine. De temps à autre, il pouvait entendre le cliquetis du verre brisé. Cliquetis qui arrachait chaque fois à Lucy une petite grimace de douleur, comme si c'était son cœur qui se trouvait en morceaux, et chaque fois, il regrettait de ne pas avoir cassé les dents de l'autre abruti.

— Lucy, ça va ? demanda-t-il en s'arrêtant net au milieu du trottoir, ce qui lui valut une douzaine de regards noirs de la part des citadins dont il avait freiné l'avancée.

— Oui, ça va. C'est gentil de proposer, mais… j'ai besoin de le porter.

Elle avait sans doute hâte de se trouver au calme pour ouvrir son cadeau, ou du moins ce qui en restait, et ce trottoir n'était sans doute pas l'endroit indiqué.

Il la prit par le bras pour la protéger d'un trader qui fonçait vers eux comme un rouleau compresseur en hurlant dans son téléphone. Manhattan à Noël devenait un manège fou de bruit et de lumière. La zone où ils se trouvaient n'avait pas le panache de la Cinquième Avenue avec ses boutiques prestigieuses aux vitrines semblables à un décor d'opéra, exposant des bijoux étincelants et des vêtements hors de prix. Pourtant il y avait autour d'eux des dizaines de petites échoppes où l'on trouvait toutes sortes d'articles, du dernier gadget électronique à la mode au souvenir kitch pour touristes, devant lesquelles des artistes de rue, des vendeurs de hot dogs et même une équipe de tournage s'activaient comme des forcenés.

On pouvait entendre dix langues différentes en marchant le long du bloc, et en dépit de la réputation inamicale des New-Yorkais, Ross n'avait jamais entendu autant de « Joyeux Noël » en si peu de temps. Même Lucy, qui affirmait détester cette période, semblait emportée par l'excitation ambiante.

— C'est le pire endroit du monde où se trouver aujourd'hui, tu en es conscient, non ? dit-elle en riant lorsqu'une nuée de touristes japonais chargés de sacs les entoura comme un banc de poissons.

— Il y en a un autre pire encore, répondit-il en la guidant vers une bouche de métro. Viens…

— Ooh ! Je n'ose même pas demander où c'est.

Ils entrèrent au chausse-pied dans la rame qui arrivait, et Ross se cantonna dans un silence narquois sans céder aux questions curieuses de Lucy, jusqu'à ce qu'ils ressortent à la surface, exactement en face du magasin qu'il avait le plus envie de visiter.

— C'est ici…

Elle le regarda, bouche bée.

— Tu plaisantes ? Tu veux entrer dans la plus grande boutique de jouets de l'univers un 23 décembre ?

— Allez, pour le fun !

Elle recula d'un pas.

— Ça doit être la folie, là-dedans, tu en as conscience ? Il va y avoir un trillion d'enfants, au moins !

— Mais non. Juste des parents hystériques.

— Qui sont encore pires que leurs gosses !

— Tu vas adorer, je t'assure. Allez, viens !

— Non, jamais !

— S'il te plaît… J'ai besoin de trouver un cadeau pour mon neveu. Je suis sûr qu'il va adorer ce dinosaure qui rugit, j'ai vu les pubs. Ma sœur m'a dit qu'il avait passé ce dernier mois les bras à l'intérieur des manches de son T-shirt, en laissant dehors seulement ses petites mains qu'il agite en rugissant pour faire peur à ses camarades de maternelle.

— Il fait le vélociraptor, alors ?

— Il me semble, oui.

— Bon, au moins il a bon goût en matière de dinosaures. Ce sont ceux que je préfère aussi.

— Personnellement, j'ai toujours eu un faible pour les T-Rex.

— Un peu surfait, mais pas mal non plus. Ce qui veut dire que nous formons un couple de carnivores.

Il adorait son humour, mais avant tout, il était ravi de voir qu'elle avait oublié, au moins pour l'instant, le mauvais moment passé chez Jude.

— Sans doute. Mais je crois qu'il ne faudrait pas tout un troupeau des tiens pour me mettre à genoux.

Il soupçonnait plutôt qu'elle pourrait y parvenir toute seule assez aisément, mais il ne fila pas la métaphore, préférant lui laisser imaginer le sous-entendu. Et à la façon dont elle baissa le regard, il déduisit qu'elle avait compris.

Que pouvait-il dire, en fait ? Elle lui faisait un effet fou depuis l'instant où il l'avait vue, et l'attirance devenait plus forte à chaque minute qu'ils passaient ensemble. Mais il doutait qu'elle soit incline à se laisser conter fleurette par un garçon qu'elle venait juste de rencontrer, surtout après la mésaventure qui lui était arrivée le matin même. Il n'était pas non plus prêt à passer aux aveux. Il la trouvait merveilleuse et la désirait jusqu'à en avoir mal, mais de là à l'admettre à voix haute, et si vite...

Il décida de retourner sur un terrain neutre.

— Je pense que ce magasin est le seul endroit où je pourrais encore trouver ce dinomachin. Il marche et rugit, mon neveu va adorer !

— Et tu crois que c'est approprié pour un enfant de maternelle ?

— Quelle question, bien sûr que non ! Mais ça, c'est le problème de ses parents. Moi, je suis l'oncle super cool qui le lui achète. Et en plus je suis son parrain. J'ai intérêt à assurer. Tu ne veux pas m'aider ?

— Je ne sais pas si…

— Je te rappelle qu'il s'agit seulement d'entrer chez FAO Schwartz, non pas d'escalader la Montagne du Destin au cœur de Mordor.

— Au moins, sur la Montagne du Destin il n'y a pas des petits qui hurlent, à part quelques Hobbits, et encore…

Et en plus, elle connaissait assez bien *Le Seigneur des anneaux* pour capter la référence. Elle était vraiment plus que parfaite !

— Ils ne sont pas là, non plus. Ils doivent tous être chez eux, à essayer de gagner des bons points pour faire plaisir au Père Noël.

— Et si je t'attendais ici ? Dans ce café ?

Son allergie à Noël n'était pas juste un genre qu'elle se donnait, c'était clair. Elle avait l'air véritablement triste, et Ross se demanda si c'étaient les fêtes en elles-mêmes qui la perturbaient ou plutôt les souvenirs qui y étaient attachés. Etant donné ce qu'elle avait laissé filtrer à propos de ses parents, il supposa que c'était son enfance heureuse, avec des parents aimants, qu'elle regrettait.

Mais si on ne peut pas effacer les mauvais souvenirs,

on peut tout à fait en créer de nouveaux pour repousser les autres dans un coin.

— Bon, c'est toi qui décides, répondit-il. Mais c'est dommage, parce que tu vas rater de sacrées empoignades entre parents pour savoir qui attrapera la dernière Suzie, la poupée-qui-fait-pipi-en-vrai-dans-sa-culotte ou le Méga-camion-en-kit-pour-que-mon-fils-ne-soit-pas-gay.

Elle se mit à rire de bon cœur, comme il l'espérait.

— Dit comme ça, comment pourrais-je résister ?

— C'est impossible, en effet. Quiconque ayant le petit rien de sadisme que tu as en ce qui concerne Noël — et les ex minables à sexe biscornu — foncerait avec moi là-dedans !

Elle ne nia pas ; au contraire, un sourire d'une espièglerie irrésistible illumina son visage, y ajoutant une fossette à se jeter dedans la tête la première. Encore un point en sa faveur. La plupart des femmes de sa connaissance jouaient les filles angéliques au cœur pur lorsqu'elles rencontraient quelqu'un. Il préférait de loin l'attitude de Lucy, sa façon de pester contre les fêtes et ses plans imaginaires pour émasculer un homme indélicat. Pour sûr, elle ne prétendait pas passer pour Mère Teresa ! Pas étonnant qu'il craque complètement pour elle.

— D'accord. A nous trois, Mordor ! dit-elle en lui prenant la main.

Aucun d'eux ne portait de gants en dépit du froid intense. Ceux de Ross se trouvaient dans ses poches, et Lucy, qui en portait en quittant le café, ne les avait pas remis depuis qu'ils étaient sortis de l'appartement de Jude et qu'elle avait pris sa main. Ils avaient tous les deux les doigts glacés, mais

Ross n'aurait renoncé pour rien au monde au contact de sa paume contre la sienne.

Ils avancèrent comme ils purent dans le flot des clients, chargés comme des bêtes de somme, qui manœuvraient pour entrer et sortir dans cet enfer terrestre qu'était une boutique de jouets à la veille de Noël. On avait conçu l'intérieur du magasin pour faire rêver les enfants, mais Ross se demanda quel enfant pourrait bien fantasmer sur un sauna bruyant comme une fête foraine, où l'on vous triturait les orteils tout en vous écrasant la joue contre celle d'un inconnu. Sans compter le bel esprit de Noël qui poussait les gens à jouer des coudes sans vergogne devant la rangée des caisses avec un regard hystérique qui disait : « Rien ne s'interposera entre moi et ma Barbie-tête-de-linotte. »

— J'ai été folle de te suivre ! C'est un cauchemar ! gémit Lucy au bout de quelques minutes en haussant le ton pour se faire entendre. C'est comme se baigner dans une zone à requins !

— Reste près de moi, ma petite carpe à la lune.

— D'accord, grand requin blanc. Mais s'il te plaît, dis-moi que ce dinosaure qu'on cherche n'est pas le jouet star de l'année !

— Sois rassurée, la star c'est Suzie-qui-pisse-dans-sa-culotte-et-qui-conduit-un-Méga-camion.

— Une fille selon mon cœur, cette Suzie. Penchants urinaires mis à part.

Pourtant, sentant qu'en dépit de ses efforts pour faire bonne figure elle était à bout de résistance, il proposa :

— Et si tu m'attendais au rayon des jeux éducatifs ? C'est beaucoup plus calme.

Elle lui répondit d'un sourire reconnaissant avant de courir se réfugier près des globes terrestres, et il partit seul à la chasse au dinosaure.

Alors qu'il essayait de contourner un type courroucé qui se disputait avec une femme à la langue bien pendue pour ce qui semblait être la dernière poupée Bratz de Manhattan, une pensée soudaine lui traversa l'esprit. Il n'avait aucun plan pour le réveillon à part une séance télé précédée d'une virée chez le traiteur chinois. Et Lucy aussi était toute seule…

Il s'imagina alors passer la soirée avec elle, regarder son sourire, l'entendre rire, caresser sa peau douce… Il s'étonna de constater à quel point il avait changé. Quand il était plus jeune, autant dire avant-hier, il aurait tout de suite imaginé le moment où il embrasserait Lucy sous le gui, nue, zappant tout ce qui pouvait se passer avant… Non pas que l'idée d'enlacer son corps dépouillé de ses vêtements ne le tentait pas, mais il avait tout simplement envie d'être avec elle autant que possible.

Après une bonne vingtaine de minutes pour le débusquer, il mit enfin la main sur le Roboraptor. Cher. Mais il n'allait pas lésiner, d'autant qu'il allait l'envoyer avec un retard considérable.

Lorsqu'il retrouva Lucy, elle s'était déplacée de quelques mètres pour admirer un décor qui reprenait le tableau du jeu Candyland. Les pions en forme d'hommes en pain d'épices étaient presque aussi grands qu'un adulte et on avait eu la main lourde sur une matière cotonneuse qui ressemblait à s'y méprendre à de la barbe à papa.

Il l'observa un moment sans qu'elle s'en aperçoive. L'air mélancolique, elle tendit sa main, qui tremblait légèrement, pour frôler les cheveux bleu pâle d'une poupée habillée en fée. Son geste était d'une douceur infinie, comme si elle caressait les ailes translucides d'un beau souvenir. Ses yeux brillaient, et elle essuya une larme.

Il lui laissa quelques secondes avant de s'approcher.

— Ça va ? demanda-t-il en posant une main sur son épaule.

Elle hocha la tête.

— C'est vraiment joli. J'adorais ce jeu quand j'étais petite.

— Moi, je préférais les petits chevaux.

C'est à peine si elle sourit, et il regretta d'avoir plaisanté alors qu'elle avait d'autres choses en tête.

— Je harcelais ma mère sans cesse pour qu'on y joue ensemble. Mes parents avaient une entreprise ; elle travaillait à la maison, et moi j'étais persuadée qu'elle était toute à moi.

— C'est le ressenti de beaucoup d'enfants, je crois.

— J'imagine... Mais j'étais infatigable, alors elle essayait de négocier : « Je finis ces papiers et on fait une partie. » J'ai fini par passer à autre chose, bien sûr, mais un jour, alors que j'étais plus grande, je me suis rendu compte que j'avais toujours la reine Frostine dès la première ou deuxième main. Ce qui faisait que je gagnais toujours.

— Et toujours très vite, j'imagine.

— Exactement ! répondit-elle en riant. Je me prenais pour la championne du monde de Candyland... alors que c'était ma mère qui était une championne de la triche.

Quand je lui ai posé la question, elle a tout avoué. Elle n'en avait même pas honte, en plus ! Elle a allégué pour sa défense qu'elle avait joué chaque fois comme promis, mais qu'on ne pouvait pas lui en vouloir d'avoir cherché à abréger quelque peu les parties.

Ses yeux brillèrent de nouveau, mais à présent, c'était d'amusement. Les bons souvenirs avaient momentanément gagné la bataille sur la mélancolie.

— Elle me manque beaucoup, dit-elle simplement. Mon père aussi. Jeudi prochain, ça fera cinq ans.

Il ne sut pas quoi dire. Si elle avait perdu ses deux parents en même temps, quelque chose de terrible avait dû se produire. Et un 27 décembre, en plus. Ce n'était pas étonnant qu'elle exècre à ce point Noël.

— Je... Je suis désolé, Lucy.

— Moi aussi, soupira-t-elle, le regard perdu dans la carte de Candyland. Et maintenant, tu sais pourquoi je déteste les fêtes, et pourquoi mon frère et moi fuyons tout ce qui ressemble à des vacances traditionnelles.

Mais cette année, ce frère avait des obligations ailleurs, sa meilleure amie aussi, et elle allait rester seule avec ses souvenirs au milieu de la liesse générale.

Non, il n'allait pas le permettre. Elle voulait un Noël atypique ? Parfait ! Passer les fêtes avec un quasi-inconnu c'était certainement une idée hors des sentiers battus.

Il lui caressa la joue du bout des doigts.

— Je te propose un deal : je promets de ne pas chanter une seule chanson de Noël ni même de prononcer le mot « bûche », si toi, tu me promets de passer ce week-end avec moi.

Quelques heures plus tard, après quelques autres emplettes et de nombreux éclats de rire, ils dînèrent sur le pouce avant d'aller chez elle. Ross avait garé son camion à quelques rues seulement de Beans & Books et, tout en se disant qu'il la raccompagnait galamment, Lucy ne pouvait s'empêcher de se demander ce qu'il avait en tête lorsqu'il avait suggéré qu'ils passent le week-end ensemble. Voulait-il dire tout le week-end ?

Si c'était le cas, elle n'avait absolument rien contre.

Ce qui était de la folie si on considérait qu'elle était restée trois mois avec Jude et qu'ils n'avaient pas dépassé le stade des caresses poussées — sauf le jour où il avait tenté de baisser son pantalon avant qu'elle ne prétexte un rendez-vous à l'aube le lendemain.

Pourtant, elle se sentait prête à faire le grand pas avec Ross, car en dépit de son inexpérience, elle savait que ce qu'elle éprouvait dans ses bras — cette envie de se fondre dans sa chaleur, de le toucher, de le sentir — c'était du désir à l'état pur. Elle en avait souvent entendu parler, et là, pour la première fois, elle pouvait le ressentir dans sa propre chair.

Elle avait beau se dire qu'il serait plus prudent de ralentir, elle n'en avait pas la moindre envie. Au-delà de l'attirance physique, indéniable, elle était fascinée par sa personnalité, par sa générosité, sa drôlerie, et elle n'avait pas envie de le laisser partir. Elle avait donc l'intention de lui proposer un « dernier verre » chez elle, selon l'expression consacrée. Juste pour voir ce qui se passerait.

Elle était impatiente, non pas tant de se débarrasser de sa virginité, que de comprendre, enfin, ce que voulait dire se perdre dans le plaisir jusqu'à en oublier le monde autour de soi.

Et c'était une bonne chose que Kate soit partie pour le week-end chez Teddy. Car l'appartement qu'elles partageaient, bien que fonctionnel, était minuscule, exactement à l'inverse du loyer, faramineux.

Perdue dans ses élucubrations, elle ne s'était pas aperçue que Ross ne marchait plus à ses côtés. Elle se retourna et le vit à quelques mètres, figé au milieu de la foule, en train de regarder en l'air. En face d'eux, une myriade de loupiottes scintillait dans le ciel nocturne, leurs lumières démultipliées par les décors dorés d'un sapin gigantesque. Celui, mythique, du Rockefeller Center.

— Tu sais que c'est la première fois que je le vois ? lui dit-il lorsqu'elle arriva à sa hauteur.

— C'est vrai ?

— Oui, c'est mon premier Noël dans la Grande Pomme et je ne suis pas passé par ici depuis plusieurs semaines.

En dépit de sa Noëlophobie, Lucy ne put que s'attendrir devant l'expression émerveillée de Ross. On aurait dit un gamin. Un gamin très grand, musclé et sexy à se damner. Et le spectacle était en vérité ravissant.

Sans rien dire, Ross la prit par la main et marcha jusqu'à un banc proche. La nuit et le froid avaient ramené le nombre de passants à un niveau presque raisonnable. Elle s'assit, prête à le laisser profiter de son petit délire. Mais ce n'était plus le sapin qu'il contemplait. C'était elle.

— Comme c'est sans doute le seul arbre de Noël que tu auras aujourd'hui, tu veux ouvrir ton cadeau maintenant ?

Elle avait gardé la boîte avec elle tout l'après-midi dans

l'intention de l'ouvrir lorsqu'elle se retrouverait seule, mais soudain, elle changea d'avis. C'était en effet le moment parfait.

— En fait, je sais déjà ce que c'est.

— Il te l'a dit ?

— Non, mais nous avons une tradition, Sam et moi, répondit-elle en commençant à défaire le paquet avec un petit sourire.

— J'imagine que c'est une tradition très peu traditionnelle.

— C'est une bonne définition.

Son sourire s'accentua lorsqu'elle ouvrit le couvercle. Jude avait brisé le verre, mais sa malveillance fut sans effet sur la joie de Lucy découvrant ce que Sam avait déniché pour elle.

— Mais... Beurk ! Qu'est-ce que c'est ? s'étrangla Ross en regardant l'objet qu'elle sortit du carton déchiré.

— Il s'est surpassé ! C'est le truc le plus moche que j'aie vu de ma vie ! s'exclama-t-elle en riant. C'est juste parfait !

— Tu es sérieuse ?

— Absolument.

Elle souleva la boule à neige dont il ne restait que le socle. Affalé — ou plutôt défoncé — sur son trône, le plus vilain Père Noël de l'histoire faisait la tête. Il portait un costume d'un rouge orangé criard, très années soixante-dix, décoré de symboles de la paix. Deux enfants terriblement maigres et pâles comme des déterrés le regardaient comme s'ils avaient l'intention de le transformer en zombie.

C'était hideux. Abominable, même.

Elle adorait.

— C'est cent fois mieux que le mien, commenta-t-elle.

Et moi qui étais si fière de mon Père Noël de jardin qui pète quand on passe devant !

— Vous vous offrez toujours des cadeaux ignobles ?

— Seulement à Noël. Il m'offre des boules à neige et moi je lui trouve des figurines absurdes, si possible avec un supplément sonore dégoutant.

Il rit.

— Ma sœur me tuerait si j'osais lui donner quoi que ce soit d'approchant.

— Ça a commencé comme une blague pour ne pas avoir à penser aux Noëls d'avant... Puis c'est devenu une tradition.

Elle n'aurait changé son bonhomme orange pour rien au monde. Ou si, pour le même, avant que Jude ne s'acharne dessus. Mais elle n'allait pas s'attrister une seconde de plus pour ce salaud. Ce Père Noël décati suffisait à son bonheur. Elle le remit dans la boîte en tentant de ne pas se couper avec les tessons. Sans succès.

— Aïe, fit-elle en suçant son doigt.

— Laisse-moi voir...

Elle lui tendit la main. Une goutte rouge et brillante perlait au bout de son index.

— Il faut nettoyer ça, dit-il.

— On n'est plus très loin de chez moi, on peut y aller... Quand tu seras prêt à partir.

Il se releva, prit le carton avec la boule à neige et lui tendit sa main libre pour l'aider à se lever à son tour. Puis il lui passa le bras autour des épaules et se tourna une dernière fois vers l'immense sapin avant de la dévisager intensément.

— Je sais que tu vas trouver ça culcul la praline et digne d'une mauvaise comédie romantique, mais je vais le faire malgré tout.

Elle ne savait pas à quoi il faisait allusion, mais elle comprit lorsqu'il se pencha pour l'embrasser.

Les gens continuaient à marcher autour d'eux, pressés ; des musiciens de rue attaquaient pour la énième fois le tube de Boney M. ; les patineurs criaient, excités, sur la piste de glace voisine. Mais tout sembla s'évanouir lorsqu'elle lui offrit ses lèvres, et leurs langues entamèrent une folle sarabande.

Il l'attrapa par la taille pour mieux l'enlacer ; elle répondit en plaquant ses hanches contre les siennes. Elle voulait plus qu'un baiser, beaucoup plus.

— Trouvez-vous une chambre ! cria quelqu'un.

Les rires et les hurlements potaches déclenchés par le commentaire eurent raison de leur déraison, et ils s'écartèrent l'un de l'autre en soupirant à l'unisson.

— Merci, dit-il au bout d'un long silence. Je peux cocher ça sur ma liste de souhaits.

— Embrasser quelqu'un devant le sapin du Rockefeller Center ?

— Non. T'embrasser, toi, devant le sapin du Rockefeller Center.

Elle sourit et souriait encore pendant qu'ils longeaient les quelques pâtés de maisons qui les séparaient de son immeuble. Ross portait la boîte avec la boule à neige en plus des sacs contenant le dinosaure empaqueté et ses autres achats, et il avait insisté pour enrouler autour de son doigt blessé un mouchoir en papier. Pourtant, elle avait déjà oublié qu'elle s'était coupée, trop occupée à se demander comment la soirée allait se finir. Ou se prolonger.

Car si le baiser avait été renversant, elle était restée sur sa faim. Après avoir eu le goût du miel sur les lèvres, elle voulait tout le pot. Jusqu'à la dernière goutte.

En arrivant chez elle, elle leva les yeux par réflexe vers les fenêtres de l'appartement. Qui étaient toutes éclairées.

Oh…

— On dirait que Kate n'est pas partie, finalement, dit-elle en tentant de cacher sa déception. Il a dû se passer quelque chose.

— Ta coloc'est là ?

— Oui. Elle n'aurait pas oublié d'éteindre, c'est une maniaque des économies d'énergie. C'est donc qu'elle est encore là…

Il hocha la tête en évitant de la regarder. Etait-il aussi déçu qu'elle ?

Elle pouvait toujours l'inviter à monter, bien sûr. Jude avait souvent passé la soirée chez elles. Seulement, elle avait envie d'être seule avec Ross. Vraiment seule. Et leur appartement était si petit qu'il n'y avait pas de place pour l'intimité. Elle dormait dans un lit escamotable qu'un simple rideau séparait du séjour et du clic-clac où Kate passait ses nuits.

Bref, ce n'était pas la peine de lui proposer de monter pour un verre ; elle n'avait pas la moindre envie de s'exposer au regard de Kate qui risquait de deviner ses plans, son trouble et sa frustration d'un seul coup d'œil. Et de s'en amuser bien sûr.

Comme s'il avait lu dans ses pensés, il demanda :

— A quelle heure je passe te chercher demain ?

— Demain ?

— Tu as bien promis de passer le week-end avec moi, non ?

— Tu ne plaisantais pas ?

— Absolument pas.

Il l'embrassa de nouveau. Cette fois-ci avec douceur, tendresse. Courbée dans ses bras comme un roseau, elle leva les mains pour lui caresser les cheveux. Mais encore une fois, la boîte du cadeau empêchait leurs corps de se joindre. Mais ce n'était peut-être pas une si mauvaise chose, car si elle avait pu se plaquer contre lui comme elle le voulait, elle n'aurait pas résisté à l'envie de le faire monter chez elle et de tester quand même l'intimité symbolique offerte par le rideau du séjour.

Il fut le premier à s'écarter.

— Bonne nuit, Lucy Flemming. Je suis vraiment heureux de t'avoir rencontrée.

— De même, Ross Marshall.

— On se voit demain.

— Vivement demain, alors, murmura-t-elle.

Elle décida de partir tant qu'il lui restait encore un brin de volonté pour ne pas l'entraîner à l'étage. Avec un dernier sourire, elle composa le digicode et s'introduisit dans l'immeuble.

Elle grimpa les marches le cœur léger, si léger qu'elle avait presque envie de siffloter une chanson de Noël. Pour la première fois depuis des années, elle avait hâte de fêter le réveillon. Parce qu'elle avait quelqu'un de spécial avec qui le partager.

— Salut, Kate ! claironna-t-elle en ouvrant la porte de l'appartement. Je croyais que tu étais partie depuis longtemps.

Kate ne répondit pas. Lucy avança jusqu'à la kitchenette. Personne. C'est alors qu'elle s'aperçut que le rideau qui séparait son lit du séjour bougeait.

— Katie ?

Le rideau oscilla, puis fut écarté tout à coup, et Lucy découvrit la présence de quelqu'un qu'elle espérait ne plus jamais voir.

— Jude ?

— Tu étais où ? Je t'attends depuis des heures.

— Mais qu'est-ce que tu fiches ici ? Comment es-tu entré ?

— J'avais fait une copie des clés il y a quelques semaines, répondit-il avec un sourire mauvais, en se relevant avec difficulté.

Il avait bu.

— C'est mon anniversaire, ajouta-t-il d'un ton boudeur. Et tu ne m'as pas donné mon cadeau. Je l'attends depuis longtemps et je compte l'avoir ce soir.

Il avança vers elle d'un pas chancelant, le regard pourtant alerte, une expression vicieuse dans les yeux. Il exagérait son ivresse, comprit-elle. Il n'était pas juste un type éméché qui déraille, mais un homme froidement déterminé à prendre sa revanche.

Elle recula.

— Tu vas où, Lucy ? Tu n'es pas si fâchée quand même ? Je me fous complètement de cette fille. J'étais juste frustré, ma belle, tu m'as trop fait attendre. Un mec a des besoins, tu sais.

Elle s'aperçut qu'il essayait de s'interposer entre elle et la porte. Elle s'efforça de garder son calme, même si la situation devenait inquiétante. Kate était partie, le voisin d'à côté était pratiquement sourd et très peu de gens transitaient à cette heure dans la rue. Trois faits dont Jude était parfaitement conscient.

— Je n'arrive toujours pas à croire que tu te sois trouvé quelqu'un pour t'accompagner chez moi, continua-t-il, un rictus de mépris aux lèvres. C'était une erreur de mêler un étranger à nos affaires.

Ross... Si seulement elle l'avait invité à monter ! Le cerveau tournant à plein régime, elle examina les options qui s'offraient à elle : hélas pas de chevalier à l'armure étincelante à l'horizon, ni même de menuisier en jean délavé. Très mal à propos, les statistiques sur le viol que son frère lui avait serinées avant qu'elle s'installe à New York lui revinrent à l'esprit, accompagnées, heureusement, des gestes d'autodéfense qu'il lui avait appris. Le plus raisonnable, cependant, serait d'essayer de faire partir Jude plutôt que de le combattre.

Elle réfléchit à ce qui pourrait lui servir d'arme dissuasive. Les couteaux de cuisine ? Pas assez affûtés. Son portable était dans son sac, à côté de la porte, derrière Jude donc, et il n'y avait pas de téléphone fixe, sans dire que, même dans le meilleur des cas, la police mettrait un bon quart d'heure à arriver. Largement le temps pour Jude d'aller jusqu'au bout de ses mauvaises intentions.

— Qu'est-ce qu'il y a, Lucy ? Tu ne veux pas me donner

un petit quelque chose pour mon anniversaire ? Après tout ce temps, tu me le dois bien.

— Je ne te dois rien, rétorqua-t-elle en serrant les poings, prête à frapper sur sa pomme d'Adam.

— Oh que si, sale garce !

Le masque tombait enfin. Sans plus feindre l'ivresse, il se jeta sur elle avec une expression enragée indiquant qu'il était absolument conscient de ce qu'il faisait.

Mais elle aussi avait les sens en éveil. Elle l'esquiva de justesse et lui lança un coup de pied dans le genou. Il trébucha et tomba sur le canapé, renversant une lampe au passage.

Sans perdre une seconde, elle bondit vers la porte, effrayée par les grognements animaux de Jude à sa poursuite. Il l'attrapa par les cheveux et l'attira vers lui. Faisant fi de la douleur, elle se retourna et lui laboura le visage avec ses ongles.

— Allumeuse ! Salope !

Un autre grognement rageur se fit entendre. Seulement, celui-ci ne venait pas de Jude. Mais de quelqu'un qui se trouvait derrière elle, à la porte de l'appartement qu'elle avait négligé de fermer en arrivant.

Ross ?!

C'était bien lui. Contre tout pronostic, et pour une raison qui lui échappait mais dont elle se fichait éperdument car il arrivait à point nommé.

Elle le vit passer devant elle comme un boulet de canon, attraper Jude et le plaquer à terre. Ce dernier lui arracha en tombant une belle poignée de cheveux, mais elle était trop soulagée pour s'en plaindre.

— Ordure !

Ils roulèrent par terre en se cognant contre les meubles. Jude se tortilla, tenta de se relever, mais Ross, plus rapide, l'attendait déjà debout, les poings levés, et l'un d'eux alla aussitôt s'écraser sur le visage de son adversaire. Avec un craquement organique, le nez de Jude, joliment redressé grâce aux progrès de la chirurgie, se mit à pisser le sang.

— Tu m'as cassé le nez, connard ! cria-t-il chancelant sous le coup.

Pour toute réponse, Ross frappa de nouveau, dans le ventre. Jude se recroquevilla contre le canapé en sanglotant. Si elle n'avait pas été certaine que, sans l'intervention de Ross, il l'aurait violée, Lucy aurait eu pitié de lui. Elle se mit à trembler comme une feuille en prenant soudain conscience de ce à quoi elle avait échappé.

— Est-ce qu'il t'a fait du mal ? demanda Ross.

— Non, je vais bien, dit-elle.

— J'étais au bout de la rue quand je me suis rendu compte que j'avais gardé le cadeau de ton frère, lui expliqua-t-il en montrant la boîte qu'il avait posée près de la porte d'entrée. Heureusement que j'avais retenu ton digicode.

Dieu soit loué, en effet…

— Je vais porter plainte pour agression ! hurla Jude en se relevant.

— C'est ça, vas-y. Comme ça, on partagera la banquette arrière de la voiture des flics qui vont t'arrêter pour tentative de viol, rétorqua Ross, la voix chargée de rage et de mépris.

Jude écarquilla les yeux, sa bouche tremblait.

— Quoi ?… Non, je n'allais pas… Je n'aurais jamais…

— Oh que si ! répliqua Lucy. Et je compte porter plainte !

— Ne fais pas ça, s'il te plaît… Mes parents… Je pourrais perdre mon poste ! Je suis désolé, j'ai perdu un peu les pédales, mais Lucy…

Elle n'éprouvait pas la moindre compassion pour lui, mais elle craignait les conséquences de cette altercation pour Ross. Il n'était qu'un menuisier fauché venu d'un autre Etat, tandis que Jude était le fils unique d'un ponte de la finance. D'autant qu'elle manquait de preuves pour étayer son accusation — sauf une poignée de cheveux arrachés, mais serait-ce suffisant ? — c'était donc sa parole contre celle de Jude.

Il fallait qu'elle réfléchisse avant d'agir.

— Va-t'en ! dit-elle en se sentant soudain dépassée.

— Merci !

— Je ne te promets rien. Et sache que je compte faire une déclaration au département de sécurité du campus et au bureau du doyen.

Jude fit mine de protester, mais Ross intervint avant qu'il n'ait ouvert la bouche.

— Dégage tout de suite ou je ne réponds de rien ! Tout de suite !

Jude fila en vitesse en prenant soin de laisser autant d'espace que possible entre Ross et lui, comme s'il craignait qu'il frappe encore. Ce qui était une preuve de prudence de sa part. Il s'arrêta une seconde sur le pas de la porte pour lancer vers Lucy un regard suppliant. Elle l'ignora, toute son attention portée sur Ross. Son preux chevalier.

Elle n'avait jamais été le genre de fille qui cherche à être sauvée, et jusque-là elle n'en avait jamais eu besoin.

Mais ce soir, l'arrivée de son menuisier sans peur et sans reproche s'était révélée extrêmement opportune.

Ross se dirigea vers la porte qu'il ferma à clé avant de se retourner vers elle, les bras ouverts. Elle courut à lui et chercha dans la chaleur de son corps à oublier la peur qui la tenaillait encore. Protégée par ses bras, rassurée par ses caresses dans son dos, sur ses cheveux, elle se sentit chérie et choyée, sensations dont elle avait été privée depuis des années.

— C'est fini, Luce. Tout va bien. Il est parti.

Puis, après un long moment, il s'écarta doucement d'elle et la regarda :

— Tu ne devrais pas rester seule ici.

Non, probablement pas.

— Il a dit qu'il avait un double des clés…

— Alors tu ne dois pas rester seule ici.

Il grommela quelque chose, et elle comprit qu'il s'en voulait de ne pas avoir pensé à faire rendre la clé à Jude.

— J'espère que je vais trouver un hôtel…

— Tu plaisantes, j'espère ! fit-il d'un ton incrédule, comme si elle venait de dire quelque chose de parfaitement ridicule. Fais ton sac, tu viens avec moi. Chez moi.

Chapitre 7

Aujourd'hui
Chicago, 24 décembre 2011

Ross referma son téléphone et annonça à sa famille qu'une urgence l'obligeait à retourner au bureau. Ce fut une déception pour tous, et notamment pour sa sœur aînée qui venait d'arriver avec ses enfants pour passer les fêtes. Mais il était à présent le patron d'Elite, c'était à lui d'endosser ce type de responsabilités.

L'officier de police qui venait d'appeler lui avait expliqué que son vigile était sorti du bâtiment parce qu'une collision avait eu lieu sur le parking et qu'il avait été victime d'un infarctus en aidant à pousser une des voitures enlisées dans la neige. Ross n'était pas fâché de saisir le prétexte d'aller vérifier la fermeture des bureaux pour quitter la réunion familiale, car il ne cessait de penser à Lucy, et on allait finir par remarquer qu'il avait l'esprit ailleurs. Or, il n'avait pas la moindre envie d'avoir à satisfaire la curiosité de ses parents et de sa petite sœur, insatiable curieuse toujours prête à le taquiner.

Traverser la ville au milieu de la tempête lui prit un temps fou. Il était près de 2 heures du matin lorsqu'il se gara sur le parking. Comme s'il s'agissant d'une propriété privée, les déneigeuses n'en avaient pas déblayé l'accès, et il se félicita de conduire un 4x4 imposant qui pouvait rouler sur trente centimètres de neige sans broncher.

Il sortit de la voiture avec son anorak fermé jusqu'au menton et brava le vent violent dont le hurlement rendait le paysage urbain blanchi lugubre. Le souffle glacial faisait virevolter furieusement les flocons de neige, de sorte qu'on avait l'impression qu'ils étaient pris d'un accès de folie.

C'était à peine s'il parvenait à voir à quelques mètres devant lui, et soudain, il en comprit la raison.

Aucun éclairage urbain. Aucune veilleuse allumée dans le bâtiment d'Elite. Panne générale d'électricité.

Génial!

Heureusement, les bureaux avaient été conçus avec un isolant innovant qui garderait en partie la chaleur de la journée, et Stella avait vraiment été inspirée d'installer un mini-studio dans son bureau. Une fois à l'intérieur, il pourrait y passer la nuit confortablement, comme tant d'autres fois, et avec un peu de chance, au matin, le courant serait rétabli.

Il avança penché contre le vent qui le freinait à chaque pas avec sa détermination de force de la nature. La porte d'entrée avait bien été refermée, comme on le lui avait indiqué au téléphone, mais maintenant qu'il était là…

Il entra avec son passe-partout.

Une fois dans le hall faiblement éclairé par les loupiotes de secours, il avança précautionneusement vers le poste de surveillance où l'on stockait les lampes torches utilisées sur les chantiers. Guidé par le puissant halo de l'une d'elle, il monta les six étages qu'il avait dévalés en un temps record quelques heures auparavant.

L'ascension avec son pantalon trempé de neige lui parut beaucoup plus longue, et lorsqu'il arriva en haut, il n'avait qu'une envie : se coucher. La tempête allait durer, et comme prévu, la ville serait paralysée. Il passerait donc le week-end à travailler. Il avait largement de quoi s'occuper !

Une fois dans son propre bureau, qu'il connaissait par cœur, il éteignit la lampe et se débarrassa à la hâte de ses vêtements mouillés.

L'alcôve était plongée dans une obscurité dense, si dense qu'il se cogna le tibia contre le coin du canapé déplié. Il jura puis se glissa sous la couette avec un soupir de soulagement.

Dodo...

Il avait à peine posé la tête sur l'oreiller qu'un petit bruit troubla le silence.

Un soupir. Encore. Mais qui ne provenait pas de lui.

Que diable... ?

Il tâtonna l'autre moitié du lit. Il y avait quelqu'un !

— Ross ? demanda dans un murmure une voix féminine chargée de sommeil.

Une voix familière.

— Lucy ?

C'était bien elle, pas de doute, il ne connaissait que trop sa voix et il pouvait distinguer la note de cannelle du parfum qu'elle avait toujours porté. Elle marmonna quelque chose d'inintelligible et roula vers lui, comme si elle cherchait sa chaleur. Les yeux de Ross s'étaient suffisamment habitués à l'obscurité pour qu'il puisse à présent distinguer ses traits délicats et les volutes sombres qui encadraient son visage.

Elle avait prononcé son nom dans son sommeil...

Son cœur se mit à battre à tout rompre. Lucy était endormie dans son lit, dans son bureau, dans un immeuble censé être parfaitement désert ! Cela n'avait aucun sens et, compte tenu de la façon dont elle l'avait envoyé sur les roses après la fête, il aurait été moins étonné de se trouver nez à nez dans ce lit avec le Père Noël.

Comment avait-elle pu arriver là ? Il essaya d'imaginer un scénario plausible. Elle était revenue après qu'il soit parti, donc après 19 h 30, heure à laquelle il avait quitté les bureaux, restés vides à l'exception de Chip. Mais pour quoi faire ? Elle avait dû oublier quelque chose, et le vigile l'avait sans doute reconnue et laissée entrer.

Mais ensuite ? S'était-elle proposée pour rester lorsque l'ambulance était repartie ? Improbable, d'autant que le policier qu'il avait eu téléphone ne lui avait pas parlé d'elle.

Les portes !

Lorsque la serrure centralisée était actionnée, il était impossible de les ouvrir sans une clé, et en quittant son poste, Chip avait pris soin de tout refermer derrière lui.

— Tu es restée enfermée, ma pauvre..., murmura-t-il comprenant soudain.

Elle n'avait même pas pu appeler pour demander de l'aide. Le bâtiment se trouvait dans une zone de mauvaise couverture même lorsqu'il faisait beau, alors avec la tempête... Et avec la panne de courant, les téléphones fixes ne marchaient pas, ni internet, qu'elle n'aurait pu utiliser de toute façon, car un mot de passe protégeait l'accès à chacun des ordinateurs.

Il l'imagina frappant aux portes pour essayer d'attirer l'attention. Mission impossible durant une nuit comme celle-ci, elle avait dû vite se rendre à l'évidence. Comme Boucle d'Or perdue dans la forêt, elle avait alors trouvé un lit où se reposer.

Il ne put s'empêcher de sourire. A la suite d'un enchaînement de circonstances toutes plus improbables les unes que les autres, elle se trouvait dans son lit, comme six ans auparavant.

S'il avait été du genre à croire au destin et à ses desseins insondables, il aurait pris la présence de Lucy dans cette alcôve comme un signe du cosmos. Mais le cartésien sans salut qu'il était savait que seuls la tempête, la panne de courant et le très high-tech mais tout à fait prosaïque système de sécurité installé par ses soins en étaient la cause.

Ce qui ne l'empêchait pas de se réjouir du résultat, à l'exception, bien sûr, de la crise cardiaque de Chip, qu'il espérait bénigne. Car, enfermée avec lui dans l'immeuble, Lucy allait devoir l'écouter.

Il avait hâte d'être au matin pour voir quelle quantité de neige était tombée et en déduire le temps qu'ils devraient attendre pour sortir.

Mais surtout, pour découvrir la réaction de la jeune femme.

Lucy se trouvait dans ce drôle d'état entre la veille et le sommeil. Elle savait qu'elle rêvait, et le rêve était si agréable qu'elle ne voulait pas se réveiller.

Elle était allongée sur une plage de sable blanc à perte de vue, et les eaux turquoise des Caraïbes caressaient ses pieds nus, la berçant de leur clapotement hypnotique. Haut dans le ciel d'un azur intense, le soleil brillait, à peine voilé par des nuages cotonneux dont l'ombre capricieuse apportait par intermittence une fraîcheur bienvenue. Elle éprouvait une sensation de bien-être absolument délicieuse.

Sauf sur le bout de son nez, qu'elle sentait glacé.

Et ses joues, aussi. Elle se palpa le visage en se demandant comment sa peau pouvait être si froide alors qu'elle se prélassait sous le soleil tropical.

A côté d'elle, un homme poussa un soupir de contentement comme si lui aussi se délectait de ce temps magnifique. Intriguée, elle se pressa contre lui et sentit la chaleur que dégageait ce corps. Elle dessina du bout des doigts ses muscles bien définis sans prendre la peine d'ouvrir les yeux, comme si elle connaissait déjà l'identité de l'inconnu.

Ou comme si elle avait peur de ne pas voir le visage qu'elle espérait découvrir.

— Mmm..., ronronna-t-elle en se blottissant contre lui, envahie par une chaleur langoureuse.

Elle entendit alors son souffle lourd, les battements de son cœur qui frappait fort contre son large thorax couvert d'un pull moelleux...

Comment ça, un pull ? Il devrait être torse nu, non ?

Elle s'attendit à ce que le rêve reprenne ; la suite logique voulait qu'elle sente sa peau chaude contre la sienne. Mais ses joues restaient froides, et le pull la gratouillait. Qu'est-ce que c'était que ce pull, à la fin ?

En dépit de sa forte envie de rester sur cette plage, elle

savait qu'elle avait dépassé le point de non-retour vers la conscience et le réveil. Elle n'était pas sur une plage des Caraïbes. Le soleil ne lui chauffait pas la peau. Son visage était glacé parce qu'elle était coincée dans un bâtiment sans électricité et sans chauffage. Et sa joue picotait parce que… parce que…

Elle ouvrit les yeux sans bouger jusqu'à ce qu'elle parvienne à entrevoir les contours de l'alcôve et de l'ombre allongée à ses côtés. Celle d'un homme qui portait un pull. D'un homme qui avait un cou. Un visage…

Ross ?

Tétanisée, osant à peine respirer, elle essaya de comprendre ce qui lui arrivait.

Elle était allée se coucher seule, angoissée et en colère, sans savoir si le lendemain quelqu'un viendrait ou non à son secours.

Et elle se réveillait à côté de Ross Marshall !

Car c'était lui, aucun doute là-dessus. L'homme qui lui avait brisé le cœur, celui qu'elle s'était juré de ne plus approcher pour l'empêcher de récidiver, celui-là même gisait à côté d'elle sur le canapé-lit ! Ou plutôt devrait-elle dire « sous » elle, car dans son sommeil, elle s'était collée à lui, avait glissé un genou dans son entrejambe et passé un bras autour de sa taille.

Autrement dit, elle s'était jetée sur lui.

Alors qu'il dormait profondément.

Son premier réflexe fut de sortir discrètement du lit puis de prendre ses jambes à son cou. Son second, de le réveiller à coups d'oreiller pour qu'il lui explique ce qu'il essayait de faire.

Sauf qu'il ne faisait rien du tout. Il dormait. C'était elle qui l'avait pris pour une bouillotte et s'était collée à lui dans son rêve de plage paradisiaque. Rêve qui n'était pas dépourvu d'une certaine logique, songea-t-elle. Ross était le seul homme à lui avoir fait atteindre le septième ciel et il était beau comme un dieu... Pourtant, rester là, à deviner ses traits parfaits dans le noir, sa jambe entre les siennes, le bras serré autour de sa taille, commençait à ressembler à une torture. Elle n'avait plus du tout froid, ni aux joues ni ailleurs, mais elle se demandait comment elle allait réussir à survivre à cette nuit. Si elle bougeait — bien qu'elle n'en ait au fond aucune envie — elle risquait de le réveiller, et si elle ne bougeait pas, c'était le passé qui s'éveillerait, avec son cortège de souvenirs. Elle se forçait depuis si longtemps à le chasser de ses pensées, à oublier qu'il était celui qui lui avait appris à donner et recevoir du plaisir...

Et bien que quelques heures plus tôt, elle aurait juré froidement qu'il n'avait aucune chance de la séduire de nouveau, la femme qui s'était caressée dans son bain en pensant à lui devait reconnaître qu'elle s'était trompée. De même que celle, allongée contre lui, qui brûlait de désir.

Le bout de ses seins pointait comme s'ils cherchaient le contact avec lui, et le frôlement le plus infime déclenchait des sensations affolantes, car dans sa hâte pour récupérer son appareil photo, elle s'était rhabillée sans passer de soutien-gorge. Elle commençait à respirer trop fort, ses jambes tremblaient, et elle ne savait pas combien de temps elle allait résister à l'envie d'onduler des hanches pour se frotter contre lui. C'était pourtant une très vilaine chose, que de se caresser contre un homme qui dort à poings fermés sans son autorisation préalable.

Elle prit une longue inspiration et décida, avant toute autre chose, de démêler son corps de celui de Ross. Si elle devait le réveiller et expliquer sa présence dans ce lit, elle préférait qu'il ignore qu'elle avait failli l'utiliser comme sex-toy.

Elle commença à retirer sa jambe, lentement, très lentement. Trop lentement sans doute, car elle eut le temps de détecter une proéminence qui ne se trouvait pas là quelques secondes plus tôt.

Oh...

Le sexe de Ross se dressait contre son genou à travers le tissu de son pantalon. Et son propriétaire, malheureusement, semblait parfaitement éveillé.

Il confirma ses craintes en posant sa grande main sur sa cuisse pour l'empêcher de bouger.

— Reste là.

— Tu es réveillé depuis longtemps ?

Pitié, ne réponds pas « depuis que tu m'as sauté dessus » ou je devrais m'expatrier de nouveau pour échapper à la honte qui va me poursuivre jusqu'à la fin de mes jours !

— Je viens de me réveiller.

Sa voix avait la qualité sableuse de l'homme qui dort à moitié. Peut-être qu'il dormait pour de bon et que ce... cette manifestation matinale... n'était due qu'à un banal pic de testostérone.

Arrête de penser à son pantalon. Et à ce qu'il y a dedans.

Mais ses hormones, en révolte ouverte contre sa volonté, ne voulurent rien entendre. Son sang bouillonnait, chacune de ses cellules semblait tendre vers lui. Et dire qu'elle avait juré ses grands dieux que Ross Marshall ne lui importait plus du tout !

Elle ne pouvait plus se voiler la face. Elle le désirait à en crever. Même si cela allait à l'encontre de la raison et de ses plus fermes résolutions.

Sauf si… Sauf si c'était la chose à faire. Sauf si le plus raisonnable et le plus sensé finalement était de saisir le moment et d'en tirer le meilleur parti possible.

Ross et elle avaient vécu une entente sexuelle parfaite autrefois. Ce qui, ainsi qu'elle l'avait appris pendant les six années qui avaient suivi, n'arrivait que très rarement. D'autres hommes lui avaient procuré des orgasmes, certes, mais aucun n'avait fait trembler la terre. Cependant, elle n'était plus une jeune fille fleur bleue qui confondait sexe et amour ; elle avait changé, grandi et… appris que s'aimer n'était pas une condition indispensable pour boire jusqu'à la lie la coupe du plaisir.

Il suffisait que Ross le veuille autant qu'elle. Son corps, à l'évidence, était de la partie, mais, lui, est-ce qu'il en avait envie, en son for intérieur ? Il l'avait quittée sans un mot de regret, et peut-être qu'elle était la seule dans ce lit à trembler de désir. Autant le savoir avant de décider si elle allait l'embrasser à pleine bouche ou lui demander dignement de l'aider à sortir de l'immeuble, car elle préférait affronter le blizzard plutôt que de lui faire des avances et de les voir repoussées.

— Pourquoi tu ne m'as pas réveillée, lorsque tu t'es aperçu que j'étais ici ? demanda-t-elle.

— Parce que… je voulais dormir avec toi encore une fois…

Pas mal. Elle prenait.

— Et parce que je savais que si je te réveillais, tu allais de nouveau te mettre sur la défensive et t'entêter à vouloir partir en dépit de la tempête.

— Donc, tu as décidé de te mettre au lit et de te coller à moi ? fit-elle en ignorant ce commentaire qui frappait trop juste.

— J'aurais pourtant juré que c'est toi qui es venue te coller à moi.

Il s'amusait de la situation ! Il était donc réveillé depuis un bon moment.

— Qu'est-ce que tu as oublié ?

— Pardon ?

— J'imagine que si tu es revenue, c'est pour récupérer quelque chose d'important et que, pendant que tu étais là, Chip est sorti et a eu son infarctus.

— Oh ! C'est ce qui s'est passé ? Pauvre homme ! Il va comment ?

— Le flic qui m'a appelé a dit qu'il avait toutes les chances de s'en sortir.

— Je l'espère ! Il a été adorable, il m'a laissé entrer car, en effet, j'avais oublié quelque chose… Ma sacoche avec tout mon matériel dedans.

Elle avait hésité à le lui avouer, car tout le monde sait qu'un photographe considère son appareil photo comme une extension de son corps. Ross allait donc en conclure que leur rencontre l'avait troublée au plus haut point.

Il rit doucement. C'est bien ce qu'il en avait conclu…

Pourquoi fallait-il qu'il soit si intuitif? songea-t-elle en rougissant dans le noir. Elle avait ramené le sujet sur le tapis pour l'entendre dire qu'il s'était mis au lit poussé par un désir irréfrénable, non pas pour parler de son étourderie ni de ce pauvre vigile.

Au-dehors, le vent souffla de plus belle. Elle se blottit contre lui, même si elle n'avait pas froid. Le silence se prolongea, mais c'était un silence tout à fait confortable, comme si se retrouver ensemble sous les draps par accident était la chose la plus naturelle du monde.

Elle aurait voulu tout de même discuter de la manière dont ils en étaient arrivés là, mais ce n'était pas le moment. Pour l'instant, elle préférait profiter de la chaleur de son corps, de son souffle tiède, de son odeur un rien épicée, qui lui montait à la tête comme un filtre aphrodisiaque.

Mais avant tout, elle devait vérifier si c'était son instinct qui avait pris le dessus lorsqu'il avait trouvé un corps de femme dans son canapé-lit ou si c'était elle, Lucy Fleming, qu'il désirait, spécifiquement. Et dans ce cas, elle aurait grand plaisir à lui faire plaisir. Après tout, c'était Noël : elle avait droit à un cadeau, non ?

Un cadeau, le temps d'une nuit. Une seule nuit.

Comme s'il avait compris qu'elle n'avait aucune intention de s'enfuir, Ross commença à lui caresser le poignet. Il traça des cercles paresseux autour de son pouls, une caresse intime d'amant qui a tous les droits. L'effet de ce simple effleurement, couplé aux souvenirs de ces mêmes doigts jouant à cache-cache sur son corps, lui coupa le souffle.

Il se tourna légèrement, et elle sentit bouger contre elle les muscles de son torse. Durant l'après-midi, elle avait déjà remarqué que son corps avait changé. Il avait pris de l'envergure, surtout au niveau des épaules et de la poitrine, mais il possédait toujours une taille étroite qu'elle pourrait aisément encercler de ses jambes.

Son imagination s'emballait. Elle pouvait déjà se voir enroulée autour de lui, peau contre peau... D'ailleurs, elle n'arrivait plus à penser à rien d'autre.

Sans prévenir, il la serra plus fort. Avait-il froid ? Pensait-il au bon vieux temps ? Ou est-ce qu'il ne trouvait rien d'autre à faire ?

Oh Seigneur, elle devenait folle !

Il gardait le même silence calme. Pas le moindre indice qui lui permette de savoir s'il tuait le temps ou s'il entendait passer à l'action.

Finalement, incapable de supporter le suspens, elle s'assit brusquement sur le lit et lui lança un regard noir qu'il ne pouvait probablement pas distinguer dans la pénombre.

— Bon, tu comptes faire quoi, au juste ?

En réalité, les questions qu'elle aurait aimé lui poser étaient beaucoup plus complexes.

Est-ce que je t'intéresse ? Est-ce que tu ressens la même chose que moi ? Me désires-tu comme je te désire ?

Pendant quelques secondes qu'elle trouva interminables, il ne dit rien, même pas un « Que veux-tu que je fasse ? » Puis, alors qu'elle était sur le point de sauter du lit et de le traiter de crétin, il se décida. Prestement, avec une agilité féline.

Il s'assit à son tour, la fit glisser sur le dos et vint sur elle, son corps imposant plaqué contre le sien. Puis, tout doux contre son oreille, il dit les mots magiques, les seuls qu'elle ait envie d'entendre.

— Oh ! Que oui !

Après cela, nul besoin de grands discours. Le cœur battant à tout rompre, oublieuse de tout le reste, elle chercha sa bouche.

Dans une hâte vorace, ils commencèrent à s'explorer avec urgence. Ross lui embrassa le cou, lécha sa peau, mordit sa chair tendre. Elle lâcha un cri étouffé. Elle voulait cette bouche, cette langue, ces dents, partout sur son corps.

Le Ross qui l'avait initiée au sexe six ans plus tôt était un amant tendre et patient, délicat. Le Ross d'aujourd'hui semblait déchaîné, sauvage, et comme elle, à la merci d'une envie impérieuse qui le dépassait.

Elle comprit soudain qu'elle avait cherché pendant des années à retrouver ces sensations, cette passion intense et animale ; que, sans le savoir, elle n'avait jamais cessé d'attendre Ross, d'attendre qu'il revienne dans sa vie, comme si elle avait toujours su qu'un jour leurs chemins se croiseraient de nouveau. C'était lui qu'elle attendait pour s'affranchir de ses doutes et de ses inhibitions, pour répondre aux questions que sa propre sexualité lui posait. Et quand bien même leurs retrouvailles ne dureraient que le temps d'une nuit, elle voulait connaître l'expérience d'être l'obsession d'un homme.

Or, sans l'ombre d'un doute, il la voulait avec chaque fibre de son être ; ses caresses désespérées en étaient la preuve. Elle pouvait oublier ses craintes et se plier aux desseins de son corps qui n'avait pas attendu qu'elle se décide pour répondre « oui, oui et encore » à l'appel du désir.

D'un accord tacite, ils commencèrent à se déshabiller. Lorsqu'il ôta son pull, elle ne résista pas à l'envie urgente d'explorer avec ses mains ses pectoraux d'athlète, ses abdos. Ses doigts dessinaient ce que les ombres lui cachaient, un corps parfait comme celui d'un dieu. Mais il ne lui laissa pas le temps de s'y attarder et passa les mains sous son sweater en lâchant un grommèlement lorsqu'il découvrit qu'elle ne portait pas de soutien-gorge. En six ans, sa morphologie avait eu le temps de changer. Elle n'était plus la brindille à peine sortie de l'adolescence qu'il avait rencontrée, mais une femme toute en courbes. Il ne parut pas déçu du changement. Au contraire, car il se pencha sur sa poitrine en murmurant :

— Seigneur, que tu es belle !

Puis il referma la bouche sur le bout de son sein qu'il suça fébrilement.

C'était bon, si bon…

Elle le serra contre elle, poussée par le besoin irrépressible qui montait depuis le centre brûlant de son corps. Il lui embrassa l'autre sein avec la même passion, puis en roula le mamelon entre ses doigts et souffla dessus doucement. Avec un cri de plaisir, elle embrassa sa nuque et ses épaules, enfonçant ses ongles dans son dos. Lorsqu'il s'arrêta, elle faillit protester, mais accepta de bon cœur le changement de programme lorsque, lestement, il s'installa à genou entre ses jambes pour la débarrasser de son jean. Elle souleva ses hanches pour lui faciliter la tâche.

Heureusement qu'elle s'était rhabillée à la va-vite, sans prendre le temps d'enfiler un de ces affreux leggings en laine qui réchauffent les jambes mais refroidissent les hommes ! Sa petite culotte rose n'aurait pas passé le casting pour un film X, mais elle était jolie et sexy. Ce dont Ross se moquait apparemment, car il la lui arracha. Littéralement. Elle aussi s'en moquait. Le geste trahissait une envie urgente. Le reste importait peu.

— Je veux te goûter, Luce, fit-il en plongeant entre ses jambes.

Ce ne fut pas un cri, mais un hurlement de plaisir qu'elle lâcha lorsqu'il commença à lui lécher le sexe. Arc-boutée contre le matelas, elle se mit à trembler, abasourdie par le degré d'intimité qu'ils avaient atteint en quelques minutes. Ce n'était pas une caresse subtile, oh non ! Il l'embrassait à pleine bouche, à pleine langue, explorant ses plis, l'entrée de son corps, suçant son clitoris, sans lui laisser de répit. Elle ondulait des hanches, incapable de rien d'autre que d'accueillir le plaisir qu'il lui procurait, et, lorsqu'un orgasme la parcourut, brutal comme un tremblement de terre, il la plaqua contre le lit, ses grandes mains sur ses hanches, pour continuer de la lécher comme si sa soif d'elle était insatiable. Vague après vague, les sensations se succédaient lui tournant la tête.

Carnaval électrisant.

Feu d'artifice.

Extase...

Le plaisir était si intense qu'elle crut qu'elle allait défaillir. Elle n'arrivait plus à reprendre son souffle ; le pouls qui battait ses tempes devenait assourdissant.

— S'il te plaît, arrête, c'est trop, demanda-t-elle d'une voix molle.

Elle avait toujours pensé que l'expression « mourir de

plaisir » n'était qu'une expression, une image. Et pourtant, c'était bien l'impression qu'elle éprouvait.

Six ans plus tôt, leur relation avait été si brève qu'ils n'avaient pas eu le temps de tout essayer. Elle était vierge et sans expérience, lui, tendre et incroyablement patient. C'était d'une certaine manière une chance, car si Ross l'avait initiée à l'époque aux joies du cunnilingus, elle n'aurait pu s'empêcher de le pourchasser jusqu'à Chicago.

Son envie, à présent, était tout autre. Elle voulait lui donner ce qu'elle n'avait pas su lui donner avant. Elle n'allait pas se limiter à une simple gâterie, elle voulait lui offrir la même jouissance absolue.

Elle voulait aussi vivre cette expérience pour son propre plaisir. La fellation, telle qu'elle l'avait pratiquée jusque-là, était un passage obligé des préliminaires, une politesse qu'on rendait à son partenaire.

Ross avait éveillé en elle un vif désir de prendre son sexe dans sa bouche, d'explorer sa texture, sentir son odeur, goûter sa saveur. Elle voulait qu'il crie grâce, qu'il frôle l'évanouissement, qu'il oublie jusqu'à son prénom.

D'une main encore tremblante, elle le prit par les cheveux pour l'obliger à lever la tête. Il la regarda, le visage encore entre ses cuisses, les yeux étincelants dans le noir.

— Tu as un goût fantastique...

— Je parie que toi aussi, répondit-elle en se passant la langue sur les lèvres, prête à passer à l'action.

A quatre pattes sur le lit, elle le poussa comme un grand félin qui joue avec sa proie jusqu'à ce qu'il soit forcé de poser les pieds par terre pour ne pas tomber. Sans rien dire, il attendit, debout, face à elle.

Elle hésitait. D'un côté, elle brûlait d'impatience de presser son visage contre ce sexe dur sous son jean. D'un autre, elle voulait faire durer l'instant, comme dans son enfance, à Noël, quand elle tournait et retournait longuement le plus beau paquet apparu sous le sapin avant de l'ouvrir, en sachant qu'à l'intérieur elle trouverait exactement ce qu'elle voulait. Ce temps d'attente était précieux car rempli de promesses et de joie.

Lentement, elle défit le bouton du jean, baissa la fermeture Eclair. Lorsqu'elle effleura le coton de son boxer, il siffla, comme brûlé à vif, et enfouit ses mains dans ses longs cheveux. Il serrait son crâne sans lui faire mal, mais de façon plus ferme qu'elle n'aurait imaginé. C'était un geste possessif et exigeant qui ne ressemblait pas au Ross tendre d'autrefois, mais qui correspondait à la perfection à l'amant implacable qui venait de lui donner l'orgasme le plus intense de sa vie.

Enfin, elle fit glisser le pantalon et le caleçon dans un même mouvement et, histoire de faire encore durer le suspense, elle huma son odeur, effleurant ci et là sa chair du bout du nez. Il en tremblait d'anticipation.

Elle s'humecta de nouveau les lèvres avant de déposer un baiser sur le bout de son sexe. Il lâcha un râle bref, comme celui d'un animal à l'agonie. Enhardie, elle prit le sexe bandé à l'extrême dans sa bouche. Sous sa langue qui traçait des cercles, elle sentait la texture satinée de sa peau, son goût salé. C'était encore plus délicieux que prévu ; elle ne s'en lassait pas. Elle continua le mouvement de va-et-vient, lascive, gourmande... Et tant pis s'il jouissait maintenant, il était jeune, fort et si excité, qu'elle le sentait capable de lui faire l'amour jusqu'au bout de la nuit, et même, après une pause-café, de recommencer jusqu'à plus faim.

Elle serra les cuisses. De nouvelles envies s'éveillaient au fond de son ventre. Mais elle voulait d'abord lui infliger la même torture exquise qu'il lui avait fait subir. Elle déglutit pour serrer son membre contre son palais, comme si elle voulait l'avaler. Il chancela, le souffle lourd, de plus en plus lourd, en imprimant à sa tête un balancement qu'elle accompagna de caresses en cadence. A la tension de ses muscles, elle sentit qu'il était sur le point de jouir.

Il l'arrêta et s'écarta d'elle.

— J'ai attendu six ans, dit-il. Je n'ai pas l'intention de finir dans ta bouche.

Dans l'ombre, elle devinait ses mouvements. Il fouillait dans les poches de son jean. Elle entendit le bruit caractéristique d'une enveloppe de préservatif qu'on déchire. Elle était sur le point de lui dire qu'elle prenait la pilule, mais elle se ravisa. S'il y avait un sujet sur lequel garder la tête froide au milieu de cette passion folle, c'était celui-là.

Il se pencha et la prit dans ses bras pour la soulever. Elle l'aida en enlaçant sa taille avec les jambes, même s'il ne semblait pas fournir le moindre effort. Il avait une force de titan, songea-t-elle en se sentant légère comme une plume. Il pivota et la plaqua contre le mur en enveloppant ses fesses de ses mains. Les bras autour de son cou, elle l'embrassa avec fougue. Il répondit en cherchant sa langue en même temps que son sexe glissait en elle.

Oh! Oui!

Au départ, il resta immobile, la serrant fort dans ses bras. Elle se concentra sur leurs sexes emboités pour mieux l'accueillir, pour s'unir à lui aussi intimement que possible. Le sexe de Ross l'emplissait et la comblait, mais elle voulait davantage. Elle ondula des hanches pour qu'il comprenne qu'elle n'avait plus envie de lenteur.

— La prochaine fois, alors…

— Tout ce que tu voudras, gémit-elle.

Ils n'avaient plus besoin des mots. Il n'y avait plus que leur désir, leurs corps enlacés qui dansaient la plus primitive des danses. Il donnait des coups de reins puissants, l'entraînant vers des hauteurs qu'elle ne savait pas exister. Ou peut-être était-ce elle qui s'envolait ? Elle avait, en vérité, l'impression de flotter, comme si son esprit avait échappé à son corps.

Une goutte glissa sur sa joue, puis une autre ; elle s'aperçut qu'elle pleurait. Non pas des larmes de chagrin, mais des larmes de volupté et de soulagement de se retrouver enfin dans ces bras-là.

Les yeux fermés, elle enfouit la tête dans le creux de son épaule et s'abandonna aux sensations. Leur va-et-vient créait une friction exactement au bon endroit, ajoutant à son plaisir jusqu'à ce que l'orgasme l'emporte comme un raz-de-marée impitoyable.

— Oh ! Oui ! C'est… Oh ! Oh…

Sa voix ? Celle de Ross ?

Impossible à dire. Elle savait seulement qu'ils gémissaient à l'unisson, pantelants, bouleversés, trempés de sueur. Chavirant ensemble dans la jouissance.

Il s'arrêta dans un dernier râle. Elle l'embrassa dans le cou, exactement au-dessus du point où son pouls battait. Elle sentait aussi ces battements dans son sexe, et tout en sachant que le contraire aurait été déraisonnable, elle regretta que le préservatif les ait privés d'un contact peau contre peau.

Mais, heureusement, ce n'était que le début. Ils avaient du temps devant eux. Beaucoup de temps. Car, à en juger par la violence du vent et de la neige qui frappait contre les fenêtres, ils ne sortiraient pas de là avant un bon moment.

Chapitre 8

Ce Noël-là…
New York, 23 décembre 2005

Ross aurait préféré que Lucy appelle la police immédiatement après le départ de Jude, mais il avait senti son besoin urgent, presque désespéré, de quitter l'appartement. Il présumait que l'endroit était comme souillé pour elle, et il se demanda combien de temps devrait s'écouler avant qu'elle n'arrive à s'y sentir de nouveau en sécurité.

En tout cas, pas avant qu'il n'ait changé les serrures. Et il était hors de question qu'elle y passe une nuit seule avant que ce ne soit fait.

Elle avait fourré quelques affaires dans un sac et ils avaient traversé la ville dans son camion. Le trajet jusqu'à Brooklyn avait été long, mais cela leur avait permis de mettre un peu de distance entre l'affreuse scène qui venait d'avoir lieu et eux. Penser à ce qui aurait pu se passer s'il n'était pas revenu sur ses pas le rendait malade, et la seule évocation de Jude le mettait encore dans une rage folle.

Il s'efforça cependant de ne pas y songer. Il y avait d'autres urgences. D'abord, s'assurer que Lucy allait bien et qu'elle recouvrait son calme. Ensuite, essayer de comprendre l'étrange virage que sa propre vie avait pris en seulement quelques heures.

— On est arrivé, dit-il en se garant devant la petite maison qu'il louait.

Ce n'était pas grand-chose et le quartier laissait à désirer, mais c'était son chez-lui ; il l'avait trouvé seul et le payait seul. Et par-dessus tout, il pouvait se vanter de ne le devoir à personne, surtout pas à son père.

— Je ne sais pas comment je pourrais te...

— Oublie ça, dit-il en l'empêchant de le remercier pour la vingtième fois au moins.

Il sortit, attrapa la valise et la sacoche avec l'appareil photo sur la banquette arrière, puis alla lui ouvrir la portière. Mais elle bondit de la voiture sans l'attendre.

— Elle est chouette, ta maison !

— Sérieux ?

— Bien sûr ! Tu as même un petit jardin ! Je suis jalouse... Les barbecues en été me manquent terriblement.

— L'ancien locataire a laissé un grill ; si tu veux, on pourra se faire des hamburgers demain.

— Mais il neige ! s'exclama-t-elle en riant.

— Tu appelles ça neiger ? Tant que tu n'as pas connu de tempête de neige sur les grands lacs, tu ne sais pas ce que neiger signifie.

— Mais je connais ! Je suis de Chicago !

Il fut si surpris de l'apprendre qu'il trébucha.

— C'est vrai ?

Cette fille qui ressemblait dangereusement à la femme

de ses rêves avait grandi dans la même ville que lui sans qu'il le sache ? C'était une blague karmique ou quoi ?

— Absolument. Et les hivers assassins ne sont que l'une des raisons pour lesquelles je ne compte pas y retourner.

Son cœur se serra en entendant cette déclaration, comme si Lucy venait de lui infliger une blessure personnelle. Ce qui était parfaitement ridicule...

— Mouais, je ne peux pas dire qu'ils me manquent, à moi non plus.

— Tu penses y retourner un jour ?

— Oui, je crois.

En fait, c'était même une certitude. Un de ces jours, il allait devoir rentrer et assumer ses responsabilités. Son père commençait à fatiguer, quelqu'un devait prendre sa suite à la tête de l'entreprise familiale, et aucune de ses sœurs ne montrait le moindre intérêt pour la construction.

Alors que, pour lui, c'était une passion. A quatre ans, avec son premier vrai jeu d'outils, il avait construit un abri pour les oiseaux; à dix, une maison de poupées de quatre étages pour sa petite sœur. Tout ce qui touchait à la construction l'intéressait, et il n'avait jamais songé à travailler dans un autre domaine. Certains disaient même qu'il avait un don.

Ses études en architecture avaient ajouté à son habileté innée des compétences techniques qui lui seraient précieuses le jour où il dirigerait l'entreprise, à l'instar de son père et de son grand-père. En revanche, il n'était pas prêt à commencer tout de suite. Depuis son adolescence, il travaillait chaque été pour Elite Construction, et puisqu'il allait y consacrer une bonne partie de sa vie, il estimait avoir le droit de vivre un temps loin de l'œil vigilant de son père. Il voulait se sentir libre et connaître d'autres choses sans avoir à rendre de comptes à personne.

Apparemment, c'était encore trop demander.

— Ross ?

La voix de Lucy le sortit de ses ruminations.

— Attends une seconde...

Il récupéra le dinosaure et les autres cadeaux qu'il était censé poster avant la fin de la journée. Il en avait parlé à Lucy pendant le trajet, et elle avait promis de l'aider à trouver un bureau UPS le lendemain.

Une fois à l'intérieur, il l'invita à s'installer pendant qu'il montait le chauffage. New York n'était pas Chicago, mais il faisait quand même un froid de canard. Et la maison était vieille et exposée à tous les vents.

Lorsqu'il revint, Lucy semblait beaucoup moins choquée. Il fut ravi de constater que la force et la capacité de résilience qu'il avait perçues chez elle dès le premier instant n'étaient pas une vue de son esprit. Personne n'aurait pu deviner que cette fille rieuse et nonchalante, qui prenait ses aises dans le salon d'un quasi-inconnu, avait failli être violée à peine une heure plus tôt.

— J'n'y crois pas ! Tu as une lampe à lave ?

— Héritage du précédent locataire, elle aussi. Ainsi que le canapé et... hum... la vénérable table de cuisine...

Heureusement qu'il avait pu la garder d'ailleurs. Car, après avoir payé la caution de l'appartement plus un loyer d'avance, il ne lui restait pas de quoi acheter de nouveaux meubles.

La vie était vraiment imprévisible, parfois. Il avait grandi dans une maison de dix chambres au cœur d'un parc de neuf hectares. Ses sœurs avaient chacune leur cheval à l'écurie et lui, pour ses seize ans, avait pu choisir la voiture qu'il voulait conduire. C'était ce qu'on appelle naître avec une cuillère d'argent dans la bouche.

Et à présent, il habitait une maisonnette qui tombait en miettes, avec des meubles de récupération, une vieille télévision qui ne captait qu'une chaîne, et ce, les jours de beau temps. Il se déplaçait dans une vieille guimbarde dont il avait du mal à payer les traites et mangeait du fast-food plus souvent qu'à son tour. Une vie d'étudiant fauché, quoi...

Le plus étonnant dans tout cela ? Il adorait !

« Pars à New York et je te coupe les vivres ! N'attends pas un seul centime de ma part ! »

C'était ce que son père lui avait assené, la voix étranglée de colère, lorsqu'il lui avait annoncé, après son diplôme, qu'il ne rentrait pas à la maison — en tout cas, pas tout de suite.

Mais je l'ai fait. J'ai osé. Et je m'en sors plutôt bien.

— Et ce pouf? demanda alors Lucy.

— J'avoue... c'est moi qui l'ai acheté. Il m'a semblé qu'il irait bien avec le reste de la déco.

— Laisse-moi deviner... Un achat impulsif dans un bric-à-brac ?

— Bingo. Pour ma défense, sache que j'avais un budget serré.

— Mon Père Noël « peace and love » irait aussi à merveille dans ton salon.

— Hors de question ! Si jamais ce Père Noël junkie et

ses gosses zombis approchent mon pauvre sapin, il risque de perdre ses aiguilles de frayeur !

Lucy suivit son regard vers l'autre bout de la pièce, où un petit sapin était installé, à côté de la fenêtre. Son sourire se voila, comme si elle se rappelait soudain que dans moins de vingt-quatre heures — il était une heure du matin — tout le monde fêterait le réveillon.

Ou alors, elle avait pitié du pauvre arbre, frêle sinon maigrichon, qu'il avait acheté pour pas cher parce qu'il lui avait semblé que, comme le sapin de Charlie Brown, le maître de Snoopy, il avait besoin d'un foyer. Il avait donné au vendeur les dix dollars qu'il en demandait et l'avait mis dans le seau de la serpillère, car il n'avait pas de support plus adéquat.

Il n'avait rien non plus pour le décorer. En guise d'étoile, il avait alors attaché tout en haut le couvercle d'une boîte de conserves et au bout des branches, des objets hétéroclites allant des accroches pour tableaux aux charnières en laiton. Ainsi qu'une tête de poupée trouvée au fond d'un tiroir.

Face à ce chef-d'œuvre de pathétisme, la tristesse de Lucy sembla céder et sa belle bouche s'épanouit en un sourire moqueur.

— Ce sont des capsules de bière, que je vois, là ?

— Oui. Mais je n'en avais pas beaucoup, je ne suis pas un grand buveur et je n'avais qu'un pack au frigo. J'ai dévalisé ma boîte à outils.

Elle pencha la tête, feignant être outragée.

— Et tu te permets de critiquer mon Père Noël ?

— Pardon, ce n'est pas du tout la même chose ! Mon arbre est pitoyable mais pas terrifiant.

— Ma boule de l'année dernière n'était pas terrifiante non plus.

— Ah, non ? C'était quoi ? Une elfe en string et boa à plumes ?

— Oh ! Ça, ça serait génial ! Tu sais où en trouver ? Mais non, c'était juste la cabane du Père Noël…

Il croisa les bras en attendant la suite.

— Avec un clown qui sortait de la cheminée comme un diable de sa boîte.

— Ah, tu vois ? Les clowns sont terrifiants.

— Mais qu'est-ce que ferait un diable, chez le Père Noël ?

— Et qu'est-ce qu'un clown y ferait de mieux ?

— C'est là l'intérêt ! s'écria-t-elle en riant. C'est parce que c'est absurde que c'est drôle.

— Et donc parfait pour les frères Scrooge.

— Tu as enfin pigé !

Heureux de sentir qu'elle recouvrait sa bonne humeur, il demanda :

— Tu as faim ? J'ai des pizzas congelées, des bagels congelés, des burgers congelés…

— La panoplie complète du mâle célibataire, hein ?

— Je plaide coupable. Et si tu veux du vin, je crois que j'ai une brique au fond du frigo.

— La classe, vraiment !

— C'était un cadeau de bienvenue d'une voisine.

— Je croyais que les voisines offraient des corbeilles de muffins !

— Dison que cette voisine a des tendances félines…

Lucy fronça les cils, sans comprendre.

— Genre couguar, expliqua-t-il.

Dès que ladite voisine sonnait à sa porte, il s'empressait de passer une veste et de la boutonner jusqu'au cou.

— Mais peu importe... Sers-toi ce que tu veux pendant que je me débarrasse de ma crasse.

— Tu ne m'as pas l'air bien crasseux.

— J'ai plein de sciure sous mes fringues, c'est vraiment désagréable. Il faut que je prenne une douche.

— Vas-y, alors, fais comme chez toi, dit-elle avec un geste de maîtresse de maison. Tu veux que je te prépare quelque chose ?

— Ce que tu feras pour toi.

— Filet mignon à la forestière, alors.

— Ha ! Ha ! Steak haché au givre, si tu as de la chance, répondit-il en se dirigeant vers sa chambre.

Le lit était défait, un tas de vêtements jetés par terre, les tiroirs de la commode ouverts. Une chambre de célibataire dans toute sa splendeur. Ayant l'intention de dormir sur le canapé et de laisser le lit à Lucy, il prit le temps de ranger un peu.

Il secoua la couette en songeant au tournant qu'avait pris sa journée, totalement à l'opposé de ce qu'il avait prévu le matin même.

Il avait cru qu'il rentrerait chez lui pour passer les fêtes en seule compagnie d'un sandwich à la dinde. Ce n'était pas son Noël idéal, mais cette perspective ne l'avait pas rendu malheureux. Même si, durant les derniers jours, Noël approchant à vitesse grand V, il s'était mis à penser de plus en plus à sa famille. Il avait noué quelques relations agréables à New York, mais ce n'était pas le genre d'amis avec qui on partage le réveillon. Ayant grandi dans une grande famille, qui s'était joyeusement élargie lorsque ses sœurs s'étaient mariées et avaient eu des enfants, il n'était pas un habitué des moments de solitude, et, sans vraiment les redouter, il ne pouvait s'empêcher de trouver que passer la fin décembre en solo avait quelque chose de pathétique.

Que les choses peuvent changer vite, se dit-il en nettoyant en vitesse la salle de bains avant de passer sous la douche. Il n'avait pas exagéré lorsqu'il avait parlé de sciure ; il y avait de quoi reconstituer un sapin comme celui du Rockefeller Center avec la poussière qui tombait dans le bac !

Les cheveux encore humides, il enfila des vêtements propres et quitta la chambre. Une odeur familière — du pop-corn ? — en provenance de la cuisine le saisit. Sauf que Lucy n'y était pas.

Il la trouva dans un endroit où il ne l'aurait pas imaginée s'attarder, occupée à quelque chose qu'il n'aurait pas, mais alors pas du tout, imaginé qu'elle ferait.

— Lucy ?

Elle se tourna vers lui avec un sourire embarrassé.

— Je ne pouvais pas le supporter une seconde de plus, c'était vraiment trop triste !

Il n'en croyait pas ses yeux. Elle avait pris en pitié son pauvre sapin et l'avait métamorphosé en moins d'une heure. La tige tristounette vaguement étoffée d'aiguilles ressemblait maintenant à un arbre de Noël digne de ce nom.

— Mais... Comment...

— Je me suis permis de bricoler avec les moyens du bord. J'espère que ça ne t'embête pas. J'ai coupé quelques emballages de macaroni au fromage et remis les sachets dans le placard. J'ai pensé que tu en avais fait assez souvent pour ne pas avoir besoin des instructions.

— Non, pas de souci, murmura-t-il, sidéré par la vitesse à laquelle elle avait réussi l'incroyable transformation.

— Et c'est une chance que tu préfères le pop-corn au micro-ondes sans beurre. Ça m'aurait collé aux doigts, sinon, continua-t-elle en enfilant un pop-corn sur une aiguille pour l'ajouter à ceux qui formaient déjà une longue guirlande. J'ai aussi fouillé dans les tiroirs de la cuisine. Et j'ai eu la bonne surprise d'y trouver un étui à couture.

— L'ancien locataire, encore…, marmonna-t-il, sous le choc.

— Remercié soit-il, alors ! Dommage qu'il ne t'ait pas laissé aussi des loupiottes clignotantes et des rubans rouges. Sinon, j'avais encore dans la sacoche de mon appareil photo le papier crépon et les paillettes dont je me suis servie pour décorer le studio où je fais mon stage.

Et elle avait su en tirer le meilleur parti, c'était le moins qu'on puisse dire… Des silhouettes de bonshommes de neige et de Père Noël étincelaient sur les branches, avec au dos des instructions pour cuisiner des pâtes au fromage. Elle avait aussi façonné une guirlande en papier comme il se rappelait en avoir découpé enfant. Des ronds verts, rouges et blancs formaient une chaîne colorée qui embrasait l'arbre.

Mais ce n'était pas tout. Elle avait réussi à donner au couvercle de boîte de conserve la forme d'une étoile et, avec un matériau mystérieux, rouge et blanc, avait joliment habillé le seau.

Il lui adressa un regard interrogateur qu'elle accueillit avec un gloussement amusé.

— Mes bas d'elfe, répondit-t-elle. J'en avais deux paires dans mon sac.

Dieu du Ciel ! La maille soyeuse qui enveloppait des jambes qu'il imaginait finement galbées enrobait donc son vieux seau à la base d'un arbre en fin de vie ?

— Je n'ai pas de lumières, mais je crois que j'ai trouvé un truc… Attends, on va voir…

Il la regarda s'accroupir à côté de l'arbre et manipuler quelque chose qui se trouvait hors de son champ de vision. Et soudain, un halo de lumière douce, rougeoyante, baigna l'ensemble.

— Pas mal, hein, la gélatine ?

Ne comprenant pas de quoi elle parlait, il se pencha pour découvrir l'origine de la lumière : un spot avec un filtre photo rouge transparent dessus.

— Qu'est-ce que tu en dis ?

Il l'aida à se relever, et ils admirèrent le fruit de ses efforts. Avec trois fois rien, elle avait obtenu un résultat que Mac Gyver lui-même n'aurait pas renié.

— C'est impressionnant ! Vraiment, Lucy, je suis sérieux.

Elle haussa les épaules.

— Au cas où tu n'aurais pas remarqué, ce n'est pas un sapin traditionnel.

Il perçut un inquiétant trémolo dans sa voix et il comprit que de nouveau ses pensées dérivaient vers tout ce qu'englobait le mot : « traditionnel ». Pendant quatre ans, elle avait tenu à distance tout ce qui avait trait, de près ou de loin, aux joies de Noël, de peur que les bons souvenirs ne s'écroulent sous le poids des mauvais. Et pourtant, elle venait de sortir de sa zone de confort en faisant des choses que sans doute elle avait partagées avec ses parents. En dépit du chagrin qui la guettait.

Et elle l'avait fait pour lui.

Il se tourna et l'enlaça par la taille ; elle leva vers lui ses yeux qui brillaient à la lumière du sapin. C'était le plus beau visage qu'il ait jamais vu.

— Merci, murmura-t-il avant de souligner sa gratitude d'un doux baiser sur ses lèvres.

Elle lui passa les bras autour du cou en pressant contre lui son corps souple. Il ne portait qu'un T-shirt et elle un chemisier, et il pouvait sentir la rondeur de ses seins contre son torse. Avec un soupir vaincu, elle mêla ses jambes aux siennes.

Elle glissa une main chaude sous le T-shirt. Il bougea, à peine, juste assez pour qu'elle puisse l'en débarrasser, et savoura avec une pointe de vanité le regard d'appréciation qu'elle porta sur lui. Avec le dos de ses doigts elle frôla un téton. Il tressaillit, et lorsqu'il se pencha pour l'embrasser encore, il sentit contre lui les bouts dressés de ses seins sous la fine soie de sa chemise.

Sans un mot, elle l'attira vers le canapé, mais au lieu de la suivre, il se pencha, la souleva dans ses bras et en deux foulées traversa la pièce pour s'asseoir, en l'installant sur les genoux. Pas une seconde ils n'avaient cessé de s'embrasser, leurs bouches scellées en un baiser long, profond, doux et mouillé.

Incapable de résister, il chercha sa peau en promenant des doigts coquins sur son ventre. Elle ronronna et se cambra, lui donnant le feu vert. Alors il tira sur le chemisier, tremblant de désir. C'était exactement ce qu'il avait eu envie de faire depuis leur rencontre au café !

Il ne fut pas déçu. La peau de Lucy était encore plus soyeuse que ses vêtements.

— Mmm, j'aime ça, murmura-t-elle contre sa bouche. N'arrête pas.

Il ne se le fit pas répéter. Il commença à défaire les boutons, hypnotisé par le ton nacré de sa peau qu'il découvrait, centimètre après centimètre. Elle se redressa un petit peu pour l'aider. La chemise s'ouvrit complètement. La vue de son buste dénudé lui coupa le souffle. Elle avait des seins ronds, parfaits, et la dentelle de son soutien-gorge mettait en valeur plus qu'elle ne couvrait la chair rosée de ses mamelons.

Elle ploya la tête en arrière, et il fut ravi de répondre à son invite, pressant ses lèvres sur l'un des bouts dressés, avant de le titiller du bout de la langue.

Elle frémit sous la caresse et l'attira encore plus près, en serrant les poings dans ses cheveux. Il entendait sa respiration s'accélérer, les gémissements qu'elle n'arrivait pas à contenir. Et le plaisir qu'elle exprimait augmentait le sien.

Délicatement, il fit glisser la bretelle de son soutien-gorge et couvrit de sa main le sein dévoilé. Ces boutons rosés attiraient sa bouche de façon irrésistible, et il leur donna l'attention qu'ils demandaient en les embrassant avec délices. Elle en tremblait comme une feuille dans ses bras.

Sa sensualité extrême le mettait dans tous ses états. Il sentait son membre dur comme un roc, et la façon dont elle se trémoussait contre lui donna à comprendre qu'elle en était carrément enchantée.

Il voulait aller plus loin, plonger avec elle dans le désir bouillonnant qui les submergeait. Il défit la fermeture Eclair et joua un court instant avec le satin jaune de la petite culotte que le jean laissait entrevoir.

Satin sur soie.

Aguicheuse, elle avança le bassin pour se presser contre sa main.

Comme s'il avait besoin d'être encouragé…

Le visage encore enfoui contre ses seins, il entendait le cœur de Lucy qui battait à un rythme endiablé. Il aspira avec délices son odeur musquée mêlée à son parfum, un mélange enivrant qui lui aurait fait perdre la tête si ce n'était pas déjà chose faite… Il franchit la barrière de tissu et s'attarda pour caresser sa toison avant de glisser un doigt entre les plis de son intimité. Chauds, trempés.

Pouvait-on être plus désirable ?

— S'il te plaît, n'arrête pas, le pria-t-elle, la voix entrecoupée, les yeux grands ouverts, comme choquée par ce qu'elle éprouvait.

Il n'en avait pas la moindre intention.

— Trop de vêtements, grommela-t-il. Laisse-moi t'en débarrasser.

En même temps qu'il parlait, il agissait et, en un clin d'œil, elle se retrouva nue. Il contempla ébahi ce corps magnifique que le destin avait mis sur ses genoux. Elle était parfaite ! De la tête aux pieds. Il ne savait pas où donner des yeux, ni de la bouche, ni des mains. Il voulait seulement que ce moment se prolonge à l'infini.

S'apercevant soudain qu'il était encore à moitié habillé, il s'empressa de déboutonner sa braguette. Elle s'assit à califourchon sur lui pour lui permettre de bouger.

Joyeux, fantastique Noël!

— Ross?

— Hmm?

— Il y a... Je crois qu'il y a quelque chose que tu devrais savoir...

— Sauf si la maison est en feu, je ne veux rien entendre, dit-il en faisant glisser son jean, et son boxer avec, le long de ses jambes.

Libéré, son sexe dressé frôla la cuisse de Lucy.

— Oh! Sei... gneur..., gémit-elle.

— C'est pas « gneur », c'est moi! Et c'est à toi, dit-il en ponctuant sa phrase de baisers sur sa poitrine en même temps qu'il furetait entre ses jambes.

— Ross... Il faut vraiment que je te dise...

Elle avait une toute petite voix, quelque chose la mettait mal à l'aise. Il s'arrêta aussitôt.

— Qu'est-ce qui se passe, Luce?

Elle pencha la tête et le regarda à travers la mèche qui lui tombait sur le visage, mais qui ne cachait pas ses joues empourprées.

— C'est que...

De nouveau elle hésita, se mordilla la lèvre, soupira. Une crise de pudeur? se demanda-t-il. C'était fort possible. Après tout, ils ne se connaissaient que depuis quelques heures...

A moins que... Une idée traversa son esprit. Une idée saugrenue, absurde. Terrifiante. Mais tout à fait plausible.

— Lucy, es-tu en train d'essayer de me dire que tu n'as jamais fait ça ?

Elle hocha la tête.

— Oui, répondit-elle sans le regarder.

Oh ! Bordel de bordel de…

Elle était nue dans ses bras, brûlante, pantelante comme si sa vie dépendait de son prochain orgasme, et elle était vierge ? Il n'aurait jamais cru qu'une fille aussi dégourdie, belle à tomber de surcroît, soit restée vierge jusqu'à vingt-deux ans. Pas étonnant qu'elle soit aussi volcanique !

Il tenta de dissimuler son étonnement.

— Tu m'as dit en effet que Jude et toi vous n'aviez jamais… Mais je n'avais pas compris que tu n'avais… Avec personne d'autre ? Jamais ?

— Non. Personne.

— C'est incroyable ! Excuse-moi, enfin, je veux dire…

— Ne t'excuse pas, je comprends que ça te paraisse bizarre. Mais à l'âge auquel la plupart des filles découvrent le sexe, j'essayais de faire le deuil de mes parents, et il fallait en plus décider, avec mon frère, que faire de leur entreprise, de la maison, de nos vies. Et puis après, je n'ai pas trouvé l'occasion. Ou la bonne personne.

Evidemment ! Au lycée, elle n'avait pas eu le loisir de s'occuper de son éducation sentimentale ou sexuelle, elle avait beaucoup trop à faire après son parachutage forcé dans la vie adulte.

Et comme il n'était pas un malotru comme Jude, il se résigna à mettre son désir en veilleuse.

Ah, que c'était dur, la vie du chic type !

— Aucun souci, Lucy. Je comprends tout à fait.

Mais avant qu'il ait pu filer vers la salle de bains pour prendre une douche glacée, elle le retint par le bras.

— Non, je ne crois pas, fit-elle en lui prenant le visage entre les mains, si près de lui que ses boucles suaves caressaient ses joues. J'ai envie de toi, Ross. Et je veux que tu sois mon premier amant. Aujourd'hui. Maintenant.

Elle avait souvent songé au moment où, enfin, elle ferait l'amour pour la première fois. Elle avait toujours imaginé que ce serait avec un garçon qu'elle connaîtrait bien, avec qui elle sortirait depuis longtemps, en qui elle aurait confiance. Une condition sur trois, ce n'était pas si mal que cela, non ? Car on ne pouvait pas dire qu'elle connaisse Ross intimement. Ni qu'elle était sortie avec lui longtemps.

Mais elle lui faisait confiance. Pleinement.

Elle avait dû prendre son courage à deux mains pour lui dire la vérité, mais elle ne le regrettait pas. L'idée de mentir alors qu'elle était sur le point de faire ce pas si important lui avait semblé insupportable. C'était une question de respect envers elle-même d'abord, mais envers lui aussi. Elle savait que certains hommes préféraient décliner pour ne pas avoir à gérer une situation qu'ils présupposaient délicate. Et qu'il était préférable alors de leur laisser la possibilité de dire « non, c'est gentil, merci ». C'était un risque à prendre, même si elle imaginait que Ross ne faisait pas partie de ces hommes-là.

Ce qu'elle n'avait pas imaginé, c'était à quel point il se montrerait doux, à quel point ses baisers seraient tendres, ni la gentillesse avec laquelle il allait lui prendre la main pour la guider jusqu'à la chambre. Comme si, en apprenant son manque d'expérience, il s'était senti investi d'une responsabilité qui impliquait de ne pas la renverser vite fait bien fait sur un canapé. Comme s'il avait estimé que, pour une première fois, elle avait droit au grand lit, à la lumière tamisée, bref, au kit complet pour l'amante novice.

Le petit couloir lui sembla très long et trop court à la fois. Alors que son corps brûlait encore sous l'effet de leur étreinte incroyable, elle ne pouvait pas empêcher une anxiété mêlée de gêne de la gagner.

Elle était totalement nue, il portait encore son jean. Et elle venait de lui dire, à l'instant, qu'elle était vierge.

— Tout va bien se passer, la rassura-t-il en lui caressant la joue lorsqu'ils se trouvèrent à côté du lit. Ne t'inquiète pas.

Elle sourit.

— Tu crois que j'ai peur ?

Il ne répondit pas.

— Je n'ai pas peur, Ross. Je suis surtout un peu... embarrassée, et je me sens très exposée.

Il recula d'un pas, secoua la tête, se frotta le menton. Puis, il murmura :

— S'il y a, sur terre, une femme parfaite, cette femme, Lucy Fleming, c'est toi.

En plus d'être incroyablement beau, il savait dire ce qu'il fallait. C'était une perle, ce garçon, songea-t-elle en se sentant fondre. Elle avait eu raison, sans l'ombre d'un doute, de le choisir pour sa première fois.

— Merci.

— Mais de rien. Tu n'as pas de souci à te faire...

— Je ne me fais pas de souci, je t'assure. La seule chose

qui m'inquiète c'est que ce soit moins bon que ce que j'en suis venue à croire.

Il hocha la tête avec un de ses sourires renversants et l'attira contre lui.

— Ce sera encore mieux. Croix de bois, croix de fer, si je ne mens pas, tu iras au septième ciel, répondit-il en même temps qu'il la renversait très doucement sur le lit.

Même dans ses fantasmes les plus poussés, Lucy n'avait jamais imaginé que le sexe puisse être aussi doux et excitant à la fois. Ross l'embrassa lentement, minutieusement, comme s'il voulait mémoriser le goût de sa bouche tandis qu'il la caressait avec une délicatesse de prestidigitateur, ses mains effleurant ci et là, un sein puis l'autre, sa taille et de nouveau sa poitrine... Des caresses à peine suggérées qui pourtant la faisaient frissonner de la tête aux pieds.

Elle fut touchée et rassurée lorsqu'il commença à montrer son trouble. En embrassant ses seins il grogna de plaisir, et quand elle toucha du doigt le bout de son sexe dressé, il trembla. Et alors qu'elle était prête et impatiente de s'aventurer plus loin dans l'exploration de ses points faibles, Ross lui fit comprendre que l'instant tournait exclusivement autour d'elle.

Ce qui était fantastique et... incroyablement excitant.

— S'il te plaît, dit-elle dans un sanglot lorsque, joueur, il frôla encore son clitoris.

Elle voulait plus. Ses hanches ondulaient, hors de contrôle, et elle se sentait sur le point de jouir. Elle allait mourir s'il ne la délivrait pas de cette tension absolument délicieuse mais au-delà du supportable.

Comme s'il avait compris, il murmura quelques mots

doux en même temps qu'il glissait un doigt en elle. C'était une sensation nouvelle, étrange… mais tellement grisante. Il joua de nouveau avec son clitoris, cette fois-ci, avec des caresses lentes mais d'une précision redoutable. Elle n'arrivait plus à respirer normalement et, lorsqu'il introduisit un autre doigt dans son sexe, son souffle devint chaotique.

Un battement de cœur plus tard, elle jouissait. L'orgasme se déploya comme une vague tiède et enveloppante, en même temps qu'imparable. Surprise par son intensité — tellement plus forte que lorsqu'elle se donnait elle-même du plaisir —, elle trembla et cria sans retenue avant de se laisser retomber une éternité plus tard contre l'oreiller, molle comme une poupée en chiffon.

— Tu es magnifique, susurra-t-il.

— Et toi aussi.

C'était la pure vérité. Il avait un physique de rêve, longiligne mais tout en muscles. Ce qui, combiné à sa prévenance, son sourire gamin et ses yeux verts étincelants, donnait un ensemble aussi masculin qu'irrésistible.

— Je te veux en moi, Ross…

Il ne lui demanda pas si elle en était certaine, il avait compris qu'elle avait dépassé le stade des doutes. Il ouvrit le tiroir du chevet pour prendre un préservatif qu'il enfila aussitôt sur son sexe. Elle le regarda faire, fascinée. Un dernier relent de nervosité vint la troubler un instant. Mais ce ne fut qu'un instant, et de nouveau l'excitation prit le dessus.

Ross marqua une pause pour la contempler, admiratif et gourmand, avant de se glisser entre ses jambes.

— Dis-moi si je…

— Je te le dirai, l'interrompit-elle en haussant les hanches, les bras autour de son cou, les yeux rivés aux siens.

Ils ne s'embrassèrent pas. Aucun d'eux ne cilla. C'était à peine s'ils respiraient.

Elle sentit son cœur s'arrêter le temps d'un battement lorsqu'il guida son sexe dans le sien en tâtonnant doucement. Ses mouvements étaient lents et mesurés, tendres. Impatiente de l'accueillir pleinement, elle se cambra pour l'inviter à continuer. Elle pouvait voir aux gouttes qui perlaient sur son front, à la tension des muscles de son cou, qu'il faisait tout pour se contrôler.

— Je t'assure, tout va bien, insista-t-elle. Viens…

Il se pencha et s'empara alors de sa bouche avec fougue. A chaque mouvement de sa langue il pénétrait plus loin en elle, encore plus loin, jusqu'à ce que leurs corps soient parfaitement emboîtés.

Complètement absorbée par la sensation de plénitude qu'elle éprouvait, ce fut à peine si elle ressentit une légère douleur. Elle était comblée au-delà de ce qu'elle avait osé espérer et savait déjà qu'elle ne regretterait jamais d'avoir perdu sa virginité avec Ross.

Il était celui qu'elle attendait.

— Tu vas bien ? demanda-t-il.

— Très, très bien, répondit-elle en mêlant ses jambes aux siennes.

Il répondit en donnant un coup de reins. Doux mais bien senti. Puis il recula, peu à peu, avant de recommencer. Elle suivit le rythme qu'il marquait, en poussant des hanches et en les retirant pour accompagner le mouvement… C'était comme danser. Sauf qu'aucune danse ne lui avait jamais procuré un plaisir aussi démentiel.

Il accéléra la cadence.

Il devait commencer à approcher le point de non-retour, pensa-t-elle, émerveillée qu'il ait tenu si longtemps, car elle ne contrôlait plus rien, ni la houle affolée de ses hanches ni sa respiration saccadée. Elle n'était qu'émoi, sensations qu'elle espérait ne jamais oublier.

Ils bougeaient de plus en plus vite, lui plongeant en elle, elle, accrochée à ses épaules, répondant à ses assauts, rendant ses baisers. Le monde autour d'eux avait disparu ; plus rien n'existait en dehors de leur étreinte sublime. Dans le brouillard de l'excitation, elle arrivait pourtant à percevoir la perfection sidérante de l'instant qu'ils partageaient.

Oui, c'était toi, vraiment toi, que j'attendais...

Et elle vivait ce moment qu'elle avait tant attendu. Elle jouit, mais ce fut une autre jouissance, différente de tout ce qu'elle avait connu auparavant. Une vague de délices surgie de son ventre qui se déploya dans son corps comme des ronds dans l'eau. Elle savoura la sensation de se trouver au centre de cette onde infinie, tandis que la respiration de Ross devenait de plus en plus cahotante.

— Tu es si belle, si belle. Si...

La phrase se brisa en un râle profond, et il plongea une dernière fois en elle, succombant, lui aussi, à la délivrance. Elle sentit son haleine brûlante contre son cou, mais il ne s'écroula pas sur elle. D'un geste souple, il roula sur le côté et l'entraîna dans le mouvement sans pour autant sortir de son corps. Cette intimité simple l'enchanta, elle le regarda qui reprenait son souffle, la bouche entrouverte, les yeux fermés. Lorsqu'il les rouvrit, elle ne put s'empêcher de sourire.

— Quoi ? demanda-t-il.

— J'ai a-do-ré.

Il rit doucement.

— Ravi de l'entendre.

— Quand est-ce qu'on peut recommencer ?

Il répondit avec un éclat de rire franc et masculin.

— Donne-moi une demi-heure.

Elle afficha une moue boudeuse.

— Bon, d'accord. Vingt minutes ?

— Ai-je le choix ?

Il faisait froid dans la chambre, et elle se blottit contre lui. Quelle magnifique énergie renouvelable, la chaleur d'un beau corps d'homme tout chaud !

Ils restèrent enlacés ainsi en silence un long moment, échangeant baisers moelleux et caresses langoureuses. Elle aimait la façon dont il l'enlaçait, un rien possessif, comme s'il avait peur qu'elle disparaisse.

Ce qui ne risquait pas d'arriver. Loin s'en fallait. D'ailleurs, elle commençait déjà à se triturer les méninges pour imaginer une façon de faire durer leur rencontre au-delà du week-end. Aucun d'eux n'avait encore évoqué cette possibilité, mais elle, en tout cas, en avait terriblement envie.

Et pourtant, pourtant… trois semaines plus tard, elle allait partir en Europe, où elle resterait de longs mois, avant de rentrer juste pour la remise de diplômes, puis de repartir de nouveau.

L'idée de laisser Jude derrière elle ne lui avait pas posé le moindre problème. Mais quitter Ross… Rien qu'en y pensant elle avait mal. Comment pourrait-elle s'éloigner d'un homme qui la faisait vraiment vibrer, alors qu'elle venait de le rencontrer pour la première fois ?

— Tu as besoin de quelque chose ? murmura-t-il en brisant le silence.

— Genre ?

— Je ne sais pas… Tu… Tu as mal ? dit-il sans la regarder, comme s'il craignait de la gêner.

— Pas du tout. Pour tout te dire, je me sens même mieux que jamais ! fit-elle sans pouvoir retenir un bâillement. Ou alors, juste une mini-sieste. Vingt minutes, pas plus.

Il rit doucement et l'attira contre lui, l'embrassant sur le front et murmurant des mots tendres en lui caressant les cheveux.

La joue posée sur son torse, elle entendait le battement de son cœur, régulier, rassurant. Sa voix la berçait, ses caresses l'apaisaient. C'était, de nouveau, un moment parfait.

Jamais elle n'avait passé une soirée où chaque instant se parait d'une perfection différente, et de tout son cœur, elle espérait que l'avenir lui en réserverait beaucoup d'autres.

Elle avait hâte de voir de quel bonheur le lendemain serait fait.

Chapitre 9

Aujourd'hui
Chicago, 24 décembre 2011

Une tempête historique ! Jamais depuis son enfance, Ross n'avait vu une chute de neige de cet ordre ! Il en restait sans voix, debout près de la fenêtre de son bureau. Un manteau blanc avait couvert le parking d'Elite Construction et le monde autour.

D'après l'épaisseur sous laquelle son 4x4 était enseveli, il estima qu'il en était tombé presque un mètre. Et ce n'était pas fini… De gros flocons mouvants comme des nuées d'insectes continuaient à virevolter dans tous les sens. Ils étaient bloqués par la neige. Complètement.

— Tu as emporté ta chaleur avec toi, bougonna Lucy depuis le clic-clac.

Elle dormait lorsqu'il avait quitté le lit quelques minutes plus tôt, mais à présent elle s'était glissée sur le côté qu'il avait occupé, les couvertures remontées jusqu'au nez, les boucles en bataille.

Adorable et sexy comme jamais.

Frigorifiée, aussi.

Ce n'était pas étonnant. La température dans la pièce, bien que supportable encore, avait chuté considérablement pendant la nuit, mais ils avaient été trop occupés pour s'en apercevoir. En ce qui le concernait, il aurait pu, sans mentir, jurer que jamais de sa vie il n'avait passé de nuit plus chaude. Ni plus érotique. Ni plus émouvante.

— C'est comment, dehors ? demanda-t-elle.

— Comme si le Père Noël avait décidé d'emménager ici, Pôle Nord inclus.

— Génial ! fit-elle d'un ton sarcastique.

— Tu avais des plans pour la journée ?

C'était une question purement rhétorique, car elle lui avait semblé aussi peu réceptive aux joies de Noël que par le passé.

— En fait, non, répondit-elle en secouant la tête après un court silence. Sam travaille tout le week-end, et j'avais prévu de paresser à la maison et de dépenser sur le web l'argent qu'Elite Construction m'a versé.

Pour la connexion internet, il ne pouvait rien faire, mais il n'avait rien contre l'idée de paresser avec elle, en alternant ce farniente avec des moments d'activité passionnée semblables à ceux de la nuit passée.

Elle tremblait de froid.

— Tiens, dit-il en lui offrant une des tasses de café qu'il venait de préparer.

— Le courant est revenu ? demanda-t-elle semblant en même temps déçue et soulagée.

— Je crains que non. Nous sommes en train de tester

des cafetières à batterie pour les chantiers, et il y en avait une à portée de main.

— Dieu bénisse l'inventeur d'un tel prodige! dit-elle en se redressant dans le lit.

Les couvertures glissèrent de sa poitrine, et il faillit renverser le contenu de la tasse sur elle devant le spectacle qu'elle offrait. A la lumière du jour, même aussi blafarde que celle qui passait à travers les vitres, son corps était d'une beauté à réveiller les morts. Et son sexe, n'en parlons pas...

Il n'avait jamais imaginé qu'on puisse éprouver pour quelqu'un un désir aussi inépuisable. Ils avaient fait l'amour trois ou quatre fois durant les heures précédentes, et pourtant il avait de nouveau envie d'elle. Il avait hâte de voir ses joues rougissantes lorsqu'elle jouissait et les courbes de ce corps dont il avait léché et embrassé chaque parcelle.

— C'est parfait, murmura-t-elle après avoir pris une gorgée du breuvage fumant. Avec du lait et sans sucre, tu n'as pas oublié...

— Evidemment que non, murmura-t-il.

Il se souvenait de tout.

Ce qui était tout de même paradoxal, étant donné les efforts qu'il avait déployés pour effacer Lucy et tout ce qui la concernait de sa mémoire. Mais son souvenir, opiniâtre comme elle, avait refusé de partir, en dépit de ses liaisons avec d'autres femmes — dont deux assez sérieuses — et des grands changements qu'il avait vécus.

Il la regarda, et elle soutint son regard. Sans rougir, sans remonter les couvertures, sans paraître le moins du monde embarrassée. Il avait craint qu'elle ne regrette ce qui s'était passé, qu'elle exprime des doutes… Or, il n'en était rien. Elle semblait parfaitement sereine.

Ce qui était une bonne nouvelle. Il lui sourit.

— Qu'est-ce qu'il y a ? demanda-t-elle.

— Je m'attendais plus ou moins à ce que tu te lèves, drapée dans les couvertures et ta dignité, pour m'accuser d'être venu te molester pendant la nuit.

— Bah… C'est plutôt moi qui t'ai molesté, non ? Quoique, maintenant que j'y pense, tu as tout de même profité de mon sommeil pour t'introduire dans mon lit !

— Pardon… Mon lit, Boucle d'Or ! Mais je n'ai pas de bol de soupe à t'offrir pour le petit déj… Cela dit, on a plein de restes de la fête.

Elle écarquilla les yeux.

— Ton lit ? C'est bien ce que tu as dit ? Tu es sérieux ?

— Aussi sérieux que la tempête.

Elle tourna la tête lentement, contemplant la pièce et son contenu dans le détail. C'était bien plus grand et largement plus confortable que la maison de Brooklyn qu'il habitait au moment de leur rencontre.

— Mais alors, si je suis dans ton lit… ça veut dire qu'ici, c'est ton bureau ? Tu ne t'es pas faufilé dans le bureau de ton patron parce que tu étais, toi aussi, coincé dans le bâtiment ? Tu es le patron…

— Oui, c'est moi, en effet, répondit-il en riant. Apparemment, tu n'as pas remarqué le nom sur la porte.

Elle dirigea son regard vers l'entrée. Même à distance, elle devait pouvoir distinguer les mots « Ross Marshall. P.-D.G. » gravés sur une plaque de cuivre.

— Tu diriges cette boîte ? Pour de bon ?

— Je fais ce que je peux, mais oui, c'est bien le cas.

— Waouh ! Je savais que tu étais doué, mais passer d'ouvrier à PDG en seulement six ans, c'est carrément un exploit !

— Pas tant que ça, en fait. J'ai hérité du poste. Elite Construction appartient à ma famille.

— Donc ton père...

— Est le fils du fondateur.

— Comment va-t-il ? Il s'en est sorti ?

— Heureusement, oui. Ça a pris du temps et beaucoup d'efforts, et encore, il n'a pas tout à fait recouvré la mobilité de son côté droit, mais il se porte plutôt bien.

Il ajouta, ne plaisantant qu'à moitié :

— Ce qui n'a pas changé, c'est qu'il reste le despote qu'il a toujours été !

Il aurait fallu bien plus qu'un malheureux accident cardio-vasculaire pour changer un homme de la trempe de son père, chez qui l'obstination le disputait à l'autoritarisme, songea Ross, même si, depuis quelques mois, le vieil homme avait commencé à lui faire confiance et à cesser de remettre en question chacune de ses décisions. En tout cas, il se réjouissait évidemment que son père ait survécu. Même s'ils étaient en conflit au moment de l'AVC, Ross avait été dévasté, car les médecins les avaient préparés au pire et la concurrence se frottait déjà les mains, anticipant la disparation de Ross Marshall père. Cependant, sa famille, qui connaissait sa volonté d'airain, avait gardé l'espoir. A raison. Son père adorait le défi, et même face à la mort, il s'était montré aussi têtu et indomptable que toujours.

— Je suis contente qu'il ait survécu, murmura Lucy.

— Merci.

Sans douter un instant de sa sincérité, il savait que le sujet l'avait ramenée, tout comme lui, à l'époque de leur première rencontre. Elle se trouvait avec lui lorsqu'il avait reçu l'appel affolé de sa sœur. C'était le matin de Noël et le week-end de passion et de rires qu'ils avaient commencé à partager s'était achevé subitement sur ce coup de fil qui avait changé le cours de sa vie.

Il avait toujours eu l'intention de retourner à Chicago pour occuper la place qui lui était destinée, mais pas avant d'être resté suffisamment à New York pour y mener sa vie comme il l'entendait. Et à ce moment précis du week-end, il envisageait justement de demander à Lucy si elle pensait que trouver du travail en France comme menuisier était possible. Oui, leur relation était devenue à ce point importante pour lui, même en si peu de temps.

Mais lorsqu'il avait réussi à comprendre la signification des sanglots incohérents de sa sœur, le temps lui avait manqué pour filer à l'aéroport. Il avait détesté abandonner Lucy le jour de Noël, mais elle avait compris la situation et n'en avait pas pris ombrage. Il était parti sur-le-champ, sans même se donner la peine de préparer un bagage sommaire, convaincu que son père vivait ses dernières heures, mortifié à l'idée que leur dernière conversation puisse être l'horrible dispute qu'ils avaient eue quelques mois auparavant.

L'attente à l'hôpital avait été longue et angoissante. Il avait dû, en dépit de son chagrin, s'occuper de sa famille et s'improviser directeur d'Elite Construction. Il s'étonnait encore d'y être parvenu en dépit de sa jeunesse, mais sa volonté de préserver l'œuvre de son père et de son grand-père lui avait permis de garder le cap.

Il avait cependant réussi à trouver, dans les jours qui avaient suivi, un peu de temps pour appeler Lucy, qui allait, pour la première fois, passer seule l'anniversaire de la mort de ses parents. Elle s'enquérait chaque fois de l'état de son père, mais leurs conversations avaient fini par tourner autour des préparatifs de son voyage en Europe. Autour de ses plans d'avenir. De sa vie rêvée.

Puis, il l'avait appelée un jour sur deux.

Puis, une fois par semaine.

Puis, elle avait été sur le point de partir pour son semestre à l'étranger.

Alors il avait cessé d'appeler.

— Je n'ai jamais arrêté de penser à toi, Lucy. Tu étais constamment présente à mon esprit...

Il se tut un instant puis reprit :

— Je suis désolé... Vraiment.

C'était, en substance, ce qu'il avait de plus important à lui dire.

— Désolé ? Pourquoi ?

— Tu le sais très bien. Je n'arrêtais pas de penser à toi, mais... je n'ai pas été capable de te rappeler.

Elle se raidit et réfléchit avant de répondre d'un ton léger :

— N'y pense plus. Les lignes téléphoniques ne marchaient pas bien, cette année-là, de toute façon.

Son humour ne le trompa pas. La veille encore, elle avait montré à quel point elle était blessée, et il était impossible qu'elle ait pu passer l'éponge en une seule nuit.

En revanche, elle avait pu croire qu'il n'était qu'un salaud qui lui avait promis l'amour éternel avant de disparaître comme un voleur.

— Tu sais, je ne suis jamais retourné à New York.

— Comment ça ? Et ta maison ? Tes affaires ?

— Lorsque j'ai compris que la convalescence de mon père allait prendre du temps et qu'il était peu probable qu'il reprenne un jour la direction de l'entreprise, j'ai fait appel à un déménageur pour qu'il s'en occupe.

— Ça a dû être très dur.

— Dur ? C'est un faible mot, dit-il avec un soupir. Mais ce n'est pas de ça dont je voulais te parler. Je ne l'ai mentionné que pour pouvoir te dire ce que j'ai toujours voulu te dire avant que tout ne parte de travers.

— Quoi donc ? demanda-t-elle avec une expression peu amène.

Il soutint son regard, comme s'il la défiait de douter de sa sincérité.

— Je suis tombé amoureux de toi ce week-end-là, à New York.

Elle secoua la tête, refusant d'entendre, levant une main devant son visage, comme pour s'en faire un bouclier contre son aveu. Il ne se démonta pas, le rejet ne lui faisait pas peur, le ridicule encore moins. Il croyait dur comme fer que quelque chose de merveilleux était encore possible entre eux deux, et même si elle avait définitivement tourné la page, même si la nuit qui venait de finir était le dernier chapitre d'une relation qui avait marqué sa vie, il tenait absolument à ce qu'elle sache ce que leur rencontre avait signifié pour lui.

— C'est la vérité, Lucy. J'étais fou de toi.

— Tu aurais dû me le dire.

— Pourquoi faire ?

Elle le regarda, les yeux écarquillés, comme s'il était idiot.

— Pour que j'entende ces mots au moins une fois dans ma vie, par exemple. Ça m'aurait fait du bien.

Il avait du mal à croire qu'aucun homme ne soit jamais tombé amoureux d'elle, belle et intelligente comme elle était. Mais il n'avait pas spécialement envie de l'imaginer avec quelqu'un d'autre non plus. Cette seule idée lui retournait l'estomac.

— Sans doute que j'aurais dû, convint-il en haussant les épaules. Mais je croyais que la situation était sans issue.

Devant son regard déconcerté, il précisa :

— Tu étais sur le point de partir à la conquête du monde !

Elle ne réfuta pas son argument, et son expression devint songeuse, presque nostalgique, comme si elle pensait à la jeune fille passionnée et impétueuse qu'elle avait été. Avec un peu de chance, songea-t-il, il découvrirait un de ces jours ce qui l'avait ramenée à Chicago et pourquoi elle gagnait sa vie en photographiant des enfants, mais pour le moment, sa priorité était de lui faire entendre sa version de l'histoire.

— Tu partais à l'étranger, continua-t-il, tu avais la tête pleine de projets, alors que moi... mon père était sur son lit de mort, ma mère et mes sœurs anéanties... J'étais le seul à pouvoir les aider, sans parler de l'avenir de l'entreprise.

Il avança jusqu'au clic-clac, s'assit à côté d'elle et caressa doucement une mèche qui tombait sur sa joue.

— Ma vie était ici, à Chicago. Elle est toujours ici. Toi, tu étais... ailleurs. Sans même parler de l'océan entre nous, nous allions vivre dans deux mondes complètement différents, et même si je voulais plus que tout que tu me rejoignes dans le mien, je savais que j'espérais l'impossible. Mes rêves étaient tombés en miettes, mais je n'avais pas le droit de te demander d'abandonner les tiens.

— Donc… tu m'as laissée partir ?

— Comme un con, oui…

Elle ne pleura pas, mais ses yeux étaient rouges et humides. Avec un reniflement, elle lui prit la main et pressa sa joue contre sa paume.

Ils restèrent ainsi longtemps, en silence. La ville était si calme que Ross pouvait entendre les flocons de neige qui heurtaient la baie vitrée. Au bout d'un moment, Lucy prit une longue inspiration et releva la tête. Elle lui sourit, et ce fut comme si le soleil éclaboussait soudain la pièce.

— Merci de me l'avoir dit, Ross.

— Je t'en prie.

Rien d'autre. Pas de promesses, pas de demandes. C'était comme si du passé ils avaient fait table rase pour prendre un nouveau départ. Le chemin de l'avenir s'ouvrait devant eux.

— Je dois admettre, Papa Ours, que ce petit déjeuner est mille fois mieux que de la soupe ! déclara Lucy, en léchant les miettes de cookie restées sur le bout de ses doigts.

Ils venaient de partager un brunch de Noël pour le moins original : cookies, fromage et biscottes, chips, lait de poule, fruits et chocolat.

Ce qui restait du buffet de la fête s'était très bien conservé dans le grand réfrigérateur de la salle de repos, qui faisait encore du bon boulot en dépit de la coupure de courant prolongée. A vrai dire, le pire qu'ils avaient à redouter, si la tempête ne cessait pas, serait de devoir jeter le lait de poule et d'avoir à se contenter de soda et de jus de fruits.

— Il me semble qu'il y a encore quelques tranches de dinde pour le dîner, répondit Ross. Si on en arrive là, je veux dire.

Et à en juger par la façon dont la neige continuait à tomber, ils risquaient fort d'en arriver là.

Elle aurait dû être morte d'angoisse. S'inquiéter du fait d'être bloquée, de ne pas avoir de sous-vêtements de rechange, même si elle ne comptait pas se rhabiller de sitôt. Mais, franchement, elle s'en moquait. Elle n'avait pas d'engagements immédiats, ni d'obligations. Son frère était d'astreinte tout le week-end, et vu la météo, il était peu probable qu'il puisse se libérer avant le mardi suivant.

Pourquoi, dans ces conditions, se priver de quelques jours agréables dans ce bâtiment sûr, avec de l'eau et des vivres en suffisance, et surtout, en compagnie d'un homme plus que charmant ?

— Ceci répond à tes exigences d'un Noël non-traditionnel, il me semble..., dit-il.

— J'ai mangé un gâteau en forme de cloche, non ? Cela dit, je suis devenue un peu plus souple là-dessus.

— C'est vrai ?

— Kate a des enfants, et il y a deux ans, j'ai passé Noël chez eux... C'était assez chouette.

Bien plus que chouette, en réalité. Elle avait passé quelques jours inoubliables dans une maison chaleureuse et pleine d'amour. Certes, la mélancolie ne l'avait pas complètement épargnée, mais le temps commençait à faire son œuvre, et elle se surprenait par moments à baisser la garde et à permettre que la magie de Noël touche son cœur de nouveau. Si elle n'était pas encore prête à décorer un sapin ou télécharger sur son lecteur MP3 *Les plus belles chansons de Noël*, elle pouvait au moins chantonner « Douce Nuit », le chant préféré de sa mère, sans se mettre à pleurer.

— J'ai plein de questions, tu sais ? dit-il.

— Sur quoi ?

— Paris, l'Europe, la semaine de la mode, la couv'de *Vogue*…

Ah, oui, la Lucy de vingt ans et ses rêves, songea-t-elle. Comme tout cela lui avait semblé important, lorsqu'elle essayait de fuir les ruines du bonheur qu'elle avait perdu ! Changer de décor avait masqué les souvenirs douloureux pendant quelque temps, mais elle avait depuis appris qu'on n'échappe pas à la douleur qu'on porte en soi. On apprend seulement à mieux l'affronter.

Elle fit de son mieux pour lui expliquer ce long cheminement intérieur tout en doutant de l'intelligibilité de ses explications.

Lorsqu'elle eut fini, il demanda :

— Et maintenant que tu as compris que tu n'as pas besoin de partir à l'autre bout du monde pour éviter de trop t'attacher à qui que ce soit… est-ce que tu es heureuse ?

— Heureuse… Oui, je crois. J'aime mon travail. Tu te rappelles à quel point je haïssais les séances photo avec les gamins ?

— Alors que tu y excellais.

— Apparemment, j'ai été la dernière à m'en apercevoir,

mais à présent, j'ai compris, et j'adore. J'ai beaucoup plus de succès avec mes portraits d'enfants qu'avec tout ce que j'ai fait auparavant. L'année dernière *Time* a publié une de mes photos.

Il fit entendre un sifflement admiratif.

— C'est vrai ?

— Pas mal, hein ? J'ai aussi collaboré avec *American Press*, et je fais pas mal de catalogues. Le magazine *Parents Place* m'a passé une commande récemment, et je croise les doigts pour qu'ils m'inscrivent sur leur liste d'indépendants réguliers.

— Eh bien, bravo ! Je suis heureux pour toi !

Elle savait qu'il était sincère.

— Merci, dit-elle.

Puis, se rappelant soudain une anecdote qui pouvait l'intéresser, elle demanda :

— Devine qui j'ai croisé l'an dernier à New York ?

— Je donne ma langue au chat.

— Tu te souviens de Jude Minableman ?

— Malheureusement, oui. Dis-moi qu'il a fini en prison comme souffre-douleur d'un obsédé sexuel !

— Presque, mais non. C'est son père qui a fini en taule.

— Non !

— Si. Sa famille était à la tête d'une de ces entreprises soi-disant trop grosses pour tomber. Sauf qu'ils ont fait faillite avec la crise des sub-primes. Le père en prison, ils ont tout perdu, jusqu'à leur superbe. Jude était bien plus humble, et surtout, complètement fauché.

— Oh ! Le pauvre ! Mon cœur saigne pour lui...

— Seigneur ! Je devais vraiment avoir ma boussole à

mecs en panne pour me croire amoureuse de lui ! Voilà les nouvelles. Il n'y a pas grand-chose d'autre à dire sur moi.

A présent, l'un et l'autre s'étaient racontés. Elle savait qu'il avait passé ces six dernières années à travailler comme un fou, à s'occuper de sa famille, à accomplir son devoir. Et que, en dépit du peu de temps libre dont il disposait, il avait commencé la construction de la maison de ses rêves.

Quant à Ross et les femmes, le peu qu'elle en avait appris lui suffisait. Elle était même assez contente de la façon dont elle avait réussi à cacher sa joie lorsqu'il lui avait avoué qu'il n'avait pas vécu de relation de plus de six mois avec une femme. Là-dessus, aussi, ils se rejoignaient.

— Et ton frère ? Il t'offre encore des boules à neige ignobles chaque Noël ?

— Evidemment ! fit-elle en riant. J'en ai une belle collection ! C'est mon seul rituel pour les fêtes : je les dispose sur le manteau de ma fausse cheminée.

— Toutes ?

La question n'était pas anodine. Ce qu'il voulait savoir c'était si elle avait gardé aussi celle, magnifique, qu'il lui avait offerte. Lorsqu'elle avait cessé d'attendre qu'il rappelle, elle avait été tentée de la jeter, mais n'y était pas parvenue. Par la suite, elle n'avait jamais réussi à se séparer de ce cadeau qui représentait sa plus belle — et sa plus triste — histoire d'amour. Chaque année en la dépoussiérant, elle se demandait où Ross était, ce qu'il était devenu.

A présent, elle le savait. Il avait essayé de vivre sa vie au mieux… après l'avoir laissée partir pour qu'elle puisse accomplir ses rêves.

— Oui, Ross. Toutes.

— Ça me fait plaisir.

— A moi aussi. Mais celle que mon frère m'a dégotée l'année dernière, ajouta-t-elle pour rester dans la légèreté, remporte la palme des horreurs.

— Je ne sais pas si je veux savoir.

— Elle est top, vraiment. Elle a dû être conçue par une secte qui croit que les Rois mages étaient des extraterrestres. Melchior porte une crête d'épines sur le dos, Gaspar a la peau verte et des orteils griffus, et Balthazar est couvert de fourrure.

Il éclata de rire.

— Rassure-moi… Le petit Jésus n'est pas un alien, j'espère ?

— Non, mais il a l'air terrifié.

— Tu m'étonnes, avec la moitié du casting de *Star Wars* venue lui faire risette !

C'était exactement ce qu'elle avait pensé la première fois qu'elle l'avait vue.

Elle commença à débarrasser la table en riant. Leur festin avait eu lieu dans la salle de détente, où se trouvaient le frigidaire et les réserves de nourriture.

— Tu te sens prête pour notre grande expédition ?

Ils avaient décidé qu'après le repas il serait judicieux de descendre au rez-de-chaussée pour se faire une meilleure idée de ce qui se passait à l'extérieur, car depuis la fenêtre du sixième étage où ils se trouvaient, ils auraient pu se croire dans un vaisseau spatial posé sur une planète en marshmallow.

— On y va quand tu veux.

Même s'il y avait très peu de chances qu'ils mettent le

nez dehors, ils s'habillèrent chaudement, ajoutant à leurs propres habits quelques couches supplémentaires, courtoisie du placard à objets trouvés.

Sauf qu'une fois en bas un seul coup d'œil leur suffit à comprendre que leur prévoyance avait été inutile. La neige s'était amoncelée jusqu'à couvrir un bon tiers de la porte d'entrée.

— C'est de la folie ! s'exclama Lucy, hissée sur la pointe des pieds pour tenter de voir par-dessus la montagne blanche.

Ross avait trouvé un endroit où la neige était moins épaisse.

— Je vois trois tas dehors... Je présume qu'il s'agit de ta voiture, de la mienne et de la camionnette de la sécurité. Il nous faudrait un traîneau et une meute de huskies pour les atteindre, je crains.

Ce qui voulait dire que, même si l'électricité était rétablie et les rues dégagées, ils devraient attendre jusqu'à ce que la compagnie privée embauchée par Elite vienne déneiger le parking. Ce qui pouvait prendre un jour ou deux, voire plus.

— On ne va nulle part, on dirait, c'est bien ça ?

— Euh, je le crains, oui... Ça va aller ? Je veux dire, tu n'as pas peur ? Tu te sens en sécurité ici ?

— Absolument. Sauf si... tu es devenu cannibale depuis la dernière fois...

— Mademoiselle trouve à redire concernant ce que j'aime manger ? demanda-t-il avec un regard plein de sous-entendus.

— Bonté divine, surtout pas !

Il avait toujours su la faire rire. La rassurer. L'écouter,

la charmer. Sans parler de sa capacité — jusqu'ici jamais démentie — à lui donner du plaisir.

A vingt-deux ans, elle avait pensé que Ross Marshall était le type le plus sexy qu'elle ait jamais rencontré. Six ans plus tard, elle voyait en lui beaucoup plus. Beau, il l'était toujours, et même plus qu'avant, car il avait gagné en assurance et en maturité. Mais elle mesurait à quel point il avait pris de l'envergure depuis le temps où il était un menuisier sans le sou avec un canapé immonde et une lampe à lave. Il était devenu un brillant homme d'affaires, mais aussi une belle personne, terriblement aimable dans tous les sens du terme.

— Sérieusement, tu n'es pas inquiète, c'est vrai ? Nous avons largement de quoi nous nourrir et le bâtiment est très solide. Quant au froid, je pense que la température va rester supportable, mais au besoin, on pourra s'installer dans une des pièces sans fenêtre.

— Je ne suis pas inquiète, Ross, je t'assure. En revanche... je me demande ce qu'on va bien pouvoir trouver à faire pour passer le temps, fit-elle avec un battement de cils coquin.

Il s'approcha et posa les mains sur ses hanches. En dépit du pantalon, du pull, de la veste anonyme prise dans le placard, du blouson d'un inconnu et de sa propre doudoune, elle perçut le sentiment de possession contenu dans ce geste.

— On va bien trouver quelque chose, j'en suis certain...

— J'ai déjà une petite idée, fit-elle en se passant la langue sur les lèvres.

— Mmm ?

Elle s'étira pour déposer un baiser sur son menton.

— Ferme les yeux.

Il obtempéra.

— Compte jusqu'à vingt.

— Pourquoi ? demanda-t-il en ouvrant un œil qu'il referma aussitôt devant son expression sévère. Pardon. Je commence. Un !

Elle s'éloigna d'un pas.

— On ne triche pas ! Continue !

— Deux !

Il souriait, comme s'il l'imaginait en train de se débarrasser de sa tenue de Bibendum, habit après habit, ou déjà nue sur le comptoir de l'accueil. C'était une option intéressante. Mais... Elle avait un autre plan en tête.

— Trois !

A pas de loup, elle regagna la porte qui donnait sur l'escalier. Il en était à quatre lorsqu'elle l'ouvrit, à cinq lorsqu'elle la referma doucement derrière elle. En se dépêchant, à la fin du décompte, elle serait déjà tout en haut.

Cache-cache dans un bâtiment de six étages. Ce n'était pas une mauvaise idée pour tuer le temps.

Surtout si elle n'avait plus rien sur elle lorsqu'il la retrouverait.

Chapitre 10

Ce Noël-là…
New York, 24 décembre 2005

Lucy aurait donné cher pour rester avec Ross dans sa petite maison et découvrir tout ce qu'il y avait à apprendre sur le sexe et l'amour, mais elle devait travailler la journée du 24. Son patron attendait des clients pour des portraits de famille de dernière minute. Il fallait qu'elle soit au studio à 9 heures sonnantes.

Quelle que soit l'heure de son arrivée, songea-t-elle, elle serait sonnante. Littéralement. Avec les grelots attachés au bout de ses chaussures débiles d'elfe, elle ne pouvait faire un pas sans émettre un bruit de tambourin épileptique.

Un jour, lorsqu'elle serait une photographe de renommée mondiale, elle arriverait probablement à en rire. Peut-être même que ce serait un bon souvenir, comme finissent toujours par le devenir ceux de la jeunesse. Mais pas aujourd'hui. Aujourd'hui, cet accoutrement était embarrassant et décidément trop ridicule ! Exactement à l'opposé de l'image qu'elle essayait de donner, celle d'une femme adulte et sûre d'elle qui se réveille le lendemain chez un homme. Ross allait penser qu'il avait passé la nuit avec une ado. Elle se sentait… cloche.

— Promets-moi que tu mettras ça ce soir, dit-il sans cacher son amusement lorsqu'elle sortit de la salle de bains.

— Ha ! Ha ! Ha !

— Sérieux ! Tu es super sexy là-dedans, Lucy. Mais tu n'as pas froid ?

— Non, pourquoi ?

— Tu grelottes !

— Re-ha. Très drôle…

— Seulement drôle ? C'est vraiment elf-cellent, tu veux dire !

Tout en s'esclaffant, il la prit par la taille et l'attira contre lui, riant de plus belle lorsque la plume qui oscillait au bord du mortifiant chapeau vert vint lui chatouiller le nez. Et il riait encore, comme elle, lorsqu'il se pencha pour lui offrir un baiser enflammé en guise de bonjour. Elle sentit ses jambes de rouge et blanc vêtues se dérober sous elle et se demanda de quoi étaient faits les baisers de Ross pour la troubler autant. Non pas qu'elle trouve à s'en plaindre…

— Tu es prête ?

— A ton avis ? répondit-elle avec un soupir excédé. Tu es sûr que ça ne t'ennuie pas de prendre la voiture ?

— Mais non, j'ai encore des courses à faire, je te l'ai dit.

Ils avaient empaqueté les cadeaux que Ross voulait envoyer à sa famille, mais elle était certaine qu'il aurait pu trouver un bureau UPS plus près de chez lui et que ce n'était qu'une excuse — adorable — pour l'accompagner.

— Je pourrais prendre le métro.

— Je sais, mais je t'emmène. Fin de la discussion.

La circulation vers le centre-ville était relativement fluide ; c'était dans le sens contraire que le flux de voitures commençait à se densifier, ce qui semblait logique : les gens quittaient New York pour passer le week-end en famille.

Finalement, ils arrivèrent au studio avec une demi-heure d'avance, et Ross insista pour rester avec elle.

— Tu n'y es pas obligé, je t'assure, fit-elle en ouvrant la porte.

— J'en ai envie, répondit-il en surveillant la rue depuis la fenêtre du palier.

Il craignait de toute évidence que Jude ne revienne à la charge, non pas pour l'attaquer, car ils savaient tous les deux qu'il était trop lâche pour prendre des risques en plein jour, mais dans le but de la convaincre de ne pas porter plainte contre lui. Il aurait perdu son temps : c'était chose faite. Sur les conseils de Ross, elle avait appelé à la première heure le commissariat de son quartier.

— Tu es souvent seule ici le matin ?

— Oui. Mon boss est toujours en retard. Il se prend pour un génie, mais moi je le trouve surtout irresponsable.

— Je vois le genre, dit-il en la suivant à l'intérieur du studio, décoré en accord avec la saison.

Un grand traîneau avec des banquettes en velours rouge se trouvait dans un paysage enneigé qu'elle avait patiemment façonné avec de la ouate et peuplé d'animaux des bois, de sapins enguirlandés et de sucres d'orge géants. Des étoiles de neige pailletées et des stalactites glacées pendant au-dessus de leurs têtes complétaient l'illusion.

— C'est mignon, dit-il.

— Merci.

Avant son arrivée, le photographe qui l'embauchait se contentait d'accrocher en fond un panneau figurant un paysage hivernal mais, en dépit de son allergie aux fêtes, Lucy s'était donné du mal pour composer une belle scène. Elle estimait qu'offrir aux clients un souvenir inoubliable faisait partie de son devoir professionnel. Son patron, il fallait au moins lui accorder cela, l'avait complimentée profusément. D'après lui, elle était vraiment douée pour ce genre de choses.

C'était agréable à entendre, mais elle n'avait pas la moindre intention de répéter l'expérience. Et pourtant... Il y avait des moments intenses, lorsqu'un enfant, des étoiles plein les yeux, souriait devant son objectif, ou lorsque deux bébés se faisaient des bisous mouillés sur le traîneau. Mais Paris l'attendait et, sans y avoir jamais mis les pieds, elle était certaine de préférer la Ville lumière au pôle Nord.

Son portable sonna, elle lut sur l'écran le nom de son patron. Elle espérait que ce serait un appel pour contrôler sa présence, et non pas un énième coup de fil annonçant qu'il serait en retard, mais au bout de trois phrases, elle regretta que ce ne soit pas le cas.

— Vous n'allez pas du tout venir aujourd'hui ? s'exclama-t-elle, atterrée.

— Navré, Lucy, mais je suis immobilisé. Je suis tombé hier et j'ai un genou comme une citrouille. Je ne peux pas marcher.

Elle ne demanda pas ce qui lui était arrivé. Etant donné son penchant pour l'œuf de poule, le plus étonnant n'était pas qu'il soit tombé, mais qu'il ait réussi à tenir debout pendant l'après-midi précédent.

— Il y a très peu de rendez-vous. Vous pourrez vous en occuper ?

Elle crut s'étrangler d'indignation. Il ne la payait pas un seul centime, et lui demandait de travailler la veille de Noël ?

— Je sais que j'abuse de votre gentillesse, continua-t-il, mais je saurai vous remercier, croyez-moi.

Mouais... Etant donné qu'en trois semaines il n'avait pas pensé à la défrayer, elle aurait de la chance s'il lui versait une centaine de dollars. Mais c'est en forgeant qu'on devient forgeron, non ? se dit-elle, essayant de voir le bon côté de la chose. Elle pourrait ainsi ajouter les images à son book et une ligne de plus à son CV.

Ross, qui n'avait pu qu'écouter la conversation, lui proposa, dès qu'elle raccrocha, de rester pour l'aider.

— Mais tu as des tonnes de choses à faire ! Il faut absolument que tu postes tes cadeaux pour commencer. Ecoute, le premier rendez-vous n'est prévu qu'à 10 heures... Si tu peux venir à ce moment-là, c'est vrai que ça me rendrait service. Il faut quelqu'un pour recevoir les clients si je suis derrière l'appareil !

Et à 13 heures, après le dernier rendez-vous, elle aurait fini sa journée, et ils pourraient... Ils pourraient... Qu'est-ce que des amants s'étant rencontrés la veille et ne célébrant pas Noël font à Noël ? Elle l'ignorait mais avait hâte de le découvrir.

— Vendu ! fit-il en se dirigeant vers la sortie. Ferme à clé jusqu'à ce que je revienne, d'accord ?

— Promis, et je n'accepterai pas de bonbons de la part d'inconnus. Ne t'inquiète pas.

— Je ne peux pas m'en empêcher, répondit-il en lui décochant un sourire contrit mais absolument craquant.

Il était parti depuis cinq minutes déjà, lorsqu'elle s'aperçut qu'elle regardait encore la porte avec une expression béate. A regret, elle s'arracha à ses douces pensées et se concentra sur le travail.

Elle décida de profiter de sa liberté d'action pour tenter de mettre en pratique quelques-unes de ses propres idées. A 10 heures moins le quart, elle avait réussi à placer les spots pour obtenir les effets de lumière qu'elle désirait, et à moins cinq, Ross arriva, en même temps pratiquement que les premiers clients de la journée.

Pendant deux heures, avec son assistant improvisé, elle travailla en s'amusant comme jamais. Elle pouvait laisser sa créativité s'exprimer derrière l'appareil photo au lieu de vérifier des chèques, vendre des cadres hors de prix, ou agiter ses chaussures à grelots pour faire sourire les enfants réticents. Au lieu de la fatigue qu'elle ressentait depuis le début de son stage lorsqu'elle devait se contenter d'obéir à des ordres, elle voyait son énergie redoubler. Rien n'était plus satisfaisant que de faire du bon boulot, se dit-elle, certaine que les portraits de la matinée marquaient un tournant dans son travail.

Il était près de 14 heures, en fait, lorsque le dernier client quitta le studio.

Une fois la porte refermée, elle se jeta dans les bras de Ross.

— Merci, merci, merci ! dit-elle en l'embrassant. Je

n'aurais jamais pu m'en sortir sans toi. Tu as été formidable. J'ai passé une journée excellentissime !

— Moi aussi, répondit-il en la serrant fort contre lui. Tu es incroyable ! Je n'ai jamais vu quelqu'un qui s'y prenait aussi bien avec les enfants.

— N'exagérons rien.

— Ce n'est pas une exagération ! Tu sais vraiment comment leur parler et les faire poser. Tu devrais en faire ta spécialité.

— Ça ne risque pas d'arriver ! J'ai d'autres plans. Bien plus intéressants.

— Tu me racontes ?

— Pendant qu'on range, si tu veux bien.

Et tandis qu'ils remettaient le studio en ordre, elle lui parla de son voyage d'études en Europe, des contacts qu'elle avait déjà, de son projet, plus tard, de parcourir le monde grâce à son travail de photographe, tout un tas de perspectives plus excitantes les unes que les autres, dont aucune n'incluait ni des bonshommes en rouge, ni des rennes, et encore moins des angelots joufflus.

Il l'écouta attentivement, posa quelques questions, mais à la fin, après avoir déclaré qu'il trouvait ses plans d'avenir fascinants, il ajouta :

— Je continue à penser que tu ferais une merveilleuse photographe spécialisée dans les portraits d'enfants.

— Je crains malheureusement que les enfants aient à se passer de mes services.

Elle ne s'attendait pas à ce qu'il la comprenne. Comment le pourrait-il ? Il aurait fallu, pour cela, qu'elle avoue que son envie de partir loin, de voyager, était intimement liée à son besoin de fuir Noël et tous ses pièges émotionnels.

Elle aimait la photographie depuis ses douze ans, année où ses parents lui avaient offert son premier « vrai » appareil. Depuis ce jour, elle était devenue la chroniqueuse officielle de la famille, celle qui immortalisait les moments heureux, les fêtes, les sourires débordants d'amour.

Lorsque le malheur avait détruit sa famille et effacé les sourires, elle avait cru ne pas pouvoir le supporter, et bien plus que la soif d'aventure, ce qui l'attirait dans la vie qu'elle projetait c'était la distance que l'appareil mettait entre la réalité et ses sentiments. Bonjour, clic, au revoir. Elle ne risquait pas de s'attacher, donc de souffrir de nouveau.

La voix de Ross la tira de ces pensées mélancoliques.

— Dis-moi, petite fille. As-tu été sage cette année ?

Elle se retourna et le découvrit installé dans le traîneau, qui tapotait les coussins rouges. Le Père Noël le plus canon de l'histoire. Elle s'en approcha avec un déhanchement suggestif.

— Je ne sais pas... Ça dépend de ta définition de sage.

Il la prit par la taille pour l'asseoir sur ses genoux.

— Il me semble qu'une des définitions est « celui dont la conduite est inspirée par le bon sens ». Et après notre nuit ensemble, je te trouve pleine de bon sens.

— Ne te laisse pas duper, je peux aussi être une vilaine fille.

— Je n'en doute pas un instant, murmura-t-il en commençant à l'embrasser dans le cou.

Emoustillée, elle ploya la tête pour l'inviter à continuer. Elle adorait sentir sa barbe naissante contre sa peau, ses lèvres qui glissaient vers la pointe de son décolleté en V. Elle se pencha plus encore en arrière, entraînée dans la spirale du désir et… tomba du traîneau sur un beau monticule de neige artificielle molle et cotonneuse. Le tintement moqueur de ses chaussures à grelots souligna sa maladresse.

— Aïe ! se plaignit-elle en éclatant de rire.

Ross bondit et s'agenouilla à ses côtés.

— Tu t'es fait mal ?

— Non, ça va.

— Tu devrais me laisser vérifier. Les chutes sur la neige peuvent se révéler très dangereuses, insista-t-il d'un ton faussement docte et décidément prometteur.

— Oui, tu as raison, approuva-t-elle avec un soupir tragique pour faire bonne mesure, en s'affalant sur la ouate. Je me sens toute chose…

Une étincelle malicieuse traversa le regard de Ross lorsqu'il se pencha sur elle. Il frôla son cou, massa légèrement ses épaules, suivit du bout du doigt le dessin de ses côtes.

— Je crois que tu as de la fièvre. Tu es très chaude.

— Oui, je me sens fébrile, répondit-elle en se redressant à moitié pour l'embrasser. C'est grave, docteur ?

— Je vais voir ce que je peux faire, fit-il en l'auscultant de façon très peu médicale.

Elle rit, se trémoussa et c'en fut fini de jouer au docteur. Il ouvrit le haut de sa robe et embrassa ses seins à travers la dentelle de son soutien-gorge avant de le dégrafer pour mieux les embrasser. Qu'il se montre aussi fougueux alors qu'ils avaient passé la nuit à faire l'amour l'excitait tout autant que ses caresses. Elle ronronna. Si ses seins n'avaient pas fait partie d'elle-même, elle aurait été jalouse de l'attention qu'il leur accordait. Mais quand il les mordillait comme il le faisait à cet instant, elle ne pouvait que se laisser aller et profiter des sensations délicieuses qui la parcouraient.

— Dis-moi une chose, Luce. Demain c'est Noël, tu n'auras plus besoin de ton déguisement, n'est-ce pas ?

— Non, j'imagine que non.

Elle n'eut pas le temps de demander la raison de sa question. Il se mit à genoux entre ses cuisses et, d'un geste doux mais déterminé, déchira les collants. Comme elle ne portait rien en dessous, son sexe se trouva complètement exposé.

— Oh ! Là, tu es trop belle murmura-t-il en se reposant sur ses talons pour l'admirer, subjugué.

Personne ne l'avait jamais regardée comme ça, jamais on ne lui avait fait sentir de la sorte le pouvoir de sa féminité. Enhardie, elle écarta ses jambes. Il se passa une main tremblante sur le menton.

Cependant, il ne tremblait plus du tout lorsqu'il commença à fureter dans ses plis intimes avec ses longs doigts. Elle gémit, presque gênée par l'humidité de son sexe qui mettait en évidence son excitation extrême.

Ross sortit un préservatif de son portefeuille. Allongée sur la neige artificielle, elle le regarda se relever, ôter son jean en vitesse et enfiler la protection. Elle leva alors une jambe et le caressa le long des cuisses, certaine qu'il apprécierait le frôlement soyeux contre sa peau, et l'invita d'un geste à venir en elle.

Il ne se fit pas prier. Le poids de son corps en appui sur les bras, il entra doucement en elle. La veille, à cette même heure, elle était encore vierge, songea-t-elle, presque étonnée d'être la même personne. Elle inspira profondément et l'enlaça de ses jambes pour qu'il vienne encore plus loin en elle. Il la pénétra une fois puis une autre avec des coups de reins langoureux. Ils s'embrassaient, s'écartaient légèrement l'un de l'autre pour se regarder, s'embrassaient encore, comme s'ils voulaient vérifier mutuellement qu'ils éprouvaient le même plaisir sidérant.

Lucy gémissait, et sa voix était méconnaissable.

C'était bon, plus que bon. Elle en voulait davantage...

— Je sais que tu fais attention et que tu le fais pour moi, Ross, murmura-t-elle. Mais tu peux arrêter, maintenant. Donne-moi tout.

Alors il plongea en elle d'une longue poussée. C'était presque violent. Et incroyablement bon.

— Encore !

— Tu es sûre ?

— Ross. Arrête avec ça. Viens !

A sa grande surprise, il se dégagea d'elle sans rien dire, le visage animé par une expression animale et, d'un simple geste, l'enlaça par la taille et la retourna. A quatre pattes devant lui, elle frissonna, excitée comme jamais.

Lorsqu'il la pénétra de nouveau, elle se cambra avec un gémissement. Elle sentit une de ses mains sur sa taille, entendit un bruissement. Il venait de déchirer complètement son collant ! Elle sentit contre ses fesses la chair suave de son ventre, la caresse de sa toison. Agrippé à ses hanches, il plongea encore en elle. Elle cria, grisée, soûle de sensations. La veille, elle avait aimé leurs étreintes douces et tendres, aujourd'hui elle découvrait qu'elle aimait tout autant les ébats plus torrides. En fait, elle aimait tout avec Ross Marshall…

Il allait et venait en elle sans répit, et elle prenait tout, donnait tout. Très vite, un orgasme fulgurant se déclencha. La délivrance envoya partout dans son corps des secousses jouissives. Ross jouit avec elle, les bras serrés autour de sa taille, le visage enfoui dans ses cheveux. Ils s'écroulèrent ensemble sur le tas de neige. Il ne l'avait pas lâchée, et lorsqu'il roula sur le côté, il l'emporta avec lui. Ils restèrent un long moment, allongés en cuillère, leurs souffles mêlés retrouvant peu à peu un rythme normal. Elle aurait pu rester vivre là.

Une éternité plus tard, la voix de Ross la ramena à la réalité.

— Je suis désolé, mais je crains qu'on vienne de célébrer dignement le début officiel des fêtes.

— Dans ce cas, dit-elle d'un ton véhément, joyeux Noël !

Il la serra encore plus fort et murmura :

— Et meilleurs vœux pour nous !

Si seulement tous ses vœux étaient exaucés avec autant de justesse, se dit Ross un peu plus tard. Après avoir fini de ranger le studio, il avait réussi à convaincre Lucy de retourner au Rockefeller Center pour quelques tours sur la patinoire au pied du sapin géant. Il y avait un monde fou, mais elle semblait avoir oublié qu'elle détestait les réjouissances de fin d'année et virevoltait avec lui sur la glace, gracieuse, aérienne, le visage rayonnant de joie. Que pouvait-il souhaiter de plus que de glisser dans l'air limpide de l'hiver new-yorkais, la main sur la taille souple de cette femme qui lui faisait chavirer le cœur ?

Dans la foulée, il l'entraîna vers la Cinquième avenue pour admirer les vitrines de Marcy.

— Leurs décorations valent bien un décor d'opéra, Lucy ! Je ne t'y amène pas parce que c'est la tradition, mais parce que c'est important pour ton avenir professionnel. Tu pourras y trouver quelques idées intéressantes, argumenta-t-il tout en sachant qu'elle n'était pas dupe.

— Mouais, à d'autres !

Derrière la façade cynique, il décelait une excitation teintée de nostalgie qui lui serrait le cœur. En dépit de son esprit aventureux et de son air déterminé, Lucy était une jeune fille de vingt-deux ans au cœur tendre, que le destin avait frappée cruellement et qui se protégeait du monde et de tous pour éviter de souffrir de nouveau.

Il avait joué de son charme pour la persuader de se plier aux rituels du Noël citadin, mais en réalité, son but était de la pousser à profiter des fêtes pour qu'elle engrange de bons souvenirs qui, peu à peu, l'aideraient à se détacher du chagrin que cette période de l'année éveillait chez elle. Et s'il savait qu'en lui achetant un cadeau durant le laps de temps où il s'était éclipsé du studio, il avait pris un gros risque, il espérait qu'elle comprendrait au moins que son geste partait d'une bonne intention.

Ils étaient à présent dans sa petite cuisine et finissaient de dîner ; il ne tarderait pas à le lui donner.

— C'était excellent ! dit-il en posant sa fourchette.

Lucy avait tenu à cuisiner tout en le prévenant de ne pas s'attendre à un réveillon dans les règles de l'art. Comme il n'avait pas savouré un plat fait maison depuis des siècles, il trouva que son pain de viande était le meilleur qu'il ait jamais mangé.

Il se leva.

— Tu as cuisiné, je débarrasse et je range, déclara-t-il.

— Tu es sûr ?

— Oui.

On dirait un vrai petit couple, songea-t-il soudain, frappé par la familiarité domestique de leurs propos. Et dire qu'ils ne se connaissaient que depuis un jour et demi !

Mais le jour et demi le plus heureux de ma vie.

C'était sidérant mais… c'était aussi la vérité. Il était en outre excité comme un gamin à l'idée de lui faire une surprise. Parfois la vie pouvait être simple, se dit-il, ravi, en finissant d'essuyer la table.

Il passa dans le salon où il trouva Lucy, assise sur le canapé, les yeux fermés. Un chant de Noël emplissait la pièce. Il était sur le point de la taquiner à propos de son choix, lorsqu'il nota une larme qui coulait sur sa joue. Touché, il s'installa à côté d'elle et l'entoura de ses bras.

Ils restèrent longtemps silencieux à écouter la musique, dans la lumière du spot qu'elle avait installé la veille derrière le sapin et qu'elle avait recouvert ce soir-là d'un filtre vert.

— C'est le plus beau Noël que j'ai eu depuis un bon bout de temps, dit-elle finalement en tournant le visage vers lui.

— Heureux de l'entendre. Ce n'est pas trop traditionnel pour toi ?

— Non, c'est parfait. Je sais que tu es proche de ta famille, et ce doit être difficile pour toi de comprendre…

— Je peux comprendre avec ma tête, mais mon cœur

refuse même d'essayer. J'imagine à peine ce que tu peux ressentir.

Même si son père le rendait fou, il l'aimait, et il adorait sa mère et ses sœurs. Il n'arrivait pas à se projeter dans un monde où ils ne seraient plus, où, comme l'avait vécu Lucy, un coup de fil lui aurait annoncé que la vie telle qu'il la connaissait était finie. On a beau savoir que nos parents sont mortels, on s'attend à les voir vieillir, à ce qu'ils connaissent nos enfants. Lui-même espérait continuer à se disputer avec son père et à répéter à sa mère qu'il n'était plus un enfant pendant au moins les trente ans à venir.

— Je peux te dire comment c'est, dit-elle. C'est comme se réveiller un jour et découvrir que quelqu'un a ouvert ta poitrine pour voler ton cœur. Tu ne te repères plus par l'âge que tu as ou le temps dont tu crois disposer, mais par l'avant et l'après ce moment fatidique.

Sa gorge se noua. Il lui embrassa la tempe et le front en silence. Qu'aurait-il pu répondre à cela ? Les mots étaient vains.

— Pourtant, même si ça te paraît impossible au départ, le trou béant dans ta poitrine se resserre peu à peu. Tu commences à te rappeler des moments heureux, à accepter les bonnes choses qui t'arrivent après, dit-elle en se redressant pour le regarder.

Ses beaux yeux brillaient encore, mais elle ne pleurait plus. Elle ébaucha un sourire, comme si elle voulait lui dire qu'elle était triste, mais pas brisée.

— Ce week-end, tu m'as offert de très beaux moments, Ross. Je ne les oublierai jamais.

Ils s'embrassèrent tendrement, et il décida que c'était le bon moment pour dévoiler sa surprise.

— Est-ce que j'ai le droit de te donner ton cadeau de Noël, alors ?

Elle lui lança un regard contrarié.

— Ce n'est pas grand-chose, se défendit-il en allant chercher le paquet qu'il avait caché derrière le sapin.

— Tu n'aurais pas dû ! protesta-t-elle. Je n'ai rien pour toi !

— Si tu y tiens vraiment, je te ferai quelques suggestions tout à l'heure, fit-il en lui tendant le cadeau avec un clin d'œil.

— Hum… Laisse-moi d'abord ouvrir ceci… On verra après ce que tu mérites. Ou pas.

En dépit de son air détaché, il aurait pu jurer que l'ombre d'un sourire avait effleuré sa bouche gourmande.

Assis sur l'accoudoir du canapé, il la contempla déballer la boîte en carton, soulever le couvercle. Se figer en en découvrant le contenu. Le temps d'un instant, il se demanda s'il n'avait pas commis une erreur.

Peut-être qu'il était trop tôt, qu'elle n'était pas prête. Ou peut-être — à cette pensée, une bouffée de panique monta en lui — qu'elle allait penser qu'il était stupide et n'avait rien compris.

Elle sortit la boule à neige qu'il avait choisie pour elle et la secoua doucement. Des paillettes tourbillonnèrent sous la cloche de verre.

Le décor à l'intérieur ne ressemblait en rien à ceux que Sam lui trouvait chaque année. A aucun moment Ross n'avait prétendu remplacer le Père Noël psychédélique que Jude avait abîmé. C'était une boule à neige simple, jolie et... traditionnelle, renfermant une maisonnette au toit enneigé. Une couronne de feuilles ornait la porte, les fenêtres semblaient éclairées par une lumière chaleureuse ; on imaginait une famille réunie autour du feu, à l'intérieur. Trois sapins lilliputiens complétaient la scène. C'était une nuit paisible, douce.

— J'ai pensé que... Comme l'autre a été...

— C'est beau, murmura-t-elle. Très, très beau.

Elle tourna la clé à la base et le mécanisme égrena *C'est Noël, joie sur la Terre*. Souriant, elle posa délicatement la boule sur la table.

— Merci, dit-elle.

— C'est rien.

A la radio, l'animateur annonça l'heure. Il était minuit.

Ils se regardèrent.

— Joyeux Noël, Ross, murmura-t-elle en lui tendant la main.

Ils se dirigèrent alors vers la chambre d'un pas presque solennel. Ils se déshabillèrent lentement, en échangeant des baisers langoureux, et ils passèrent la nuit à se caresser, à se murmurer des mots tendres, à faire l'amour.

Ross n'avait jamais vraiment saisi la différence entre faire l'amour et coucher avec quelqu'un, mais au petit matin, avant de plonger dans le sommeil, il avait compris.

Lorsqu'il se réveilla, quelques heures plus tard, il avait envie de sourire, et son sourire s'élargit davantage lorsque Lucy se blottit contre lui, nue et encore endormie.

Il s'aperçut alors que son téléphone sonnait.

— Quelle heure est-il ? murmura-t-elle.

Il consulta le réveil.

— 6 heures et demie.

Il n'y avait qu'une personne pour appeler d'aussi bonne heure. Sa petite sœur, toujours la première debout le matin de Noël. Elle avait sans doute consulté ses e-mails et voulait le remercier pour l'e-card qu'il lui avait envoyée.

Sur l'écran de son portable s'affichait en effet le numéro de ses parents. Il décrocha, s'attendant à la voix joyeuse et surexcitée de sa sœur.

— Allô ?

Un silence, puis un sanglot.

Et le ciel lui tomba sur la tête.

Chapitre 11

Aujourd'hui
Chicago, 25 décembre 2011

Au matin de Noël, Lucy se réveilla bien au chaud dans un lit douillet. Cette sensation de chaleur n'était pas due à l'homme ardent et incroyablement séduisant qui dormait avec elle sous la couette, mais au souffle d'air qui sortait du compresseur installé au-dessus du convertible.

Le courant était rétabli.

Alléluia !

Mais son soulagement fut accompagné d'une pointe de tristesse. La bonne nouvelle avait une contrepartie : la réalité n'allait pas tarder à entrer sans frapper dans leur nid d'amour pour leur rappeler qu'il s'agissait d'un building de six étages abritant une importante entreprise de construction.

Pendant trente-six heures, ils avaient vécu comme s'ils étaient seuls au monde, mais avec le rétablissement des lignes téléphoniques et du réseau internet, la vie allait reprendre son cours ordinaire. D'ailleurs, il fallait qu'elle passe un coup de fil à Sam qui devait être inquiet. Sauf s'il avait été trop occupé pour essayer de la joindre. Mais étant donné la date, la moindre des choses était de l'appeler pour lui souhaiter un joyeux Noël et s'entendre répondre un « Foutaises ! » grincheux.

Elle se demanda si la journée allait être aussi joyeuse que cela. L'avant-veille encore, la question ne se serait même pas posée. A présent, elle devenait vitale.

Le plus sensé, bien sûr, serait d'arrêter les frais, de plier soigneusement dans sa mémoire les souvenirs de ces quelques heures de bonheur et de partir avant que le vent ne tourne. Elle avait partagé avec Ross un réveillon magique, inattendu — et ce, pour la deuxième fois. Elle savait dès le départ que ce moment était compté, que ce serait une imprudence, voire même une folie, que de laisser Ross revenir dans sa vie comme elle l'avait laissé revenir dans ses bras.

Pendant que la ville dormait sous la neige, temps suspendu, immobilité des choses, il lui avait été facile de croire à la possibilité d'une histoire, au destin qui les aurait réunis et à tout un tas de balivernes romantiques. Mais ces retrouvailles risquaient de ne pas supporter le choc avec la réalité.

Ils feraient mieux d'ailleurs de ne pas même essayer de s'y confronter.

Elle quitta le lit et s'approcha de la fenêtre. Non seulement il ne neigeait plus, mais le soleil commençait à se frayer un chemin entre les nuages. Une déneigeuse avait déjà dégagé la moitié du parking.

Ils n'étaient plus bloqués. Leur fantastique séjour sur

une planète en marshmallow, enfermés dans leur vaisseau spatial, touchait à sa fin.

— Joyeux Noël, dit Ross depuis le lit, la voix chargée de sommeil.

— Bonjour.

Elle aurait voulu répondre avec la même gentillesse légère, mais les mots ne parvinrent pas à franchir sa gorge, nouée depuis qu'elle s'était réveillée.

— Il fait chaud ici ou c'est juste que je suis en train de voir tes fesses parfaites ?

Elle sourit.

— Le courant a été rétabli…

Elle le rejoignit sous les draps et l'embrassa.

— Et le parking est pratiquement dégagé.

— Rappelle-moi de virer ce service de déneigement. Trop efficace.

Apparemment, il n'était pas plus impatient d'être « libéré » qu'elle-même. Peut-être redoutait-il, lui aussi, ce qui se passerait lorsqu'ils retourneraient à leurs vies habituelles.

Seraient-ils capables de durer au-delà de ce week-end magique ? De travailler pour bâtir une relation au jour le jour ? Etaient-ils seulement compatibles, lui, l'homme de devoir, débordé, très attaché à sa famille, elle et son besoin parfois irrationnel de changer de direction et d'explorer de nouvelles perspectives ?

Elle n'en avait pas la moindre idée. Pas plus qu'elle n'avait envie de discuter de la question avec Ross, du moins pour l'instant. Il fallait d'abord qu'elle réfléchisse. Seule.

— Tu vas appeler ta famille ? Ils doivent être très inquiets.

— Oui, tu as raison. Dis, pourquoi tu ne viendrais pas chez…

Elle savait ce qu'il allait proposer et l'arrêta d'un geste.

— Non, merci, Ross, mais… non merci.

— Je suis sûr qu'ils vont t'adorer.

— Tu connais ma chanson, pourtant : « Foutaises ! »

— Lucy…

— S'il te plaît, dit-elle en commençant à se rhabiller.

Rester nue près de lui dans ce lit où tant de choses s'étaient passées la mettait mal à l'aise maintenant que le quotidien était sur le point de reprendre son cours. Cette irruption imminente lui faisait l'effet d'une douche froide et dégrisante, et elle se retrouvait face à une montagne de doutes angoissants.

— J'ai besoin de temps, dit-elle. J'aimerais rentrer chez moi, me changer, tout ça…

— Et le repas de Noël ?

Un pique-nique avec des restes de dinde et des chips dans la salle de pause l'aurait enchantée, mais l'idée de se mettre à table avec les Marshall au grand complet dans leur salle à manger lui était insoutenable.

— S'il te plaît, pas de pression, demanda-t-elle d'un ton tellement sec qu'elle s'en voulut aussitôt.

Ross était en train de lui proposer de partager avec lui ce qu'il avait de plus cher, l'amour de sa famille, et elle le rabrouait ? Elle avait vraiment besoin de se poser !

— D'accord, dit-il. Je comprends.

Elle doutait qu'il ait pu vraiment saisir ce qu'elle-même peinait à comprendre, mais elle ne voulait pas se disputer.

Pas après les moments incroyables qu'ils avaient vécus ces derniers jours. Et surtout cette dernière nuit.

— Sers-toi du téléphone sur mon bureau pour appeler ton frère si tu veux, suggéra-t-il. Fais le neuf pour avoir une ligne extérieure.

— Merci.

Elle suivit ses instructions, tomba sur la boîte vocale de son frère et lui laissa un message. Elle décida ensuite d'appeler son propre fixe pour consulter à distance son répondeur.

— « Vous avez deux nouveaux messages. Vendredi, 23 décembre, 14 h 32... »

Mais bien sûr ! Vendredi, en rentrant chez elle, elle n'avait pas écouté ses messages, bien trop occupée à se caresser dans la baignoire en pensant à Ross !

— « Mademoiselle Fleming, Janet Sturgeon à l'appareil, du magazine *Parents Place*. Désolée de vous déranger juste avant les vacances, mais nous sommes impatients de vous parler. Tout le monde au bureau a adoré votre portfolio. »

Lucy s'en réjouit. Voilà qui était une bonne nouvelle. Mais le message n'était pas fini.

— « Nous avons toujours aimé votre travail, et à ce propos, je voulais également vous parler d'autre chose... Nous sommes en train de restructurer le journal, nous cherchons un directeur artistique, et nous aurions voulu savoir si vous seriez prête à envisager de travailler chez nous de façon permanente. Si vous êtes intéressée, appelez-nous pour convenir d'un rendez-vous. Merci et joyeuses fêtes. »

Elle réécouta le message pour être sûre qu'elle avait bien

compris. Elle s'attendait à un « Excellent boulot, on prend, on va vous payer X dollars. » Mais une offre d'emploi, enfin, un entretien d'embauche ? Elle n'y avait pas songé une seule seconde.

Façon de parler, en fait. Plus d'une fois, elle s'était imaginée quitter la tribu des free-lances pour aller faire ses premiers pas dans la cour des grandes publications. Et *Parents Place* était une véritable institution ! Travailler pour un magazine de diffusion nationale, qui plus est, en tant que directrice artistique... C'était comme apprendre qu'elle avait gagné au Loto alors qu'elle n'avait même pas joué.

— Lucy ? Tout va bien ?

Ross se tenait sur le pas de la porte, parfaitement habillé. Il était beau, masculin... parfait. Elle sentit son cœur s'accélérer, comme chaque fois qu'elle le regardait à la lumière du jour.

Mais elle ressentit aussi une sorte de déchirement.

Ne sois pas bête. Tu ne sais même pas si tu seras vraiment prise. Ou si tu accepteras l'offre.

C'était du pur bon sens. Elle n'allait pas commencer à s'inquiéter pour les conséquences sur leur relation d'un événement qui n'était pour l'instant qu'une éventualité. Sans compter qu'elle n'était même pas sûre qu'ils aient une relation. La seule chose certaine c'était que ce week-end avait été absolument incroyable. Pour le reste... elle naviguait à vue.

Mais si tu pars à NY, il faudra tirer un trait sur l'idée même d'une relation.

Ce qui la porta à se poser une nouvelle question : est-ce que son départ affecterait Ross ?

Lui demanderait-il de rester ?

— Lucy ? Il s'est passé quelque chose ? Tu as parlé à Sam ?

Elle secoua la tête lentement, reposa le téléphone qu'elle n'avait pas encore raccroché et lui expliqua aussi calmement qu'elle le put le contenu du message.

Il ne réagit pas sur-le-champ. Ni pour la féliciter et se réjouir pour elle, ni pour s'emporter en lui demandant comment elle pouvait songer à partir alors qu'ils s'étaient enfin retrouvés.

Peut-être qu'il se fichait de leur avenir ? Peut-être que les jeux étaient faits d'avance et qu'ils étaient censés se dire au revoir et reprendre chacun sa vie comme si de rien n'était ?

L'idée la fit frémir. Elle ne voulait pas y croire. C'était pourtant une possibilité. Ross voyait peut-être leur week-end comme une parenthèse sans suite et son départ ne lui ferait ni chaud ni froid. Comment le savoir alors qu'elle ne savait même pas comment lui poser la question ?

— Je vois, dit-il finalement. J'imagine que tu es très contente.

— Oui, c'est… une bonne opportunité.

— Et quand est-ce que tu partirais à New York ?

Mais crie, bon sang ! Montre au moins tes émotions !

— Elle a dit qu'ils voulaient me voir dès que possible, répondit-elle sans trahir son ressenti.

— Je ne pense pas que les aéroports rouvrent avant deux ou trois jours. Peut-être mardi en fin de journée, ou mercredi.

— C'est possible.

Comment pouvait-il garder son calme et rester si impassible ? Comment faisait-il pour ne pas la prendre dans ses bras et la prier de rester ?

Elle força un sourire de circonstances.

— J'imagine qu'il faut ranger un peu ? dit-elle.

Ce qu'ils firent. Dans le calme. En échangeant à peine quelques paroles. Comme s'ils venaient de passer une soirée tranquille au lieu de trente-six heures de marathon sexuel et émotionnel. Chaque objet retourna à sa place, les aliments, les manteaux empruntés... Même le convertible, témoin de leurs excès les plus fous, redevint un canapé sage et fonctionnel. Rien n'évoquait plus ce qui s'était passé entre ces quatre murs.

C'était tristissime. Et elle n'y pouvait rien.

Il fut bientôt temps de partir. Ils enfilèrent leurs manteaux, descendirent, et Ross demanda aux employés de la compagnie de déneigement de libérer leurs voitures.

Il était midi et ils allaient pouvoir rentrer chacun chez soi sans incident. Les rues étaient dégagées et salées, Chicago une ville parée contre les tempêtes et leurs conséquences, tout allait donc revenir sous peu à la normale. sauf elle. En cet instant précis, elle ne savait même plus ce que « normal » voulait dire.

— Tu es sûre de pouvoir rentrer chez toi ? demanda Ross.

— Oui, c'est à peine à trois kilomètres.

Ils se regardèrent. Il lui avait ouvert la portière de sa voiture ; c'était le moment de se dire au revoir. Et pourtant ni l'un ni l'autre n'arrivait à parler.

A la fin, après avoir échangé quelques menus propos sur la météo, des mots banals qui se fondaient à la buée qui sortait de leurs bouches, il se pencha et frôla ses lèvres.

— Joyeux Noël, Lucy.

— Au revoir, Ross, dit-elle avec un sourire tremblant.

Pourtant son cœur lui criait de dire quelque chose. Quelque chose de moins anodin. Sa tête aussi. Mais elle ne put s'y résoudre. Elle ignorait ce qu'il aurait voulu entendre.

Elle monta dans sa voiture, le regarda s'introduire dans la sienne, et chacun reprit son chemin.

Une fois rentré chez lui, Ross prit une douche puis appela l'hôpital pour avoir des nouvelles de Chip — qui allait bien. Il se rendit ensuite chez ses parents. Tous l'attendaient pour célébrer enfin les fêtes comme il se devait.

Il fit de son mieux pour donner le change et ne pas montrer à quel point il était malheureux, mais il se rendit compte très vite qu'il laissait beaucoup à désirer comme convive. Son sourire était tendu, son rire sonnait faux. Il n'arrivait pas à suivre la conversation, encore moins les jeux. Il se traînait d'une pièce à l'autre, l'image même de l'âme en peine.

Lucy envahissait complètement son esprit. Le temps qu'ils avaient partagé… et la façon dont ils s'étaient quittés.

Il n'arrivait pas à comprendre comment elle avait pu passer le week-end avec lui, faire tout ce qu'ils avaient fait, écouter et prononcer les paroles qu'ils s'étaient dites et puis, tranquillement, comme si de rien n'était, parler de retourner travailler à New York.

Cela n'avait aucun sens.

Il aurait parié jusqu'à son dernier dollar sur le fait qu'elle l'aimait et qu'elle l'avait toujours aimé, comme lui-même l'avait toujours aimée. Pourtant les mots n'étaient pas sortis de sa bouche, même pas lorsqu'il lui avait avoué ses sentiments depuis leur premier Noël ensemble six ans plus tôt.

C'est toi qui l'as quittée, toi qui lui as brisé le cœur... Faut-il te le rappeler ? Est-ce si étonnant, dans ces conditions, qu'elle ne veuille pas se lancer la tête la première dans une nouvelle histoire avec toi ?

Et se lancer la tête la première dans un nouveau départ à New York ? C'était mieux peut-être ? Où était le sens dans tout ça ?

— Alors, tu vas nous dire qui c'est ou pas, à la fin ?

Ross se tourna vers sa petite sœur — qui n'était plus une fillette, mais une étudiante de première année de fac.

— Pardon ?

— C'est évident que tu as un problème de cœur, Ross. On ne t'avait pas vu aussi maussade depuis que tu es revenu de New York, après ton histoire avec cette fille... Comment déjà... Linda ?

— Lucy. Elle s'appelle Lucy, marmonna-t-il sans la regarder.

— Parce que c'est elle encore ? La Lucy en question ?

— Qu'est-ce qui te fait penser ça ?

— Tu as dit : « Elle s'appelle Lucy. » Et encore, j'imite mal ta façon de le dire ! Ah, mais c'est un sacré voyage dans le temps, ça ! J'avais douze ans, mais je me souviens exactement comment tu étais lorsque papa est tombé malade. Je ne t'avais jamais vu aussi accro à quelqu'un.

Evidemment. Puisqu'il n'avait jamais été accro à qui que ce soit à part à Lucy.

— Raconte tout à ta petite sœur. Pourquoi tu ne l'as pas invitée à se joindre à nous ?

— Je l'ai fait. Mais... elle n'aime pas Noël. Pour faire court, disons que la période lui rappelle de mauvais souvenirs.

— Et où est-elle ? Ici, à Chicago ?

— Oui, elle habite ici.

— Ça la fout mal, non ? Tu l'as laissée seule chez elle, le jour de Noël ?

— Je t'ai déjà dit que je lui ai proposé de venir avec moi mais qu'elle a préféré rentrer chez elle. Seule.

— Aha ! Donc tu étais avec elle pendant tout le blizzard ? Dans les bureaux d'Elite ? Wahou ! Chaud devant !

Trop maligne, trop adulte, sa sœur, pour la duper.

— Tais-toi !

Elle rit.

— Ecoute, si j'avais passé le week-end avec un type et qu'ensuite il m'ait planté le soir de Noël pour rentrer chez sa maman, je penserais qu'il n'en a rien à faire de moi.

— Tu n'es pas Lucy.

— Eh ben, tant mieux pour toi, fit-elle en se relevant. Car si j'étais elle, coco, j'aurais tout fait pour te persuader que tu n'étais pas plus important à mes yeux que je l'étais aux tiens !

Lorsqu'elle quitta la pièce, Ross se repassa en boucle ses dernières paroles.

Lucy n'était pas du genre à jouer au chat et à la souris, mais en même temps, il savait qu'elle devait forcément éprouver des doutes quant à eux deux — quant à lui, plutôt. Etant donné que six ans auparavant, le jour de Noël, il l'avait quittée de façon brusque et que quelques semaines plus tard il avait cessé de l'appeler, on ne pouvait pas le lui reprocher. Elle avait le droit de se poser des questions. Et même de déduire que l'annonce de son éventuel départ à New York le laissait indifférent.

Il avait tout fait pour rester rationnel et calme, prévenant. Et si elle avait cru que c'était par inintérêt ? Est-ce que, inconsciemment, sa peur de la perdre avait provoqué justement ce qu'il craignait le plus ?

Ça n'allait pas se passer comme cela ! Il ne la laisserait pas penser qu'il ne voulait pas d'elle. Lucy voulait peut-être partir, elle voulait peut-être saisir cette belle opportunité de carrière. Mais il n'allait pas la laisser prendre sa décision sans qu'elle sache ce qu'il ressentait.

Il devait lui parler. Et cette fois-ci, il allait s'assurer qu'il ne reste plus un seul non-dit, ni un seul malentendu entre eux.

De tous les Noël, pitoyables qu'elle avait passés dans sa vie, celui-ci passerait à la postérité comme le plus misérable de tous... Et pourtant, il avait bien commencé. Comme un rêve, même. Elle s'était réveillée dans les bras d'un homme merveilleux, plus heureuse que jamais.

Mais depuis qu'elle était rentrée chez elle — seule pour traîner du salon à la chambre, seule pour se préparer un repas surgelé —, Lucy ne trouvait rien, mais absolument rien, de positif là-dedans.

Elle avait essayé de se distraire avec du shopping en ligne — ennuyeux. Elle avait fait du ménage — ennuyeux. Elle avait répondu à quelques mails, vérifié son agenda, consulté les vols pour New York.

Ennuyeux, ennuyeux, ennuyeux.

Et douloureux.

Douloureux, parce qu'elle ne voulait pas s'envoler vers New York sans connaître l'avis de Ross sur son départ. Quitte à l'entendre lui dire en face qu'il s'en moquait comme d'une guigne.

En écoutant le message du magazine, elle avait été ravie, certes. Excitée, même. C'était une consécration. Qu'un magazine si important fasse appel à son talent la rassurait sur ses choix professionnels.

Sauf qu'elle n'avait pas particulièrement envie de retourner à New York. Elle aimait Chicago, le fait de vivre de nouveau près de son frère. Elle aimait les gens qu'elle avait rencontrés, le studio qu'elle louait, la vie qu'elle menait.

Et surtout, se dit-elle en écoutant des chansons de Noël à la radio, elle aimait être près de l'homme qu'elle aimait.

— Et merde !

Oui, elle aimait Ross Marshall. Elle l'avait toujours aimé. Il avait conquis son cœur six ans plus tôt et n'en était jamais ressorti, en dépit du temps, de la distance et des autres relations qu'elle avait eues.

Il y a des gens qui tombent amoureux mais qui arrivent à oublier. D'autres n'aiment qu'une fois dans leur vie. Il fallait s'y résoudre : elle appartenait à la dernière catégorie. Ce qui aurait pu être fantastique, si elle n'était pas tombée sur un type qui se fichait qu'elle parte à des milliers de kilomètres !

Elle était si occupée à s'apitoyer sur son sort qu'elle n'entendit pas frapper. Elle identifia vaguement un bruit, mais pensa qu'il s'agissait des enfants des voisins qui s'amusaient avec leurs nouveaux jouets.

Lorsque les coups se répétèrent, elle comprit que quelqu'un se trouvait à sa porte.

C'était peut-être Sam ; ils s'étaient parlé dans l'après-midi. Il devait travailler toute la nuit, mais il était 20 heures, peut-être qu'il avait réussi à trouver un moment et qu'il passait la voir.

Elle ouvrit la porte avec un grand sourire. Qui s'effaça dès qu'elle vit, non pas son frère, mais quelqu'un qu'elle n'aurait jamais imaginé revoir si tôt.

— Ross ?

— Je peux entrer ?

Sidérée, non seulement parce qu'il aurait dû être avec sa famille mais aussi parce qu'elle ne lui avait jamais donné son adresse, elle s'écarta pour le laisser passer.

— Comment as-tu... ?

— Stella. Elle avait tes adresses pro et perso sur son BlackBerry.

— Il s'est passé quelque chose ? Ta famille ?

— Tout va bien. Ils sont en plein marathon de Trivial Pursuit, comme chaque année.

— Et l'agent de sécurité ? continua-t-elle sans savoir quoi dire d'autre.

— Il va s'en sortir.

— Super. Je peux prendre ton manteau ? Tu veux t'asseoir ?

Il enleva son manteau, mais ne prit pas la chaise qu'elle lui offrait, préférant aborder le sujet pour lequel il était venu sans tarder.

— Si je te pose une question, tu me répondras la vérité ?

— Bien sûr.

— Bon..., fit-il en s'avançant d'un pas.

Si près qu'elle pouvait sentir son parfum épicé et même la chaleur qu'il dégageait. Aïe !

— Tu veux vraiment t'installer à New York ?

C'était en effet une question directe. Elle croisa les bras sur sa poitrine et réfléchit. Son premier réflexe fut de répondre par une autre question : « Veux-tu que je reste à Chicago ? »

Mais le jeu avait assez duré ; ils avaient perdu déjà assez de temps à prendre des décisions pour l'autre sans se donner la peine d'en discuter de façon franche et claire. Elle choisit de croire au pouvoir de la vérité.

— Non, pas vraiment, répondit-elle.

Il ferma les yeux et soupira avec un soulagement si évident qu'elle ne put que sourire.

— A moi de poser des questions, maintenant.

— Vas-y.

Elle prit une longue inspiration.

— Est-ce que tu veux que je reste ?

Il n'hésita pas un instant.

— Oh que oui, Lucy ! Reste, reste, reste.

— Pourquoi tu ne me l'as pas dit tout à l'heure, Ross ?

— Et toi, pourquoi tu ne m'as pas dit que tu ne voulais pas partir ?

— On est bêtes, hein ?

Ils éclatèrent de rire. Il l'enlaça par la taille, elle passa les mains derrière son cou, les yeux rivés aux siens, si verts, si pleins d'amour et de tendresse. Elle n'avait pas besoin d'entendre de mots pour savoir ce qu'il pensait, ce qu'il ressentait. Ce que son cœur criait.

Parce que le sien disait la même chose.

Ils étaient faits pour être ensemble. Depuis toujours. Le temps et les circonstances avaient été adverses, oui, mais c'était peut-être leur destin. Ils étaient jeunes, impulsifs, à l'époque de leur première rencontre. Elle n'était pas prête à s'accorder le droit d'être de nouveau heureuse et aimée, ni à se lancer dans une relation d'amour et de confiance comme celle que Ross méritait.

A présent, elle était prête. Et ils avaient réussi à se retrouver dans les méandres de la vie. Un cycle se fermait, un autre recommençait, qui ne finirait jamais.

Car cette fois-ci, ils allaient se donner les moyens de construire une relation solide, stable. Et heureuse.

— Je t'aime, Lucy. Je t'ai laissée partir une fois, je ne veux pas refaire la même erreur.

Elle crut que son cœur allait exploser de bonheur.

— Et si j'avais dit que je voulais partir à New York?

— J'aurais dit : « D'accord, quand est-ce qu'on part? »

— Tu es sérieux? demanda-t-elle, presque choquée. Non, tu n'es pas sérieux!

— Très sérieux.

— Et comment…

— J'ai parlé à mon père tout à l'heure. Je lui ai raconté notre histoire, et je lui ai dit que j'aurais aimé rester à la tête d'Elite, mais que cette fois-ci, je n'allais pas laisser passer la femme de ma vie une deuxième fois. Que je voulais vivre comme je l'entendais, ce qui ne m'avait pas été possible il y a six ans.

— Et comment a-t-il réagi ?

— Je ne l'avais jamais vu comme ça. Il était au bord de larmes.

— Oh ! Je…

— Attends… Il n'était pas en colère, au contraire. Il m'a dit qu'il était heureux de pouvoir me montrer enfin à quel point il m'était reconnaissant pour tout ce que j'avais fait pour la famille et que tout ce qu'il voulait c'était mon bonheur. J'étais sans voix, crois-moi. Il ne m'avait jamais parlé comme ça.

Elle se hissa sur la pointe des pieds pour l'embrasser.

— Je suis contente pour toi, Ross. Mais ni ton père ni vos actionnaires n'ont à craindre quoi que ce soit. Je sais que tu es sincère, mais je n'ai plus envie de bouger. Je suis fatiguée de courir après l'aventure et la nouveauté juste pour ne pas risquer de souffrir. Il n'y a pas d'amour sans risque… Et la vie n'a pas de sens sans amour.

Puis, prenant conscience qu'elle n'avait jamais prononcé ces mots, elle murmura :

— Je t'aime, Ross. Je t'ai toujours aimé et je t'aimerai toujours.

Il se pencha pour l'embrasser, et ce baiser, après tout ce qu'ils venaient de se dire, avait un goût différent, plus doux, plus tendre, plus réel.

A la radio, *Joie pour le monde* commença à résonner. Très juste. Pour la première fois depuis longtemps, Lucy ressentait une joie pleine et authentique. Parce que Ross était avec elle. Dans sa vie et dans son cœur.

— Joyeux Noël, Lucy.

— Joyeux Noël, Ross.

Elle se serra contre lui, désireuse de graver ce moment dans sa mémoire à jamais, comme une belle photographie. Le premier moment du reste de leurs vies.

Il y en aurait d'autres, plein d'autres. Des moments heureux, de moins heureux aussi, sans doute.

Mais ils seraient tous, elle en était certaine, remplis d'amour.

Epilogue

Deux ans plus tard

Blottie dans les bras de Ross, Lucy regardait les flocons qui commençaient à tomber. On n'attendait pas cette année une tempête historique comme celle qui les avait bloqués dans les bureaux d'Elite deux ans auparavant, c'était simplement la neige de Noël qui tombait, calme, douce, rendant la nuit encore plus sereine.

Avec l'homme qu'elle aimait, dans le salon de la maison qu'ils avaient fait construire ensemble, elle se laissait bercer par les chants de Noël. En ce qui la concernait, il pouvait neiger toute la nuit. Tout ce dont elle avait besoin se trouvait entre ces quatre murs.

— C'est parti, murmura Ross.

C'était comme être à l'intérieur d'une boule à neige, songea-t-elle les yeux perdus sur le lac qui s'étendait devant leur fenêtre. Comme s'ils étaient la famille heureuse de la petite maison aux fenêtres jaunes de la boule que Ross lui avait offerte au cours de leur tout premier Noël, et qui trônait à présent à la place d'honneur sur la cheminée.

Elle sourit. Qu'aurait dit la jeune Lucy Fleming de vingt-deux ans si on lui avait prédit un avenir si doux? Elle n'y aurait pas cru, la seule idée l'aurait paniquée, et en même temps, tout au fond de son cœur, une flamme d'espoir se serait allumée.

A cause de l'homme qui chantonnait *Sainte Nuit* à côté d'elle, son beau visage éclairé par la lumière du feu.

— Joyeux Noël, Ross.

— Joyeux Noël, madame Marshall.

Le « Foutaises ! » appartenait désormais au passé. Comme son réflexe de mettre un mur entre elle et les souvenirs heureux des Noëls de son enfance, entre elle et... l'amour. Elle avait tourné la page.

— Lucy... Si je te dis que je me réjouis que mes parents et ton frère aient décidé de ne venir que demain à cause de la neige, vas-tu penser que je suis une mauvaise personne ?

— Non, à moins de penser que je le suis aussi.

Ce n'était pas qu'elle craigne leur visite. Elle adorait la famille de Ross, et dans cette maison, il y avait largement la place pour héberger tout le monde. Mais elle appréciait de pouvoir se réveiller seule avec son mari en ce Noël dans leur nouveau foyer. De voir quels rituels, quelles traditions à eux et rien qu'à eux ils inventaient. Car elle se sentait enfin prête à réunir les fantômes des Noëls passés avec le bonheur du présent. Prête à ouvrir son cœur à cette période magique de partage qu'autrefois elle avait tant aimée...

— Ce n'est pas que je ne les aime pas, c'est que...

Elle finit la phrase à sa place.

— C'est que demain est un jour très spécial.

Très. Non seulement parce que c'était leur premier Noël

dans cette maison et leur premier réveillon ensemble depuis leur mariage, le 25 décembre de l'année précédente. Mais aussi parce que de nouveau elle adorait Noël.

Et parce qu'ils voulaient avoir tout le loisir de profiter du cadeau qu'ils avaient reçu avec dix jours d'avance. Des deux cadeaux, en fait.

Qui dormaient au même moment à l'étage, dans des berceaux assortis, l'un avec une gigoteuse bleue, l'autre une gigoteuse rose. Scott et Jennifer, appelés ainsi en souvenir des grands-parents qu'ils n'auraient pas la chance de connaître.

Lucy avait pleuré lorsque Ross avait suggéré ces prénoms. De joie. Elle savait que ses parents auraient été heureux de la voir avec un homme aussi bon et généreux.

Cela, elle le savait aussi, c'était le plus beau cadeau de Noël qu'elle recevrait jamais. Un cadeau qui allait se renouveler chaque jour de sa vie.

SAMANTHA HUNTER

La tentation de Noël

HARLEQUIN

Titre original : I'LL BE YOURS FOR CHRISTMAS

Traduction française de DIANE HAMILTON

Ce roman a déjà été publié en novembre 2011

83-85, boulevard Vincent Auriol, 75646 PARIS CEDEX 13.
Service Lectrices — Tél. : 01 45 82 47 47
www.harlequin.fr

Chapitre 1

Abby Harper sourcilla en voyant l'hôtesse du restaurant s'approcher juste un peu trop près de Reece Winston, histoire de lui offrir une vue plongeante sur son décolleté plantureux.

Mais comment l'en blâmer ? Reece était si sexy !

D'ailleurs, plongé dans sa conversation avec la personne qui l'accompagnait — un homme de petite taille à l'allure de commercial —, il semblait avoir à peine remarqué l'hôtesse.

Abby en profita pour détailler à loisir son ancien voisin, qui se tenait à quelques mètres de sa table dans un élégant costume sur mesure mettant en valeur son torse puissant et ses longues jambes musclées.

Elle poussa un petit soupir.

Comme elle aurait aimé caresser les superbes fesses de Reece, moulées à la perfection dans ce tissu coûteux ! Oh oui, c'était si tentant !

A dire vrai, elle avait déjà failli céder à la même tentation il y avait bien longtemps de cela…

Mon Dieu, elle était pathétique ! Comment était-il

possible que, huit ans plus tard, elle se souvienne encore des fesses de Reece Winston ?

Elle avait entendu dire que Reece était de retour en ville, mais ils ne s'étaient pas encore rencontrés, ce qui n'avait rien de surprenant.

Depuis qu'il était parti vivre en Europe, il rentrait plusieurs fois par an, mais leurs chemins ne se croisaient jamais. Quand il était là, soit elle se trouvait à l'université, soit elle était occupée à aider ses parents dans la gestion de leur vignoble, si bien qu'elle ne mettait quasiment jamais les pieds en ville. Reece, quant à lui, était devenu un pilote de Formule 1 chevronné, et sa carrière le menait aux quatre coins du monde. Autant dire que leurs vies n'avaient plus rien en commun. Bien que les propriétés viticoles de leurs familles respectives ne soient éloignées que d'un petit kilomètre, c'était comme si un gouffre les séparait. Habituellement, elle se contentait d'admirer son beau visage dans le journal local ou lors d'une émission sportive à la télévision.

C'était donc la première fois qu'elle revoyait Reece en personne. Et, sans l'ombre d'un doute, sa présence virile lui faisait toujours autant battre le cœur…

Elle n'allait tout de même pas réagir comme une collégienne énamourée !

Elle tourna la tête, observant la foule qui se pressait dans les boutiques, galeries d'art, bars et restaurants de l'Ithaca Commons, le centre commercial de plein air de la ville d'Ithaca, Etat de New York.

On était à peine à un mois de Noël, et elle venait de passer ce vendredi d'après Thanksgiving à faire l'inventaire des stocks. Depuis le début de la semaine, elle avait attendu avec impatience de retrouver Anna pour déjeuner ici, et de profiter de cette escapade en ville pour se changer les idées. Une douce neige tombait, commençant à se répandre sur les trottoirs, les vitrines enluminées rivalisant d'esprit festif.

Mais elle remarquait à peine tout cela à présent, tant ses pensées étaient tournées vers Reece Winston. A dire vrai, la présence de cet homme la troublait tant qu'elle était incapable de se concentrer sur quoi que ce soit.

Elle l'avait embrassé une fois, durant une folle soirée d'été au bord du lac, lorsqu'il était rentré de l'université le semestre précédant son départ en Europe. Et cependant, déjà à l'époque, il semblait vivre dans un monde si différent du sien !

Ils avaient été tous deux invités à une fête donnée par un ami commun. Cette année-là, elle sortait avec Josh Martin, un étudiant diplômé de l'école vétérinaire de Cornwell venu travailler sur les terres de ses parents, où l'on élevait aussi des chèvres et des brebis. Le soir de la fête, elle s'était cachée à l'abri d'une épaisse haie, avec l'intention d'y attirer Josh et de s'y livrer avec lui aux ébats les plus fous.

Elle savait que ça le mettrait dans tous ses états — en fait, elle avait découvert assez tôt qu'elle aimait bien mettre un peu de piment dans ses relations sexuelles, et, pour elle, la timidité de Josh représentait un véritable défi. Faire l'amour en plein air, avec des invités qui passaient tout près de vous sans vous voir, cela l'excitait au plus haut point. Mais encore lui fallait-il convaincre son cavalier trop bien élevé.

A peine avait-elle attiré dans l'ombre l'homme qu'elle pensait être Josh, qu'elle l'avait embrassé avec ardeur sans lui laisser le temps de prononcer la moindre parole. Puis elle avait commencé à le caresser à travers son pantalon et lui avait susurré qu'elle était ravie qu'il soit partant pour un interlude torride. Qu'aimerait-il essayer là, en plein air ?

Son cavalier avait eu un rire léger et lui avait chuchoté à l'oreille qu'il était prêt à essayer tout ce qu'elle proposerait.

Aussitôt, elle avait reconnu sa voix… Et son erreur grossière.

C'était Reece Winston, et non Josh Martin, qu'elle venait d'embrasser à perdre haleine !

Quelle humiliation ! Aujourd'hui encore, ce souvenir la faisait rougir.

Elle s'était éloignée de la haie sans même arranger ses vêtements, au grand amusement de quelques invités qui passaient par là. Mais Reece l'avait suivie, laissant sa chemise grande ouverte et le premier bouton de son jean dégrafé — le bouton qu'elle était en train de défaire lorsqu'elle avait reconnu sa voix. Il lui avait expliqué que Josh avait reçu un appel urgent et avait dû quitter la fête précipitamment, et qu'il avait demandé à Reece de l'en informer. C'était pourquoi Reece était venu la retrouver.

Puis il lui avait dit de se détendre. D'après lui, elle aurait dû se réjouir qu'il n'ait pas laissé les choses aller trop loin.

Il avait voulu ajouter autre chose, mais elle s'était éloignée, furieuse. Déjà, elle l'imaginait raconter cet épisode à ses copains. Ils allaient sûrement bien rire d'elle ! Et le pire de tout, c'était qu'elle aurait bien aimé terminer ce qu'ils avaient commencé.

C'était la dernière fois qu'elle l'avait vu, jusqu'à aujourd'hui.

Dans leur enfance, Reece Winston n'avait cessé de la persécuter. Il lui cachait son panier-repas dans le mauvais vestiaire, lui tirait les nattes et prétendait toujours que le vignoble de ses parents était bien plus grand et plus rentable que la petite ferme biologique de sa famille à elle.

Cependant, si Reece ne cessait de la taquiner, il ne s'était jamais montré méchant. En fait, lorsqu'elle avait quatorze ans, il l'avait même défendue le jour où un élève s'était moqué de son appareil dentaire, la faisant pleurer. Reece avait failli donner un coup de poing à l'autre garçon. Elle détestait l'admettre, mais ce jour-là elle était tombée amoureuse de lui.

Reece connaissait les sentiments qu'elle éprouvait pour lui. Et elle savait qu'il savait, car le soir où ils s'étaient séparés après ces quelques secondes torrides derrière la haie, il lui avait souri d'un air entendu.

— Allô, la Terre ?

La voix d'Anna la tira de sa rêverie.

Anna Morgan, sa meilleure amie depuis le lycée, venait de regagner leur table.

Abby secoua la tête comme si cela pouvait effacer le passé.

— Désolée, j'étais perdue dans mes pensées.

— Oui, j'ai vu Reece assis là-bas… Tu as les joues en feu. J'imagine que tu l'as vu, toi aussi ?

— C'est juste parce qu'il fait chaud, ici.

Anna eut un large sourire.

— Et encore plus depuis que Reece est entré ! répliqua-t-elle en tournant la tête pour observer celui-ci. Il est sûrement revenu à cause de ce qu'il est arrivé à son père.

— Je suis quand même surprise de le voir ici. Il a eu un grave accident le printemps dernier, et il était en convalescence depuis, répondit Abby, frissonnant au souvenir des terribles images de l'accident qu'elle avait vues aux informations télévisées.

Reece était sur le point de devenir un des grands champions de la Formule 1 quand un accident avait brisé net son ascension vers le titre suprême.

Anna haussa les sourcils.

— Tu suis les courses de Formule 1, toi ?

— J'ai vu un reportage aux infos, voilà tout. Et j'ai dû lire un ou deux articles sur le Net.

— En tout cas, il m'a l'air en pleine forme, répliqua Anna en lorgnant Reece sans scrupules.

Abby savait qu'elle ferait sûrement mieux de ne plus regarder Reece, mais elle ne put s'en empêcher. Et, bien sûr, à peine lui eut-elle jeté un coup d'œil que Reece tourna la tête et la regarda droit dans les yeux.

Elle en eut quasiment le souffle coupé.

Les années passées s'étaient soudain envolées. De nouveau, elle se trouvait dans la peau de l'adolescente énamourée qu'elle avait été.

Reece plissa les yeux, et elle sut qu'il l'avait reconnue, même si elle avait perdu presque cinq kilos depuis leur dernière rencontre et si ses cheveux bruns, coupés à la garçonne à l'époque, étaient aujourd'hui longs, légèrement bouclés et délicatement méchés d'un blond couleur de miel.

— Pourquoi faut-il qu'il soit aussi sexy ? marmonna-t-elle, tentant de se concentrer sur sa salade.

Hélas, aussi délicieuses semblaient-elles, les délicates

feuilles d'épinard, les poires juteuses, les noix et le fromage bleu ne parvenaient pas à enchanter son palais.

Tout ça à cause de Reece !

— Hé ! Je crois qu'il vient vers nous, chuchota Anna avant de plaquer un grand sourire sur son visage tandis que Reece s'approchait.

— Pardon ? bredouilla Abby.

Elle se hâta d'avaler et, quand elle se rendit compte qu'Anna avait raison, elle faillit faire tomber sa fourchette.

Manquant de s'étrangler, elle commença à tousser, et alors qu'elle allait saisir son verre d'eau, une main puissante lui agrippa l'épaule et une autre lui tapa dans le dos.

— Ça va, ça va ! s'exclama-t-elle.

Malgré le gilet qu'elle portait par-dessus son chemisier, elle sentait la chaleur des mains de Reece irradier en elle.

Comme il la lâchait, elle inspira à plusieurs reprises, tentant de reprendre contenance.

— Abby ? dit-il d'une voix plus grave que dans son souvenir.

Son souffle lui effleura la nuque, la faisant frémir.

Saisissant son verre d'eau, elle en but une gorgée, profitant de ces dernières secondes pour se calmer les nerfs. Puis, elle se retourna enfin et lui décocha un large sourire.

— Reece ! Quel plaisir de te voir !

Comme il la détaillait de ses grands yeux gris, elle fut soudain transportée à ce fameux soir d'été derrière la haie. Et, à la petite lueur qui dansait dans son regard, elle sut que lui aussi se rappelait ce moment.

— Merci d'avoir voulu me porter secours, mais tout va bien, dit-elle.

— Content d'avoir pu t'aider, et ravi de te revoir, moi aussi, Abby. Tu as bien grandi, plaisanta-t-il. Plus de nattes ni d'appareil dentaire.

Elle se sentit rougir.

— Je suis… Je suis désolée de ce qui est arrivé à ton père, répliqua-t-elle rapidement. J'espère qu'il va mieux ?

Comme Reece hochait la tête, elle remarqua un réseau de légères cicatrices récentes le long de son cou, et une autre derrière son oreille.

— Désolée pour toi aussi, continua-t-elle. J'ai vu ton accident aux informations. C'était horrible ! Je suis contente de te voir debout et en pleine forme.

Voilà. Là, au moins, elle n'avait plus l'air d'une adolescente rougissante. Ne se comportait-elle pas comme une adulte, une vieille amie contente de le revoir ?

Bizarrement, il avait l'air plus grand et plus musclé que dans son souvenir.

Bien sûr, tous les pilotes de Formule 1 devaient s'astreindre à un rigoureux programme d'entraînement afin d'être en parfaite forme physique pour supporter la pression due à leur métier. Cependant, lui, il était à tomber.

Elle se rappelait très bien ses magnifiques grands yeux gris bordés d'une épaisse frange de cils sombres, tout comme ses pommettes hautes et ses lèvres pleines. Elle avait toujours aimé ses mèches d'un noir de jais qui lui tombaient dans les yeux. Aujourd'hui, ses cheveux étaient coupés très court et mettaient parfaitement en valeur ses traits ciselés.

L'expression de Reece s'était faite plus sérieuse.

— Merci, répondit-il. Mon père se rétablit de mieux en mieux. Les médecins sont très optimistes.

A l'évidence, il n'avait aucune envie de discuter de sa propre condition physique, mais comment l'en blâmer ? La célébrité avait peut-être des avantages, mais elle comportait aussi des inconvénients. Voir votre vie privée s'étaler en première page des magazines en était un. Et non des moindres, sûrement.

— Il est toujours à l'hôpital ? demanda-t-elle. J'imagine qu'il a hâte de se remettre au travail ?

— En fait, non. D'ailleurs, mes parents sont déjà repartis chez mon frère Ben, en Caroline du Sud. Ce sont les médecins qui ont conseillé à mon père de continuer sa convalescence là-bas. Le climat lui est plus favorable, et ils seront plus près des hôpitaux. Pour l'instant, ils vont vivre avec Ben et sa famille durant quelque temps, ce qui rendra les choses plus faciles pour ma mère. Ensuite, ils ont l'intention de s'installer là-bas.

Abby sursauta, à la fois surprise et déçue. Les relations de voisinage entre leurs deux familles avaient toujours été des plus agréables. Elle aimait beaucoup M. et Mme Winston, et elle aurait souhaité pouvoir les saluer avant leur départ.

— Qui va s'occuper du vignoble ? demanda-t-elle. Toi ?

C'était ce qu'elle-même avait fait à Mapple Hills lorsque ses parents avaient pris leur retraite. Aujourd'hui, son père et sa mère profitaient des nombreux voyages qu'ils n'avaient cessé de repousser durant leurs années d'activité. Elle était toujours contente de recevoir une carte postale ou d'avoir de leurs nouvelles sur Facebook.

— Pas exactement, répondit Reece d'un ton prudent.

En fait, nous pensons qu'il est préférable de vendre. Je suis en train de m'occuper de tous les détails, et j'ai déjà quelques acheteurs intéressés.

— Vous vendez votre vignoble ? l'interrompit-elle, choquée.

— Oui, j'en ai bien peur.

— Mais… Je pensais… Puisque tu ne participes plus aux championnats…

Elle vit aussitôt le regard de Reece se durcir, et elle eut aussitôt envie de se donner des gifles.

— J'ai bien l'intention de rejoindre le circuit l'an prochain, rétorqua-t-il d'un ton sec, et même le plus tôt possible, d'ailleurs. Alors, nous n'avons pas d'autre choix que de vendre.

Il jeta un coup d'œil en direction de sa table.

— D'ailleurs, je vais devoir vous laisser. J'étais juste passé vous dire bonjour.

— Oh.

Abby se maudissait. Décidément, soit elle parlait trop, soit elle ne savait que répondre.

L'expression de Reece s'adoucit, et elle vit de nouveau danser la petite flamme dans ses yeux.

— Ça m'a fait plaisir de te revoir, ajouta-t-il. On aura peut-être l'occasion de boire un verre ensemble durant mon séjour, et de parler du bon vieux temps. Je devrais rester dans le coin pendant un mois, pour m'occuper de la vente et finir deux ou trois trucs.

— Oui, avec plaisir, répondit-elle.

Mais Reece s'éloignait déjà.

Cette fois, elle remarqua qu'il boitait légèrement. Qu'en

était-il vraiment de ses blessures ? Le grand public savait ce qui avait été révélé dans les médias, mais peut-être la vérité était-elle bien différente.

— Eh bien ! J'ai du mal à croire qu'il va vendre les terres de ses parents, dit-elle, encore stupéfaite par la nouvelle.

Certes, de nouveaux lotissements s'étaient érigés le long du lac, et plusieurs vignobles avaient fermé au fil des ans. Mais les vignobles de leurs deux familles étaient les plus anciens de la région !

— Les médias n'ont cessé de dire qu'il ne courrait plus, poursuivit-elle. Il paraît que son accident lui a causé des blessures qui ne lui permettent pas de reprendre le volant.

— Ce n'est pas du tout ce qu'il a l'air de dire, en tout cas, répondit Anna d'un air absent.

Abby suivit Reece des yeux, qui s'asseyait à sa table à l'autre bout de la salle, puis elle se retourna vers Anna qui avait l'air nerveuse.

— Qu'est-ce qu'il y a ?

— J'espère qu'il ne s'est pas déjà adressé au représentant de Keller Corporation, celui qui a racheté les vignobles Stevens et Harvets l'année dernière.

Abby posa sa fourchette. Autour d'elle l'air lui parut soudain glacial.

— Non !

— C'est une possibilité.

— Il… Il ne peut pas ! Non, il ne peut pas vendre son vignoble à ces gens-là ! Ce serait la fin de Mapple Hills !

La vente du vignoble de la famille Winston était déjà une catastrophe en soi, inutile que Keller en devienne l'acquéreur. Là, ce serait un véritable désastre.

Keller était un groupe immobilier qui avait racheté diverses propriétés en bordure du lac, les unes après les autres, et avait construit à leur place des habitations hideuses, gâchant tout le charme naturel de la région. Rien n'avait d'importance aux yeux de ces gens : pas plus la ligne de partage des eaux que les traditions anciennes des établissements viticoles du coin. Non, tout ce qui comptait pour eux c'était de gagner de l'argent, toujours plus d'argent.

Les conséquences de ce développement immobilier étaient désastreuses. Les eaux de ruissellement des chaussées, les produits chimiques pour les pelouses, les eaux usées des nouvelles habitations, tout cela ne faisait qu'appauvrir les terres. Sans parler de la magnifique vue sur le lac qui serait à terme complètement bouchée.

— Tous les couples qui viennent se marier sur notre propriété tiennent à ce que la cérémonie se déroule dans le vignoble avec la vue sur le lac. Je vais perdre tous mes clients si je n'ai plus à leur offrir qu'une vue sur un lotissement ! s'écria Abby en secouant la tête.

Ces derniers temps, les mariages et autres cérémonies familiales lui apportaient un complément de revenus fort appréciable. Malgré la période de récession, les jeunes couples tenaient toujours à une belle cérémonie : la propriété de ses parents était parfaite pour cette occasion, et les réservations se faisaient de plus en plus nombreuses. Les revenus qu'elle en tirait représentaient une aide non négligeable lorsque les ventes de vin étaient en baisse. D'ailleurs, elle était en train d'organiser la réception d'un mariage qui devait avoir lieu deux jours avant Noël.

Tous les viticulteurs de la région s'efforçaient de maintenir la beauté du paysage, qui faisait leur fierté commune. Harvey Winston, le père de Reece, n'était pas un agriculteur biologique à proprement parler, mais il travaillait selon les dernières techniques manuelles en cours, et il veillait toujours à respecter une zone-tampon entre les vignes des deux domaines.

Hélas, il n'en irait pas de même avec Keller Corporation. Et si elle partait d'ici, déçue que la région ait perdu sa beauté agreste, nul doute que le groupe immobilier chercherait à faire également main basse sur sa propriété familiale.

— C'est impossible, Anna. Reece ne peut pas faire cela ! répéta-t-elle.

— Hélas, j'ai bien peur que si. Cela risque fort d'arriver, s'il veut vendre vite et à bon prix

Son ton était si catégorique qu'Abby se cala le dos contre sa chaise, ayant soudain perdu tout appétit.

— Il doit bien y avoir un autre moyen. Je devrais lui parler, nous pourrions peut-être trouver une solution.

— Je suis désolée, ma belle, mais je te rappelle que je suis ta comptable, et tu ne peux absolument pas te permettre d'acheter le domaine Winston. Je te parle en tant qu'amie. Sans Sarah, tu as déjà beaucoup trop à faire. Peut-être que si tu pouvais engager quelqu'un…

— C'est ce que j'ai prévu de faire durant l'été. Pour l'instant, je n'ai pas le temps de faire passer des entretiens mais j'avais prévu de m'y mettre. Sauf que si Reece vend son domaine, rien de tout cela n'aura plus aucune importance.

En véritable bras droit, Sarah l'avait aidée à diriger son affaire, dont elle connaissait par cœur tous les méandres, étant donné qu'elle travaillait au domaine depuis les premières années où la famille Harper avait commencé à l'exploiter. Cependant, quelques mois plus tôt, elle avait décidé de prendre sa retraite. Il était quasiment impossible de trouver un remplaçant à sa hauteur, et Abby avait donc été obligée de prendre tout en charge.

Soudain accablée, elle se tourna vers Anna, et sentit l'espoir lui revenir. Son amie avait un regard rêveur qu'elle lui connaissait bien.

— A quoi penses-tu ?

Anna eut un sourire malicieux.

— En fait, j'étais en train de me dire que Reece semblait particulièrement ravi de poser ses mains sur toi, même si, en l'occurrence, ce n'était que pour te porter secours.

— Qu'est-ce que tu racontes ?

— Je dis qu'il y a toujours eu une certaine alchimie entre vous, et que tu pourrais peut-être t'en servir.

— Tu te trompes !

— Non, et tu sais que j'ai raison. Tu m'as toujours dit que Reece embrassait comme un dieu et que tu aurais bien aimé que ce petit épisode derrière les buissons aille plus loin. Alors…

— Tu es folle ! J'ai dit ça un soir où j'avais un peu trop bu.

— Et nous savons toutes les deux que l'alcool agit sur toi comme un véritable sérum de vérité. Donc, pourquoi ne pas tenter quelque chose avec Reece ?

— Es-tu sérieusement en train de me suggérer de coucher avec Reece Winston pour le faire changer d'avis à propos de la vente de son domaine ?

— Je ne dirais pas les choses comme cela, mais… Pourquoi ne pas tenter de réveiller votre ancienne amitié, flirter un peu avec lui et voir si tu parviens à l'intéresser à ta cause ? Même si tu ne vas pas... si loin, tu seras au moins au courant de ce qui se passe. Reece t'a proposé de boire un verre avec lui. Pourquoi ne pas accepter ?

Abby observa son amie avec attention.

— Mon Dieu ! J'ai du mal à croire ce que je viens d'entendre. On se croirait dans *Desesperate Housewifes* ! Tout ça ne me ressemble pas, tu le sais très bien. De plus, notre petit épisode torride derrière la haie était une erreur. Avant cela, il n'avait jamais été question d'alchimie entre nous. Reece n'a fait que me torturer, et ce depuis l'école primaire !

— Les garçons s'en prennent toujours aux filles qui leur plaisent.

— Je crois que tu regardes un peu trop les feuilletons télévisés, répliqua-t-elle avant que toutes deux n'éclatent de rire.

Elle poussa ensuite un profond soupir, et reprit la conversation d'un ton plus sérieux.

— J'ai bien peur que nous ne devions recourir à un autre plan.

— Peut-être que tous ces changements se transformeront finalement en quelque chose de positif, suggéra Anna. Je sais bien que l'expansion de la région n'est pas à notre goût, mais cela fait deux ans que tu n'as pas pris de vacances, et j'imagine que tu n'as pas eu non plus de rendez-vous galant depuis tout ce temps.

— Si, un, répliqua Abby.

Inutile de préciser que ce rendez-vous avait été un véritable désastre.

— Tu ne fais que travailler, insista Anna. Lorsque tes parents t'ont laissé les rênes de l'exploitation, ce n'était pas pour que tu travailles vingt-quatre heures sur vingt-quatre. En fait, si tu vendais, tu pourrais…

Abby la regarda d'un air horrifié.

— Je n'ai *aucune* intention de vendre ! Mes parents ont mis toutes leurs économies dans cette exploitation, et ils ont travaillé leur vie entière pour la développer en une affaire florissante, alors qu'à l'époque où ils ont commencé personne ou presque n'avait jamais entendu parler d'agriculture biologique. Comment pourrais-je vendre cet héritage ?

Anna haussa les épaules.

— Sentiments mis à part, je te suggère d'y penser d'un point de vue pratique. Les choses changent, et parfois il faut accepter de changer avec elles.

Abby se mit à jouer avec son verre, pensive.

Certes, elle travaillait beaucoup trop dur, surtout depuis que Sarah avait pris sa retraite, et Anna avait raison sur un point : ses parents avaient été contents de léguer leur affaire à leur fille unique, mais ils seraient aussi les premiers à lui dire de lever un peu le pied et de s'accorder du bon temps. Néanmoins, ils l'enjoindraient aussi de ne jamais vendre à quelqu'un comme Keller. Ça, elle en était persuadée au fond de son cœur !

Bon, elle pourrait essayer de discuter avec Reece pour trouver une solution ou l'amener à changer d'avis. Mais cela, évidemment, sans coucher avec lui — même si l'idée n'avait rien de déplaisant, bien au contraire.

Quelle femme n'aurait pas voulu passer une nuit dans les bras d'un homme aussi sexy !

— Oui, je pourrais envisager de parler avec lui, dit-elle sans conviction, tout en regardant Reece plongé dans une grande conversation avec son invité.

Malgré elle, elle se remémora une fois de plus les baisers passionnés qu'ils avaient partagés.

Qu'éprouverait-elle en sentant les mains de Reece lui caresser les seins ?

Et si Anna avait raison ? Pourquoi ne pas tenter quelque chose, après tout ? Reece et elle étaient en quelque sorte de vieux amis, mais surtout ils étaient désormais tous deux adultes. Et cela faisait des mois et des mois qu'elle n'avait embrassé aucun homme. Se retrouver entre les bras de Reece n'aurait rien d'un sacrifice, et si cela pouvait inciter son séduisant voisin à l'écouter…

Elle retrouva soudain tout son appétit, et, pleine d'espoir, planta sa fourchette dans sa salade.

Anna l'observait avec une moue dubitative.

— Tu es en train d'y penser, n'est-ce pas ?

Abby ne put retenir un sourire.

— Hé ! C'est toi qui m'incites à sortir avec Reece, après tout. De toute façon, je n'ai pas l'intention de laisser les choses aller trop loin. Je ne compte pas me servir du sexe pour inciter Reece à me vendre son domaine, ni faire quoi que ce soit d'aussi sordide. Mais tu n'as pas tort, passer des moments ensemble, voire flirter un peu avec lui, cela pourrait l'inciter à voir les choses de mon point de vue. Et puis, il embrasse divinement bien.

Ravie de sa décision, elle termina sa salade avec entrain.

Reece avait du mal à se concentrer. Non pas à cause des douleurs générées par ses blessures, qu'il supportait depuis neuf longs mois, mais à cause de la femme incroyablement sexy assise un peu plus loin dans la salle.

Difficile de croire que cette splendide créature était bien Abby Harper, l'ancienne fillette dont il tirait les nattes et qui portait à l'époque un horrible appareil dentaire. La revoir était la première surprise agréable depuis qu'il était revenu ici pour s'occuper des affaires de sa famille.

Depuis l'an passé, la vie ne lui avait apporté qu'une longue suite de malheurs. Tout d'abord, deux membres de son écurie de course avaient dû être remplacés au tout début de la saison, entraînant des retards dans les essais, puis l'équipe avait perdu l'un de ses plus importants sponsors, et pour finir il avait eu ce terrible accident, fin mars, alors qu'il s'apprêtait à franchir un cap décisif dans sa carrière.

Quand il était sorti de ses trois jours de coma, son traumatisme cérébral lui avait causé des pertes de mémoire et des problèmes d'élocution. Il avait dû subir six longs mois de rééducation physique, mais aussi de réapprentissage de la parole.

Aujourd'hui, il avait triomphé de toutes ces épreuves. Enfin, presque. Tout le monde lui disait qu'il avait de la chance d'être encore en vie et en un seul morceau, capable de marcher et de parler de nouveau.

C'était sûrement vrai. Certains des pilotes qu'il connaissait ne s'étaient pas sortis aussi bien d'accidents ayant causé moins de blessures que le sien. Mais parfois il avait l'impression que toute sa chance l'avait abandonné, surtout depuis que les médecins lui avaient dit qu'il ne pourrait plus piloter, pas avant qu'un neurologiste lui ait fait subir une myriade de nouveaux examens. Puis son père avait eu cette grave crise cardiaque. Les soucis s'étaient enchaînés les uns après les autres, et il avait l'impression d'être écartelé entre sa convalescence, son désir de se retrouver au volant d'une Formule 1 et son devoir de venir en aide à sa famille.

Ses parents avaient toujours été là pour lui, et il était hors de question qu'il les abandonne à leur sort, mais cette cascade de mauvais coups du sort rendait les choses de plus en plus difficiles à supporter.

Pendant des mois, son père et sa mère n'avaient cessé d'effectuer des allers-retours en Europe pour lui rendre visite lors des Grands Prix de Formule 1. A l'évidence, la gestion de leur domaine viticole entrecoupée de tous ces longs voyages avait eu raison de la santé de son père, d'où le malaise cardiaque. Il se sentait responsable, et, bien que ses parents l'aient tous deux assuré du contraire, sa culpabilité le forçait à rester ici pour les aider du mieux possible. S'il pouvait conclure pour eux la vente du domaine, ce serait une excellente chose pour toute la famille.

Cela faisait plusieurs semaines qu'il était dans la région, mais il avait passé le plus clair de son temps à l'hôpital et dans les hôtels avoisinants, puis il avait accompagné ses parents en Caroline du Sud chez son frère, et il avait la désagréable sensation d'être en train de passer à côté de sa propre vie. Il ne pouvait se permettre d'être absent trop longtemps du circuit professionnel. De jeunes et brillants pilotes piaffaient d'impatience de prendre sa place, et les sponsors avaient la mémoire courte. Rares étaient les pilotes qui revenaient en piste après un accident comme le sien.

A dire vrai, peu survivaient à un choc à une telle vitesse.

Quoi qu'il en soit, il n'était pas prêt à prendre sa retraite. Tout ce qu'il avait à faire, c'était vendre la propriété familiale puis retourner en France aussi vite que possible. A trente et un ans, il ne lui restait que peu d'années pour arriver au sommet de sa carrière et décrocher le titre suprême.

Même si certains pilotes approchant la quarantaine couraient encore, il y en avait de moins en moins, et il devait prouver à tous qu'il était toujours capable de gagner des courses. Les médecins étaient plutôt pessimistes, mais il comptait bien leur prouver qu'ils se trompaient. Il n'était pas parvenu à un tel niveau de sa carrière pour abandonner maintenant!

Abby Harper avait semblé stupéfaite et déçue lorsqu'il lui avait annoncé qu'il allait vendre le vignoble familial.

Ses propres parents n'étaient pas enchantés non plus, mais ils avaient accepté depuis longtemps que leurs deux fils aient leur propre vie. Cependant, la désapprobation qu'il avait lue dans les grands yeux bruns d'Abby le tracassait.

— Tu sais, insista Charles, je peux t'obtenir un rendez-vous avec le représentant de Keller Corporation dès demain, si tu veux.

Charles Tyler était l'un des plus importants agents immobiliers de la région, et c'était aussi un requin en affaires. Si quelqu'un pouvait vendre le domaine à un très bon prix, c'était bien lui.

— Il me semblait t'avoir dit que je ne ferais affaire avec Keller qu'en dernier recours.

Charles poussa un petit soupir.

— Si tu veux vendre vite et au prix que tu demandes,

il n'y a qu'eux. Crois-moi, ils bondiront sur l'opportunité d'acheter une propriété aussi vaste que la tienne.

Reece fronça les sourcils.

Le groupe Keller avait peut-être les moyens d'acheter à très bon prix, mais ses représentants détruiraient la grande demeure dans laquelle il avait grandi et raseraient tout le vignoble, des rangs entiers de plants de riesling, de chardonnay et de pinot noir, pour les transformer en allées cimentées. Il avait vu les nombreux changements immobiliers le long du lac, et peu d'entre eux étaient plaisants à l'œil.

— Certains de ces raisins ont été plantés par mon grand-père, bien avant la naissance de mes parents, murmura-t-il, sans se rendre compte qu'il avait parlé à voix haute.

— Ecoute, tu pourrais peut-être vendre à un autre propriétaire viticole, mais avec la récession ambiante tu n'en tireras pas un si bon prix, dit Charles en poussant un nouveau soupir.

A l'évidence, il s'inquiétait à la perspective que trop de sentimentalisme de sa part lui fasse perdre une grosse commission.

— Et cela risquerait aussi de prendre bien plus de temps, ajouta-t-il.

Reece hocha la tête.

— Garde Keller sous le coude, mais je ne veux pas me précipiter. Si ce groupe est intéressé par ma propriété, il le sera toujours dans un mois, et d'ici là je verrai si d'autres opportunités se présentent, répondit-il, les yeux rivés sur Abby.

— Qui est cette jeune femme ? demanda Charles en suivant son regard.

— Abby Harper. C'est une vieille amie. Sa famille possède les vignobles Mapple Hills, juste à côté du nôtre.

— Elle est plus qu'une amie pour toi ? demanda Charles.

— Non, juste une fille que j'ai connue à l'école.

— Tu crois qu'elle serait intéressée pour vendre, elle aussi ? Je pourrais vous obtenir un excellent prix auprès de Keller si vous vous décidiez à vendre ensemble.

— Je serais étonné qu'Abby veuille vendre le vignoble de ses parents. Et si elle vend un jour, ce ne sera certainement pas à Keller.

— Tu sais, Keller n'est pas l'ennemi juré, rétorqua Charles d'un ton sec. Ils construisent des lotissements plutôt agréables, et qui trouvent très vite des acquéreurs.

— Je sais *très bien* ce qu'ils font, répondit Reece d'un air absent, ses yeux toujours rivés sur Abby.

Charles comprit le message et changea de sujet, évoquant ses dernières ventes et le marché immobilier local.

Ce à quoi Reece ne prêta aucune attention, occupé qu'il était à observer Abby en grande conversation avec son amie, une petite brune qu'il se souvenait vaguement avoir vue au collège.

Bien qu'ils aient été voisins, Abby Harper et lui ne faisaient pas partie de la même bande de copains. Les parents d'Abby étaient différents des autres familles qui vivaient autour du lac. Ils étaient considérés comme de véritables iconoclastes à cause de leurs méthodes de culture biologique et de leur conviction qu'une agriculture durable était possible. Ils vivaient de façon très simple et élevaient même des chèvres et des brebis.

Aujourd'hui, tout cela était très à la mode. Le vignoble Mapple Hills pouvait d'ailleurs demander un prix élevé pour son vin, voire jusqu'à deux fois le prix demandé par les vignobles non bio. Alors que ce n'était à l'origine qu'une petite affaire familiale, le vignoble Mapple Hills avait nettement développé ses points de vente ces dernières années grâce à un marketing sans faille, à ce que lui avait appris son père.

Il sourit à demi.

Ça, ce devait être l'œuvre d'Abby, qui avait toujours été douée pour les affaires. A l'école, elle était souvent l'objet de moqueries : les autres gamins se gaussaient d'elle et de ses parents qui étaient considérés comme des hippies. Lui aussi, il aimait bien de moquer d'elle. Jamais il ne s'était montré méchant, mais il adorait la taquiner. C'était irrésistible. Dès qu'il la regardait, elle se mettait à rougir !

Il avait toujours trouvé cela adorable, mais jamais il n'aurait imaginé qu'elle devienne aussi sensuelle et sexy, et surtout aussi audacieuse qu'il l'avait découvert cette nuit-là, durant la fête au bord du lac, la dernière fois qu'il l'avait vue avant ce soir.

Même s'il avait embrassé maintes femmes dans sa vie, voire à l'occasion de célèbres top models ou des starlettes, le souvenir d'Abby Harper plaquée contre lui et l'embrassant avec passion était aussi vivace dans son esprit que si leur baiser avait eu lieu cinq minutes plus tôt.

Comme il aurait aimé la ramener derrière la haie, ce soir-là, et continuer ce qu'ils avaient commencé ! Il aurait mieux fait de se taire afin qu'elle ne découvre pas son identité. Hélas, elle s'était échappée avant qu'il puisse lui proposer un rendez-vous galant.

Il l'avait toujours appréciée, même si à l'époque du collège, comme pour tout adolescent, seule comptait pour lui l'opinion de ses copains. Ce soir-là, près du lac, plus rien de tout cela n'avait d'importance, et il aurait voulu se faire pardonner son comportement immature des années précédentes. Mais dès qu'Abby avait compris qui elle était en train d'embrasser, elle lui avait clairement montré qu'elle n'avait aucune envie de poursuivre cet échange torride.

Tout à l'heure, lorsqu'il l'avait vue commencer à s'étouffer avec sa salade, il n'avait pu résister à l'envie de poser les mains sur elle, même si elle n'était pas en réel danger. A peine l'avait-il touchée qu'il avait ressenti une vive excitation, surtout au moment où il l'avait agrippée et que ses mains avaient effleuré ses seins fermes.

Cela faisait des mois qu'il n'avait pas fait l'amour, depuis son accident, en fait. Mais à l'évidence, malgré les effets secondaires de ses blessures, une certaine partie de son anatomie était toujours prête à l'action.

Et s'il insistait auprès d'Abby pour qu'ils aillent boire un verre ensemble ?

Qui sait ? Peut-être pourraient-ils reprendre les choses là où ils les avaient laissées ce fameux soir ? A l'époque, elle n'avait pas paru intéressée, mais, tout à l'heure, il l'avait sentie frémir sous ses doigts, et pas parce qu'elle était en train de s'étrangler avec une feuille de salade.

Comment réagirait Abby s'il lui faisait part de cette remarque ?

Aujourd'hui encore, il avait du mal à résister à l'envie de la taquiner, mais il aimerait surtout jouer avec elle à des jeux beaucoup moins innocents.

Il retint un rire.

C'était si bon de se sentir de nouveau d'humeur légère, même pour quelques instants !

— Qu'y a-t-il de drôle ? demanda Charles.

— Rien, désolé. J'étais juste en train de penser à quelque chose…

— Bon. Eh bien, je vais commencer à mettre ta propriété en vente et voir ce que je peux faire pour freiner l'appétit de Keller durant un certain temps. Mais, à moins que tu n'aies envie d'attendre une éternité, ce sera le meilleur acquéreur que tu trouveras par ici, répéta Charles.

— Je parlerai à ces messieurs, mais je tiens à voir quelles autres offres on peut me faire. Je vais habiter au domaine, donc tu peux me joindre là-bas. Tu as mon numéro.

— Je vais faire de mon mieux pour te trouver quelqu'un, dit Charles en se levant.

Il lui serra la main avec une telle fermeté que Reece retint une grimace.

Non, décidément, inutile de se leurrer. Il n'était pas encore tout à fait remis de son accident.

Ne ferait-il pas mieux d'accepter la proposition de Charles et de vendre au groupe Keller ? Plus tôt il repartirait en Europe pour reprendre l'entraînement et les courses, mieux cela serait.

Mais Charles s'éloignait déjà.

Reece poussa un profond soupir.

Allons, tout irait bien. Il se rétablirait plus vite que les médecins ne s'y attendaient, et il serait de nouveau en piste dès l'été prochain.

Oui, plus vite il pourrait en terminer ici, plus vite il pourrait repartir, songea-t-il avec une pointe de regret en jetant un dernier coup d'œil à Abby Harper, avant de quitter les lieux à son tour.

Chapitre 2

Le lendemain, bien que l'on soit samedi, Abby se retrouva submergée dès le matin par une multitude de tâches.

En fait, les week-ends étaient toujours plus chargés pour elle que les jours de semaine, et ce matin ne faisait pas exception.

Elle avait attendu toute la matinée la venue d'un électricien qui était censé passer durant la semaine mais qui avait repoussé son intervention. En effet, les lumières de plusieurs plafonniers du grand salon ne cessaient de vaciller par intermittence, et mieux valait que ce soit réparé au plus vite pour éviter un incident.

Aujourd'hui, trois visites de groupes étaient prévues, accompagnées chacune d'une dégustation, à 10 heures, 14 heures et 16 heures. Entre chaque accueil, elle devait s'occuper des commandes en ligne sur leur site web, des préparatifs pour le mariage à venir et de la décoration des sapins de Noël qu'elle aurait dû achever depuis deux semaines.

Les touristes étaient moins nombreux en cette période qu'ils ne l'étaient durant l'été ou durant le week-end de la

Saint-Valentin, lorsqu'elle organisait des dégustations de vins et de chocolats. Néanmoins, chacun des groupes était encore conséquent. Lors de la dernière dégustation, elle était si épuisée que son esprit ne cessait de s'évader en un million de directions, mais elle s'efforça de se concentrer sur ses visiteurs, leur souriant et leur expliquant de son mieux les origines et l'histoire de chaque vin.

Chaque breuvage avait son histoire, elle n'omettait jamais d'évoquer l'âge des vignes, leur provenance, les personnes qui les avaient plantées, sans oublier des anecdotes sur la fabrication viticole. Cela personnalisait son récit, et les visiteurs se rendaient compte que le vin qu'ils dégustaient n'était pas un produit quelconque, mais un breuvage avec une histoire particulière, concocté par des gens qui avaient vécu là et foulé les mêmes terres qu'eux.

— Ce baco noir très poivré s'appelle *Promesse éternelle,* c'est l'un de nos grands classiques, dit-elle en terminant sa présentation. Durant une nuit d'été, il y a environ quarante ans, deux amoureux se promenaient dans les champs derrière nous, et l'homme a demandé à la femme qui l'accompagnait de l'épouser. Le jeune couple n'avait pas assez d'argent pour s'offrir des alliances, mais l'homme donna à sa bien-aimée un jeune plant de vigne, l'ancêtre de ces grappes dont notre baco est encore tiré, aujourd'hui. Ces personnes étaient mes parents. Je vous rassure, mon père a fini par pouvoir offrir une alliance à ma mère.

Un chœur de commentaires enthousiastes accompagnés de divers murmures à propos des alliances s'ensuivit.

Elle discuta des différentes nuances des vins, enseigna aux débutants les rudiments de la dégustation, puis se dirigea vers le bureau où les clients réglaient leurs achats de vin et des divers accessoires et souvenirs que leur proposait la petite boutique.

C'était une bonne journée, et les visiteurs avaient été charmants. Comme ses employés étaient rentrés chez eux et qu'elle n'avait pas de clients séjournant dans les chambres d'hôtes, elle put fermer la boutique à 18 heures.

Elle avait déjà envie d'aller se coucher. Cependant, il lui restait encore beaucoup à faire.

Tout d'abord, décorer les trois magnifiques sapins Fraser qui décoraient l'entrée, la salle de dégustation et le premier étage de la demeure.

Les sapins étaient installés, mais pour l'instant ils n'étaient garnis que de guirlandes électriques, ce qui donnait déjà une petite note pimpante à la maison. Elle devait rapatrier dans la demeure les cartons contenant les autres guirlandes et les divers ornements de Noël, entreposés dans l'une des granges.

Son chez-elle était construit à part des bâtiments principaux où se trouvaient la salle de dégustation, le grand salon et la boutique. A l'arrière de la propriété s'étendait le vignoble et les enclos pour les animaux, ainsi que les bâtiments où le vin était fabriqué, mis en bouteille et stocké.

Ses parents n'avaient plus ni chèvres ni brebis, mais jamais elle n'aurait renoncé à ses chevaux, deux poulains devenus grands que ses parents lui avaient offerts quand elle avait quinze ans. Une promenade à cheval autour du lac était l'un de ses moments de détente préférés.

Elle devait donc aussi aller nourrir les chevaux.

Cette journée n'en finirait-elle donc jamais ?

Tandis qu'elle se dirigeait vers la grange, la vue qui s'étira devant elle lui coupa le souffle, comme toujours.

Une légère neige était tombée durant la journée, et elle étincelait à la lueur de la nuit comme un manteau de diamants.

C'était son pays, sa terre ! Jamais elle n'en partirait. Comme ses parents, elle aimait voyager, mais elle n'aurait pas voulu vivre ailleurs qu'ici !

Lorsqu'elle pénétra dans l'écurie, elle fut accueillie par de doux hennissements. Elle attrapa un seau qu'elle remplit d'eau fraîche, répandit de la paille dans les stalles, puis brossa les chevaux tout en leur prodiguant des paroles caressantes. Une fois cela terminé, elle ferma l'écurie puis se tourna vers la maison.

Son regard s'attarda sur les vignes, puis elle contempla la demeure Winston, à l'arrière-plan. Reece allait-il vraiment vendre le domaine de ses parents ?

Elle frissonna, resserra sa veste et fixa les yeux sur l'étage, où quelques lumières étaient allumées.

Reece était-il seul ?

Comme les plaisanteries échangées la veille avec Anna lui revenaient à la mémoire, elle frissonna de nouveau, mais cette fois pour de toutes autres raisons.

A y repenser, elle était vraiment folle de croire qu'elle pourrait séduire Reece pour l'inciter à… A quoi, d'ailleurs ? A ne pas vendre son domaine ? Quelle idiote !

Quoi qu'il en soit, elle devait lui parler. Elle ignorait encore ce qu'elle dirait pour le convaincre de patienter un peu, mais, si Reece ne se précipitait pas pour vendre au groupe Keller, peut-être pourrait-elle trouver un partenaire pour acheter le domaine avec elle. C'était un pari audacieux, mais pas impossible. Malgré ses économies, elle devrait à coup sûr hypothéquer sa maison, mais elle n'avait pas d'autre choix. Elle devait faire tout son possible pour protéger son domaine et ses revenus. Si Keller s'emparait de la propriété des Winston, cela gâcherait tout le secteur.

Bon, pour l'instant, tout ce qu'elle souhaitait, c'était rentrer au chaud, ouvrir une bonne bouteille de vin, et se préparer un dîner léger qu'elle mangerait devant la cheminée du salon.

Dire qu'elle devait encore décorer les sapins ! Ce serait bien plus agréable de ne pas le faire seule.

Et pourquoi ne pas s'occuper des décorations de Noël en galante compagnie ?

Se mordillant la lèvre, elle se hâta vers la maison.

Mieux valait agir sans réfléchir, sinon elle risquait fort de changer d'avis !

Lorsqu'elle pénétra dans la cuisine familiale, quasiment identique depuis son enfance, elle descendit avec précaution les quelques marches qui menaient au cellier où ses parents gardaient leur réserve personnelle de vin, et elle attrapa une bouteille qu'elle avait gardée pour une occasion spéciale. Une fois remontée dans la cuisine, elle prit deux verres à vin sur une étagère, puis un morceau de brie et d'autres victuailles dans le réfrigérateur.

Les sapins pouvaient attendre, mais pas sa discussion avec Reece. Si elle ne se décidait pas tout de suite, elle risquait fort de laisser passer l'occasion. Et qui sait si elle aurait de nouveau l'audace d'aller le trouver chez lui ?

Mettant ses doutes de côté, elle traversa les quelques

centaines de mètres qui séparaient leurs deux domaines, les yeux rivés sur la lumière à l'étage.

Le croissant de lune qui illuminait le sol enneigé rendait le chemin plus facile.

Alors qu'elle approchait de la demeure Winston, elle remarqua une silhouette derrière la fenêtre d'une chambre éclairée.

Elle étouffa un cri et laissa tomber la bouteille de vin.

Dieu merci, celle-ci ne se brisa pas, la neige ayant amorti le choc. Elle la ramassa et reprit sa marche, la respiration courte.

C'était bien Reece qu'elle venait d'apercevoir. Il n'avait fermé ni les rideaux ni les volets, songeant sûrement que personne ne l'observerait. Il était entièrement nu. Bras étendus au-dessus de la tête, il s'étirait en ce qui ressemblait à des exercices de yoga. Elle ne le voyait que jusqu'à la taille, mais c'était déjà suffisant pour faire battre son cœur plus vite.

Il était magnifique.

Il avait un corps superbe : puissant, mais avec des muscles fins et élancés. La ligne ferme de son dos, les muscles de ses épaules et de ses bras étaient impressionnants.

Elle s'imagina malgré elle en train de le caresser.

Qu'éprouverait-elle en sentant ses hanches fermes plaquées contre ses cuisses ?

Mon Dieu ! Elle ferait mieux de se ressaisir.

Arrivée sur le seuil, elle hésita un instant.

Reece se trouvait chez lui seul et complètement nu, et elle, elle était là sous son porche, une bouteille de vin à la main ?

Soudain, son courage s'évanouit.

Ne ferait-elle pas mieux d'attendre une autre occasion, en plein jour, par exemple, et en tout cas dans un endroit public ?

Assez ! Elle se comportait comme une gamine, s'admonesta-t-elle.

Carrant les épaules, elle prit une profonde inspiration et sonna à la porte avant de risquer de changer d'avis.

Reece sortit avec précaution de la douche et noua une serviette autour de ses hanches, grimaçant à cause des élancements dans sa jambe gauche qui lui faisaient quasiment perdre l'équilibre.

La douleur était causée par les broches métalliques posées par le chirurgien, et chaque élancement lui rappelait qu'il n'était pas encore prêt à reprendre le volant d'une Formule 1 pour accomplir ce qu'il aimait le plus au monde.

Un peu plus tôt dans l'après-midi, il avait été saisi de migraines, et il avait passé une bonne partie de la journée allongé sur le canapé avec de la glace sur le front.

Et si les douleurs ne cessaient jamais ? Et si les médecins ne l'autorisaient pas à reprendre les courses ?

Pour l'instant, ces derniers estimaient ses chances à cinquante-cinquante, mais il devait être en forme à cent pour cent et avoir récupéré tous ses réflexes avant de pouvoir courir.

Etre incapable d'amener son corps à réagir comme il le voulait le rendait fou. Il avait survécu au pire, mais à présent il n'avait pas d'autre choix que…

Quoi ? Rester ici ?

Non. Ça, c'était hors de question.

Il traversa le couloir et se dirigea vers la chambre d'amis où il se sécha avant de s'habiller.

Depuis longtemps, avec son accord, sa mère avait transformé son ancienne chambre en un petit salon où elle accomplissait ses travaux d'aiguille. Il ne revenait à la maison que pour de courts séjours, et pas assez souvent pour que ses parents gardent sa chambre inutilisée. Ce soir, il était content qu'il en soit ainsi.

Ces derniers jours il avait éprouvé une curieuse nostalgie vis-à-vis de la demeure familiale, ce qui ne lui ressemblait pas. Peut-être était-ce à cause de toutes ces discussions avec son père ? Tous deux avaient failli perdre la vie, ce qui l'amenait à voir les choses différemment. Il adorait sa famille, mais cette bâtisse n'était en fait qu'une vieille maison, et, quand il était adolescent, il n'avait eu qu'une envie : la quitter le plus vite possible pour découvrir le vaste monde.

Il commença à effectuer quelques étirements que son kinésithérapeute lui avait enseignés pour soulager ses douleurs. Il se concentra sur sa respiration, chassant au loin toute autre pensée.

La douche chaude l'avait aidé à se détendre, mais le début des exercices était toujours pénible. Par chance, les douleurs s'estompaient au fil des enchaînements.

Un peu plus tôt dans la matinée il avait discuté avec son neurologue, qui lui avait assuré que tout était normal.

Ça, c'était facile à dire !

Ayant terminé ses exercices, il attrapait un jean dans son armoire, quand on sonna à la porte d'entrée.

Qui pouvait bien venir lui rendre visite à une heure pareille ?

Certainement pas Charles accompagné d'un acheteur potentiel pour la maison. Personne n'avait téléphoné.

Il enfila son jean et attrapa une chemise, puis il descendit l'escalier et ouvrit la porte en grand.

Une surprise l'attendait sous son porche.

— Abby ?

Que faisait-elle là, une bouteille de vin et deux verres à la main ?

Il remarqua les joues rougies de sa voisine et ses cheveux emmêlés, et il fit un pas en arrière pour l'inviter à entrer, alors que l'air froid de la nuit effleurait ses pieds nus.

— Entre, il fait froid dehors !

— Merci, dit-elle en pénétrant dans le vestibule.

En la voyant poser ses yeux sur son torse, il prit conscience qu'il n'avait pas eu le temps de boutonner complètement sa chemise.

— Désolé, je sors juste de la douche.

Abby rougit un peu plus et détourna les yeux.

— Laisse-moi te débarrasser de tout ça. Qu'est-ce que tu nous as apporté ?

Lorsqu'il voulut saisir les verres, leurs doigts s'effleurèrent. Abby sursauta et faillit lâcher l'un d'eux, qu'il réussit tant bien que mal à rattraper.

Il fronça les sourcils, mi-amusé, mi-inquiet.

— Ça va ?

Abby esquissa enfin un sourire.

— Oui, ne t'inquiète pas. Désolée de venir à l'improviste comme ça, mais j'ai vu les lumières allumées, et j'avais envie d'un peu de compagnie. Et pour répondre à ta question… Eh bien, tu m'avais proposé de boire un verre, alors…

Elle lui tendit la bouteille.

— J'espère que je ne tombe pas à un mauvais moment ?

— Non, bien au contraire. Je suis ravi que tu sois là, dit-il en la débarrassant de la bouteille afin qu'elle puisse retirer son manteau. Mais dis-moi, tu as marché jusqu'ici dans le noir ?

— En fait, il ne fait pas très sombre. J'ai profité d'un magnifique clair de lune, répondit-elle en lui tendant son manteau.

De nouveau leurs mains s'effleurèrent, et il vit briller une petite lueur dans les yeux d'Abby. Puis elle se crispa et rougit de plus belle.

Il ne se souvenait pas l'avoir jamais vue ainsi.

Ah, il croyait comprendre ! En venant de chez elle, Abby avait une vue parfaite sur la chambre d'amis où il s'était installé. La chambre où il avait fait ses assouplissements, complètement nu et les rideaux grands ouverts. Il ne les fermait jamais, étant donné que, *a priori*, personne ne risquait de le voir.

Il retint un sourire.

Ainsi, Abby Harper avait des goûts pour le voyeurisme ?

Ça ne le dérangeait nullement. Il serait même ravi de s'exhiber de nouveau nu devant elle si cela lui faisait plaisir. Finalement, cette soirée allait peut-être se dérouler de façon plus excitante que prévu, songea-t-il en accrochant le manteau d'Abby à une patère.

— Prends ta bouteille et viens avec moi dans la cuisine

pour chercher des plateaux. Ensuite, nous irons nous asseoir au coin du feu, dit-il d'un ton faussement détaché.

Ses soucis et ses douleurs semblaient avoir disparu comme par magie, laissant place au désir lancinant qu'il éprouvait pour Abby.

— Bonne idée, répondit-elle en le suivant dans la cuisine.

Ce soir, elle portait un jean et un pull-over qui moulait les courbes de ses seins.

Lorsque, se penchant vers elle, il retira quelque chose de ses cheveux, Abby retint soudain son souffle et se figea.

A quoi s'attendait-elle ? Déjà à un baiser ?

Il enleva de ses boucles blondes ce qui était en fait un brin de paille et le tint devant elle en souriant.

— Tu es passée faire un tour à l'écurie, on dirait ?

Abby se mit à rire, et il la trouva encore plus adorable.

Certes, elle avait toujours été mignonne, même lorsqu'elle était gamine. Mais à présent elle était sensationnelle. Elle avait toujours l'air si naturelle, si fraîche, si différente de toutes ces femmes trop sophistiquées qu'il rencontrait dernièrement !

Quel goût auraient ses lèvres lorsqu'il l'embrasserait ? Et sa peau ? Et… ?

— Oui, je suis allée fermer l'écurie pour la nuit, et c'est en revenant à la maison que j'ai vu les lumières allumées chez toi.

— Tu as toujours tes deux chevaux ? Buttercup et Beau ?

Elle le regarda bouche bée, l'air surpris qu'il se souvienne du nom de ses chevaux.

A dire vrai, lui aussi en était étonné.

— Tu te souviens de leurs noms ? dit-elle en prenant l'assiette qu'il lui tendait et sur laquelle trônait le brie.

— Qu'y a-t-il de si étonnant ? Nous sommes allés à la même école, et nous prenions tous les soirs le même bus, répondit-il. Je dois avoir gardé ça dans un coin de ma mémoire.

— Eh bien ! A l'époque, j'ignorais même que tu avais conscience de mon existence. Tu ne faisais que t'en prendre à moi quand bon te semblait. Mis à part ça, tu ne m'adressais jamais la parole.

Cette fois, ce fut à lui d'être surpris.

Pourvu qu'Abby n'ait jamais pensé qu'il lui voulait du mal !

— Mais je t'ai toujours appréciée, Abby, protesta-t-il. Bien sûr, je te taquinais souvent, mais ne me dis pas que tu avais l'impression que je te harcelais, quand même ?

Prenant les plateaux, ils se dirigèrent vers le grand salon et disposèrent sur la table basse des assiettes contenant des grappes de raisin blanc, des biscuits salés, des pommes, et le gros morceau de brie.

Un en-cas parfait à déguster avec le baco, mais il attendit qu'Abby lui réponde avant de s'installer près du feu.

Elle poussa un petit soupir.

— Tu ne cessais pas de me taquiner ou de me tirer les cheveux. Comment aurais-je pu deviner que tu me portais un intérêt quelconque ?

— Eh bien, je me souviens très bien de certains détails prouvant mon intérêt, répondit-il en lui faisant un clin d'œil.

— Ah ! J'aurais dû me douter que tu y ferais allusion.

Par chance, Abby sembla plus amusée que fâchée qu'il évoque ce souvenir. A l'évidence, elle se rappelait aussi bien que lui ce qu'il s'était passé entre eux cette nuit-là au bord du lac.

Mais mieux valait laisser tomber ce sujet pour l'instant. Ils auraient tout le temps d'y revenir plus tard.

— Laisse-moi juste le temps de remettre quelques bûches dans le feu, et nous pourrons savourer tout cela. Je meurs de faim !

Et pour l'instant, à défaut de dévorer Abby de baisers, il devrait se contenter de ce qui se trouvait dans les assiettes.

Ils passèrent l'heure suivante à discuter de tout et de rien tout en grignotant devant le feu de cheminée, puis Abby regarda autour d'elle.

— Tu n'as installé aucune décoration de Noël. Pas même un sapin, fit-elle remarquer.

Il haussa les épaules.

— Non, je n'ai pas eu le temps. Et d'ailleurs, je crois que ça n'en vaut pas la peine. Je suis tout seul à la maison, et Charles, mon agent immobilier, pense que ce serait mieux de laisser les pièces le plus neutres possible. Selon lui, il faut que les acheteurs éventuels puissent se projeter dans les lieux.

— Oh ! dit-elle, l'air soudain sérieux. D'ailleurs, c'est ce dont je voulais te parler

— Des décorations de Noël ?

— Non, de la vente de votre propriété. J'espérais…

Aussitôt, il leva une main.

— Abby, je serais ravi d'avoir cette conversation avec toi, mais un autre jour. D'accord ?

— Mais…

— Ecoute, j'ai eu une rude journée. Pour l'instant, j'ai juste envie de me détendre en compagnie d'une vieille amie.

Oui, il préférait éviter de parler affaires avec Abby. Il savait d'avance qu'elle essaierait de le convaincre de ne pas vendre, ou en tout cas pas à n'importe qui, et il refusait d'en discuter avec elle. Une telle conversation gâcherait à coup sûr toute alchimie entre eux.

Abby mordilla sa lèvre inférieure délicieusement bombée puis, comme à regret, acquiesça d'un hochement de tête.

— Je comprends, dit-elle en contemplant son verre de vin. Je sais que les choses ont été difficiles pour toi cette année…

Elle ne termina pas sa phrase, comme pour l'inviter à en dire plus, mais il refusa de se laisser prendre au piège. Peut-être n'était-ce pas très fair-play de sa part, mais ce soir il ne voulait songer qu'au plaisir de l'avoir à ses côtés.

— C'est vrai, répondit-il, décidé à changer de sujet. Et toi, comment ça va ? Tu vis seule dans votre maison, à présent ?

Qui sait ? Abby était si sexy qu'elle avait sûrement un petit ami. Autant se renseigner avant de commettre une bourde.

— Oui, il n'y a que moi, répondit-elle, à son grand soulagement. Sarah a pris sa retraite, et mes parents voyagent aux quatre coins du monde. Bien sûr, j'ai toujours une petite équipe d'employés à temps partiel, mais je gère la plupart des choses seule.

— Tes parents ne reviennent pas pour les vacances ?

— Non, ce serait un peu compliqué pour eux. Ils m'envoient des cadeaux d'un peu partout, et nous discutons souvent via internet devant nos web caméras. L'année dernière, ils étaient en Inde pour aider la population locale à construire une école. Cet hiver ils sont allés aider à rebâtir un hôpital à Haïti.

— Vraiment ? Je croyais qu'à présent ils prenaient du bon temps et se contentaient de jouer les touristes ?

— Non, ils mêlent toujours le plaisir et les activités caritatives. Tu connais mes parents !

Il hocha la tête.

— Je me souviens très bien d'eux, oui, acquiesça-t-il, le sourire aux lèvres, en contemplant ses cheveux couleur de miel, légèrement bouclés, qu'elle avait repoussés sur ses épaules.

Comme il aurait voulu y plonger les doigts !

Elle ne portait pas de maquillage, et d'ailleurs elle n'en avait pas besoin. Sa peau était parfaite, ses joues légèrement rosées incitaient aux baisers. Quant à ses lèvres…

— T'es-tu déjà posé la question ? demanda-t-il avant même de s'en rendre compte.

De nouveau, Abby rougit. Ses lèvres s'écartèrent légèrement, et il sut aussitôt à quoi elle pensait.

— Quelle question ?

Il attendit un peu avant de répondre.

Ils étaient en train de passer une agréable soirée entre amis, à parler du bon vieux temps. Avait-il vraiment besoin d'aller plus loin ? Après tout, il n'était ici que pour un mois, ou à peine plus, juste le temps de vendre la propriété familiale. Et le plus tôt serait le mieux.

Il ne pouvait tout de même pas considérer Abby comme une distraction passagère. Contrairement aux autres femmes qui entraient et sortaient de sa vie, ne cherchant qu'une courte liaison avec un pilote déjà célèbre, elle n'était pas du genre à avoir une simple aventure avec lui. Elle était juste… Abby.

Quoi qu'il en soit, il devait la lui poser, cette question.

— Ne t'es-tu jamais demandé ce qu'il se serait passé si nous ne nous étions pas interrompus, cette nuit-là, au bord du lac ?

Cette fois, elle ne détourna pas les yeux.

— Bien sûr que je me suis posé la question.

— En fait, je voulais te proposer de sortir avec moi, mais tu t'es enfuie sans m'en laisser le temps, avoua-t-il.

— C'est vrai ? Tu comptais me demander d'être ta petite amie ?

— Oui. J'en avais vraiment envie. Je t'ai toujours appréciée, Abby, tu sais.

— Oh.

Elle ne répondit rien d'autre, mais c'était plutôt bon signe, non ?

Il décida de pousser le bouchon un peu plus loin.

— Tu n'aimerais pas reprendre les choses là où nous les avons laissées ? suggéra-t-il.

Abby écarquilla les yeux, posa son verre sur la table basse et se leva soudain.

— Je… Je crois que je ferais mieux d'y aller. Nous sommes tous les deux fatigués, et là, avec le feu de bois et le vin… C'est facile de se laisser rattraper par de vieux souvenirs, mais je ferais vraiment mieux de repartir, répéta-t-elle en se dirigeant vers la porte.

Il se leva aussitôt.

— Je suis désolé, dit-il en lui saisissant le bras. Je ne voulais pas te choquer.

En tout cas, il n'avait aucune envie qu'elle parte.

Elle leva ses grands yeux sombres vers lui.

— Ecoute, Reece… Aussi tentante que soit ta proposition, je crois que ce ne serait pas une bonne idée.

— Au moins, tu reconnais que tu es tentée…

Ils étaient proches, très proches. Abby se passa la langue sur les lèvres, et aussitôt une vive excitation le saisit.

— Qu'est-ce qui te tente, Abby ? Si je me souviens bien, l'idée de faire l'amour en public t'excitait. Ça te plaît toujours ?

Lui aussi, il avait des fantasmes qu'aucune de ses maîtresses n'avait jamais réussi à satisfaire.

Qu'est-ce qui pouvait plaire à Abby en matière de sexe ? Il connaissait déjà son penchant pour les lieux publics. Quelque chose de plus créatif ? Des jeux de rôle ?

Oui, il adorerait découvrir ses fantasmes. Déjà il l'imaginait ligotée à son lit, vêtue de cuir noir.

Et si jamais elle voulait l'attacher, lui ?

Il était prêt à partager toutes ses envies. Pourvu qu'elle le soit aussi !

— Si on se donnait une chance, Abby ? suggéra-t-il en l'attirant à lui tout en lui caressant le dos.

Ses boucles couleur de miel étaient si douces ! Il voulait sentir ce rideau de soie se répandre sur son ventre pendant qu'elle le chevaucherait, tout en se penchant pour lui prodiguer de fougueux baisers.

Il baissa la tête et l'embrassa, lui écartant les lèvres du bout de la langue puis pénétrant sa bouche.

C'était encore meilleur que le premier baiser qu'ils avaient échangé au bord du lac.

Abby lui posa ses mains autour de la nuque et répondit à son baiser avec ardeur tout en se serrant contre lui.

Leurs bouches et leurs langues apprenaient à se connaître sans se presser, mais, quand elle commença à lui déboutonner sa chemise, il la plaqua contre le mur, collant ses hanches aux siennes, prodiguant maintes caresses à ses seins aux pointes durcies.

Mais déjà les caresses ne lui suffisaient plus.

Glissant les mains sous le pull d'Abby, il écarta la fine dentelle de son soutien-gorge et se pencha pour prendre entre ses lèvres l'un des petits tétons bien fermes. Il le lécha et le suça avec avidité, tandis qu'elle se cambrait de plus belle contre le mur pour mieux l'attirer à elle.

Remplaçant ses lèvres, ses doigts agacèrent les pointes de ses seins alors qu'il plaquait de nouveau sa bouche sur la sienne.

Elle l'excitait tant qu'il aurait voulu la caresser et l'embrasser partout en même temps !

Il se redressa et contempla son doux visage.

Le désir qui l'animait se lisait dans les petites flammes qui dansaient au fond de ses yeux, et ses lèvres empourprées par leurs baisers étaient aussi rouges et brillantes que deux belles cerises charnues.

— Abby, j'ai tellement envie de toi…

Il laissa sa phrase en suspens.

Il la désirait, mais, si jamais elle refusait d'aller plus loin, il mettrait aussitôt un terme à leurs caresses, quelle que soit son envie d'elle.

— Moi aussi, susurra-t-elle, le souffle court.

Sa peau était incroyablement douce.

Il allait prendre tout son temps pour lui donner du plaisir, songea-t-il en glissant sa cuisse entre ses jambes, la plaquant contre le mur. Oui, il allait la faire jouir plusieurs fois avant de la pénétrer, parce que, une fois qu'il serait en elle, il aurait du mal à se retenir avant de s'abandonner à l'orgasme.

En tout cas, la première fois.

Il s'empara de nouveau de ses lèvres et continua de lui caresser les seins, frottant sa cuisse contre son sexe, la faisant gémir et gémir encore.

Soudain, elle se cambra et s'abandonna à l'orgasme, criant de plaisir.

Et dire qu'il ne lui avait pas encore retiré ses vêtements !

Il s'écarta légèrement et la contempla.

Elle paraissait surprise… et ravie, de s'être abandonnée ainsi. Elle qui avait parfois l'air si timide, elle ne semblait nullement embarrassée. Elle lui noua ses bras autour du cou pour lui mordiller les lèvres.

Il ne l'en désira que plus.

— Continue, chuchota-t-elle, en le regardant droit dans les yeux.

Il eut un léger rire.

— Petite gourmande !

Il la prit dans ses bras, prêt à la ramener devant la cheminée. Il allait l'allonger sur le tapis à la lueur des flammes pour lui retirer enfin son pull-over, quand quelque chose attira son attention au-dehors.

Que se passait-il là-bas ?

Soudain, une horrible sensation l'envahit, et il posa Abby à terre avant de s'approcher de la baie vitrée, fixant la nuit du regard.

— Reece ? Qu'est-ce qu'il y a ?

Des sirènes hurlèrent au loin, et il comprit que cette lueur qui s'élevait dans les airs n'était pas un produit de son imagination.

La propriété d'Abby était en feu.

Chapitre 3

Abby posa la tête sur l'encolure de Buttercup.

Dieu merci, l'écurie n'avait pas été touchée par les flammes. Elle n'aurait jamais pu supporter une telle perte !

A la lumière du jour, il était impossible de se voiler la face : la maison était gravement endommagée. Les milliers de mètres cubes d'eau projetés par les lances à incendie avaient détruit ce que le feu avait épargné. Quant aux pièces principales du bâtiment viticole, elles étaient réduites en cendres.

Elle tenta en vain de retenir ses larmes.

Qu'allait-il se passer, à présent ?

Le capitaine des pompiers lui avait appris que les vacillements des lumières qu'elle avait constatés étaient en fait dus à des câbles qui devaient avoir été grignotés par des souris ou des écureuils. A cause des guirlandes électriques, le circuit général s'était trouvé surchargé. Cela avait déclenché le feu, qui s'était propagé dans les murs avant de ravager entièrement le bâtiment viticole.

Si elle s'était trouvée chez elle, elle aurait pu mourir dans son sommeil ou succomber à la fumée malgré les détecteurs à incendie. D'un autre côté, si elle avait été là, elle aurait pu appeler les pompiers beaucoup plus tôt, et les dégâts seraient moins considérables.

Au lieu de quoi, au moment de l'incendie, elle se trouvait dans les bras de Reece Winston, prête à succomber à ses désirs coupables pendant que son héritage familial partait en flammes !

Ce matin, les lieux grouillaient de monde. Même si l'incendie était officiellement maîtrisé, les pompiers restaient sur leurs gardes. Les gens de l'assurance et les enquêteurs prenaient des notes pour leurs rapports, et plusieurs voisins et amis étaient venus la réconforter.

Tout le monde voulait l'aider, mais la seule chose qui lui importait pour l'instant, c'était de rester seule quelques minutes. Elle avait besoin de réfléchir à ce qu'elle allait dire à ses parents.

Une vague de culpabilité l'assaillit.

Comment leur apprendre ce qu'il venait d'arriver ? Comment leur expliquer son absence ? Obsédée par l'idée de se retrouver en tête à tête avec Reece, elle n'avait pas songé un seul instant que les guirlandes électriques risquaient de poser problème sur un circuit déjà déficient. Quelle négligence de sa part !

Elle poussa un petit gémissement puis chassa ses larmes.

Inutile de s'apitoyer maintenant ! Elle devait s'occuper des détails administratifs concernant son assurance et prévenir les futurs mariés qui avaient prévu leur réception au vignoble qu'elle était contrainte d'annuler. Ils auraient sûrement du mal à trouver un autre lieu quelques semaines à peine avant leur mariage, mais, hélas, elle ne pourrait pas faire grand-chose pour eux. En revanche, à son grand désespoir, elle devrait les rembourser, ce qui n'arrangerait pas ses problèmes de trésorerie.

Peut-être pourrait-elle emménager chez Anna quelque temps, même si cela impliquait de nombreux allers et retours entre le vignoble et le centre-ville ? A moins que l'assurance ne lui accorde une chambre dans un hôtel du coin ?

— Je savais bien que je te trouverais par là, s'écria une voix familière derrière elle.

— Anna ! dit-elle, d'une voix qu'elle aurait voulu garder normale mais qui chevrota malgré elle.

Tout ce stress l'avait épuisée. Quand Anna lui tendit les bras, elle n'hésita pas une seule seconde. Elle se blottit contre son amie, juste pour un instant, même si c'étaient dans les bras de Reece qu'elle aurait voulu se lover.

Il l'avait gardée serrée contre lui durant tout le temps qu'ils avaient observé les pompiers à l'œuvre, et sa présence rassurante avait été comme une bouée de sauvetage dans cette nuit d'horreur.

Comme elle aurait voulu qu'il l'enlace encore !

Non, non, non. Si elle n'avait pas été en train de céder à ses caresses, elle ne serait sûrement pas au milieu de tout ce gâchis à l'heure actuelle.

— Tu vas bien ? demanda Anna en s'écartant d'un pas pour l'observer.

— Oui. Je suis si contente que les écuries soient loin de la maison ! murmura Abby en caressant les naseaux de Beau. Au moins, les chevaux n'ont rien.

— Oui, acquiesça Anna, c'est une bonne chose. D'après ce que m'ont dit les pompiers, le feu est dû à un problème électrique, et ton agent d'assurances travaille déjà d'arrache-pied sur ton dossier. Les dégâts ne sont que matériels, et tout pourra être remplacé.

— C'est vrai, mais je ne sais pas si cela suffira, répondit Abby, trop déprimée pour se montrer optimiste. On ne pourra pas commencer la reconstruction avant la fin de l'hiver, ce qui signifie que, non seulement je ne pourrai pas organiser les réceptions prévues à la période des fêtes de Noël, mais, de plus, je vais perdre aussi tous les mariages et les séances de dégustation du printemps. Quasiment tous les tonneaux de riesling ont été détruits… Avec la vente du domaine de Reece, cet incendie pourrait bien marquer le début de gros ennuis !

Elle sentit sa gorge se serrer un peu plus.

— Et comment vais-je pouvoir expliquer tout cela à mes parents ? J'ai l'impression de les avoir complètement laissés tomber.

— En parlant de Reece, j'ai remarqué qu'il s'est beaucoup occupé de toi durant la soirée, dit Anna en lui faisant un clin d'œil. Tout comme je n'ai pu m'empêcher de remarquer que sa chemise était mal boutonnée. Tu sais, comme s'il l'avait enfilée en vitesse…

Abby poussa un gémissement.

Tout le monde avait-il donc compris où elle se trouvait durant la soirée et ce qu'elle faisait ?

Anna sembla lire dans ses pensées.

— Ne t'inquiète pas, il a juste dit qu'il avait vu le feu depuis chez lui et qu'il s'était habillé en hâte avant de se précipiter pour donner un coup de main. Mais je suis sûre que tu meurs d'envie de raconter certains détails à ta meilleure amie. Comme lui expliquer, par exemple, pourquoi Reece a eu besoin de se rhabiller ?

A sa propre surprise, Abby se mit à rire.

Malgré le désastre environnant, Anna était parvenue à lui faire oublier son chagrin ! Alors que seule l'écurie avait été épargnée par les flammes, elle avait réussi à amoindrir sa peine.

Reece avait eu un comportement exemplaire. Il ne l'avait pas quittée un seul instant jusqu'à ce qu'Anna arrive. Il avait parlé aux pompiers et aux policiers, ainsi qu'à toutes les personnes présentes sur les lieux, ouvrant même le salon de son bâtiment viticole pour que chacun puisse se mettre au chaud et boire une tasse de café. Puis il avait dû rentrer chez lui pendant qu'elle continuait de répondre aux diverses questions de l'enquêteur de sa compagnie d'assurances.

— Merci pour la minute de rigolade, dit-elle à Anna en se reprenant. Pour le reste… Je n'ai pas beaucoup de détails à raconter. Je suis allée chez Reece avec une bouteille de vin pour lui proposer de discuter, et une chose en entraînant une autre… Mais nous n'avons pas eu le temps d'aller bien loin, car Reece a remarqué le feu dehors. Voilà, c'est quasiment tout.

— Ça, ça m'étonnerait, rétorqua Anna.

— Tu te fais des idées, crois-moi. Reece et moi, nous sommes de vieux amis, et nous avons juste partagé en moment intime durant une soirée au coin du feu accompagnée d'une bonne bouteille de vin. Autant tout oublier. J'ai assez de soucis comme ça sur les bras !

Son attention fut soudain attirée à l'extérieur par la voix d'une femme en train de pousser les hauts cris.

Qui était-ce ? Et pourquoi tant de tapage ?

Sortant de l'écurie, elle vit Sandra Towers, la future mariée, plantée devant les décombres, horrifiée et en larmes. A peine Sandra remarqua-t-elle sa présence qu'elle se dirigea droit sur elle, apparemment prête à une dispute.

Abby retint un soupir.

Super ! C'était juste ce dont elle avait besoin. Elle commençait à regretter de s'être accordé quelques instants de répit dans l'écurie. Oui, mieux aurait valu qu'elle se précipite sur son téléphone pour limiter les dégâts.

Hélas, il était trop tard, songea-t-elle alors que Sandra se plantait face à elle.

— Sandra, je suis désolée. J'allais vous appeler…

Celle-ci l'interrompit.

— J'ai entendu ça aux informations, et je ne parvenais pas à y croire. Il fallait que je vienne voir moi-même. C'est un véritable cauchemar ! Comment avez-vous pu laisser ça arriver ? cria la future mariée.

Abby s'exhorta à la patience. La situation était déjà suffisamment accablante, et elle savait par expérience que les futures mariées étaient toujours très stressées.

Et, à l'évidence, Sandra n'en avait pas encore terminé avec elle.

— Qu'est-ce que je vais faire ? hurla-t-elle. Les invitations sont déjà toutes envoyées. Tout est programmé à la minute près. Comment allez-vous arranger tout cela ?

Abby prit une profonde inspiration.

— Sandra, je sais que c'est une catastrophe, mais ne vous inquiétez pas, je vais vous rembourser votre acompte, et je vais essayer de vous aider à trouver un autre…

— Ne dites pas n'importe quoi ! Mon mariage est dans trois semaines à peine. Il n'y a aucun autre endroit possible ! Je le sais, j'ai déjà vérifié, croyez-moi ! Je vous rappelle que certains membres de notre famille viennent d'Europe pour assister à notre mariage. Vous avez intérêt à arranger tout cela, sinon… Sinon, je vous fais un procès !

En temps habituel, Sandra Towers était une personne agréable. Ce devait être le stress qui la faisait parler ainsi. Enfin, mieux valait l'espérer. Elle n'avait pas sérieusement l'intention de la traîner en justice ?

Quoi qu'il en soit, Abby avait du mal à rester calme devant cet enchaînement de drames.

Soudain Reece apparut et lui posa une main sur l'épaule.

— Abby, j'aurais besoin de te parler une minute ou deux. Voulez-vous nous excuser quelques instants ? demanda-t-il à Sandra en lui décochant un éblouissant sourire.

Curieusement, celle-ci sembla perdre toute animosité.

Reece entraîna Abby à quelques mètres et lui mit entre les mains un gobelet empli de café fumant et odorant.

Elle but une gorgée et jeta à Reece un regard reconnaissant.

Il avait des cernes bleuis sous les yeux. Visiblement, lui aussi était épuisé.

— Je venais t'apporter ça pour te réchauffer, et j'ai entendu les cris, expliqua-t-il. C'est à cause du mariage qui doit avoir lieu bientôt ?

— Oui, deux jours avant Noël.

— Et c'est donc la future mariée qui s'en prenait à toi ainsi.

Abby poussa un soupir.

— Oui. Je ne peux pas lui en vouloir d'être énervée,

mais je ne m'attendais pas du tout à ce qu'elle débarque ici et me hurle dessus comme ça. Cela dit, c'est un véritable désastre pour elle aussi.

Reece hocha la tête.

— A l'évidence, elle oublie que, toi, tu as perdu beaucoup plus qu'elle dans cet incendie.

Songeuse, Abby but une autre gorgée de café.

Reece était en train de la défendre comme il l'avait fait le jour où un de ses camarades de classe s'était moqué de son appareil dentaire.

— Merci pour ta compassion, mais il va bien falloir que je la rembourse, et peut-être même que je l'aide à trouver un autre lieu pour son mariage. Autant en terminer maintenant avec elle. Ensuite, il faudra que je m'occupe de chiffrer exactement mes pertes, puis que j'appelle mes parents. Ça, ça va être le pire de tout…

En temps ordinaire elle pleurait rarement, pas même devant un film triste. Mais là, elle était dépassée par les événements et épuisée. Pourtant, elle devait se concentrer sur son travail !

— J'ai une idée, annonça Reece.

— Laquelle ?

— Pourquoi ne pas utiliser la propriété de mes parents pour le mariage et les autres événements prévus ce mois-ci ? Tu n'as qu'à transférer tes bouteilles dans nos caves, et nous pourrions même vendre nos vins en commun, si cela te convient. Je ferai un inventaire, et ensuite tu auras carte blanche.

Elle le fixa, sidérée.

Cela ne faisait que deux jours qu'ils s'étaient revus, et Reece Winston lui proposait d'utiliser ses bâtiments ?

— Mais… Tu es sur le point de vendre, remarqua-t-elle. Et si jamais tu trouvais un acheteur rapidement ?

— Ne t'inquiète pas pour la vente. Je pourrais toujours m'arranger avec l'acheteur pour que les lieux restent libres au moins jusqu'au mariage. Si tu as besoin de plus de temps, nous verrons comment nous débrouiller. Mais d'ici là, toi et tes vins êtes les bienvenus chez moi.

Stupéfaite, elle ne savait que répondre. Néanmoins, elle ne voyait aucune bonne raison de refuser.

Mis à part ce qu'il s'était passé entre Reece et elle la veille. Enfin, ce qui était *presque* arrivé. S'ils devenaient partenaires en affaires, même de façon temporaire, toute relation intime devrait être proscrite.

— C'est très généreux de ta part. Je ne sais pas trop quoi dire, avoua-t-elle. Ça m'arrangerait vraiment de ne pas avoir à rembourser l'acompte du mariage. Mais tu disais que ton agent immobilier tenait à ce que tu gardes l'intérieur de la maison le plus neutre possible. Si je m'installe chez toi, j'aurais besoin de décorer les lieux, et il y aura du monde en permanence.

Reece ne semblait pas inquiet outre mesure.

— Je sais, dit-il. Mais je suis certain que Charles pourra s'en accommoder.

Elle essaya de réfléchir, le cœur battant. Depuis ce matin, c'était la première fois qu'elle éprouvait une pointe d'optimisme.

Quoi qu'il en soit, cet arrangement lui donnerait l'occasion parfaite pour discuter avec Reece de la vente de son domaine. Et cela lui laisserait aussi le temps d'envisager plusieurs solutions. Oui, la proposition de Reece était une offre plus que bienvenue.

— Nous devrons garder des relations strictement professionnelles, déclara-t-elle.

— Comme tu voudras, Abby, admira-t-il. Je ne suis qu'un ami qui essaie de t'aider. Tout cela ne sera que temporaire et ne nous lie nullement l'un à l'autre.

La petite lueur qui dansait au fond de ses yeux indiquait pourtant clairement qu'il se souvenait aussi bien qu'elle des moments torrides qu'ils avaient partagés quelques heures plus tôt.

Qu'en était-il de son côté à elle ? Serait-elle capable de garder une relation strictement professionnelle avec Reece ?

— Je pense que je peux faire part de ta proposition à Sandra, dit-elle.

Il serait curieux que la future mariée refusât. Les salons des Winston étaient bien plus chic que sa salle de réception, et ils offraient la même vue magnifique sur le lac.

— Je pourrais essayer de réserver quelques chambres pour le mariage à l'hôtel Tandy, et une pour moi, aussi, ajouta-t-elle, réfléchissant à voix haute.

— Nous avons plusieurs chambres à l'étage, elles seraient parfaites pour les invités des mariés. Toi aussi, tu pourrais t'installer chez moi. Sache que tu es la bienvenue.

— Je ne crois pas que ce soit une bonne idée, répondit-elle vivement. Je ne veux pas te déranger. Tu te montres assez généreux comme cela.

Reece la regarda comme si elle avait perdu l'esprit.

— C'est une grande demeure, Abby ! Et tu serais à la

fois proche de ton écurie et de tes chais. Il n'y a aucune raison que tu dépenses de l'argent pour séjourner à hôtel alors que nous avons six chambres vides à l'étage.

Elle se mordilla les lèvres, encore hésitante.

Sa propre maison ne serait pas habitable avant de longues semaines, et Reece n'avait pas tort. Séjourner chez lui serait bien plus pratique qu'à l'hôtel du village. Autant accepter.

— Merci beaucoup, Reece. Tu n'as pas idée de ce que cela représente pour moi.

— Ce sera un vrai plaisir de t'avoir chez moi, Abby. N'hésite pas à me demander tout ce qui te ferait envie.

Le plaisir ? Les envies ? Oh ! mon Dieu ! C'était vraiment une mauvaise idée que d'aller habiter chez lui.

Il lui caressa le bras un bref instant puis s'éloigna en direction de sa maison.

Là où elle passerait la nuit. Mais pas dans son lit.

Elle retint un gémissement puis se dirigea vers Sandra pour lui annoncer que la cérémonie de son mariage pourrait bel et bien avoir lieu avec vue sur le lac.

Quant à Anna, elle serait sûrement ravie des derniers rebondissements.

Reece s'arrêta et se retourna pour observer Abby.

Elle marchait d'un pas plus léger, ce qui lui fit chaud au cœur. Il la vit s'adresser à la jeune femme qu'il avait entendue crier un moment plus tôt. Toutes deux discutèrent quelques secondes, et la future épouse se jeta soudain au cou d'Abby.

A l'évidence, la solution qu'il venait de proposer lui convenait.

Satisfait, il se dirigea vers sa demeure.

A sa grande surprise, il était impatient qu'Abby s'installe chez lui. En général, la solitude ne lui pesait pas, bien au contraire, mais la perspective des semaines à venir le réjouissait absurdement.

Pourvu que leur cohabitation fonctionne ! Il l'espérait du fond de son cœur.

Il avait peut-être perdu la tête en lui faisant cette proposition. A dire vrai, il n'y avait même pas songé jusqu'à ce qu'il entende la cliente d'Abby la menacer d'un procès. Mais quand il avait vu Abby s'efforcer de garder son calme malgré sa fatigue et les vociférations de sa cliente, il n'avait pu y tenir.

Comment aurait-il pu lui refuser son aide ? N'importe quel voisin ou ami de la famille aurait fait pareil, n'est-ce pas ?

Non, ce n'était pas une excuse pour passer plus de temps avec Abby ni pour l'attirer dans son lit, d'autant plus qu'elle l'avait prévenu qu'ils ne devraient en aucun cas mêler travail et plaisir.

Cela dit, il espérait bien lui faire changer d'avis, et très vite.

Il devait téléphoner à Charles. Celui-ci n'allait pas être ravi de la situation, mais il savait que ses parents, eux, apprécieraient son geste. En tant que voisin, c'était la seule chose à faire.

Surtout quand la voisine était aussi sexy qu'Abby, avec ses lèvres qui appelaient les baisers et son corps qui semblait fait pour le sien.

A peine eut-il franchi le seuil de la maison que son téléphone portable sonna.

Quand il vit que le numéro affiché sur l'écran était celui de son frère Ben, tous ses fantasmes s'envolèrent soudain. Pourvu qu'il ne soit rien arrivé à son père !

— Ben, qu'est-ce qu'il se passe ?

— Hé, frangin, calme-toi. Tout va bien. Mais toi, tu as l'air sur les nerfs. Qu'est-ce qu'il se passe, chez toi ?

Depuis son enfance, Ben était passionné de golf, mais il n'avait jamais réussi à être autre chose qu'un joueur moyen. Cependant, il n'avait pas abandonné l'idée de placer ce sport au centre de sa vie. Ainsi, lorsqu'il avait entamé ses études d'architecte, il avait choisi de se spécialiser en conception de terrains de golf. Durant des années il avait travaillé dans les meilleurs cabinets, où il s'était forgé une excellente réputation, puis, lorsqu'il s'était senti prêt, il avait ouvert sa propre agence. Ensuite, il avait rencontré sa femme, et aujourd'hui Kelly et lui avaient deux magnifiques enfants.

Oui, Ben avait une vie très organisée. Comparé à lui, Reece avait toujours mené une vie plus instable. S'il avait suivi les études qui l'avaient mené à l'obtention de son MBA, c'était surtout parce qu'il ne savait pas vraiment quoi faire dans la vie. Il clamait toujours qu'il préférait ignorer de quoi les lendemains seraient faits.

— Désolé, répondit-il. J'ai eu peur qu'il soit arrivé quelque chose à papa.

Depuis quand s'attendait-il à une nouvelle catastrophe chaque fois que le téléphone sonnait ? Ce pessimisme n'était-il pas le résultat post-traumatique de ses blessures ?

— Ne t'inquiète pas, papa va très bien, affirma Ben. Maman aussi, d'ailleurs. Mais tous deux se font du souci pour toi, seul là-bas, surtout avec Noël qui approche. Je leur ai dit que je pouvais te rejoindre. Si tu as besoin d'aide pour en terminer là-bas, pour t'occuper de la vente ou quoi que ce soit, je peux très bien réserver un vol dès aujourd'hui. On pourrait passer un peu de bon temps entre frères, aller pêcher ou se balader, rien que nous deux.

— Ce serait génial, mais je ne veux pas t'éloigner de Kelly et des enfants, surtout à la veille des vacances. Je vais très bien, et d'ailleurs la situation ici vient de prendre un tour inattendu.

Il lui raconta l'incendie puis mentionna la proposition qu'il avait faite à Abby.

Ben émit un sifflement.

— Effectivement, c'est une situation intéressante…

— Peux-tu expliquer tout cela à papa et maman ? Je suis sûr qu'ils n'auront rien contre le fait que j'aie invité Abby ici.

— Frangin, je suis même certain qu'ils vont être ravis !

— Ben ! Inutile de leur laisser penser qu'il y a quoi que ce soit entre Abby et moi.

— Bah ! Tu sais très bien que papa et maman adoreraient que tu t'établisses dans la région, que ce soit pour diriger le vignoble ou autre chose. J'ai rencontré Abby lorsque je suis revenu à Noël, l'année dernière. Elle est devenue plutôt mignonne, hein ?

— Oui, mais il n'y a rien entre nous.

Menteur !

— Vraiment ? insista Ben. Je te connais, Reece, et je sais que tu as toujours été plus ou moins amoureux d'Abby Harper depuis tes six ans.

— Qu'est-ce que tu en sais ? A l'époque, toi, tu n'en avais que quatre.

— Peut-être, mais ton béguin a continué durant des années, et je m'en souviens très bien. D'ailleurs, je n'ai jamais compris pourquoi tu n'avais jamais proposé à Abby de sortir avec toi. Tu sais, j'ai failli l'inviter juste pour te rendre jaloux, répliqua Ben en riant.

Reece esquissa une grimace.

Ben avait raison. Il aurait bel et bien été jaloux.

— Ben, sérieusement, contente-toi de dire à papa et maman que je vais très bien. Je vais m'occuper de la vente, puis je rentrerai en France. J'ai l'intention de reprendre l'entraînement très vite. C'est tout ce qui m'importe.

Il mentait encore. Abby comptait aussi pour lui…

Non, c'était faux. Bien sûr, il la désirait, mais sa vie n'était pas ici. Sa place se trouvait au-delà de l'océan.

Il continua durant quelques instants à discuter du domaine avec son frère, puis il reposa son téléphone sur la table en acajou à côté de la fenêtre.

Tout près du mur contre lequel il avait plaqué Abby hier soir, avec l'intention de lui faire l'amour toute la nuit.

Rien qu'une nuit, ou disons quelques nuits… Peut-être bien en fait jusqu'à son départ.

Mais leur relation n'irait pas au-delà, ça non — enfin, *a priori*.

Chapitre 4

Le surlendemain, après une journée passée à faire des emplettes, Abby emprunta la route du lac.

Le soleil descendait lentement vers l'horizon, mais il restait encore une bonne heure de plein jour. Même si les journées raccourcissaient, le manteau de neige qui recouvrait les terres rendait le paysage lumineux.

Par habitude, elle tourna dans son allée, oubliant qu'elle devait se rendre chez Reece pour déballer ses courses.

Bon, puisqu'elle était là, autant aller jeter un coup d'œil aux chevaux.

Elle fronça les sourcils en remarquant que la porte de l'écurie était ouverte.

Pourtant, elle l'avait bien fermée ce matin !

En descendant de voiture, elle ne put s'empêcher de retenir sa respiration à cause de l'odeur de fumée qui imprégnait toujours les lieux. Puis elle ouvrit la porte de l'écurie avec précaution.

Elle vit Shadow, son labrador noir, qui vint aussitôt à sa rencontre, et Buttercup dans sa stalle. Mais point de Beau, dont la porte du box était grande ouverte.

Elle se précipita à l'intérieur et remarqua tout de suite que la selle et les rênes de Beau avaient disparu aussi.

Aussitôt, elle saisit son téléphone portable dans sa poche.

— Anna ? C'est toi qui as sorti Beau ? demanda-t-elle dès que son amie eut décroché.

D'habitude, Anna la prévenait toujours quand elle partait en promenade. De plus, elle préférait monter Buttercup, plus docile que Beau.

— Non. Pourquoi ?

Elle ferma les yeux un instant pour éviter de céder à la panique, puis elle sortit de l'écurie pour respirer un peu d'air frais et se calmer.

— Beau n'est pas là, et il manque aussi sa selle. Je n'étais pas là de la journée, et…

Elle s'interrompit au beau milieu de sa phrase en remarquant une silhouette qui s'approchait de l'autre côté de l'enclos.

— C'est Reece, annonça-t-elle, soulagée. Il l'a emmené faire un tour.

Puis elle raccrocha alors que cheval et cavalier avançaient tranquillement vers elle.

Jamais elle n'avait vu Reece à cheval. D'ailleurs, elle ignorait même qu'il savait monter. Sa famille avait eu des chiens, mais jamais de chevaux.

En cet instant, Reece ressemblait au cow-boy de ses fantasmes. Sa veste et son chapeau couleur fauve contrastaient avec la robe alezan foncé de Beau, qui poussa un hennissement en la voyant, comme pour la saluer.

Elle était si soulagée de le voir qu'elle se rendit soudain compte qu'elle tremblait.

— Reece ! appela-t-elle en lui faisant un petit signe de la main.

— Hé ! Qu'est-ce qu'il t'arrive ? demanda Reece en s'approchant.

— Je… J'ai vu la porte de l'écurie ouverte, et Beau avait disparu. J'ai eu peur qu'on ne me l'ait volé. La police m'a dit d'être prudente. Après les incendies, il y a souvent des vols…

Ses paroles s'évanouirent, et elle se mit à caresser les naseaux de Beau tout en poussant un soupir de soulagement.

— Mon Dieu, Abby, je suis désolé. J'ai vu que tu avais laissé la clé de l'écurie sur le plan de travail dans la cuisine, et comme je me sentais plutôt stressé aujourd'hui, je me suis dit qu'une balade à cheval me ferait le plus grand bien. En plus, je savais que tu n'avais pas le temps de sortir Beau et Buttercup pour qu'ils fassent un peu d'exercice, alors je me suis dit que j'allais m'en charger.

— C'est vraiment gentil à toi, Reece. C'est moi qui suis idiote de ne pas avoir pensé que tu avais pu l'emmener. En fait, j'ignorais que tu savais monter à cheval.

— J'ai appris en France. Cela faisait un bon moment que je n'avais pas monté, mais ça m'a fait du bien.

— Tu les as montés tous les deux ?

— Non, j'avais prévu de leur faire faire à chacun un petit tour. Justement, je ramenais Beau pour sortir Buttercup.

— Je vais seller Buttercup et me joindre à toi, si tu n'y vois pas d'inconvénient. A nous deux, on pourra les faire profiter d'une plus grande balade, et un peu d'air frais me fera du bien à moi aussi.

— Excellente idée.

Quelques instants plus tard, tous deux chevauchaient le long du lac.

Abby prit une longue inspiration.

Cette promenade venait vraiment à point nommé pour l'aider à oublier ses tracas !

— Merci d'avoir pensé à t'occuper d'eux, dit-elle à Reece. Je me sens vraiment coupable quand je ne peux pas les sortir. Hélas, ces derniers temps, le travail m'accapare à longueur de journée.

— Je te comprends. J'aurais voulu prendre un chien, chez moi, en France, mais je ne peux pas le mettre au chenil chaque fois que je m'en vais pour une course, ce qui arrive souvent.

— Où habites-tu, exactement ?

— A Talence, dans l'agglomération de Bordeaux. Il y a de nombreuses industries, là-bas, de grandes universités, de beaux vignobles... Et de superbes châteaux. J'ai trouvé une très belle maison ancienne juste à la sortie de la ville, mais je dois encore y faire des travaux.

— Bordeaux ? Tu as donc quitté une région viticole pour une autre ? dit-elle avec un léger rire.

— On dirait bien.

— C'est plutôt amusant.

Ayant repris le chemin de l'écurie, ils chevauchèrent un long moment en silence.

— Je vais ouvrir la porte, dit Abby en descendant de cheval.

Comme il faisait déjà sombre, elle alluma les lumières à l'intérieur de la grange, puis elle se retourna et observa Reece.

Celui-ci souriait, mais d'un air crispé. Pourquoi ne descendait-il pas de cheval ?

— Ça va ? demanda-t-elle.

Reece ne dit pas un mot, et Beau commença à s'agiter, visiblement impatient de retrouver son box et sa ration d'avoine, maintenant qu'il avait pris un peu d'exercice.

— Ça va, marmonna Reece entre ses dents, juste avant de passer sa jambe par-dessus la croupe de Beau pour descendre.

Mais, à l'instant où il voulut poser pied à terre, elle vit, horrifiée, que sa jambe d'appui le trahissait et que son autre pied ne parvenait pas à se défaire de l'étrier, tandis que Beau s'agitait de plus en plus nerveusement.

— Oh ! mon Dieu, Reece !

Aussitôt elle se précipita pour s'emparer des rênes de Beau, puis elle s'avança pour aider Reece à se dégager de l'étrier afin de retrouver son équilibre.

— Ça va ?

Reece était parvenu à se dégager, il saisit les rênes de Beau sans prononcer un seul mot pour le conduire à son box. Tout semblait rentré dans l'ordre.

Sauf que son visage reflétait la douleur.

Abby le suivit.

— Reece ? Tout va bien ? insista-t-elle.

Reece s'arrêta et se crispa.

— Tout va bien, Abby. Ma jambe était juste un peu engourdie.

— Oh ! Je croyais que c'était à cause de ton accident…

Tous deux savaient qu'elle essayait d'en savoir plus sur son état.

Reece prit une profonde inspiration puis se tourna vers elle.

— Je t'assure que ce n'est pas grave. Je suis resté trop longtemps dans la même position, c'est tout.

— Cela aurait pu être grave si tu n'avais pas pu te libérer à temps, ou si Beau avait paniqué. Il aurait pu te piétiner ! Est-ce que ce genre de problèmes t'est déjà arrivé ?

— Je n'ai pas besoin qu'on me fasse la leçon, Abby. J'aurais juste dû faire plus attention en descendant de cheval. Bon, on peut changer de sujet, maintenant ?

— Mais je me fais du souci pour toi !

Si l'incident était arrivé alors que Reece était seul, il aurait pu être gravement blessé.

— Je sais, dit-il d'un air épuisé. Mais cesse de t'inquiéter, tout va bien, maintenant.

Ça, Abby était loin d'en être certaine, mais elle préféra se taire.

Elle hocha la tête en signe d'acquiescement, puis attrapa une brosse et se mit à panser Buttercup.

Une atmosphère tendue venait de remplacer la bonne humeur partagée durant leur promenade.

Reece n'ajouta pas un mot, et quand il quitta l'écurie elle remarqua qu'il boitait.

Elle lui aurait bien proposé de le raccompagner en voiture, mais cela ne ferait sûrement qu'accroître la tension entre eux. A l'évidence, l'incident lui avait rappelé ses blessures, et perdre ainsi l'équilibre devant elle avait dû être une offense à son ego.

Ah, les hommes !

*
* *

Les jours précédents, Abby avait dû faire plusieurs allers-retours entre Ithaca et Syracuse afin de s'occuper de ses problèmes d'assurance et de s'entretenir avec différents entrepreneurs pour planifier les travaux à venir. Aujourd'hui, elle s'occuperait d'emplettes plus personnelles. Elle devait acheter des vêtements pour remplacer ceux qui avaient été brûlés par le feu, porter ce qui pouvait être sauvé au pressing, et aussi faire des courses pour garnir le garde-manger et le réfrigérateur de Reece.

Il n'y avait guère de provisions chez lui, certainement parce qu'il ne pensait pas rester très longtemps, et aussi parce qu'il devait souvent prendre ses repas à l'extérieur. Elle, elle aimait cuisiner et savourer un bon repas. De plus, il lui fallait aussi des produits pour ses séances de dégustation : des biscuits, des chocolats, du fromage.

Elle avait prévu de cuisiner un succulent dîner pour Reece : c'était la moindre des choses, étant donné sa générosité, et de plus elle voulait se faire pardonner ses trop nombreuses questions sur son état de santé, après sa chute devant l'écurie.

Flâner en faisant ses courses lui procura un bon moment de détente. Elle prit le temps de se promener, s'accordant un peu de répit après les événements de ces derniers jours.

Elle adorait la petite ville d'Ithaca. Celle-ci offrait tout ce dont on pouvait avoir besoin : des boutiques, des restaurants, des cinémas, des galeries d'art, et aussi plusieurs marchés biologiques où elle avait l'habitude de s'approvisionner. Mais le principal pour elle, c'était la beauté des paysages qui l'entouraient. Se dressant au sud du lac Cayuga, la ville était cernée de magnifiques collines verdoyantes, de vignobles, de gorges et de cascades.

Oui, c'était vraiment une région magnifique, belle et sauvage à la fois. Comment Reece avait-il pu avoir envie de partir d'ici ? Même si elle appréciait d'aller en vacances, revenir dans la vallée était toujours un véritable bonheur pour elle.

Ses inquiétudes quant à son séjour chez lui s'étaient révélées sans fondement. En fait, elle travaillait sans relâche, et Reece avait apparemment lui aussi de nombreuses choses à faire. Donc, depuis l'incident de l'écurie, ils ne s'étaient guère revus, se croisant juste le matin. Le soir, quand elle passait devant la chambre de Reece, elle s'efforçait de ne pas remarquer la lumière sous la porte.

Sa propre chambre faisait deux fois la taille de celle qu'elle avait chez ses parents. Elle lui offrait une magnifique vue sur le lac et tournait le dos à ses bâtiments détruits par les flammes.

Reece était vraiment attentionné de lui avoir épargné cet affligeant spectacle !

Néanmoins, malgré la vue somptueuse et le grand lit confortable, elle n'avait pas bien dormi depuis l'incendie. Il était difficile de ne pas songer à tous les soucis qui pesaient sur ses épaules. De plus, elle n'était pas parvenue à joindre ses parents au téléphone, ce qui la tracassait.

Et enfin, pire que tout, elle ne cessait de fantasmer sur Reece.

Une fois de retour dans la cuisine de la maison Winston, elle déballa ses courses, ne laissant sortis que les ingrédients dont elle avait besoin pour le dîner : un rôti de porc, des légumes verts et des pommes de terre.

Le repas idéal pour une soirée d'hiver.

Elle avait aussi prévu de cuisiner des hors-d'œuvre, et bien sûr d'ouvrir une bouteille de vin.

Pourvu que Reece apprécie son geste !

Le téléphone accroché sur le mur à côté d'elle sonna, et elle répondit sans réfléchir.

— Allô ?

— Heu… Allô ? répondit une voix féminine à l'accent étranger. J'aimerais parler à Reece.

Visiblement, son interlocutrice était surprise d'avoir une femme à l'autre bout du fil.

— Il n'est pas là. Puis-je prendre un message ? demanda Abby en cherchant un stylo.

— Qui est à l'appareil ? demanda l'inconnue.

« Qu'est-ce que cela peut vous faire ? » eut envie de répondre Abby.

— Une amie de Reece. Puis-je prendre un message ? insista-t-elle.

— Une amie ? Très bien. Dites-lui que Danielle a appelé.

— Puis-je avoir votre nom de famille ?

— Ne vous inquiétez pas, il le connaît. Assurez-vous qu'il ait bien mon message, je vous prie.

— Mais bien sûr, répondit sèchement Abby, avant de raccrocher.

Elle poussa un soupir.

Pourquoi se sentait-elle brusquement en rogne ?

Vu l'accent, l'amie de Reece devait téléphoner d'Europe.

Mais Reece devait avoir beaucoup d'amies là-bas en France, et ses relations ne la regardaient pas.

Elle enfouit le rôti dans le four avec un tel empressement qu'elle s'aspergea de sauce.

Bah ! Inutile de s'énerver.

Décidée à ignorer la vie sentimentale de Reece Winston, elle noua un tablier autour de sa taille pour éviter des dégâts supplémentaires, alluma la radio et commença à éplucher les légumes et à préparer les hors-d'œuvre. Lorsque la radio diffusa *All I want for Christmas is you*, la fameuse chanson de Maria Carey, elle fredonna à l'unisson.

Elle était sur le point de ranger le plateau de hors-d'œuvre au frigo lorsqu'elle remarqua soudain Reece, appuyé contre le chambranle de la porte, qui la contemplait d'un air amusé.

Surprise, elle faillit en lâcher le plateau.

— Reece ! Depuis combien de temps es-tu là ?

— Eh bien, depuis le premier couplet, je crois.

— Oh ! mon Dieu ! s'exclama-t-elle en riant nerveusement.

— Je dois reconnaître que ce petit tablier ajoute un certain panache à ta prestation, plaisanta Reece, en la détaillant de la tête aux pieds avec un regard appréciateur.

Elle baissa les yeux sur son tablier à l'imprimé à pois qu'Anna lui avait offert comme un gag pour son anniversaire.

Elle ne l'avait jamais porté, mais c'était l'un des rares objets de sa cuisine qui n'avait pas été ravagé par les flammes. Elle l'avait enfilé sans réfléchir, d'autant plus qu'elle n'avait pas l'habitude d'avoir des spectateurs quand elle cuisinait.

— C'est un cadeau d'Anna, expliqua-t-elle.

— Qu'est-ce qui sent si bon ? demanda Reece en s'approchant.

— J'ai eu envie de te préparer un bon dîner pour te remercier de tout ce que tu fais pour moi. Et aussi parce que j'adore cuisiner, ça me détend, expliqua-t-elle en essayant de garder un ton détaché alors que Reece lui effleurait le cou.

— C'est très gentil. Cela fait bien longtemps que je n'ai pas mangé un bon petit plat préparé à la maison, répondit-il, une lueur dansante au fond de ses yeux. Tu sais, poursuivit-il en tirant sur son tablier pour l'attirer à lui, tu es en train de me faire vivre l'un des fantasmes masculins les plus répandus : rentrer chez soi et trouver dans sa cuisine une femme hypersexy en train de préparer un bon dîner.

Elle leva les yeux au ciel.

— J'ai du mal à croire que tu aies des fantasmes aussi banals.

Pourquoi restait-il si près ?

Il se pencha et lui mordilla le lobe de l'oreille.

— Reece ! Qu'est-ce que tu fabriques ?

— Mmm, on dirait que tu t'es renversé quelque chose dans le cou. Je voulais juste goûter.

Elle tenta de le repousser.

— Si tu as faim, j'ai préparé des hors-d'œuvre !

— J'ai un autre menu en tête, chuchota-t-il.

— Je croyais que nous étions convenus de n'avoir qu'une relation strictement professionnelle ?

— Ça, c'est toi qui l'as dit. Moi, je n'ai fait qu'acquiescer par politesse. Rappelle-toi, j'ai dit que j'exaucerais tous tes désirs, répondit-il en lui effleurant les seins.

Elle poussa un petit gémissement.

— C'est ce que tu veux, Abby ? demanda-t-il en plongeant les yeux dans les siens.

« Oh oui ! ».

— Ce n'est pas une bonne idée, déclara-t-elle sans conviction, incapable de s'écarter.

Reece lui recouvrit les lèvres des siennes, la taquinant de baisers de plus en plus langoureux, jusqu'à ce qu'elle s'accroche à son cou et lui retourne ses baisers avec ferveur.

— J'ai l'impression que tu n'es plus fâché contre moi, susurra-t-elle.

— Je n'ai jamais été fâché, protesta Reece. J'étais frustré et gêné, c'est tout. Je suis désolé que tu aies cru autre chose. Laisse-moi me faire pardonner.

Tout en continuant de l'embrasser avec passion, il l'entraîna en arrière et, la soulevant par les hanches, l'assit sur le comptoir de la cuisine. Puis il se cala entre ses cuisses et approfondit leur baiser jusqu'à ce qu'ils soient quasiment incapables de respirer.

Alors, il s'écarta légèrement et lui prit le visage entre ses mains tout en la dévorant des yeux.

— Crois-moi, mon fantasme n'a rien de banal.

Il dénoua son tablier tout en déposant des baisers dans son cou. Lentement, ses mains vinrent se poser sur ses seins, avant d'écarter son chemisier.

Elle n'avait plus aucun argument à lui opposer. Elle voulait voir s'envoler tous leurs vêtements, sentir ses mains sur sa peau nue.

Il la débarrassa de son chemisier en un clin d'œil, et elle tendit aussitôt les mains derrière elle pour dégrafer son soutien-gorge.

Dès que ses seins furent délivrés de leur prison de dentelle, Reece les saisit à pleines mains. Baissant la tête, il prit l'un des tétons entre ses lèvres et le suça avec avidité, avant de s'attaquer à l'autre, ses doigts prenant chaque fois le relais de ses lèvres.

S'abandonnant à ses caresses, elle gémit de plus belle.

— Tu as la peau si douce, murmura Reece en posant ses lèvres un peu plus bas, sur son ventre, tout en lui saisissant les mains pour l'inviter à se caresser elle-même les seins.

Elle obtempéra tout en le regardant droit dans les yeux.

— Non, toi d'abord, protesta-t-elle, voyant qu'il commençait à lui dégrafer son jean. Tu es beaucoup trop vêtu à mon goût.

Reece acquiesça d'un hochement de tête et fit un pas en arrière. Puis, sans la quitter des yeux, il se débarrassa de sa veste qu'il jeta sur le comptoir à côté de lui, la faisant suivre de son pull.

Elle poussa un petit halètement d'admiration.

Reece était splendide. Il avait des muscles longs et fins, et sa peau bronzée indiquait qu'il passait la plupart de ses hivers au soleil. Ses épaules et ses biceps semblaient aussi durs que du marbre.

Soudain, elle remarqua qu'il s'était figé et qu'il la regardait bizarrement.

— Je suis désolé, j'ai oublié de te prévenir, dit-il en baissant les yeux.

Ce ne fut qu'à cet instant qu'elle remarqua les cicatrices, la trace de brûlure sur son épaule et ce qui semblait être les marques de son opération, un peu plus bas.

— Ce n'est pas cela que je regardais, dit-elle, brûlant

de le toucher, cela ne compte pas pour moi. Viens ici, ordonna-t-elle.

Reece s'approcha, enfouit les mains dans ses cheveux et la serra contre lui.

C'était si bon d'être ainsi enlacés, comme s'ils ne faisaient qu'un !

Mais elle brûlait d'impatience de connaître la suite.

Elle posa ses mains sur sa braguette et commença à déboutonner son jean, puis elle glissa les doigts dans son caleçon.

Son sexe était dur et ferme dans sa main, et déjà il frémissait sous ses caresses taquines.

Cette fois, ce fut Reece qui se mit à gémir. Il interrompit leur baiser et posa son front sur son épaule.

— Non, arrête, l'exhorta-t-il, le souffle court.

— Qu'est-ce qu'il y a ?

— Si tu continues ainsi, je ne vais pas tenir très longtemps.

Il la regarda et lui écarta une mèche du visage.

— Cela fait des mois que je n'ai pas fait l'amour, expliqua-t-il. Depuis l'accident.

Rien ne l'aurait excitée davantage.

— Eh bien, on dirait que tu as du retard à rattraper, le taquina-t-elle en l'embrassant.

Elle continua à faire aller et venir sa main sur son sexe, un peu plus vite… Puis de plus en plus vite, sa langue suivant la même cadence dans sa bouche.

Reece jouit en quelques secondes. Il interrompit leur baiser et se blottit contre elle, le souffle court.

Lorsqu'il plongea son regard dans le sien, elle vit le plaisir qui se reflétait encore dans ses yeux.

— Je ne crois pas que je pourrais éprouver de nouveau un plaisir aussi fort, lui confia-t-il en s'efforçant de reprendre son souffle.

Elle eut un petit sourire taquin.

— Pourquoi ne pas monter à l'étage pour vérifier ?

Plus rien n'avait d'importance, et au diable les complications ! Tout ce qu'elle voulait à l'instant présent, c'était se retrouver au lit avec lui.

— Et le dîner ? s'inquiéta Reece.

— Ne t'en fais pas. Le rôti peut rester dans le four à feu très doux.

Et plus vite ils se retrouveraient dans sa chambre, mieux ce serait.

Soudain, le bruit d'un camion suivi d'un grand crissement de freins les fit sursauter. Ils tournèrent avec ensemble la tête vers la fenêtre puis se regardèrent, étonnés.

Tout à coup, elle remarqua l'heure à la pendule et comprit.

— Mon Dieu, j'avais complètement oublié ! Ce sont les sapins, s'écria-t-elle en se précipitant pour remettre son soutien-gorge et son chemisier avant que l'employé ne sonne à la porte.

— Les sapins ?

— Oui, j'avais oublié qu'on devait nous les livrer aujourd'hui, expliqua-t-elle.

Reece l'observa d'un air amusé, mais, suivant son exemple, il attrapa sa chemise et reboutonna son jean.

— Tu veux dire *le* sapin, n'est-ce pas ?

— Non, j'en ai commandé seize, dit-elle en enfilant son manteau.

— Seize ?

Elle lui sourit.

— Oui. Trois pour la salle de dégustation, une douzaine pour le reste du bâtiment, et un pour la maison. Allez, viens, tu vas m'aider !

Alors qu'elle sortait dans la cour où deux hommes étaient en train de décharger les sapins, elle ne put s'empêcher de penser qu'elle leur devait une fière chandelle.

L'arrivée de cette livraison lui avait évité de commettre une erreur. Même si elle désirait Reece plus que tout, céder à ses envies et faire l'amour avec lui ne ferait qu'ajouter des problèmes à sa vie déjà bien perturbée. Non, pour l'instant, elle n'avait pas besoin de cela.

Tandis que Reece et elle passaient les heures suivantes à installer les nombreux sapins, elle tenta de se convaincre que les choses étaient pour le mieux ainsi.

Chapitre 5

Reece fronça les sourcils en contemplant la marée de malles et de cartons qui envahissaient le salon.

Un immense sapin était installé dans un coin, près des baies vitrées, et là aussi traînaient des sacs de décorations de Noël qu'Abby avait achetées ces derniers jours.

Il observa de nouveau le sapin.

Il devait faire aux moins deux mètres cinquante !

Il leur avait fallu presque deux heures, aux livreurs et à lui, pour que tous les sapins sortis du camion soient installés ici et là selon les desiderata d'Abby. Deux heures durant lesquelles il avait installé les sapins pendant qu'Abby, qui avait apparemment oublié leur épisode torride dans la cuisine, s'occupait de répartir les décorations. Deux heures durant lesquelles ils auraient pu faire l'amour dix fois !

— Tu n'étais pas obligée de décorer le salon d'un sapin, grommela-t-il, essayant de se montrer diplomate.

S'il n'avait tenu qu'à lui, il s'en serait passé !

— C'est ton dernier Noël dans cette maison, il fallait bien un sapin, répondit-elle, comme si c'était la chose la plus logique au monde.

Par chance, la plupart des décorations appartenant à la famille d'Abby, qui étaient rangées dans des malles dans le sous-sol de leur demeure, avaient été épargnées par les lances à incendie.

Il avait téléphoné à sa mère pour savoir où elle stockait leurs décorations, et il avait retrouvé dans les cartons maints ornements dont il se souvenait depuis l'enfance.

Après un succulent dîner, durant lequel ils s'étaient régalés du rôti de porc, ils avaient déballé toutes les boîtes, et le salon ressemblait à présent à un immense champ de bataille.

Quelle différence entre installer un angelot ou une guirlande, ici ou là ?

Mais à l'évidence Abby savait d'instinct où placer telle ou telle décoration. A la façon qu'elle avait de se concentrer, et à la manière à la fois sexy et attachante dont elle se mordillait les lèvres, nul doute que la perte de toutes ces boîtes aurait été un coup dur supplémentaire pour elle.

Il retint un soupir.

Ce n'était pas qu'il détestait Noël, il avait pensé pouvoir éviter les réjouissances de fin d'année en restant seul ici. Cependant, les festivités semblaient l'avoir rattrapé.

Quelques heures plus tard, après avoir installé toutes les guirlandes électriques, ils étaient en train de fouiller dans les cartons et de décider quelle décoration allait à quel endroit.

— Nous allons garder les blanches et argentées dans l'autre pièce, pour la réception de mariage, et les grappes de raisin iront dans le sapin de la salle de dégustation, déclara Abby en mettant quelques boîtes de côté.

— Les grappes de raisin ? Tu as des décorations en forme de grappes de raisin ?

— Oui. il y a une petite boutique dans le centre commercial, qui vend des décorations de Noël toute l'année, tu vois laquelle ? demanda-t-elle en lui jetant un coup d'œil.

— Non, je ne crois pas avoir jamais mis les pieds là-bas.

— Oh ! ils ont des décorations toutes plus inimaginables les unes que les autres ! Nous allions souvent avec mes parents voir ce qu'ils avaient de nouveau. Quand le propriétaire de la boutique avait un arrivage susceptible de nous plaire, il téléphonait à ma mère pour l'en prévenir. On a même trouvé des ornements en forme de petites bouteilles de vin, tu vas voir !

Il lui sourit, s'amusant de son enthousiasme.

— Je suis impatient !

— On pourrait commencer par ce sapin-là.

— Ce soir ? demanda-t-il, surpris.

— Oui. Nous aurons sûrement du mal à terminer les quatre, mais j'aimerais essayer. Je n'ai pas de séance de dégustation prévue avant vendredi, Dieu merci, même si j'ai tout un tas d'autres choses à faire d'ici là.

Alors, comme ça, ils allaient passer la soirée à décorer un sapin de Noël ?

Ce n'était pas du tout ce qu'il avait prévu. Il avait envisagé des distractions plus coquines.

Mais Abby avait l'air si excitée à l'idée de mettre toutes ces décorations en place…

Pourquoi pas, après tout ?

— D'accord, attelons-nous à la décoration, capitula-t-il.

Le sourire ravi dont Abby le gratifia valait bien tous les changements de programme.

Une fois que la destination de toutes les décorations fut décidée, ils portèrent les boîtes dans le salon de dégustation installé à l'écart de la maison, dans un bâtiment moderne aux belles poutres en chêne et aux immenses baies vitrées offrant une vue magnifique sur les vignobles.

De larges fauteuils de cuir étaient disposés en demi-cercle autour de petites tables, invitant les clients à profiter de la vue tout en savourant leur vin. Une haute cheminée trônait à côté du bar, derrière lequel étaient rangées les bouteilles, et des rampes de spots dissimulées dans le plafond donnaient à la pièce une ambiance chaleureuse. A l'autre bout de la pièce, des portes à double battant menaient dans le salon de réception et à une vaste véranda qui surplombait le lac.

— C'est tellement beau et spacieux, ici, s'extasia Abby en posant ses cartons. Ma salle de dégustation a l'air complètement minuscule à côté de la tienne ! J'espère que mes affaires vont être suffisamment florissantes pour justifier que je squatte tes locaux. Il va falloir que je fasse un tour des lieux avec toi, si ça ne te dérange pas, puis que je mette Anna et Carl au courant, et il faut aussi que j'organise les séances de dégustation, et…

Il l'interrompit en lui posant les deux mains sur les épaules.

— Abby, stop ! Une chose après l'autre. Pour l'instant, concentrons-nous sur les sapins. Tu auras tout le temps demain pour le reste.

— Je sais, mais il y a tant à faire…

— Je le sais aussi, mais nous ne pouvons pas tout terminer

dans la soirée. Et puis, il y a bien longtemps que je n'ai pas décoré un sapin de Noël, et encore moins quatre !

Comme elle semblait sur le point de répliquer, il se pencha et la fit taire d'un baiser.

— Profitons de cette soirée, tu veux bien ?

Elle acquiesça d'un hochement de tête.

— Désolée, quand je commence à réfléchir, j'ai parfois du mal à m'arrêter, concéda-t-elle.

— Je connais cela. J'étais toujours comme ça avant une course. La veille et durant toute la nuit, je ne pouvais pas m'empêcher de penser à tout, de réviser dans ma mémoire chaque détail. Cependant, il a fallu que j'apprenne à faire confiance à mon équipe, et de toute façon je ne pouvais pas passer mes nuits à cogiter. J'avais besoin de sommeil. Un pilote épuisé n'est pas un bon pilote. En m'évertuant à tout contrôler, je ne mettais finalement pas toutes les chances de mon côté.

— Je comprends ce que tu veux dire. Les choses étaient plus faciles pour moi lorsque mes parents étaient là, ainsi que Sarah. Mais depuis leur départ j'ai l'impression de tout porter sur mes épaules, et j'ai pris l'habitude de penser à mon travail vingt-quatre heures sur vingt-quatre.

Abby jeta un coup d'œil en direction des bâtiments brûlés, comme si elle pouvait les voir malgré l'obscurité.

— Aujourd'hui, je ne sais plus que penser, murmura-t-elle.

— Tu vas t'en sortir, tu verras. Au fait, en parlant de tes parents, as-tu réussi à les joindre ?

Il la vit esquisser une moue chagrine et regretta aussitôt sa question.

— Non, répondit-elle, et je ne veux pas leur apprendre la nouvelle par e-mail. Je leur ai laissé des messages, et j'attends qu'ils me rappellent. En même temps, je redoute leur coup de fil. J'ai peur de leur réaction.

— Je suis sûr que tout ce qu'il leur importera sera de te savoir saine et sauve. Tout pourra être reconstruit, mais cet incendie est peut-être justement le signe que tu es surmenée, sinon tu aurais fait plus attention à ce problème électrique.

Une fois de retour dans la maison principale, Abby prit plusieurs ornements dans un carton et commença à décorer le sapin du salon, lui indiquant d'un geste de la main de faire de même.

— Je sais que tu n'aimes pas parler de ce qu'il t'est arrivé, dit-elle en détournant le regard, mais est-ce que ton accident était aussi dû au surmenage ?

Il se crispa malgré lui.

Entre leur épisode torride dans la cuisine, leur merveilleux dîner et la pagaille des décorations de Noël, il n'avait pas songé à son accident depuis plusieurs heures, et c'était la première fois depuis bien longtemps. Il n'avait aucune envie d'aborder le sujet.

Mais, puisque Abby lui avait posé une question, la courtoisie l'obligeait à lui répondre.

— Non, ce n'était pas le cas. Là, c'était une question de malchance… A dire vrai, je ne me souviens pas du moment de l'accident.

— Tu souffres d'amnésie ? demanda-t-elle, surprise.

Il hocha la tête.

— Les chirurgiens ont dit que c'était normal dans ce genre de situation, d'autant plus que j'ai eu de sérieuses blessures au crâne. Tu as dû apprendre que j'étais resté dans le coma pendant plusieurs jours ?

Elle acquiesça.

Jusqu'à présent il avait été incapable de parler du crash avec quiconque, mis à part ses médecins. Finalement, évoquer son accident tout en décorant le sapin, c'était plus facile qu'il ne l'aurait cru.

— J'ai regardé les vidéos de la course il y a seulement un mois, expliqua-t-il. Un de mes pneus a éclaté, et la piste était mouillée, mais je n'ai toujours pas compris comment j'ai pu perdre à ce point le contrôle, et je crois bien que je ne le saurai jamais. Mes pneus avaient été vérifiés avant la course. J'avais déjà subi des crevaisons lors de courses précédentes, mais cette fois…

Il s'interrompit et secoua la tête.

— J'ignore ce qu'il s'est passé.

Abby lui effleura le bras en un geste de réconfort, et il sentit aussitôt l'excitation le gagner.

Dès qu'Abby le touchait, plus rien ne comptait.

— Selon mon père, dit-elle, la seule chose que nous pouvons contrôler dans la vie, ce sont nos réflexes. Même si tu ne te souviens pas de ce qu'il s'est passé, je suis certaine que tu as fait tout ce qu'il fallait. Tu étais…

Elle s'interrompit, gênée.

— Tu *es* un pilote formidable, reprit-elle. D'ailleurs, tu étais bien placé pour décrocher le titre. Comme tu dis, c'est parfois juste une question de malchance.

— Tu me parais bien au courant de ma carrière, fit-il remarquer.

— Eh bien… C'est normal, non ? Tu es l'un des pilotes

les plus célèbres, d'après les journalistes. Ils disent que tu pourrais devenir l'équivalent de Clark ou de Stewart.

— Tu suis la Formule 1 ? s'étonna-t-il.

Abby resta silencieuse un instant et se mit à farfouiller dans l'un des cartons. Apparemment, elle était embarrassée d'en avoir dit plus qu'elle ne l'aurait souhaité.

Jamais il n'aurait deviné qu'elle s'intéressait à sa carrière, et cela lui fit étrangement chaud au cœur.

— J'ai juste suivi les nouvelles à la télé, expliqua-t-elle enfin. Tu es devenu un héros, par ici. Le gamin du coin qui a réussi en Europe, ce n'est pas rien ! Et puis, il y a eu cette saison où tu es venu participer à la course du Watkins Glen.

La course en question avait été organisée en faveur d'une cause humanitaire.

— Tu l'as suivie ? demanda-t-il, étonné.

— Plusieurs amis avaient envie d'y aller, alors j'ai suivi le mouvement.

Ainsi, Abby y avait assisté ?

— Je vois…

— Qu'est-ce que tu vois ?

Il haussa les épaules, incapable de résister à la tentation de la taquiner.

— Tu suis ma carrière, tu viens assister à mes courses… A l'évidence, tu as toujours le béguin pour moi.

Abby resta bouche bée une seconde ou deux, puis elle marmonna quelque chose à propos de son « intolérable ego », avant de lui faire un clin d'œil.

— Tu aimes vraiment me faire marcher, n'est-ce pas ?

Il contourna le sapin pour s'approcher d'elle.

— Tu n'imagines pas à quel point, dit-il en se penchant pour l'embrasser.

— Tu es un vrai diable, murmura-t-elle, les lèvres contre les siennes.

— Je sais.

Et, en cet instant, il avait en effet des pensées des plus sulfureuses.

— Ça me plaît bien, répondit-elle avec un sourire qui le fit fondre. Mais… Je n'ai jamais fait ça.

Elle avait soudain l'air nerveuse.

De quoi parlait-elle ?

— Tu veux dire que tu n'as jamais…

— Oh ! bien sûr que si ! J'ai déjà eu des amants. Mais je n'ai jamais couché avec un homme en sachant que notre relation se terminerait avant même qu'elle n'ait commencé. Il y avait toujours l'espoir que… Tu sais… Enfin, que les choses se concrétisent, dit-elle d'un air embarrassé.

— Abby, toi et moi avons déjà une relation, et même un passé. Nous sommes amis. Rien ne changera.

Elle esquissa un sourire timide.

— Si, les choses ont changé, Reece. Au lycée, nous étions à peine amis, nous commencions tout juste à nous apprécier. Et là, nous sommes sur le point de devenir amants.

Elle avait raison, mais il ne répondit rien.

— J'ai envie d'être avec toi, avoua-t-elle au bout d'un moment, mais je ne sais pas si je suis prête à entamer une relation avec toi, sachant que tu vas vendre cet endroit et partir loin d'ici. Je sais que ça a l'air stupide, mais je…

« Je n'ai pas envie de souffrir », comprit-il sans qu'elle ait besoin de l'exprimer.

— Je sais, Abby, je comprends, dit-il avec réticence.

Rien au monde ne lui aurait fait plus plaisir que d'avoir une liaison avec elle — mis à part le fait de se retrouver derrière le volant d'une Formule 1. Mais il ne voulait pas la faire souffrir.

Abby Harper n'était pas comme les autres femmes qui passaient la nuit avec lui et dont il se séparait au petit matin. Elle ne le fréquentait pas pour connaître un court moment le frisson de la célébrité. Non, Abby était le genre de femme avec qui on se réveillait chaque matin durant… très longtemps.

Mais lui, il n'était pas ce genre d'homme. Peut-être un jour, mais pas à l'heure actuelle.

Il s'approcha un peu plus près et la prit dans ses bras.

— Je ne peux te faire aucune promesse, Abby. Moi aussi, j'ai envie d'être avec toi, mais le choix t'appartient.

Blottie contre lui, elle hocha la tête.

— Merci, Reece. J'aimerais tellement être capable de…

Ses mains qui lui caressaient le dos le rendaient fou, mais il s'efforça de contrôler son désir.

— Chut. Et si nous terminions de décorer ces sapins ? suggéra-t-il avec plus d'enthousiasme qu'il n'en éprouvait.

Avant de la lâcher, il posa un dernier baiser sur ses cheveux, et il sentit sa gorge se serrer.

Etait-ce la dernière fois qu'il venait de la tenir dans ses bras ?

Chapitre 6

Abby sursauta dans son lit. Un bruit étrange venait de la tirer de son rêve.

Comme le bruit sourd retentissait de nouveau, elle s'assit. Une main posée sur son cœur qui battait à tout-va, elle jeta un coup d'œil au réveil.

2 heures et demie du matin.

Que se passait-il ? Etait-il possible qu'un intrus ait pénétré dans la maison, ou son imagination l'avait-elle réveillée ?

Elle tendit l'oreille.

Non, ce n'était pas son imagination qui l'avait réveillée, se dit-elle en entendant un nouveau coup, suivi d'un bruit de verre.

Quittant son lit, elle se dirigea à pas de loup vers la porte, qu'elle entrebâilla pour jeter un coup d'œil dans le couloir vers la chambre de Reece.

Tout semblait normal. Où était Reece ? N'avait-il rien entendu ?

Sans bruit, elle s'approcha de sa porte, la main levée, prête à frapper, mais elle interrompit son geste.

S'il y avait un cambrioleur au rez-de-chaussée, il risquait de l'entendre !

Elle ouvrit donc la porte de Reece avec maintes précautions et passa sa tête dans l'entrebâillement.

— Reece ? chuchota-t-elle.

Un autre cri lui répondit.

Elle sursauta, puis entra dans la chambre et referma la porte derrière elle.

Malgré l'obscurité, elle voyait bien que le bruit qu'elle avait entendu n'était pas le fait d'un cambrioleur, mais de Reece qui se débattait dans ses draps, visiblement en plein cauchemar.

Inquiète, elle s'avança vers le lit en contournant sa lampe de chevet tombée par terre.

— Reece, tout va bien ?

Il se mit à murmurer, puis à crier de nouveau, avant de gémir comme s'il souffrait.

Elle se précipita de l'autre côté du lit et posa une main apaisante sur son épaule, tentant de le rassurer en prononçant doucement son nom.

Mais Reece s'agita de plus belle et se mit à marmonner des choses qu'elle ne parvenait pas à comprendre.

Etait-il en train de revivre son accident ?

La lune dardait sa lumière d'argent à travers la fenêtre, et elle voyait le visage de Reece se contorsionner de douleur.

Que pouvait-elle faire pour l'aider ?

Remarquant un petit flacon sur la table de nuit, elle s'en saisit et s'avança vers la fenêtre.

Apparemment, Reece avait pris des somnifères en se couchant. Elle aurait sûrement du mal à le réveiller.

Pourtant, elle ne pouvait pas le laisser ainsi, même s'il ne faisait qu'un mauvais rêve.

Elle se glissa dans le lit à côté de lui, tout en sachant qu'elle jouait avec le feu, d'autant plus que Reece ne portait qu'un caleçon. Elle se blottit néanmoins contre son dos, espérant lui offrir ainsi un certain réconfort. Quand son cauchemar serait terminé, elle retournerait dans sa chambre, et Reece ne saurait même pas qu'elle s'était allongée à côté de lui.

Elle lui caressa le dos, espérant l'apaiser un peu, et au bout de quelques instants Reece commença à se calmer. Sa respiration revint à la normale, et, sous ses doigts, ses muscles étaient déjà moins crispés.

— Voilà, c'est mieux comme ça, chuchota-t-elle, songeant déjà à regagner sa chambre.

Mais elle était si bien là, tout contre lui…

La fatigue eut raison d'elle, et quelques minutes plus tard, elle s'endormait à son tour.

Abby ouvrit lentement les yeux et remarqua deux choses : l'aube se levait, et les grands yeux gris de Reece la scrutaient.

— Alors, tu as changé d'avis ? demanda-t-il.

Qu'est-ce qu'il racontait ? Et que faisait-il dans son lit ? A moins que…

Elle ouvrit grand les yeux et repoussa les draps, mais Reece la retint et la serra contre lui.

— Du calme ! plaisanta-t-il.

Le cerveau encore embrumé, elle se mit à bredouiller, prenant de plus en plus conscience du corps nu de Reece blotti contre le sien sous les couvertures.

— J'ai cru qu'il y avait un intrus dans la maison, dit-elle enfin.

Il ne répondit pas tout de suite et l'attira à lui. Cette fois il était bien réveillé, comme le lui indiquait une certaine partie de son anatomie.

— Tu croyais qu'il y avait quelqu'un dans la maison, alors tu es venu te réfugier dans mon lit ? plaisanta-t-il.

— Non, je pensais effectivement qu'il y avait un cambrioleur, mais quand je suis venue te chercher j'ai vu que tu avais cassé ta lampe dans ton sommeil et que tu étais en train de faire un cauchemar. Tu t'en souviens ?

Il secoua la tête.

— Vaguement. Ce n'est pas la première fois que ça m'arrive, mais je ne me souviens jamais des détails.

— Tu gigotais dans ton lit. J'ai tout d'abord voulu te réveiller, mais comme tu ne m'entendais même pas, je me suis dit qu'en restant un peu à côté de toi je parviendrais à te calmer.

— Merci d'avoir voulu me réconforter.

— J'avais l'intention de retourner dans ma chambre, mais j'ai dû m'endormir.

— Je vois, répondit Reece en la dévorant du regard.

— Je ferais mieux de te laisser, maintenant.

— C'est vraiment ce que tu veux ?

Bien sûr, c'était ce qu'elle voulait, mais…

Toutes ses bonnes résolutions semblaient s'envoler.

Evidemment, en ayant une liaison avec lui, elle prenait le risque d'en souffrir, mais après tout elle n'était plus une petite fille. Certes, Reece n'allait pas tarder à vendre le vignoble, et il quitterait la région pour retourner en

Europe. Peut-être ne le reverrait-elle jamais à part sur un écran de télévision. Cette perspective la faisait déjà souffrir, mais pourquoi ne pas s'accorder une chance ? Au moins, elle aurait de beaux souvenirs. Qui sait ? Peut-être était-il impossible de vivre un fantasme sans souffrir un peu ? Peut-être était-ce le prix à payer ?

— Non, je ne suis plus sûre de vouloir retourner dans ma chambre, avoua-t-elle.

— Parfait ! Parce que moi, je préfère que tu restes là avec moi.

Sa décision étant prise, elle sourit et lui noua ses bras autour du cou, tandis qu'il se plaquait contre elle d'un mouvement preste, lui faisant comprendre sans aucun doute possible à quel point il avait envie d'elle.

Son désir lui fit perdre toute raison. Leurs lèvres étaient proches, si proches…

Etait-elle en train de rêver, ou allait-elle vraiment faire l'amour avec Reece Winston ?

— Il y a une chose que tu dois savoir, chuchota Reece. Je me fiche complètement qu'un astéroïde tombe dans la chambre. Cette fois, rien ne nous interrompra.

— Je suis d'accord, dit-elle, juste avant qu'il ne l'embrasse et la renverse, la plaquant contre le matelas.

Il lui taquina les lèvres, les mordilla, les lécha de la pointe de sa langue, puis il la plongea entre ses lèvres pour l'embrasser avec passion.

Elle se cambra contre lui, répondant à son baiser avec toute la fougue qu'elle contenait depuis une éternité, se délectant de sa bouche comme il se délectait de la sienne.

Elle avait toujours aimé le sexe, mais jamais elle ne

s'était sentie aussi vorace. Cramponnée à Reece, une jambe passée autour de ses hanches, se cambrant contre son sexe dur, elle ne cessait de gémir de plaisir, voulant plus, encore plus.

Et, surtout, elle voulait le sentir complètement en elle.

Elle se mit à tirer sur l'élastique de son caleçon.

Reece retira son sous-vêtement, puis il tendit la main vers l'ourlet de sa chemise de nuit, qu'il lui retira en la faisant passer par-dessus sa tête.

Enfin, ils étaient nus.

— Tu es magnifique, chuchota Reece d'un ton sensuel, tandis que ses mains partaient à la découverte de son corps.

— Je… heu… Je prends la pilule, et je suis en bonne santé. Il y a longtemps que je n'ai pas eu de rapports, dit-elle, un peu gênée.

Même s'ils se connaissaient depuis longtemps, ils n'avaient jamais été amants, et certains points devaient être clarifiés.

Reece hocha la tête tout en déposant une myriade de baisers sur son épaule, déclenchant en elle de délicieux frissons.

— Moi aussi. Comme je te l'ai dit, je n'ai eu aucune liaison depuis mon accident, et durant tout le temps que j'ai passé à l'hôpital, on m'a fait une série complète d'examens, chuchota-t-il contre son oreille.

L'idée d'être la première femme dans ses bras depuis si longtemps la ravissait.

— Parfait, ainsi nous sommes sûrs que nous n'aurons pas à nous interrompre, dit-elle en souriant.

Elle ne voulait aucun artifice entre eux.

Elle le lui fit comprendre en refermant ses doigts sur

son sexe dur avec un petit soupir de satisfaction. Ecartant les cuisses, elle le guida jusqu'à l'orée de son sexe humide de désir et se cambra contre lui en une invite sensuelle.

— Tu m'as l'air bien pressée, plaisanta Reece, en effleurant ses lèvres intimes du bout des doigts.

Ce qui la fit frémir jusqu'au plus profond de son être.

— Je croyais que tu aimais la vitesse ? ironisa-t-elle.

— Avec toi, je préfère prendre mon temps, dit-il en faisant courir sa langue dans son cou.

Il continua à caresser son sexe et, penchant la tête, posa ses lèvres sur l'un de ses tétons, qu'il commença à sucer avec ardeur.

Elle gémit de plaisir, tâtonnant à la rencontre de son sexe érigé.

Mais Reece lui saisit les bras pour les plaquer au-dessus de sa tête.

— Ne les bouge plus, ordonna-t-il. Je veux te voir mourir de désir.

Puis il recommença à la caresser de ses mains expertes.

— Si tu bouges, je m'arrête, la prévint-il.

Elle acquiesça d'un hochement de tête.

Il commença à embrasser l'intérieur de ses cuisses puis remonta un peu plus haut, et sa langue vint se poser sur son clitoris, aussi légèrement que la caresse d'un papillon.

C'était si bon qu'elle faillit se mettre à crier.

— Reece, je t'en prie, prends-moi, haleta-t-elle.

Il la rendait déjà folle !

Mais il continua ses caresses.

Cette fois, sa langue se fit plus ferme sur son intimité tandis qu'il la pénétrait d'un doigt, puis deux. A sa grande surprise, un autre doigt vint titiller son autre petit canal, commençant même à le pénétrer en douceur.

Etonnée, elle se crispa d'abord, puis elle se détendit. Tout son corps frissonnait du plaisir que Reece lui donnait avec ses doigts et sa bouche.

— Mmm, c'est bon, gémit-elle.

— Et ça ? demanda-t-il, sa bouche tout contre son sexe.

— Oh oui, oui !

Elle se cambra contre lui, s'offrant sans pudeur, désirant le sentir en elle partout à la fois. Elle voulait ses lèvres, ses mains, son sexe.

Ils se connaissaient depuis des années, mais au fond elle ne savait rien de Reece. Or, il semblait deviner tous ses fantasmes sans qu'elle ait besoin de les lui dévoiler.

Il continua à la caresser, à lécher son sexe, à la pénétrer des doigts et de la langue jusqu'à ce qu'elle crie son plaisir et s'abandonne à l'orgasme.

Alors, se mettant à genoux devant elle, Reece lui attrapa les jambes et les posa sur ses épaules, puis il commença à faire aller et venir son sexe contre le sien jusqu'à la rendre folle. Lorsqu'elle fut sur le point de le supplier, il la pénétra enfin.

Enfin !

— Tu es toute mouillée… Et si chaude, susurra-t-il, avant de lui annoncer ce qu'il avait l'intention de lui faire avec des détails explicites qui l'excitèrent encore davantage.

Alors qu'il la pénétrait avec ardeur, elle n'y tint plus et lui effleura du bout des doigts les épaules et les hanches.

Chacun de ses muscles était aussi dur que du marbre.

— Tu as bougé les mains, fit-il remarquer, le souffle court. Tu mériterais un gage.

Tournant la tête, il lui embrassa le creux d'un genou, et ce simple baiser la fit frissonner jusqu'au cœur de son intimité.

C'était trop bon, mais elle voulait plus encore ! Elle voulait jouir avec lui.

Elle tendit la main et referma les doigts à la base de son sexe alors qu'il allait et venait en elle.

Il la regarda, comme envoûté, et quand elle posa son autre main sur son clitoris et commença à se caresser il devint frénétique.

— Abby… Tu me rends fou !

Il la pénétra de plus belle, allant et venant en elle de plus en plus vite, de plus en plus fort. Soudain, l'orgasme la submergea, et elle sentit que Reece s'abandonnait lui aussi au plaisir.

Jamais elle n'avait eu d'orgasme aussi fort.

Alors qu'ils essayaient de reprendre leur souffle, Reece relâcha ses jambes et s'allongea à côté d'elle, l'attirant à lui.

— Je crois que je ne serai pas capable de sortir de ce lit aujourd'hui, plaisanta-t-elle.

— Ce n'est pas moi qui t'y forcerai, répondit Reece avec un sourire malicieux.

Il se redressa sur un coude et la contempla, faisant courir son doigt de ses seins jusqu'à son ventre, s'arrêtant à l'orée de son sexe.

— Je pourrais passer des heures à te faire l'amour, Abby, dit-il en se penchant pour l'embrasser.

— Eh bien, je suis épuisée, mais j'avoue que je recommencerais volontiers, moi aussi, répondit-elle avec gourmandise.

Reece ne s'était jamais senti aussi bien depuis…

Une éternité.

Il s'était endormi après avoir fait l'amour avec Abby, et, pour la première fois depuis bien longtemps, il avait dormi d'un sommeil profond.

Lorsqu'il se rendit compte qu'il avait brisé la lampe ancienne qui trônait sur sa table de nuit, il se demanda de quoi il avait bien pu rêver.

Son seul souvenir était l'horrible sensation d'avoir été pris dans un piège, jusqu'à ce que quelqu'un le touche et le délivre de ses terreurs.

Abby…

Pendant qu'elle dormait encore, il ramassa les débris de la lampe puis sortit de la chambre.

Aujourd'hui il se sentait comme revitalisé. Il allait faire un peu d'exercice.

Piloter une Formule 1 nécessitait d'être en excellente condition physique, encore plus que le grand public ne pouvait l'imaginer, et pendant sa convalescence il devait s'entraîner deux fois plus. A cause de son repos forcé, il avait quelque peu abandonné son régime habituel, et il devait se reprendre en main après le riche dîner de la veille.

Il fit une première série d'exercices, mais la seconde fut interrompue par un coup de sonnette à la porte.

Il se précipita au rez-de-chaussée pour répondre, espérant que le bruit n'avait pas réveillé Abby.

A sa grande surprise, il trouva sur le seuil Charles, qui

contemplait d'un air maussade l'énorme couronne de Noël qu'Abby avait accrochée à la porte.

— Qu'est-ce que ces arbres fichent là ? grogna l'agent immobilier en indiquant d'un mouvement de tête les sapins qui trônaient sur la pelouse.

— Bonjour, moi aussi je suis ravi de te voir, répondit Reece d'un ton sec en le faisant entrer. A quoi dois-je cette visite imprévue de si bonne heure ?

— Elle n'est pas du tout imprévue. Je te rappelle que nous avons rendez-vous avec le représentant de Keller dans un quart d'heure à peine, et il me semblait que nous avions décidé de laisser la demeure en l'état. Qu'est-ce que c'est que tous ces sapins et ces décorations de Noël ? Que se passe-t-il ici ?

Reece se rembrunit.

Il avait négligé d'avertir Charles de l'installation d'Abby.

Il lui expliqua la situation, remarquant le teint de plus en plus courroucé de Charles au fur et à mesure de ses propos.

Lorsqu'il eut terminé, Charles ne prononça pas un seul mot, mais il s'approcha de la fenêtre et observa le domaine voisin, avec ses bâtiments incendiés.

— O.K., O.K., ne paniquons pas. Cela pourra peut-être nous servir.

— Qu'est-ce que tu veux dire ?

— Tu te souviens que je t'avais suggéré que vous vendiez tous les deux vos propriétés en un seul lot, n'est-ce pas ? Peut-être que la situation s'y prête encore mieux, désormais. De plus, cette écurie que j'aperçois là-bas pourrait ajouter encore plus de valeur à la propriété.

Reece leva une main pour l'interrompre.

— Je t'arrête tout de suite, Charles. Abby n'a aucune intention de vendre. Et Dieu sait qu'elle est absolument désolée de gêner tes projets à cause de sa maison qui a entièrement brûlé ! ajouta-t-il d'un ton sarcastique. Quoi qu'il en soit, j'ai décidé de la laisser occuper ma demeure jusqu'à la fin de la saison.

— Mais pourquoi tous ces sapins ?

— C'est pour ses séances de dégustation.

— C'est très joli, mais elle ne peut pas laisser tout ce bazar pendant que nous essayons de vendre ta demeure. Il faudra qu'elle dégage tout ça quand je ferai venir des acheteurs.

Reece n'eut pas le temps de répliquer, une voiture venait de se garer devant la maison.

Un homme solidement charpenté en sortit, vêtu d'un costume sombre. Il contempla les lieux d'un air conquérant, comme s'il était déjà en train de diriger ses bulldozers sur la propriété.

Reece attrapa une veste, et tous trois arpentèrent le domaine, qui, visiblement, plaisait beaucoup au représentant de Keller.

Reece aussi aimait ce qu'il avait sous les yeux. Cela faisait une éternité qu'il ne s'était pas promené dans la propriété, et il admira les eaux du lac Cayuga, d'un bleu aussi pur que le cristal. Non, il n'en avait pas vu de plus pures ailleurs…

Face aux coteaux de vignes et aux grands arbres aux branches lourdes de neige qui bordaient la propriété, il se demanda soudain pourquoi il n'avait jamais remarqué la similitude entre son domaine familial et la région où il vivait en France.

Les deux endroits étaient aussi majestueux et beaux.

— Nous pourrions vous en offrir un très bon prix, monsieur Winston, dit le représentant du groupe Keller. C'est une propriété magnifique, pas trop loin de la ville, et le fait de l'acheter à une célébrité ne peut que lui donner une valeur supplémentaire. Nous envisageons d'utiliser l'histoire de votre propriété comme thème pour notre lotissement, par exemple en donnant aux rues les noms de divers raisins. D'ailleurs, le lotissement en lui-même pourrait être baptisé d'un nom qui rappelle les vignes.

— C'est une question que je me suis toujours posée, rétorqua Reece. Pourquoi les entrepreneurs qui achètent des terrains ravagent-ils tout sur leur passage pour donner ensuite à leurs lotissements le nom de ce qu'ils viennent de détruire ?

Charles le fixa d'un regard outré, mais le représentant de Keller se mit à rire et lui donna une grande tape sur l'épaule, ne prenant nullement ombrage de sa remarque.

— Les affaires sont les affaires, que voulez-vous, répondit-il.

C'est vrai, cet homme était un homme d'affaires, il suivait sa propre logique. Pourquoi devait-il s'en sentir irrité ?

— La propriété voisine pourrait bien être en vente aussi, ajouta Charles, alors qu'ils revenaient vers le porche. Peut-être pourrons-nous regrouper les deux ventes en une seule.

— Charles…, l'interrompit Reece.

Mais lui-même fut aussitôt interrompu par le représentant de Keller.

— Il faudrait que j'en parle à mon patron, ça pourrait être une excellente idée, acquiesça ce dernier. Je sais que vous tenez à vendre assez vite, et nous serions heureux d'acheter votre propriété. Comme nous sommes aussi intéressés par un très beau domaine du côté de Kueka, nous aurons besoin de votre réponse rapidement.

Reece acquiesça d'un hochement de tête.

Il venait de remarquer un mouvement derrière le rideau à l'étage, ce qui signifiait qu'Abby était réveillée. Il ne tenait pas à poursuivre cette conversation plus longtemps.

Le représentant de Keller leur serra la main, remonta dans sa voiture et s'en alla.

Charles se tourna vers Reece, l'air dépité.

— Reece, ce groupe est prêt à acheter ta propriété ! S'il te reste un minimum d'intelligence, demande à ta copine de quitter les lieux le plus tôt possible, et débarrasse-toi de ce domaine au plus vite, en incitant ton amie à vendre le sien en même temps. Dans le cas contraire, tu risques fort de rester avec cette propriété sur le dos un bon moment et de perdre beaucoup d'argent, l'avertit-il en se dirigeant vers sa voiture.

Reece resta planté sous le porche à le regarder s'en aller, toute sa bonne humeur envolée.

Certes, il devrait donner la priorité à la vente, mais il avait fait une promesse à Abby et il n'avait pas l'intention de la renier. Il était hors de question qu'il lui demande de partir avant que la saison soit terminée.

Pourvu cependant qu'il ne rate pas un contrat juteux…

Lorsqu'il retourna à l'intérieur, la douce chaleur à laquelle se mêlaient des effluves de café et les senteurs du sapin l'enveloppa comme un cocon, ainsi que la voix d'Abby qui parlait au téléphone dans la cuisine.

Il se sentait soudain si bien dans cette maison que c'en était presque déconcertant !

Peut-être Charles avait-il raison au sujet de la neutralité des lieux. Quand la maison était vide, sans ses parents ni aucune décoration, il pouvait la considérer juste comme un bien immobilier à vendre. Mais là, avec le manteau d'Abby posé sur le dossier d'une chaise, son sac sur la table, le sapin dans le coin du salon et les cartons de décorations alignés dans le couloir, la maison avait l'air… vivante.

Pourquoi ce qui lui semblait si évident dans les jours précédents, comme le fait de conclure la vente puis de retourner en France, lui semblait-il soudain si confus ? N'était-il pas en train de faire une énorme erreur ?

Chapitre 7

Abby s'éveilla avec langueur, aussi heureuse qu'un chat qui aurait paressé au soleil. Mais à peine eut-elle posé le pied à terre que les doutes l'assaillirent, et ils ne la quittèrent plus jusqu'à ce qu'elle se retrouve sous la douche.

Elle avait fait l'amour avec Reece Winston, et ces heures de passion partagée avaient été les plus fantastiques de toute sa vie. Mais le matin était venu, et la réalité allait reprendre ses droits.

Alors qu'elle préparait le café, le téléphone sonna, et elle entendit sur le répondeur la voix irritée de Danielle.

Aussitôt, la jalousie s'insinua en elle. Mais elle s'efforça de chasser ce sentiment qu'elle ne pouvait s'autoriser, et une vague de culpabilité le remplaça, pour avoir oublié de mentionner à Reece le premier appel de la jeune femme.

Allons, sa liaison avec Reece était purement sexuelle, les émotions n'entraient pas en ligne de compte. Dès qu'elle verrait Reece, elle l'informerait du coup de fil de Danielle.

D'ailleurs, où était-il ?

Le bruit de plusieurs voix masculines lui fit tourner la tête, et, s'approchant de la fenêtre, elle remarqua une berline noire sur la portière de laquelle s'affichait le logo du groupe Keller.

Une sensation déplaisante l'envahit lorsqu'elle vit Reece accompagné de deux hommes — dont le commercial qu'elle avait vu avec lui au restaurant — tourner au coin de l'allée et revenir vers la maison. Ils discutèrent un moment sous le porche, tout en contemplant la propriété en faisant de grands gestes.

Son estomac se crispa quand Reece échangea une chaleureuse poignée de main avec le représentant du groupe Keller.

A ce moment, son téléphone portable sonna, et elle répondit sans vérifier l'identité de l'appelant, l'esprit concentré sur Reece et ses visiteurs.

La soirée et la merveilleuse nuit qu'elle venait de passer dans les bras de Reece semblaient se transformer en une grosse, grosse erreur !

Mais ce que son interlocuteur était en train de lui annoncer eut soudain toute priorité.

— Pourquoi dites-vous que les indemnités de l'assurance ont été bloquées ? demanda-t-elle en posant précipitamment sa tasse sur le comptoir, tant la nouvelle était déconcertante.

— Le rapport d'enquête montre que, même si l'incendie a été déclenché par un court-circuit électrique, il est passé par une prise du mur contre lequel l'un de vos sapins était branché, ce qui n'a rien à voir avec le problème électrique que vous avez dans le plafond.

— Et alors ?

— Il semblerait que quelqu'un ait touché aux câbles durant l'installation des sapins.

Elle eut un hoquet de surprise.

Décidément, cette histoire tournait au cauchemar.

— Etes-vous en train de me dire qu'il s'agit d'un incendie criminel ?

— Rien n'est encore sûr pour l'instant, mais nous avons besoin d'une enquête plus approfondie avant de pouvoir vous indemniser. Nous devons nous assurer qu'il ne s'agit pas d'une fraude, vous comprenez.

L'agent d'assurances venait de prononcer ces quelques mots d'un ton détaché, comme s'il avait l'habitude de ce genre de faits. La croyait-il folle au point d'incendier elle-même sa propre maison ?

— Un autre enquêteur va se rendre sur les lieux pour établir un nouveau rapport, mais d'ici là tous les paiements sont interrompus. Vous m'en voyez navré, mademoiselle.

— Combien de temps cela prendra-t-il ? demanda-t-elle, crispée.

Tout retard dans les remboursements entraînerait des délais supplémentaires pour entamer les travaux de reconstruction. Et plus ceux-ci tarderaient, plus elle perdrait d'argent.

— Les enquêteurs seront chez vous dès lundi, mais leur rapport pourrait prendre plusieurs semaines. Avec les vacances et les fêtes de fin d'année, tout est ralenti, mais je suis certain qu'ils feront au mieux. Pourriez-vous les aider en leur fournissant le nom de la société qui vous a livré les sapins ?

— Vous croyez que ce sont les livreurs qui s'en sont pris à mes câbles électriques ? C'est impossible ! Mes parents sont clients de cette entreprise depuis des années. Jamais ces gens ne s'en prendraient à moi. Il doit s'agir d'un malentendu. Cet incendie était un accident, c'est tout.

— Quoi qu'il en soit, les enquêteurs interrogeront toutes les personnes susceptibles de leur fournir des informations, décréta l'agent d'assurances.

Lorsqu'elle raccrocha, elle était comme saisie de torpeur. Qu'allait-il encore lui arriver ?

Soudain, elle entendit la porte d'entrée se refermer.

Reece.

N'ayant aucune envie de discuter avec lui de ses nouveaux problèmes, elle s'efforça de reprendre contenance. Mais à peine avait-elle fait un pas pour aller à sa rencontre que le téléphone sonna de nouveau.

Aussitôt, elle reconnut le numéro de son père sur l'écran.

Des larmes lui montèrent aux yeux.

Si seulement ses parents étaient là pour la réconforter !

Malgré la mauvaise nouvelle qu'elle avait à lui annoncer, elle fut heureuse d'entendre la voix de son père à l'autre bout du fil.

— Bonjour, papa.

Elle avait eu beau se promettre de rester stoïque, sa voix se brisa dès qu'elle commença à lui raconter le drame. Et malgré ses efforts elle laissa échapper quelques larmes en lui racontant sa discussion avec l'agent d'assurances.

Comme Reece et Anna le lui avaient prédit, la première inquiétude de ses parents fut de s'assurer qu'elle n'avait rien.

— Je pensais que tu serais beaucoup plus fâché, dit-elle à son père, confuse. C'est toi qui as donné naissance à cet endroit, et tu y as consacré toute ta vie.

— Ma chérie, ce qui nous préoccupe le plus, c'est que

tu sois toute seule pour t'occuper de tout cela. Est-ce que tu veux que nous rentrions ?

— Non, non, surtout pas. Je ne suis pas seule, vous savez. Il y a Anna, et Reece s'est montré très généreux, dit-elle, désireuse qu'ils comprennent que, même s'ils lui manquaient beaucoup, elle était bien entourée. De toute façon, je ne peux pas faire grand-chose tant que l'assurance n'a pas commencé à me rembourser. Comme je te l'ai dit, ils veulent approfondir leur enquête.

— C'est absurde, dit sa mère à travers le haut-parleur. Ne t'inquiète pas, ton père téléphonera à Harold dès cet après-midi.

Harold était leur ancien agent d'assurances. Même s'il avait pris sa retraite, il aurait sûrement de bons conseils à leur donner.

— Je suis contente que vous preniez les choses aussi bien, avoua Abby. J'avais tellement peur de vous annoncer tout cela !

— Ma chérie, tout ce qui nous importe, c'est ta santé, et nous sommes aussi très contents que Beau et Buttercup aient été épargnés.

— Si tu as besoin de nous, dis-le, nous rentrerons tout de suite, ajouta sa mère. Tu sais que, pour nous, tu passes avant tout.

— Ne t'inquiète pas, maman, tout va bien, je t'assure. Je vais passer la fin de la saison chez Reece, et j'espère qu'après cela les choses commenceront à aller mieux. Je pourrai m'installer chez Anna jusqu'à ce que tout soit reconstruit.

— Reece s'est vraiment montré à la hauteur en t'invitant

à séjourner chez lui, reprit sa mère. Remarque, il a toujours eu le béguin pour toi.

— Reece ? Le béguin pour moi ? Tu plaisantes.

— Non, pas du tout. Je me souviens que c'était un garçon adorable, continua sa mère. J'espère qu'il s'est bien remis de son horrible accident. Et au fait, comment va son père ?

Abby répondit à toutes les questions de sa mère — enfin, presque toutes.

Elle avait l'impression que ses parents soupçonnaient déjà que Reece et elle étaient plus que des voisins. Néanmoins, elle n'ajouta rien pour confirmer leurs doutes, étant donné que sa relation avec Reece n'était qu'une aventure qui se terminerait bientôt.

Son regard fut un instant attiré par la petite lumière rouge qui clignotait sur le téléphone à sa gauche.

Danielle.

Bah ! Inutile de se soucier d'une femme qui vivait de l'autre côté de l'océan. Ce que ferait Reece quand il serait reparti ne devait pas l'affecter. Pour l'instant, ils étaient ensemble, et c'était tout ce qui comptait.

Lorsqu'elle raccrocha, elle avait l'impression d'avoir un peu repris le contrôle des événements.

Après cette discussion avec ses parents, elle se sentait beaucoup mieux. L'annonce du drame avait été moins pénible qu'elle ne l'avait redouté. Comme ses parents le lui avaient fait remarquer, il y avait dans le monde des gens avec des problèmes beaucoup plus graves que les siens. Elle était en vie, en bonne santé, ce qui était à leurs yeux le principal.

Après avoir pris une profonde inspiration, elle avança à la rencontre de Reece.

Elle traversa le couloir et se figea à l'instant où leurs yeux se croisèrent.

Déjà elle se souvenait de toutes les caresses et les baisers échangés durant la nuit. Comme elle aurait voulu courir vers lui, se jeter dans ses bras, tout oublier ! Si seulement elle avait plus confiance en ses sentiments !

Reece la regarda d'un air intrigué tandis qu'elle le fixait sans rien dire.

— Abby ? Tout va bien ?

— Je viens de parler à mes parents, dit-elle.

Comme elle restait sans bouger, il s'approcha et la prit dans ses bras

— Comment ça s'est passé ?

Elle se blottit contre lui.

— Ils ont pris les choses beaucoup mieux que je ne le pensais. Je crois qu'avec toutes les horreurs auxquelles ils sont confrontés durant leurs missions humanitaires, ils voient les choses sous un autre angle.

C'était si bon de se lover contre Reece pendant qu'il lui caressait le dos !

Sauf que le réconfort procuré par ses caresses se transforma bientôt en un puissant désir.

Elle le repoussa doucement, essayant de canaliser ses émotions.

— Je ne sais pas si tu as remarqué, mais tu as un message sur ton répondeur. Et hier soir, avec tout… tout ce qui s'est passé, j'ai oublié de te dire qu'une certaine Danielle t'avait téléphoné.

— Danielle a appelé ? demanda Reece, d'un air un peu trop ravi à son goût.

Elle sentit son cœur se serrer.

Etait-ce à cause de cette Danielle qu'il souriait si béatement ?

— Oui, désolée d'avoir oublié de te prévenir.

— Inutile de t'excuser. Il m'arrive tout le temps de rater des appels. Mais je suis surpris qu'elle n'ait pas essayé de me joindre sur mon portable. Son forfait pour l'international devait être épuisé.

— C'est une amie à toi ? demanda-t-elle tout en se maudissant de le faire.

— Oui, répondit Reece. En fait, son frère Gérard était lui aussi pilote, et c'était l'un de mes meilleurs amis depuis que je suis parti vivre en Europe. Il a été tué dans un accident il y a déjà quelques années.

— Oh ! mon Dieu ! Je suis désolée.

— Ça a été très difficile pour nous tous. Gérard était vraiment un homme bien. C'est lui qui m'a permis de faire mes premiers pas en Formule 1. Danielle était son unique sœur, et nous avons passé beaucoup de temps ensemble après son décès. L'année dernière, après mon accident, elle m'a beaucoup aidé.

Il secoua la tête, perdu dans ses souvenirs.

— Certains jours, j'étais tellement abattu que je n'avais même plus envie de faire mes exercices. Si elle n'avait pas été là, il y a des moments où j'aurais tout laissé tomber. Elle ne cessait de me harceler pour que je continue mes séries d'exercices, dit-il en souriant.

Abby resta silencieuse.

Comment pourrait-elle rivaliser avec Danielle ? Cette femme avait aidé Reece à traverser la pire épreuve de sa vie, une période qu'il refusait d'évoquer avec elle.

Soudain, elle avait l'atroce impression d'être devenue une étrangère pour lui.

— Je suis contente que tu aies eu quelqu'un à tes côtés durant cette épreuve, dit-elle.

Et elle le pensait, bien que cela lui coûtât de l'admettre.

— Moi aussi, même si je n'ai pas toujours apprécié à l'époque qu'elle soit auprès de moi comme ça. Je crois qu'elle aurait aimé pouvoir aider son frère de cette façon, et c'est pour cette raison qu'elle a passé autant de temps avec moi. En tout cas, c'est ce que pense Thomas.

— Thomas ?

— Le mari de Danielle. Il plaisantait toujours en disant que sa femme passait tant de temps avec moi à l'hôpital qu'il avait l'impression d'être redevenu célibataire. Je suis content qu'elle ait autant insisté quand j'avais envie de tout laisser tomber. Elle a réussi à me convaincre que tout ne dépendait que de moi, même mon retour en course. En plus, mes parents étaient soulagés de savoir qu'elle était là.

Abby hocha la tête, pénétrée.

« Le mari de Danielle ».

Dire qu'elle avait cru que cette femme était la maîtresse de Reece ! En fait, Danielle avait l'air d'être une très bonne amie et une personne emplie de bonté. Quelle idiote de s'être fait des idées sans savoir !

— Qu'est-ce qui te tracasse ? demanda Reece en l'observant.

Elle n'allait tout de même pas lui confesser son accès de jalousie !

— Heu… rien. J'ai vu que tu avais rendez-vous avec quelqu'un de chez Keller ce matin, ainsi qu'avec l'homme avec lequel tu étais au restaurant l'autre jour ? ajouta-t-elle pour changer de sujet.

— Oui, le représentant de Keller est intéressé. Mais pour l'instant il n'y a rien de décidé.

— Pour l'instant, répéta-t-elle. Alors, quand ?

— Je n'ai pas encore reçu d'offre ferme. Il doit visiter d'autres propriétés.

— La mienne aussi ?

Reece écarquilla les yeux.

— Pourquoi est-ce que tu me demandes ça ?

— Parce que je vous ai tous vus regarder en direction de chez moi, et que l'homme qui est venu a même montré mes anciens bâtiments du doigt. Donc, je me suis demandé pourquoi.

Reece eut soudain l'air mal à l'aise.

— Ils m'ont posé des questions sur l'incendie, expliqua-t-il.

Comme elle ne disait rien, il poussa un soupir.

— D'accord, j'avoue : il a mentionné qu'il serait plus intéressant pour eux d'acheter nos deux propriétés en un seul lot. Il pense que, à cause de cet incendie, tu pourrais avoir envie de vendre, toi aussi.

— Ce n'est pas le cas.

— C'est ce que j'ai dit, répondit-il en la regardant dans les yeux cette fois. Je sais bien que tu n'as pas l'intention de vendre, Abby, et je sais aussi que la vente de ma propriété t'affecte. Je ne peux pas te promettre que je vendrai à quelqu'un qui aura ton approbation, mais…

— Tu as l'intention de vendre à Keller ?

— Peut-être. S'il y a d'autres options, nous pourrons en discuter.

— D'accord.

— Mais, Abby ?

— Oui ?

— En tout cas, dès que j'aurai conclu cette vente, je retournerai en Europe pour reprendre mon entraînement. Tu dois le savoir.

Oui, elle le savait. Mais elle savait aussi que, depuis qu'elle l'avait revu au restaurant… Elle ne savait plus ce qu'elle voulait du tout.

— Mais les médias ont dit… Enfin, je veux dire, il paraît que les médecins ont dit…

Elle s'interrompit, incapable d'exprimer à voix haute ce qu'elle avait cru comprendre.

Reece détourna le regard, l'air amer.

— Que mes blessures étaient trop sévères, je sais, termina-t-il en se passant la main dans les cheveux. Et que je ne retrouverai peut-être jamais tous mes moyens pour piloter.

Il avait l'air si tendu qu'elle s'approcha de lui, essayant de trouver des paroles réconfortantes et encourageantes.

— En tout cas, moi, je te trouve plutôt en pleine forme, dit-elle en lui offrant un large sourire.

Il la regarda et sembla se détendre.

— Malgré ma rééducation, j'ai des rechutes. Mes muscles ne répondent pas toujours comme je le voudrais, et mes réflexes ont diminué. Mais je sais que je peux revenir à mon meilleur niveau si je m'entraîne comme il faut. Seulement, plus je reste ici…

Elle hocha la tête, compréhensive.

— Et plus ce sera difficile pour toi de te remettre en piste ?

Reece poussa un soupir.

— Oui. Si je ne retourne pas bientôt en Europe, je serai très vite remplacé, et on m'oubliera. Je dois leur prouver ce que je suis capable de faire.

— Pourquoi ?

Pourquoi voulait-il retourner vivre dans cet univers dangereux qui avait failli le tuer et qui ne voudrait peut-être plus de lui ?

Il la regarda d'un air étonné.

— Parce que j'adore ça ! C'est la seule chose que j'aime vraiment faire et dans laquelle j'excelle.

Elle fronça les sourcils.

— J'ai du mal à te croire, répliqua-t-elle.

D'après ses souvenirs, Reece avait toujours été un excellent élève en même temps qu'un athlète de haut niveau.

— Pourtant, c'est vrai. J'ai toujours été bon dans de nombreux domaines, mais aucun ne m'a jamais passionné. Parfois, je me demandais même si j'éprouverais un jour une passion. Mon père disait toujours qu'il avait le vin qui courait dans ses veines, et qu'il se sentait lié à cet endroit. Ben, quant à lui, a toujours su qu'il voulait dessiner des terrains de golf depuis la première fois où il a posé le pied sur un green, alors qu'il n'avait que dix ans. Moi, je n'avais jamais rien vécu d'aussi intense jusqu'à ce que je découvre le milieu de la Formule 1. Je ne peux même pas envisager de vivre autrement. D'ailleurs, c'est tout ce que je sais faire.

— Je comprends, dit-elle.

Elle-même aimait sa maison, son métier, et elle ne pouvait pas imaginer vivre ou travailler ailleurs.

Elle ferma les yeux un bref instant.

— Laisse-moi une semaine. Je vais voir avec Anna si je peux liquider certains de mes avoirs et peut-être te faire une offre d'achat. J'ignore encore si c'est possible, mais on pourrait peut-être trouver un terrain d'entente, si tu es d'accord.

Reece acquiesça d'un hochement de tête.

— J'adorerais que tu deviennes la nouvelle propriétaire de cet endroit, et si nous pouvons trouver un terrain d'entente, comme tu dis, je serai tout à fait partant. Je sais que mes parents seraient ravis, eux aussi. Nous n'avons aucune envie de vendre au groupe Keller. Mais le marché est très faible en ce moment, et nous ne pouvons pas garder cette propriété inoccupée trop longtemps.

— Je vais voir ce que je peux faire, répondit-elle.

Hélas, si l'argent de l'assurance n'arrivait pas bientôt…

Elle se secoua.

— Mais si jamais nous ne trouvons pas de solution entre nous et que tu as l'opportunité de vendre à Keller, fais-le. Ça te permettra de partir d'ici plus vite et de reprendre ta vie en Europe, et surtout l'entraînement, déclara-t-elle, fière de garder un ton détaché alors que ces mots lui tordaient le ventre.

— Tu essaies de te débarrasser de moi, Abby ?

— Non, mais tu as besoin de retourner là-bas, à l'évidence. Le plus tôt sera le mieux, n'est-ce pas ?

Reece s'approcha.

— Et jusque-là ?

Elle résista à l'envie de le toucher et de se jeter dans ses bras, réfléchissant à toute vitesse.

Elle refusait d'en discuter. Inutile de chercher les complications ! Elle le désirait, et finalement, puisqu'elle avait la chance de passer du temps avec lui jusqu'à la fin de l'année, autant en profiter. Son départ lui briserait le cœur, mais elle serait bien trop occupée par la suite pour s'abandonner à son chagrin.

Elle se haussa sur la pointe des pieds et glissa ses bras autour de son cou, attirant ses lèvres jusqu'aux siennes.

— Jusque-là, profitons de la vie, répondit-elle, avant de l'embrasser à en perdre haleine.

Chapitre 8

Abby était en train de sortir cartons et matériel dans la cour où se trouvaient installés les sapins.

Il fallait qu'elle fasse vite. D'ici peu, la cour serait bondée de parents et d'enfants pour le concours de décoration de sapins. Tout devait être prêt avant midi.

Anna aurait dû arriver pour l'aider il y avait une heure déjà, mais elle avait téléphoné pour la prévenir qu'elle avait un pneu crevé. Elle serait donc en retard pour passer récupérer les employés intérimaires qui devaient leur donner un coup de main.

Voilà, constata Abby avec résignation, elle se retrouvait donc de nouveau seule.

Elle adorait son travail et n'avait aucune envie de se plaindre, mais ces derniers temps, avec tout ce qu'il lui était arrivé, les choses commençaient à lui peser.

Et puis, pourquoi Reece faisait-il tout pour l'éviter ?

Durant les trois jours qui avaient suivi leur dernier baiser, tous deux avaient été très occupés, et ils n'avaient plus partagé le même lit. Quand elle était à la maison, Reece était ailleurs, et même lorsqu'il était là elle consacrait tout son temps à préparer les salles de dégustation et à tout arranger pour le mariage de Sandra et les fêtes de fin d'année. Le soir, quand elle rentrait, soit Reece était déjà au lit comme l'indiquait le rai de lumière sous la porte fermée de sa chambre, soit il faisait ses exercices dans une autre pièce, et elle ne voulait pas l'interrompre.

Ses nuits solitaires la tenaient éveillée très tard, et elle était réveillée dès les premières heures de l'aube.

C'était aussi bien comme cela, après tout. Elle avait trop à faire pour perdre du temps à dormir !

Une séance de dégustation était organisée pour les parents, et le gagnant du premier prix du concours de décoration se verrait offrir une caisse de vin de Mapple Hills et une autre des vignobles Winston, ainsi qu'un week-end dans l'hôtel qu'elle comptait ouvrir l'été prochain, ce qui était une façon de se faire de la publicité. Les second et troisième prix auraient droit à une bouteille des deux vignobles. Les enfants recevraient des récompenses convenant à leur âge et pourraient aussi participer à un concours de bonhommes de neige. Elle était à l'œuvre depuis le début de la matinée, et, comme Anna et les autres n'étaient pas encore arrivés, elle aurait volontiers apprécié un coup de main de Reece.

La fourgonnette de celui-ci était arrêtée près de l'écurie, mais elle ne l'avait pas encore vu. Il était rentré tard cette nuit et devait être encore en train de dormir. De toute façon, il lui avait fait clairement comprendre qu'il ne voulait pas s'investir dans ses affaires quotidiennes. Il s'occupait de l'inventaire des vins de ses parents, mais à part cela il préférait rester en dehors.

A l'évidence, il n'avait aucune envie de lui parler.

Pourquoi ? Avait-il estimé qu'il avait fait une erreur en entamant une relation avec elle ? Ou peut-être était-il satisfait d'avoir obtenu ce qu'il voulait ?

Elle aussi avait eu ce qu'elle voulait, non ? Alors, pourquoi la situation la faisait-elle autant souffrir ?

Elle savait ce qu'elle faisait en se lançant dans cette liaison avec Reece, et ils ne s'étaient fait aucune promesse. Il lui avait rappelé qu'il partirait bientôt, et pourtant elle n'avait pas hésité à se jeter de nouveau dans ses bras.

Peut-être n'avait-elle pas compris. Etait-il possible qu'en lui rappelant son départ il ait déjà voulu mettre un terme à leur relation ?

Dans ce cas, pourquoi ne clarifiait-il pas la situation, au lieu de l'éviter sans cesse ? S'il ne voulait qu'une coucherie d'une seule nuit, autant le dire !

Elle était sur le point d'attraper un autre carton pour l'emporter dans la cour, lorsqu'elle entendit des pas à l'étage : Reece venait de quitter sa chambre et descendait l'escalier.

Arrivé dans le couloir, il se figea en l'apercevant.

— Bonjour, dit-elle.

Elle était contente de le voir, mais aussi inquiète. Visiblement, lui non plus n'avait pas l'air d'avoir dormi de la nuit. Comme elle aurait voulu se jeter dans ses bras et se blottir contre lui !

Au lieu de quoi, elle attrapa un carton et le tint devant elle comme une barrière.

— Bonjour, répondit Reece en jetant un coup d'œil vers la cuisine.

— Il y a du café, si tu en veux.

— Merci, dit-il en s'éloignant déjà.

Aussitôt, elle remarqua qu'il boitait.

— Ça va ? demanda-t-elle.

— J'ai mal dormi, répondit-il d'un ton peu aimable.

Pourquoi s'en sentait-elle offensée ? Quelle idiote ! Reece avait mal dormi, et il était un peu bougon, c'est tout. Peut-être avait-il juste besoin de se reposer, ou de se distraire.

— Bon, c'est aujourd'hui qu'a lieu le concours de décoration de sapins, dit-elle. Je pense que tout le monde va bien s'amuser, et si tu veux te joindre à nous, tu es le bienvenu. D'ailleurs...

— Ecoute, Abby, je crois que c'est une très mauvaise idée. C'est beaucoup trop compliqué.

— Il s'agit juste de décorer des sapins, Reece. Nous avons...

— Je ne parlais pas que des sapins, répondit-il d'un ton brusque avant de se diriger vers la cuisine.

Elle emporta le carton dehors, espérant que l'air frais sécherait les larmes qui lui brûlaient les yeux.

Voilà. En fait, Reece avait bel et bien essayé de rompre, mais elle n'avait pas compris. Maintenant, les choses étaient claires. Toute complicité entre eux semblait s'être évanouie...

Peut-être était-ce aussi bien, après tout. Cela rendrait les choses moins difficiles quand il retournerait en Europe.

Oui, c'était bien mieux ainsi, décida-t-elle en posant son carton au pied d'un des sapins, avant de retourner en chercher un autre dans la maison.

Puis la colère s'insinua en elle.

Cela dit, il n'avait pas besoin de se montrer aussi brutal. Qu'avait-elle fait pour mériter cela ? Il n'avait aucune raison de la traiter aussi mal. D'ailleurs, elle allait lui dire deux mots !

Passant devant l'alignement de cartons dans le couloir, elle se dirigea droit vers la cuisine, mais, en entendant des voix, elle s'arrêta à la porte entrouverte. Elle aurait dû s'éloigner, mais elle avait l'impression d'être figée sur place.

Reece était au téléphone et avait branché le haut-parleur.

— J'en suis capable, Jo ! Donne-moi une chance, et tu verras, dit Reece d'une voix tendue.

— Si cela ne dépendait que de moi, je le ferais, mais tu sais qu'il n'en est rien. Si jamais il arrivait quelque chose à la voiture, surtout avant la saison, tu sais comme moi que nous en ferions les frais tous les deux. Je me ferais virer, et le boss nous assignerait tous les deux en procès. Ton médecin n'est pas d'accord pour que tu reprennes, mon vieux. Alors, désolé, mais c'est impossible.

— Je me fiche de ce que dit mon médecin. Comment peut-il savoir de quoi je suis capable ? répliqua Reece d'un ton amer.

Son interlocuteur poussa un profond soupir à l'autre bout du fil.

— Reece, il faut que tu acceptes la réalité. Il est hors de question que tu prennes le volant d'une Formule 1. Tu as déjà eu une sacrée veine de te sortir de cet accident, et tu sais pertinemment que tu n'es pas en état de piloter. Pourquoi risquer de te tuer ?

— Tout va bien. Laisse-moi juste faire les tests en janvier, et je te montrerai.

Abby sentit son cœur se serrer.

Reece mourait d'envie de passer ces fameux tests, mais apparemment personne ne le laisserait reprendre le volant d'une Formule 1.

— Je vais voir ce que je peux faire, Reece. Mais nous n'avons pas parlé de ton stress post-traumatique.

— Je vais bien, Joe, tu peux me croire.

— Pour te dire la vérité, les sponsors ont déjà l'œil sur un nouveau pilote dont les temps d'entraînement sont tout à fait remarquables, et…

Abby n'écoutait plus ce que disait l'homme à l'autre bout du fil. Tout ce qu'elle voyait, c'était l'immense frustration qui venait de se peindre sur le visage de Reece. Soudain leurs désaccords n'eurent plus aucune importance. Tout ce qui importait, c'était de le consoler.

Elle fit un pas en avant, puis un autre, et s'approcha de lui.

Elle voulait soulager Reece de sa peine, tout comme lui l'avait aidée quand elle en avait eu besoin.

Reece éprouvait tant d'émotions simultanément qu'il ignorait laquelle gérer en premier. Mais surtout il se sentait trahi.

Nom de nom, pourquoi ne l'écoutait-on pas ? Pourquoi les médecins n'avaient-ils pas confiance en ses capacités de récupération ? Dire que ses sponsors, ceux qui l'adulaient lorsqu'il leur offrait la victoire, étaient déjà en train de songer à le remplacer !

L'angoisse le saisit.

Bon sang ! Quel cauchemar ! N'aurait-il plus jamais l'occasion de tenir le volant d'une Formule 1 ?

Lorsqu'il remarqua Abby qui l'observait, l'air soucieux, cela ne fit qu'accroître sa frustration.

— Joe, je dois te laisser. Vois ce que tu peux faire, et on se rappelle, dit-il en raccrochant brutalement.

— Reece…, commença Abby.

— Alors, Abby, tu m'espionnes ?

— Bien sûr que non !

Elle ferma les yeux un bref instant et poussa un soupir.

— J'étais venue te parler, mais tu étais déjà au téléphone, et j'ai entendu, expliqua-t-elle.

— Je vois.

Il savait qu'il s'était montré peu aimable envers elle lorsqu'il était descendu dans la cuisine à son réveil, l'esprit encore embrumé des somnifères. Il était obligé de prendre ces saletés pour supporter la douleur qui le harcelait ces derniers jours dans la jambe gauche.

Il n'avait eu aucun geste tendre envers Abby depuis leur dernière conversation à propos de la vente du domaine, et il avait bien l'intention que les choses en restent là. Même si elle avait manifesté son désir de partager ses nuits, il préférait mettre un peu de distance entre eux, pour leur bien commun. Jusqu'à présent, il avait toujours évité les complications sentimentales avec les femmes. Peu importait qu'il continuât de la désirer. Tout allait beaucoup trop vite entre eux, ce qui ne ferait que rendre leur séparation encore plus douloureuse. Mieux valait qu'Abby souffre un peu maintenant, cela lui éviterait un plus grand chagrin plus tard.

Hélas, elle lui manquait beaucoup plus qu'il ne l'aurait cru possible, et ça le rendait fou.

Les nuits précédentes, il avait été incapable de dormir, il n'avait fait que penser à Abby. Il s'était tourné et retourné dans son lit, se levant même pour arpenter sa chambre, et au bout du compte l'anxiété et le manque de sommeil n'avaient fait qu'accentuer ses douleurs.

La nuit dernière, il avait donc décidé de reprendre des somnifères, et à présent il était d'une humeur massacrante.

— Je suis désolée, Reece.

— A quel sujet ?

— Désolée que ton équipe ne veuille pas te laisser reprendre le volant.

— Je n'ai pas besoin de ta pitié, Abby. Crois-moi, je serai bientôt de nouveau en course.

— Mais cet homme disait…

— Je sais très bien ce qu'il disait ! Ils s'intéressent peut-être déjà à un nouveau pilote, mais je suis capable de discuter moi-même avec mes sponsors. Je détiens un record de vitesse en piste, j'ai des millions de supporters, et les fans adorent voir leur pilote préféré revenir en course. Mon retour va déclencher une vague de publicité gratuite pour l'écurie, et je vais gagner bien plus de victoires qu'un débutant sur le circuit.

— Mais qu'en est-il du stress post-traumatique ?

— Ce n'est rien. Quelques cauchemars et insomnies, mais ça va passer.

— Tu en es sûr ?

Il leva une main pour l'interrompre.

Abby était une très bonne amie, et il savait qu'elle voulait l'aider, mais il n'avait aucune envie de discuter de tout cela avec elle.

— Abby, je tiens énormément à toi, et j'aimerais que nous restions amis, mais il y a beaucoup de choses que tu ignores à mon sujet.

— Il faut bien que tu discutes de tout cela avec quelqu'un, insista-t-elle.

— Pas avec toi.

— Et pourquoi ?

— Ecoute, ce n'est pas parce que nous avons couché ensemble que tu as le droit de t'immiscer ainsi dans ma vie. De plus, je ne crois pas que tu sois très objective. Plus je reste, mieux c'est pour toi, n'est-ce pas ? Ça retarde la vente.

A peine eut-il prononcé ces paroles qu'il les regretta.

Il n'avait pu résister au besoin de mettre encore plus de distance entre eux. Pourquoi agissait-il ainsi ?

Parce qu'Abby avait raison ? Comme Joe ?

Enervé, il se détourna.

Il en avait assez de toutes ces discussions qui ne menaient à rien !

Il s'apprêtait à quitter la pièce, quand il sentit la main d'Abby sur son bras.

Elle semblait furieuse, ses grands yeux verts lançaient des éclairs. Apparemment, elle n'en avait pas fini avec lui.

— Tu plaisantes, j'espère ? Tu crois que j'ai couché avec toi pour te faire changer d'avis à propos de la vente ?

Bien sûr que non, il n'avait jamais pensé cela.

Mais il n'en dit rien. Car, si elle en venait à le détester, cela rendrait les choses plus faciles pour la suite. Elle avait déjà assez de soucis sans avoir besoin de s'inquiéter de lui.

Abby secoua la tête d'un air stupéfait.

— Je me demande qui de nous deux doit se sentir le plus insulté, dit-elle.

— Ecoute, Abby, j'ai déjà connu ce genre de situation. Je sais que les femmes pensent parfois qu'une liaison peut se transformer en autre chose, et à mon avis c'est ce qu'il t'arrive.

Cette fois, Abby resta un instant bouche bée.

— Pour qui te prends-tu, Reece ? Figure-toi que je ne passe pas mes journées à penser à toi ! C'est vrai, je n'ai aucune envie que tu vendes au groupe Keller, mais j'ai accepté l'idée de cette éventualité. Et, pour ton information, je savais depuis le début que ce que nous partagions n'était que provisoire. Ne crois pas une seule seconde que j'envisage mon avenir avec toi. Mon avenir, il est là-bas ! s'écria-t-elle en tendant le doigt en direction du domaine de ses parents.

Elle était tellement en colère que sa main tremblait.

— Je suis désolé, Abby, mais je ne veux pas que tu te fasses de fausses idées. Je n'ai pas envie que tu penses que je finirai par rester, ou que le fait d'avoir couché ensemble signifie plus que…

— Ne t'inquiète pas, l'interrompit-elle en le regardant comme si elle le voyait pour la première fois de sa vie. En ce qui me concerne, notre petite aventure ne signifie rien du tout.

— Où est Reece ? demanda Anna à Abby, tout en souriant à une fillette qui attendait avec son père qu'on leur serve une tasse de chocolat chaud. Il y a du progrès entre vous ?

— Il doit être dans le coin, répondit Abby en faisant un vague signe de la main.

Il n'avait pas quitté la propriété, mais, la dernière fois qu'elle était rentrée dans la maison, il ne s'y trouvait pas. Tant mieux ! Cela leur avait évité un moment pénible. Elle était encore furieuse de sa dispute avec lui. Comment avait-elle pu être aussi stupide ?

Elle entendait des bruits en provenance de l'écurie, comme s'il bricolait. Que pouvait-il bien y faire ?

Bah, peu lui importait. Il fallait qu'elle cesse de penser à lui en permanence. Elle ferait mieux de se concentrer sur la fête.

Elle ne put s'empêcher de sourire en constatant qu'Anna regardait la fillette et son père s'éloigner, les yeux rivés sur le postérieur de l'homme.

— Pourquoi tous les hommes mignons sont-ils déjà mariés ? soupira son amie. Alors, comment ça se passe entre Reece et toi ?

— Oh ! il n'y a plus rien à dire, répondit Abby, la gorge serrée.

— Mon Dieu ! Tu es tombée amoureuse de lui, c'est ça ?

— Pas vraiment. Enfin si, un petit peu, avoua-t-elle. Ce n'est pas que je sois complètement folle de lui, mais je croyais qu'il y avait… quelque chose entre nous, même si ce n'était qu'une histoire ponctuelle. Mais monsieur a décidé du contraire. Il y a déjà mis un terme.

— Peut-être qu'à sa façon, en te repoussant, il essaie de te protéger, suggéra Anna quand elle lui eut fait part de sa dernière conversation avec Reece.

— Peut-être, mais je trouve ça plutôt stupide comme méthode !

— Que veux-tu, ce n'est qu'un homme, répondit Anna avec fatalisme.

Abby gloussa malgré elle.

Décidément, Anna savait toujours lui remonter le moral.

— Enfin, reprit Anna, comme on dit, un de perdu, dix de retrouvés. Tu as vu celui-là ?

— Pardon ?

— Il y a un homme magnifique qui ne t'a pas quittée des yeux depuis qu'il est arrivé.

— Qu'est-ce que tu racontes ?

Anna fit un geste discret de la main, et Abby remarqua deux hommes, effectivement plutôt sexy, qui se tenaient au milieu d'un groupe vers l'un des sapins à moitié décorés. L'un des deux lui sourit.

— Tu les connais ? demanda-t-elle à Anna.

— Non, mais ils sont là depuis un bon moment, et celui-là ne t'a pas lâchée du regard, même si tu ne t'en es pas rendu compte. Heureusement que j'ai un radar à ta place ! répondit son amie en faisant un signe de la main à l'homme en question.

— Anna, non !

Mais l'inconnu s'avançait déjà vers elles.

— Pourquoi pas ? Ils sont deux, et nous aussi, déclara Anna.

Abby lui jeta un regard furieux. Puis, plaquant un

sourire sur son visage, elle se tourna vers le jeune homme, qui se prénommait Dereck, et lui offrit un verre de baco.

Elle garda un ton strictement professionnel durant les premières minutes, mais Anna avait raison : Dereck était adorable, et elle avait l'air de lui plaire. Hélas pour Anna, l'ami de Dereck était déjà en train d'aborder une autre invitée.

Anna haussa les épaules puis les laissa seuls.

Dereck était propriétaire d'une boutique de logiciels. Il avait trois ans de moins qu'elle, mais cela ne semblait pas le déranger. Il était à croquer, avec des cheveux blonds et de beaux yeux bleus, et son jean lui allait à la perfection, moulant ses hanches de façon très sexy.

En fait, elle n'éprouvait aucun intérêt pour lui. Contrairement aux prédictions d'Anna, l'attirance n'était pas réciproque.

Néanmoins, elle continua de bavarder avec lui tout en distribuant des tasses de chocolat chaud, soulagée de ne plus penser à Reece.

— Je suis bien content que nous ayons décidé de venir, dit Dereck en observant les groupes qui décoraient les sapins.

— Ravie que vous vous amusiez, répondit-elle d'un ton qu'elle espérait diplomate.

Comment, sans se montrer grossière, lui faire comprendre qu'elle préférait en rester là avec lui ?

— C'est le cas, répliqua Dereck. Je ne me suis jamais vraiment intéressé au vin. Après mon travail, je bois plutôt une bière.

Il avait un sourire craquant qui devait ravir bien des femmes.

— J'aime aussi la bière, répondit-elle. Certaines ont des goûts étonnants.

Ils se lancèrent dans une conversation sur le brassage de la bière. Sur ce point, Dereck en connaissait beaucoup plus long qu'elle.

— On dirait que tout le monde a terminé de décorer les sapins. Je vais devoir aller remettre les prix, dit-elle, espérant pouvoir ainsi mettre un terme à leur conversation.

Où diable était passée Anna ?

— Avez-vous besoin d'aide ? proposa Dereck.

Elle était sur le point de refuser, quand elle remarqua Reece qui sortait de l'écurie et se dirigeait vers la maison. Il s'arrêta un instant et l'observa.

Aussitôt, elle se tourna vers Dereck et lui adressa son sourire le plus éblouissant.

— Bien sûr, vous allez pouvoir m'aider à ramasser les votes, dit-elle en se rapprochant de lui pour lui expliquer la procédure.

En entendant la porte de la maison claquer, elle ne put retenir une petite moue de satisfaction.

Ainsi, son petit stratagème avait marché !

Dereck semblait ravi par l'intérêt qu'elle lui portait et l'aida à rassembler les votes.

Elle observa son nouvel ami qui discutait avec un groupe d'enfants tout en réunissant leurs votes, et elle le vit chasser quelques flocons de neige de l'épaule d'un des petits garçons.

Que diable était-elle en train de faire ? Dereck était

charmant, ce n'était pas correct de sa part de l'utiliser pour rendre Reece jaloux. Pourtant, elle n'avait pu s'en empêcher.

Pourquoi ne pouvait-elle transférer sur lui les sentiments qu'elle éprouvait pour Reece ?

— Vous avez l'air de bien vous entendre, tous les deux, dit Anna en apparaissant soudain à côté d'elle.

— Mais où étais-tu ?

— Je m'occupais du concours des bonshommes de neige, répondit Anna d'un air innocent.

— Ça, c'est Judy qui s'en charge. Tu as fait exprès de nous laisser seuls, n'est-ce pas ?

Anna esquissa un sourire.

— Il t'a demandé de sortir avec lui ?

— Pas encore.

— Tu vas accepter ?

— Je n'en sais rien.

— On dirait que mon petit plan fonctionne, plaisanta Anna.

— Reece nous a vus.

— Ah, c'était donc ça ! Je l'ai vu fixer quelque chose du regard, puis il a claqué la porte si fort qu'il a failli briser la vitre.

Abby secoua la tête.

— Oui, j'ai fait semblant d'être attirée par Dereck pour le provoquer, avoua-t-elle.

Cette fois, Anna eut un large sourire.

— Alors là, ça veut dire que mon plan a vraiment, *vraiment* bien fonctionné ! Reece avait juste besoin de te voir avec un autre homme pour comprendre qu'il tient à toi.

— Moi, je ne parierais pas trop là-dessus.

Dereck revint, et ils comptèrent les votes, puis ils récompensèrent les gagnants, s'assurant que chacun emporte un petit souvenir de la fête avant de partir.

La journée avait été parfaite sur le plan professionnel, mais Abby était contente qu'elle se termine. Enfin, elle allait pouvoir se reposer un peu.

Avant de partir, Dereck l'invita à dîner plus tard dans la semaine, et elle déclina sa proposition, au grand désespoir d'Anna.

Dereck accepta son refus avec fair-play, mais il prit la peine de lui noter son e-mail sur un napperon en papier, au cas où elle changerait d'avis.

— Pourquoi ne l'ai-je pas rencontré il y a quelques semaines ? demanda-t-elle à Anna lorsque tout le monde fut reparti.

Elles étaient assises sur les marches de l'entrée, sous le porche, et elles contemplaient les sapins brillamment décorés et la longue rangée de bonshommes de neige dans la nuit qui commençait à tomber.

— Est-ce que cela aurait fait une différence ? demanda son amie.

Elle poussa un soupir.

— Probablement pas, tu as raison.

De toute façon, quoi qu'il advienne de leur relation, elle n'échangerait pour rien au monde les moments de passion que Reece et elle avaient partagés.

— Tu veux venir passer la nuit chez moi ? proposa Anna.

Abby secoua la tête.

Même si la situation avec Reece était délicate, elle refusait de baisser les bras.

De toute façon, elle n'avait pas le choix.

Chapitre 9

Les mains de Reece s'ouvrirent puis se refermèrent sur le volant gainé de cuir de la voiture de sport.

— Dieu, que c'est bon !

Son vieil ami Brody Palmer qui était assis dans le siège passager se mit à rire.

Brody était venu passer quelques jours en Floride pour voir sa famille, et Reece avait apprécié cette soirée entre hommes à boire de la bière et à discuter boulot. C'était aussi la première fois qu'il conduisait autre chose que la vieille camionnette de son père.

Il se sentait un peu nerveux, mais c'était normal, non ?

Il songea un instant à Abby.

Une semaine s'était écoulée depuis leur dernière discussion, et ils continuaient de s'éviter, ne s'adressant la parole qu'en cas d'absolue nécessité. Il l'avait vue discuter avec l'enquêteur envoyé pour établir un second rapport après l'incendie, et le stress qu'elle subissait était flagrant. Comment diable ces enquêteurs pouvaient-ils imaginer qu'elle ait mis le feu à sa propre demeure ?

Où allait-elle quand elle sortait ? Retrouvait-elle ce

type avec lequel il l'avait vue flirter lors du concours de décoration des sapins de Noël ?

Il aurait volontiers flanqué un coup de poing à cet homme pour l'éloigner d'Abby. Mais après tout il n'avait aucun droit sur elle. Il n'en avait jamais eu et n'en aurait jamais.

Quoi qu'il en soit, quand il les avait vus ensemble, son sang n'avait fait qu'un tour. Il aurait voulu traverser la cour, prendre la main d'Abby dans la sienne et afficher leur relation au grand jour.

Depuis, cela ne cessait de le perturber.

— Arrête de rêver et fonce ! dit Brody en riant.

— Désolé, ça fait un bon moment.

Il mit le contact et quitta le parking du restaurant.

Comme c'était bon d'être assis dans ce siège de cuir et d'entendre le doux ronronnement du moteur !

Brody, qui faisait partie de la Nascar et participait aux courses de stock-car depuis plusieurs années, lui avait confié durant le dîner qu'il envisageait de mettre un terme à sa carrière.

— Ne t'en fais pas pour ta conduite, mon vieux, dit Brody. Tu verras, c'est comme le sexe. Tu es peut-être un peu rouillé, mais ça va revenir très vite.

— Tu es sûr que tu me fais assez confiance ? Et si jamais j'avais un accrochage ? demanda Reece sur le ton de l'humour.

Mais son émotion le trahit.

La nouvelle Dodge Charger SRT8 de Brody était une voiture magnifique, et la seule digne de ce nom qu'il ait conduite depuis son accident. Il avait les mains moites, et son cœur battait un peu vite. Non pas d'excitation, mais d'appréhension.

— C'est normal d'être nerveux après un accident, affirma Brody comme s'il lisait en lui. Si tu veux te remettre au boulot, tu vas devoir apprendre à gérer tes émotions. Il faut que tu y ailles par paliers, pour voir comment tu te sens. Et tu as aussi tout à fait le droit d'abandonner.

Ces quelques paroles atténuèrent son anxiété.

Brody avait raison. Comment pouvait-il envisager de prendre de nouveau le volant d'une Formule 1 s'il n'était pas capable de conduire une voiture classique ?

Il s'engagea sur la route et commença à se détendre.

Enfin, il retrouvait les sensations familières. Comme c'était bon !

— Tu vois, je te l'avais dit ! plaisanta Brody avec un large sourire.

Lorsqu'ils parvinrent à la route du lac qui menait à son domaine, il accéléra et sentit ses réflexes revenir.

Mis à part les moments où il avait fait l'amour avec Abby, il ne s'était pas senti vivant depuis bien longtemps !

A cette pensée, le visage d'Abby, son sourire, son odeur, tout lui apparut avec une incroyable clarté. Il oublia soudain ce qu'il était en train de faire et ralentit.

— Ça va ? demanda Brody.

— Oui. Désolé, j'ai été distrait un instant.

Bon sang ! Il brûlait d'envie de refaire l'amour avec Abby, mais s'il devait piloter de nouveau il ne pouvait se permettre aucune distraction. Non, aucune distraction féminine ! Il lui fallait oublier Abby.

Il se concentra sur la route qui bordait le lac puis tourna dans l'allée.

Il y avait plusieurs voitures sur le parking.

— On dirait que la fête n'est pas finie, mais on peut aller boire une bière à la maison, proposa-t-il à Brody en garant la voiture, avant de lui rendre les clés. Merci pour la conduite, ça m'a fait du bien.

Brody glissa les clés dans la poche de son blouson de cuir, et l'observa d'un air inquisiteur.

— J'ai entendu dire que le manager de ton équipe envisageait de recruter un nouveau pilote.

— Oui, il paraît. J'espère convaincre mon écurie et mes sponsors de n'en rien faire, mais c'est plutôt difficile, en étant bloqué ici.

— Je connais quelques gars à Daytona. Si tu es libre un jour ou deux, je pourrais organiser un test pour toi, si tu veux. On pourrait s'y rendre ensemble, s'entraîner, et tu verrais si ça te convient.

Reece savait qu'il aurait dû bondir sur cette opportunité, mais il eut soudain de nouveau les mains moites.

Bon sang, pourquoi réagissait-il ainsi ?

— D'accord, je suis partant, se força-t-il à répondre alors qu'ils se dirigeaient vers la maison.

Mais pourquoi était-il aussi nerveux ?

Sa jambe gauche continuait de le tracasser. Parfois il se demandait s'il retrouverait un jour tous ses réflexes. Cela dit, il savait qu'après avoir été assis en position de conduite, il était normal que ses muscles le fassent souffrir. Le temps et les exercices résoudraient ce problème.

Enfin, mieux valait l'espérer.

— Alors, qu'est-ce que c'est, cette fête ? demanda Brody en pointant du doigt les nombreux véhicules garés.

— Une fête d'enterrement de vie de jeune fille, répondit Reece en riant.

— Tu plaisantes ?

— Pas du tout.

Il expliqua à Brody le travail d'Abby et les divers événements qu'elle organisait sur les lieux. La fête d'enterrement du futur marié avait lieu dans un bar en ville, mais Sandra avait décidé de faire la sienne ici.

Brody s'arrêta et sembla réfléchir un instant tout en regardant en direction du bâtiment qui abritait la fête.

— Tu ne crois pas qu'on devrait s'inviter ?

Reece eut un sourire.

— Nous ferions mieux de les laisser seules. On n'a plus dix-huit ans, mon vieux.

Brody haussa un sourcil.

— De toute façon, à cette époque, nous n'aurions pas su quoi faire avec tout un groupe de filles plus ou moins éméchées et d'humeur à s'amuser.

Cette fois, Reece éclata de rire, toute nervosité dissipée.

— Parce que tu saurais quoi faire aujourd'hui ? répondit-il en donnant une tape sur l'épaule de Brody.

Mais Brody se dirigeait déjà vers la fête.

— On dirait que tu as perdu ton esprit d'aventure, mon pote, plaisanta-t-il.

Abandonnant toute idée de le ramener à la raison, Reece le suivit à contrecœur.

Ils dépassèrent les salons de dégustation et avancèrent

dans le couloir sombre comme deux espions en mission, puis ils ouvrirent doucement la porte de la salle de réception.

Reece s'attendait à tout, sauf au spectacle qui s'offrait à leurs yeux.

— Tu es sûr qu'il s'agit d'une soirée d'enterrement de vie de jeune fille ? chuchota Brody, les yeux écarquillés.

— Oui.

Mais on aurait pu croire qu'il s'agissait d'un tout autre genre de soirée.

Les femmes étaient réunies à l'autre extrémité de la pièce, et Reece dut cligner des yeux plusieurs fois afin de s'assurer qu'il n'avait pas la berlue.

Chaque fois qu'il avait questionné Abby sur le thème choisi par la future mariée, Abby était restée vague. A présent, il comprenait pourquoi.

Il s'était imaginé que les invitées s'amuseraient, danseraient, voire applaudiraient un Chippendale recruté pour l'occasion tout en lui glissant quelques billets dans l'élastique de son slip. Mais rien de tout cela n'avait lieu.

Une mini-scène avait été installée à l'autre bout de la pièce. Une barre de danse s'étirait du sol au plafond, et toutes les femmes venaient successivement danser autour de cette barre sur des airs entraînants.

Bien sûr, elles gardaient leurs vêtements, et la plupart éclataient de rire en essayant d'imiter les strip-teaseuses professionnelles. Certaines invitées étaient plus douées que d'autres, et la salle retentissait de cris, d'applaudissements et de rires.

— Les femmes sont vraiment étranges, grommela Brody. D'habitude, elles poussent les hauts cris dès que nous manifestons la moindre envie de voir ce genre de spectacle !

Reece se mit à rire et ouvrit la porte un peu plus grand pour mieux profiter de la gaieté ambiante.

Les invitées s'amusaient si bien que personne n'avait remarqué leur présence. Abby se tenait un peu à l'écart avec Anna. Toutes deux semblaient aussi se divertir du spectacle.

Quand la chanson se termina, Sandra monta sur scène, beaucoup plus joyeuse que le jour où il l'avait vue dans la cour en train de vociférer sur Abby. Elle avait l'air un peu éméchée, et son verre de Martini tanguait dangereusement dans sa main.

Elle s'approcha du micro et sourit aux spectatrices.

— Quel pied, mes amies ! Je vous rappelle que nos petits numéros sont filmés et atterriront dès demain matin sur You Tube. On verra laquelle d'entre nous remporte les suffrages des internautes !

Une vague d'éclats de rire retentit.

— Mais nous n'avons pas encore fini tous les Martini ! s'exclama Sandra.

Un chœur d'acclamations lui répondit.

— Et tout le monde n'a pas encore effectué sa prestation ! s'écria-t-elle en montrant du doigt Abby et Anna.

Un nouveau concert d'acclamations lui répondit.

— A présent, nous savons qu'Abby Harper est douée pour organiser des fêtes sensationnelles, mais sait-elle danser ? Vous aimeriez le savoir autant que moi, n'est-ce pas ?

Cette fois encore il y eut des cris enthousiastes et des sifflements.

Abby s'arrêta au beau milieu de sa conversation avec Anna, remarquant soudain que tout le monde la fixait. Elle écarquilla les yeux et secoua la tête.

— Oh ! mais ça devient de plus en plus intéressant, dit Brody en lorgnant du côté d'Abby et d'Anna.

Reece lui donna un coup de coude.

— Abby est la jeune femme de droite.

Apparemment, le ton de sa voix le trahit.

— Donc, celle de gauche est libre, c'est bien ça ?

Brody était un dragueur impénitent, et les journalistes s'amusaient toujours à lui demander s'il comptait plus de victoires en course que de conquêtes féminines ou le contraire. En fait, tout ce qui lui importait, c'était de piloter. Lorsqu'il tenait un volant de course entre ses mains, Brody était le plus sérieux des hommes, mais dès qu'il avait quitté la piste il ne songeait plus qu'à s'amuser.

— Oui, elle est libre, répondit Reece. A toi l'honneur.

Malheureusement pour Brody, il n'avait que peu de chance avec Anna. Reece connaissait Anna Morgan depuis presque aussi longtemps qu'Abby, et elle ne lui semblait pas du genre à se laisser courtiser facilement.

Abby était toujours en train de protester avec vigueur, mais Sandra réussit à l'entraîner sur la scène. Tout le monde riait et la mettait au défi de faire son numéro. Lorsqu'elle se retrouva seule sur la scène, les invitées se mirent à l'acclamer et à applaudir en rythme avec le morceau de rock qui commençait.

Abby se mit à rire et leva les yeux au ciel pour cacher son embarras.

— Oh, mon Dieu, elle va le faire ! s'exclama Reece, le souffle court.

Elle portait une simple petite robe noire qui semblait très classique à côté des tenues des invitées, mais lorsqu'elle retira ses talons hauts et attrapa la barre de danse il sentit son corps réagir.

Elle se laissa aller et venir à plusieurs reprises le long de la barre de danse, sa bretelle glissant sur son épaule. Puis elle plia une jambe et la leva bien haut, dévoilant ses cuisses.

Lorsqu'elle renversa la tête, lèvres entrouvertes comme si elle était en train de jouir, Brody poussa un sifflement.

Aussitôt, Reece donna un coup de coude dans les côtes de son ami, mais le mal était fait. Lorsque Abby se redressa, elle jeta un coup d'œil dans leur direction et fronça les sourcils.

Il lui sourit et lui adressa un petit hochement de tête.

Heureusement, mis à part elle, aucune des femmes présentes ne semblait avoir remarqué leur présence.

Alors, les lèvres d'Abby se plissèrent en une moue taquine. Elle garda les yeux rivés sur lui tout en recommençant à danser, se penchant en avant pour mettre en valeur ses seins superbes.

Mon Dieu, elle était fantastique ! Jamais il n'aurait cru qu'elle soit aussi souple ! Il avait hâte de découvrir jusqu'à quel point elle pouvait l'être…

— C'était ta petite amie au lycée ? demanda Brody.

— Non, nous sommes bien allés dans la même école, mais c'était juste une voisine, répondit Reece sans lâcher Abby des yeux.

— Et aujourd'hui ? Qu'est-ce qu'il y a entre vous ?

— Ça, je me le demande.

Si seulement Brody voulait bien se taire et le laisser profiter du spectacle !

Riant aux éclats, Abby tendit la main, et Anna s'approcha de la scène, vêtue d'une jupe noire et d'un chemisier blanc classiques.

Mais, à la grande surprise de Reece, la sage comptable se transforma soudain en une tornade sexy. Elle dégrafa son chemisier à outrance, lâcha ses cheveux, et ses lunettes cerclées de noir ajoutèrent une touche érotique à son personnage tandis qu'elle commençait à se déhancher.

Brody perdit tout contrôle et se mit à siffler avec ferveur, l'exhortant à se déhancher encore plus.

A cet instant, toutes les femmes se tournèrent vers eux, et soudain on n'entendit plus que la musique.

Tandis que Brody semblait ne s'apercevoir de rien, le regard rivé sur Anna comme si rien d'autre n'avait d'importance à ses yeux, Reece se crispa.

Comment toutes ces femmes allaient-elles réagir ?

Déjà, il s'apprêtait à présenter des excuses pour leur intrusion, quand des rires fusèrent. Plusieurs femmes s'approchèrent d'eux, insistant pour qu'ils participent à la fête et les prenant par la main pour les entraîner avec elles.

Reece n'en avait aucune envie, mais Brody était d'humeur festive. Saisissant un verre de Martini sur un plateau, il grimpa sur scène et entraîna Anna dans une danse.

Tandis que le public féminin s'enthousiasmait de plus belle, Reece tendit la main à Abby pour l'aider à descendre de la scène.

— Tu m'as manqué, dit-il quand elle fut près de lui.

— Toi aussi, avoua-t-elle.

Il la dévora des yeux, et soudain plus rien n'exista à part elle.

— J'ignorais que tu avais de tels talents, dit-il en désignant la scène.

Abby lui sourit.

— Il y a beaucoup de choses que tu ignores à mon sujet, plaisanta-t-elle, avant d'éclater de rire en regardant Brody faire un numéro autour de la barre.

En entendant fuser son rire, il eut soudain l'urgent désir de l'entraîner dans un coin et de lui faire l'amour là, tout de suite.

Il jeta un coup d'œil alentour.

Tout le monde s'amusait, personne ne remarquerait leur absence…

Comme Abby le regardait, les yeux brillants, semblant lire dans ses pensées, il lui prit la main avant qu'elle puisse changer d'avis et l'entraîna dans le salon de dégustation, derrière le bar.

Même si la fête se déroulait à quelques mètres, il y faisait sombre, et la pièce leur appartenait.

Il la plaqua contre le mur et l'embrassa avec fougue. Puis il glissa une main sous sa robe, et ses doigts effleurèrent à travers sa petite culotte de satin son sexe déjà mouillé de désir.

Oh oui, Abby était aussi excitée que lui !

— Ce n'est pas la haie, mais on s'y croirait presque, non ? chuchota-t-il.

L'odeur de son désir et sa peau chaude sous ses doigts le rendaient fou.

— Quelqu'un pourrait venir et nous surprendre, murmura Abby.

Mais le ton de sa voix indiquait clairement que la situation l'excitait. D'ailleurs, elle ne cherchait pas du tout à le refréner.

— Oui, alors nous ferions mieux de nous dépêcher, rétorqua-t-il en libérant son sexe de son jean.

Il saisit à pleines mains les hanches d'Abby pour la soulever afin qu'elle puisse nouer ses jambes autour de lui et la pénétra sans perdre une seconde, allant et venant en elle avec vigueur.

Elle se cambra pour s'offrir mieux encore. Puis, elle s'agrippa à ses épaules, retenant un cri de plaisir.

Son sexe était mouillé, chaud, brûlant même, et peu lui importait que quelqu'un arrive et les surprenne. Il la désirait tant ! Jamais il n'avait été aussi excité. Faire l'amour avec Abby était aussi vital que de respirer.

Normalement, étant donné ses responsabilités vis-à-vis de son équipe et de ses sponsors, jamais il ne se serait risqué à faire l'amour dans un lieu public, mais pour l'instant il ne voulait pas se soucier de tout cela.

Il se pencha en avant, bloquant Abby contre le mur, et saisit l'un de ses tétons entre les dents à travers le fin tissu de sa robe.

Abby défaillit de plaisir et se laissa emporter par son orgasme.

L'orgasme le submergea à son tour. Il plaqua ses lèvres sur celles d'Abby pour étouffer ses cris de plaisir, l'embrassant avec passion pendant qu'il jouissait en elle.

La vague de plaisir les laissa chancelants, et ils entendirent alors des voix distinctement.

Aussitôt, ils se cachèrent derrière le bar. Il attira Abby à lui et l'enlaça tandis que les voix d'un couple se faisaient plus nettes.

Le visage d'Abby était éclairé par le halo de la lune qui nimbait la baie vitrée. Ses yeux brillaient de plaisir, et ses cheveux étaient décoiffés par ses caresses. Elle se couvrit la bouche d'une main et retint un rire.

C'étaient Brody et Anna.

Abby gigota entre ses bras pour se libérer et jeter un coup d'œil, mais il la retint, posant un doigt sur ses lèvres jusqu'à ce que leurs amis s'éloignent.

Quelques instants plus tard, il entendit le moteur de la Charger.

— On dirait qu'Anna a déjà reçu son cadeau de Noël, dit Abby en rigolant.

Ils se relevèrent, surveillant les lieux tout en remettant leurs vêtements en ordre, puis ils se dirigèrent vers l'autre salle.

— Qui est l'homme avec Anna ? demanda Abby en se lissant les cheveux.

Comme il aurait aimé la décoiffer de nouveau, là, sur-le-champ !

— C'est mon ami, Brody. Brody Palmer.

— Brody Palmer ? Tu plaisantes ? Tu es en train de me dire que ma meilleure amie vient de partir avec le célèbre Brody Palmer ? Le pilote dont les fans tiennent le record de conquêtes ?

Reece esquissa une grimace.

— Oui, c'est bien lui.

Abby poussa un soupir.

— Je me demande si je dois appeler Anna pour la prévenir, ou pour la féliciter.

— Il ne faut pas croire tout ce que tu lis dans les médias, tu sais.

Elle lui jeta un regard de travers.

— Bon, d'accord, concéda-t-il. La plupart de ce que l'on peut lire sur Brody est vrai, mais je t'assure que c'est un homme bien. Je suis certain qu'Anna l'appréciera.

— Si tu le dis, répondit Abby en l'enlaçant. Après tout, Anna m'a confié l'autre jour qu'elle aimerait bien s'offrir une aventure torride. On dirait que son vœu est sur le point de se réaliser… Et toi ?

— Moi ? Qu'est-ce que tu veux dire ?

— Quel est ton record ? Plus de victoires en courses ou plus de conquêtes ? le taquina-t-elle.

— Personne ne tient de tels comptes pour moi, mais je suis presque sûr que ce sont mes victoires en Formule 1 qui l'emportent, répondit-il en lui caressant le cou. Je ne suis peut-être pas un saint, mais je ne suis pas non plus Brody Palmer.

Elle lui noua les bras autour du cou.

— Dieu merci !

Puis les lumières s'allumèrent soudain dans la pièce, et ils sursautèrent tout en s'écartant l'un de l'autre.

Sandra, passablement éméchée, les observait en souriant.

— Sandra, tout va bien ? s'enquit Abby.

— Très b… bien, bredouilla Sandra en s'approchant pour l'enlacer.

Abby vacilla sous l'assaut, tandis que Sandra lui marmonnait des remerciements pour la plus belle fête de toute sa vie, et maintes excuses pour l'avoir menacée d'un procès.

— Ne vous en faites pas, Sandra, je sais que vous étiez énervée ce jour-là et que vous n'avez jamais eu de telles intentions, la rassura-t-elle tout en la soutenant.

Reece courut à son secours. Il passa un bras autour de la taille de Sandra, et, à eux deux, ils entraînèrent la future mariée vers la cheminée et la firent asseoir dans l'un des fauteuils près de l'âtre.

— Qu'est-ce que tu vas faire d'elle ? demanda-t-il.

Abby poussa un soupir.

— Je vais aller voir lesquelles de ses amies ou de ses sœurs sont les plus sobres et leur demander de l'emmener dans sa chambre. J'ai les clés de tous leurs véhicules, alors personne ne partira d'ici ce soir. Gros dodo pour tout le monde, déclara-t-elle en riant. Demain matin, elles ont un brunch prévu en ville, alors une fois qu'elles seront couchées, j'en aurai terminé.

Il acquiesça d'un sourire.

— Qu'est-ce que je peux faire pour t'aider ?

Elle le regarda, étonnée.

— Tu ne peux pas t'occuper de toutes les invitées toute seule, et Anna ne reviendra pas ce soir, fit-il remarquer.

— Tu en es sûr ? demanda-t-elle.

Elle ne connaissait pas les talents de séducteur de Brody !

De toute façon, maintenant qu'ils étaient réconciliés, il n'avait aucune envie de la quitter.

— Absolument, répondit-il. Abby, je suis désolé de

m'être comporté comme un idiot ces derniers temps. J'ai cru que les choses seraient plus faciles si je mettais un peu de distance entre nous, mais c'était tout le contraire.

— Reece…, dit-elle dans un souffle en posant son front contre le sien.

— Dis-moi, ce type avec lequel je t'ai vue pendant le concours de décoration de sapins… Tu es sortie avec lui ?

Bon sang ! Il avait l'impression de se comporter comme un adolescent, mais il devait savoir.

— Non, j'essayais juste de te rendre jaloux.

— Eh bien, ça a marché ! Tu sais, je n'avais pas l'intention de te faire souffrir. Mais tout est arrivé si vite entre nous que… Je ne savais plus comment réagir.

Elle déposa un léger baiser sur ses lèvres.

— Ne t'inquiète pas, j'étais dans le même état que toi.

Soudain le monde lui sembla de nouveau plus lumineux.

Il poussa un soupir de soulagement puis jeta un coup d'œil à sa montre.

— Va voir ce qu'il en est des invitées. Moi, si tu veux, je vais commencer à ranger, proposa-t-il.

— Merci. Je reviens tout de suite.

Il observa Abby pendant qu'elle s'éloignait.

Désormais, il était incapable de nier les sentiments qu'il éprouvait pour elle. Rien n'avait changé… Mais tout avait changé. Où tout cela allait-il les mener ?

— Abby ? appela-t-il avant qu'elle ne disparaisse dans l'autre salle.

Elle se retourna.

— Oui ?

— Pourquoi ne pas laisser cette barre de danse en place,

juste une nuit ou deux ? suggéra-t-il, l'imaginant déjà en train de lui offrir un spectacle privé.

Son petit sourire malicieux lui apporta la réponse qu'il attendait.

Chapitre 10

Abby contempla rêveusement la place vide dans le lit à côté d'elle.

Reece avait dû se lever de bonne heure.

Elle avait l'impression que sa vie était aussi mouvementée qu'un train lancé à vive allure sur des montagnes russes. Du jour au lendemain, tout avait changé, et ce matin elle se réveillait dans le lit de Reece !

Elle en était ravie. Au diable tous ses doutes sur l'avenir de leur relation ! Reece et elle se sentaient bien ensemble, et leur désir était réciproque.

Elle frissonna de plaisir en se remémorant leur épisode torride, la veille, debout derrière le bar. Un moment d'une intensité inouïe.

Ensuite, alors que Sandra et ses invitées étaient parties se coucher, Reece l'avait aidée à tout ranger. Leur complicité était telle qu'ils se comprenaient sans avoir besoin de se parler. Cependant, une fois sa chambre regagnée, la fatigue l'avait emporté sur le désir. Ils s'étaient tous les deux écroulés sur le lit, épuisés, puis ils s'étaient endormis dans les bras l'un de l'autre.

Oui, après leur dispute des jours précédents, leurs retrouvailles avaient été délicieuses !

Elle s'étirait en soupirant d'aise, quand son téléphone portable sonna, interrompant ses pensées.

Anna.

— Bonjour ! dit Abby d'un ton léger. Je ne pensais pas avoir de tes nouvelles aujourd'hui, espèce de coquine !

— Tu me connais, je suis du genre matinal, même quand je me suis couchée très, très tard.

— Raconte-moi.

— Plus tard, promis. Pour l'instant, nous nous demandions si vous auriez envie de prendre un brunch.

— Nous ?

— Eh bien, Brody et moi. Nous comptions vous inviter tous les deux, mais si tu préfères tu peux venir toute seule.

Abby comprit la question silencieuse d'Anna. Son amie avait dû les voir partir ensemble, Reece et elle, et elle se demandait comment les choses s'étaient passées.

— Je suis sûre que Reece aura envie de venir aussi.

Anna se mit à rire.

— On dirait que votre dispute est terminée, plaisanta-t-elle

— Oui, complètement. Où est-ce qu'on se retrouve ?

Elles convinrent d'un endroit et d'une heure puis raccrochèrent.

Abby se dirigea alors vers la salle de bains, où elle entendait l'eau couler.

— J'espérais bien que tu allais venir me retrouver, dit Reece comme elle entrait.

— Waouw ! s'exclama-t-elle en refermant la porte.

Reece utilisait la salle de bains de la suite de maître qu'il occupait, alors qu'elle avait jusqu'ici utilisé celle contiguë à sa chambre. La sienne était ravissante, mais celle-ci était tout bonnement fabuleuse.

L'espace était tout de granit moucheté d'or, de noir et d'un rouge rubis qui donnait une touche chaleureuse. La surface du sol imitait la pierre brute, empêchant d'éventuelles glissades, tandis que les murs étaient lisses. Des plantes étaient alignées le long des fenêtres, formant un rideau de verdure.

Elle avait l'incroyable sensation d'avoir pénétré dans une grotte secrète au milieu de laquelle coulait une cascade.

L'espace comportait cinq jets de différentes hauteurs, et un banc de pierre courait le long de la douche, ainsi qu'une étagère garnie de divers savons, shampooings, huiles parfumées pour le corps, mais aussi d'éponges naturelles et de loofahs. En bref, quasiment tout ce dont on pouvait avoir envie. Un écran digital indiquait même la température de l'eau.

— Ce n'est pas juste une douche, mais un véritable paradis ! s'exclama-t-elle.

— Oui, mon père l'appelait son « lagon », expliqua Reece en riant.

— C'est tout à fait cela.

— Ma mère s'était mis en tête de créer la salle de bains parfaite. D'ailleurs, cette pièce a figuré dans un célèbre magazine de décoration. Elle en était folle de joie.

— Elle l'a mérité. C'est superbe, répondit Abby en venant se blottir contre lui sous le jet d'eau chaude.

Il lui caressa les seins et l'embrassa.

— A présent, c'est vraiment le paradis.

— Je suis d'accord, répondit-elle en caressant son sexe déjà dur.

Reece frémit, et plus encore lorsqu'elle descendit un peu plus bas, effleurant ses bourses puis l'intérieur de ses cuisses.

— Viens là, dit-il en s'asseyant sur le banc et en l'attirant sur ses genoux.

Ils échangèrent un baiser passionné alors que l'eau ruisselait sur eux, comme s'ils se trouvaient au beau milieu d'une cascade tropicale.

Elle commença à se tourner pour s'asseoir à califourchon sur lui, mais, secouant la tête, Reece lui fit comprendre que mieux valait éviter.

— Tu vas te faire mal aux genoux, dit-il en l'invitant plutôt à s'asseoir sur lui en lui tournant le dos.

— Ooh…, gémit-elle alors qu'il la pénétrait déjà.

Il la tint contre lui, lui embrassant la nuque tandis que ses mains saisissaient ses seins et en agaçaient les pointes déjà durcies jusqu'à ce qu'elle crie de plaisir.

— C'est bon, comme ça, murmura-t-elle, haletante, en se tournant pour lui jeter un regard mutin.

Il avait saisi ses fesses à pleines mains, et ses doigts effleuraient son intimité tandis qu'elle allait et venait sur son sexe dressé en s'agrippant à ses genoux.

— C'est plus que bon, renchérit Reece.

A coup sûr, il avait planifié ce petit jeu torride dans la douche, mais elle ne l'en appréciait que plus. La sensation de l'eau chaude qui déferlait sur elle pendant qu'il la pénétrait de plus belle lui fit crier son plaisir de plus en plus fort, jusqu'à ce que l'orgasme déferle sur elle comme un ouragan.

Au beau milieu de son plaisir, pendant qu'elle jouissait et jouissait encore, Reece lui chuchota des mots crus à l'oreille.

Lâchant son genou, elle insinua sa main entre ses cuisses et se caressa tandis qu'il la prenait de plus en plus vite, de plus en plus fort, si fort qu'elle se cambra de plaisir et cria son nom alors qu'il jouissait à l'unisson.

Elle se laissa aller contre lui, et, tournant la tête, enfouit le visage dans son cou.

— Oh ! Reece, c'est encore meilleur chaque fois, dit-elle en enlaçant ses doigts aux siens.

— C'est grâce à toi.

Il l'aida à se lever, puis il attrapa une éponge et du savon et entreprit de la laver avec une telle tendresse qu'elle en ronronnait presque de plaisir.

Jamais un homme n'avait pris soin d'elle à ce point.

Il lui lava les cuisses, puis l'entrejambe, déposant des baisers sur sa peau au fur et à mesure que l'eau chassait le savon.

Il ne s'était pas encore redressé que déjà elle sentait des étincelles de désir lui parcourir le corps.

— Tu aimes jouer, Abby ?

Un frisson de plaisir anticipé la traversa.

— Au Monopoly, par exemple ? demanda-t-elle d'un air innocent.

Reece esquissa un sourire puis l'attira à lui pour chuchoter à son oreille.

Elle eut un mouvement de surprise.

Comment leurs fantasmes pouvaient-ils se ressembler à ce point ?

— Oui, j'aime ce genre de jeux, répondit-elle, le souffle court.

— Dans ce cas, viens par là.

Il la fit venir au bord du jet, et, levant les yeux, elle remarqua les deux cravates de soie noire qui pendaient de la barre de douche.

Aussitôt, elle comprit.

— Tiens, on dirait que tu as oublié des affaires ici, plaisanta-t-elle, le cœur battant.

Déjà Reece lui saisissait un bras et attachait l'une des cravates à son poignet.

— J'espère qu'elles sont bien accrochées, dit-elle d'un air de défi lorsque ses deux mains furent attachées.

Leurs regards se croisèrent, et elle vit la lueur de désir qui animait celui de Reece.

— Ça ne te fait pas mal ? demanda-t-il en resserrant le nœud sur sa peau.

Elle agita les doigts et tira.

Elle était solidement attachée.

Une pointe d'appréhension la saisit, mais elle fut vite gagnée par la curiosité et l'excitation.

— Ça va, dit-elle, en regardant Reece faire quelques pas en arrière pour mieux la contempler.

— A présent, tu vas m'obéir, d'accord ?

— Oui, chuchota-t-elle.

— Parfait.

Le regard brûlant, Reece commença à se caresser.

Elle l'observa, fascinée, incapable de détourner les yeux.

Jamais elle n'avait vu un homme se masturber devant elle, et le désir inonda bientôt son sexe.

— Tu aimerais me voir aller jusqu'au bout, n'est-ce pas ? demanda Reece.

Elle commença à se débattre, cherchant à se libérer.

Il était loin, trop loin. Si au moins elle pouvait glisser une main entre ses cuisses et se caresser pendant qu'il continuait de se masturber !

— J'aime te regarder, mais il y a un léger problème, avoua-t-elle.

— Lequel ?

— Moi aussi, je voudrais me donner du plaisir.

— Bientôt, peut-être.

Elle fronça les sourcils.

— Peut-être ?

Reece avança jusqu'à elle et se pencha pour déposer un baiser dans son cou.

— Tu verras bien, fit-il, mystérieux.

Pourquoi n'allait-il pas plus loin ?

Il l'embrassa avec douceur, puis sa bouche descendit plus bas, déposant sur son passage une myriade de baisers aussi légers que des ailes de papillon, mais sans jamais s'attarder là où elle l'aurait tellement souhaité.

Remplaçant ses lèvres, ses doigts taquinèrent les pointes de ses seins tandis qu'elle le suppliait de la prendre.

Puis Reece descendit plus bas encore, et elle se cambra pour s'offrir à ses baisers.

Mais, hélas, il se contenta de caresser ses cuisses avec langueur, les mordillant de temps à autre.

Elle s'ouvrit à lui autant qu'elle le put, l'invitant à aller plus loin.

— Tu as envie de ma bouche sur toi, là, entre tes cuisses, Abby ?

— Oh oui ! gémit-elle.

Le désir grondait au creux de son ventre comme un ouragan prêt à se déchaîner.

— Alors, je vais exaucer tes désirs.

D'un doigt léger, il écarta ses lèvres intimes, mais plutôt que d'y poser sa bouche, il agaça son clitoris du bout de la langue, déclenchant en elle des sensations intenses, mais trop fugaces pour l'entraîner jusqu'à l'orgasme.

N'allait-il pas la prendre enfin ?

Elle poussa un cri de frustration.

— Reece, je t'en prie… Je n'en peux plus !

Il se redressa et plongea son regard lourd de désir dans le sien.

— Abby, je bande comme un fou. J'ai envie de te prendre et de te baiser là, sous l'eau, jusqu'à ce qu'on n'en puisse plus, ni toi ni moi.

Ces paroles crues l'excitèrent encore plus.

— Prends-moi, haleta-t-elle. Prends-moi comme tu veux. Vas-y !

Reece s'approcha, et déjà elle se délectait de ce qui allait suivre. Enfin, elle allait le sentir au plus profond d'elle !

Il lui sourit, et soudain, il fit la chose à laquelle elle s'attendait le moins : il lui donna une vigoureuse claque sur les fesses.

— Cesse de m'implorer ainsi ! Nous devons attendre. Voilà mes ordres, et tu as promis de m'obéir.

La sensation était cuisante sur sa peau, mais elle aurait supporté n'importe quoi — oui, n'importe quoi — pour soulager la tension sexuelle qui s'était emparée d'elle.

Ils venaient de faire l'amour, mais son corps était de nouveau en feu. Tout ce qu'elle voulait, c'était sentir le sexe de Reece en elle. Tout au fond d'elle.

Il lui caressa la fesse là où il l'avait tapée tout en effleurant ses lèvres des siennes, avant de l'embrasser avec passion. Mais il se tenait à légère distance d'elle et seules leurs bouches s'accouplaient.

— Reece, j'ai tellement envie de toi, dit-elle en interrompant leur baiser pour reprendre son souffle.

— Moi aussi, j'ai envie de toi, Abby.

Reece tendit la main vers la barre de douche et lui libéra un bras, puis l'autre.

Elle contempla ses poignets tandis qu'il fermait l'eau, puis elle le regarda, stupéfaite.

— Tu es sérieux ? Tu as vraiment l'intention de nous faire attendre ?

Il acquiesça d'un hochement de tête puis s'empara d'une serviette qu'il drapa autour d'elle.

— Oui, répondit-il en lui frottant le dos. Cela fait partie du jeu.

— Et si, moi, je ne veux pas attendre ?

— Tu as déjà accepté les règles, répondit Reece en attrapant une serviette pour lui-même. Tu sais, je suis tout aussi excité que toi. Mais parfois l'attente peut se révéler délicieuse. Tu ne m'as pas dit que nous devions rejoindre Anna et Brody pour un brunch ?

Ça, elle l'avait complètement oublié ! D'ailleurs, elle

était beaucoup trop excitée pour prendre un brunch avec leurs amis.

Elle se frotta le poignet, pensive.

En fait, cette sensation d'être liée à Reece par un désir secret était follement excitante. Jamais elle n'avait connu cela de toute sa vie.

— Ça va ? demanda Reece, l'air soudain inquiet.

— Oui, j'ai beaucoup aimé notre petit numéro, et je l'aurais volontiers prolongé, avoua-t-elle.

Dire qu'il aurait suffi d'une simple caresse pour que l'orgasme déferle sur elle ! Mais pour l'instant…

Pour l'instant, elle se demandait combien de temps cette merveilleuse sensation pouvait durer. Combien de temps ils pouvaient laisser leur plaisir en suspens avant de capituler et de s'y abandonner. De plus, elle était impatiente d'inverser les rôles et d'imposer à Reece ses propres règles du jeu.

Il dut lire dans ses pensées, car il lui adressa un sourire taquin.

Oui, cette nouvelle intimité était un des sentiments les plus sensationnels qu'il ne lui eût jamais été donné de connaître.

Alors qu'ils s'habillaient, Reece se pencha et lui planta un baiser sur les lèvres.

— Crois-moi, cela vaudra la peine d'avoir attendu.

Oh oui, elle le croyait !

Reece s'agita sur son siège.

Durant tout le brunch, il n'avait cessé de désirer Abby presque douloureusement.

Quelle partenaire excitante ! Lorsqu'il lui avait dit qu'il

voulait l'attacher et l'exciter jusqu'à ce qu'elle le supplie, elle s'était montrée aussitôt partante. Lorsqu'il lui avait expliqué qu'il tenait à ce qu'ils gardent leur désir inassouvi, elle avait tout d'abord douté qu'il soit sain d'esprit, mais finalement elle avait accédé à sa demande. Et à présent ce désir en suspens qu'ils pouvaient choisir de satisfaire ou pas semblait provoquer des étincelles entre eux.

Il avait lu plusieurs manuels d'érotisme, notamment un où l'auteur évoquait une technique de Tantra : créer une excitation qui dure des jours entiers et déclenche un orgasme inouï chez les deux partenaires.

Jusqu'à maintenant, il n'avait jamais eu envie d'expérimenter ce genre de pratique avec aucune femme, mais il s'était souvent imaginé avec Abby, faisant monter leur désir en prenant des bains coquins, en s'offrant mutuellement des massages et toutes sortes de petites caresses durant des jours entiers avant de faire l'amour.

Il s'était toujours demandé si elle apprécierait.

Aujourd'hui, il savait : Abby s'était très vite prise au jeu.

Il l'observa tandis qu'elle se frottait le poignet d'un air absent, non pas parce qu'elle souffrait d'avoir été attachée, mais parce que cette petite sorcière savait que, par ce geste, elle lui rappelait leur jeu érotique et le rendait fou.

— Bon, de toute façon…, commença Brody en s'étirant sur sa chaise, une main posée sur la nuque d'Anna.

Reece le regarda, interloqué.

Jamais il n'avait vu son ami avoir un geste aussi possessif envers une femme. D'ailleurs, il était déjà surprenant de voir Brody prendre le petit déjeuner avec une femme avec laquelle il venait de passer la nuit. Ce devait être une première. Certes, il ignorait la plupart des détails de la vie amoureuse de Brody, mais il savait que ses maîtresses se voyaient souvent remerciées dès les premières lueurs de l'aube.

Anna, elle aussi, avait l'air de bien meilleure humeur que d'habitude.

— De toute façon, poursuivit Brody, j'ai parlé à un ami de Daytona ce matin. Si tu es toujours intéressé, Reece, on peut prendre un vol dans quelques heures et faire des tests dès demain pour voir comment tu te sens.

Reece n'en revenait pas. Décidément, son ami était une mine de surprises ! Certes, il lui avait demandé d'organiser un test, mais il pensait que cela aurait lieu dans des semaines, et non dans quelques heures.

— Eh bien, c'est plutôt rapide ! s'exclama-t-il.

— Autant battre le fer tant qu'il est chaud, répondit Brody en se resservant du jus d'orange. Nous pouvons partir dès que nous voulons. Un de mes copains possède un jet privé avec pilote qu'il sera ravi de me prêter.

Reece resta interloqué. Il savait qu'il devrait se montrer plus enthousiaste, mais il resta quelques instants sans rien dire. Il aurait dû bondir sur l'occasion, mais il n'avait aucune envie d'abandonner Abby alors qu'ils venaient tout juste de se retrouver.

Quel idiot ! Il serait de retour d'ici à un jour ou deux, et Abby serait toujours là, non ? Alors, pourquoi cette hésitation ?

Brody l'observait, attendant sa réponse.

— Reece, il faut que tu te remettes à piloter avant que ton écurie se pose trop de questions à ton sujet, insista-t-il.

Abby posa sa main sur la sienne, comme pour l'encourager.

— Brody a raison, tu devrais y aller, dit-elle.

Il se tourna vers elle, et elle hocha la tête comme pour confirmer ce qu'elle venait de dire.

Etait-elle capable de le laisser partir aussi facilement ?

Et pourquoi en était-il aussi vexé ?

Après tout, depuis le début de leur liaison il n'avait fait qu'évoquer son futur départ.

— Tu devrais venir avec moi, dit-il avant même de s'en rendre compte.

Néanmoins, ce n'était pas une mauvaise idée. Tout d'abord, il se sentait beaucoup mieux quand elle était avec lui, et lorsqu'elle partageait son lit il dormait comme un bébé.

Peut-être était-ce à cause des moments torrides qu'ils avaient partagés ? Peut-être Abby avait-elle une baguette magique ? En tout cas, grâce à elle, il se sentait enfin bien. Et il avait besoin d'être détendu pour s'asseoir derrière le volant d'un bolide et pousser cet engin à une vitesse infernale, et ce pour la première fois depuis des mois.

— Je ne sais pas si je pourrai, répondit Abby en fronçant les sourcils. Le mariage de Sandra n'est que dans dix jours, et…

— Et tout est quasiment prêt, l'interrompit Anna. Tout le reste des détails, c'est la famille qui s'en charge. Sauf la décoration, mais tu n'as pas besoin de t'y atteler maintenant. J'ai déjà vérifié ton emploi du temps, et le prochain événement que tu dois superviser, c'est la soirée des chocolats de Noël, vendredi. Tu vois, tu peux bien t'accorder quelques jours de vacances. Allez, Abby, offrons-nous une petite virée avec ces messieurs !

— Vous y allez tous les deux ? demanda Reece en regardant Brody d'un air étonné.

— Oui. Anna m'a dit qu'elle avait besoin de mettre un peu de piment dans sa vie, je vais donc lui en offrir l'occasion. Elle va passer tout le mois des entraînements en ma compagnie.

Reece échangea avec Abby un regard déconcerté.

Anna avait les joues toutes rouges d'embarras, mais ses yeux brillaient de pure joie.

— J'espère que tu seras d'accord, Abby, intervint-elle. J'allais t'en informer juste avant que Brody ne me coupe l'herbe sous le pied, dit-elle en jetant un regard taquin à Brody. Le mois de janvier est toujours très calme, et, si tu veux, tu pourras t'installer dans mon appartement pendant les travaux de rénovation. Enfin, je veux dire, si tu n'es plus chez Reece après le nouvel an.

Abby hocha la tête, ignorant visiblement quoi répondre.

Reece posa une main sur la sienne et la regarda droit dans les yeux.

— J'aimerais vraiment que tu viennes avec moi, dit-il. Ça signifierait beaucoup pour moi. Mais je comprendrais si tu ne peux pas.

Abby sembla tout d'abord éberluée, mais finalement l'idée parut la séduire.

— Anna a raison, je peux fermer quelques jours. De toute façon, il ne se passe pas grand-chose durant la semaine. Je demanderai à Judy de venir s'occuper de chevaux, elle l'a déjà fait plusieurs fois.

— Alors, c'est d'accord ? Tu viens ?

— Oui. Ce sera amusant, et je serai contente d'être là pour toi.

— Super ! Je vais tout de suite prévenir le pilote, déclara Brody.

Il saisit son téléphone portable dans sa poche et se leva.

Reece se pencha pour déposer un baiser sur la joue d'Abby.

— Merci, ce sera beaucoup moins éprouvant en t'ayant avec moi.

Abby parut surprise, pourtant il disait vrai. Il commençait à éprouver pour elle des sentiments qui allaient bien au-delà du désir.

Abby Harper était différente de toutes les autres femmes qu'il avait connues, et il ne voulait pas voir s'évanouir cet amour naissant. Ce qu'il adviendrait de leur relation sur le long terme, il l'ignorait encore, mais pour l'instant il ne voulait se priver d'elle à aucun moment.

Anna les observait en souriant.

— Je suis tellement contente de vous voir réconciliés ! dit-elle.

Il se crispa.

Evidemment, Abby avait dû évoquer leur dispute devant Anna et raconter à son amie à quel point il s'était comporté comme un idiot. Certes, il était prêt à reconnaître qu'il éprouvait de sérieux sentiments pour Abby, mais de là à ce que sa meilleure amie les considère comme un couple…

Ça, ça le mettait plutôt mal à l'aise.

— Alors, tu vas vivre avec Brody durant le mois des essais ? demanda-t-il à Anna, pressé de changer de sujet.

— Oui, j'ai besoin d'un peu d'aventure, et l'occasion me paraît parfaite.

— Tu t'intéresses à la course automobile ?

— Non, pas du tout, mais je vais apprendre, dit Anna, le sourire aux lèvres, en prenant un croissant dans la corbeille.

Il aimait beaucoup Brody. C'était un bon ami et un excellent pilote. Néanmoins, il ne put s'empêcher de prévenir Anna.

— Ecoute, Anna, j'espère que tu ne te fais pas trop d'illusions. Brody est un mec super, mais… Enfin, j'imagine que tu sais déjà ce que je veux dire. Je suis étonné qu'il accorde à une femme l'insigne honneur de partager son petit déjeuner, dit-il sans ménagement.

Abby lui jeta un regard furieux, mais Anna se contenta de le fixer quelques secondes, avant d'éclater de rire.

— Merci, Reece, mais Brody m'a déjà prévenue qu'il ne cherchait pas une relation à long terme. C'est parfait, parce que, de mon côté, comme il te l'a dit, je veux juste mettre un peu de piment dans ma vie. Un mois de liaison torride, ça me suffit bien, répondit-elle.

Reece faillit en lâcher sa tasse de café.

— Eh bien, on dirait que vous vous êtes trouvés, tous les deux, concéda-t-il.

Abby était étrangement calme, concentrée sur son petit pain au lait, mais il avait l'impression d'entendre les rouages de son cerveau fonctionner à toute vitesse.

Faisait-elle des comparaisons entre leur liaison et celle de Brody et Anna ?

Pour l'heure, tout ce qui lui importait, c'était qu'elle vienne avec lui. Ils allaient passer quelques jours agréables sous le soleil de Floride, et surtout, avec un peu de chance, ils auraient l'occasion de poursuivre leurs jeux érotiques.

Curieusement, même s'il était excité à l'idée de reprendre le volant d'une voiture de course, ses petits jeux avec Abby avaient soudain plus d'attrait que tout le reste.

Chapitre 11

Abby descendit les quelques marches qui menaient au tarmac.

C'était la première fois qu'elle voyageait en jet privé. Elle avait presque oublié à quel point elle aimait la phase de décollage, la vue des paysages qui s'étendaient tandis que l'avion s'élevait dans les airs, puis la joie de poser de nouveau le pied sur la terre ferme.

Le vol avait été agréable, le temps était clair, et la soirée ne faisait que commencer.

Elle était affamée, mais aussi très excitée. Leur cabine privée dans le jet leur avaient donné, à Reece et elle, maintes occasions de jouer à leur petit jeu secret en s'accordant quelques caresses furtives ou en se chuchotant des paroles torrides.

Une fois qu'ils seraient arrivés à l'appartement que Brody possédait non loin du circuit, elle pourrait aider Reece à se détendre avant sa série de tests.

Car, désormais, leur liaison n'était plus seulement sexuelle. Depuis le brunch, Reece l'avait remerciée au moins une dizaine de fois de l'avoir accompagné, et elle était ravie que sa présence signifie tant pour lui. Cependant, elle avait pleinement conscience de la tension qu'il ressentait. Ces tests représentaient un grand défi pour lui, et à dire vrai elle était peut-être encore plus inquiète que lui.

Mieux valait ne pas se demander où tout cela allait les mener.

Un nouveau lien s'était créé entre eux, une profonde intimité qui s'était épanouie à la vitesse de l'éclair, avant même qu'ils n'aient le temps de s'en rendre compte. Comme si, après leur dispute, ils étaient devenus soudain beaucoup plus proches.

A moins qu'elle ne se fasse des idées ?

De toute façon, quels que soient les doutes qui continuaient à l'assaillir, elle savait qu'elle pouvait avoir toute confiance en Reece, et elle tenait à être avec lui, quoi que l'avenir leur réservât.

Pour l'instant, leur petit groupe était en train de traverser le terminal et se dirigeait vers l'énorme 4x4 qui les attendait — Brody avait pensé à tout —, et elle mourait d'envie d'interroger Anna sur son petit arrangement avec Brody.

Qu'était-il arrivé à son amie pour qu'elle se lance dans une telle aventure ? Elle avait peut-être le temps d'interroger discrètement Anna, non ?

Comme les deux hommes marchaient en tête, elle ralentit l'allure.

— Alors… Tu vas passer un mois avec Brody ? demanda-t-elle.

Son amie rejeta par-dessus son épaule une mèche de ses longs cheveux blond vénitien.

— Oui, je sais que cela a l'air dingue. D'ailleurs, je

voulais t'en parler la première, en privé, étant donné que nous travaillons ensemble. Mais tu as vu Brody, c'est une véritable force de la nature. Impossible de l'arrêter quand il a quelque chose en tête !

Abby esquissa un sourire.

— Oui, c'est une description qui lui convient tout à fait. Je suis certaine que tu as dû passer une nuit fantastique. Mais es-tu bien sûre de vouloir rester un mois avec lui ? C'est quand même un peu long avec une personne que tu connais à peine !

— Eh bien, je pourrai toujours rentrer plus tôt si les choses ne se passent pas comme je le souhaite. Mais, Abby, Brody est incroyable. Si le mois à venir se déroule aussi bien que la nuit que nous venons de passer, j'ai bien peur que cela ne suffise pas. Je pourrais devenir complètement accro !

Abby fronça les sourcils. Anna était quasiment comme une sœur pour elle, elle n'avait aucune envie de la voir souffrir.

— Ça, c'est un autre problème dont il faut quand même tenir compte. Tu sais, ce que Reece disait… Certains pilotes finissent par se caser, mais pas Reece ni Brody. Je n'ai pas envie de te voir le cœur brisé.

« Fais ce que je dis, mais pas ce que je fais »…

— Ne t'inquiète donc pas pour moi, répondit Anna. Je ne cherche pas une relation amoureuse. Tout ce que je veux, c'est me sentir libre quelque temps, sortir de ma routine et profiter un peu de la vie avant de me caser, comme tout le monde.

Abby hocha la tête.

Comment reprocher à Anna d'avoir envie de s'amuser

un peu ? Elle ne la comprenait que trop bien. Certes, elle aimait la vie dans leur petite ville au bord du lac et au milieu des vignobles, mais c'était une vie on ne peut plus ordinaire. Reece et Brody, eux, menaient des existences qui faisaient rêver le commun des mortels, et ce genre de vie était encore plus attirant pour Anna que pour elle.

Car si Reece et elle avaient grandi au cœur des vignobles de leurs parents qui gagnaient suffisamment d'argent pour leur offrir des études dans des collèges privés et de belles vacances, cela n'avait pas été le cas d'Anna. Ses parents avaient autrefois possédé une ferme dont les revenus étaient insuffisants pour les faire vivre correctement. Durant son enfance, Anna avait vu son père travailler très dur et mourir d'une crise cardiaque lorsqu'elle n'avait que dix ans. Ensuite, sa mère avait dû elle aussi travailler sans relâche afin de conserver leur maison, qu'elle avait fini par vendre pour s'installer dans un appartement à Ithaca. Finalement, Anna avait pu suivre de brillantes études grâce à une bourse d'Etat et à un prêt étudiant, et désormais leur situation était bien plus florissante. Ce n'était pas un hasard si elle avait décidé d'étudier la comptabilité et si elle travaillait comme une forcenée. Elle appliquait la même logique à sa vie amoureuse, et jamais elle n'épouserait un homme dont le style de vie serait trop différent du sien.

Il était donc évident que Brody ne serait qu'une aventure pour elle.

Alors qu'elles se rapprochaient du 4x4, Abby décocha un sourire de connivence à son amie.

— Sois prudente, tout de même.

— Vous avez l'air d'être arrivés à un tournant important de votre liaison, Reece et toi. Je me trompe ?

Abby poussa un soupir.

— Je n'en sais rien. L'autre nuit, c'était… Franchement je ne sais pas. Je tiens beaucoup à Reece, et je sais qu'il tient à moi, mais, pour autant que je sache, rien n'a changé. De toute façon, c'est bien pour cela que nous sommes ici, non ? Pour qu'il se donne une chance supplémentaire de partir.

Anna lui passa un bras autour des épaules.

— Ne désespère pas. Vous trouverez bien une solution.

Abby ne voulait pas songer à tout cela, et elle ne tenait pas non plus à troubler la bonne humeur ambiante. Elle se contenta donc d'acquiescer d'un hochement de tête, décidée à se concentrer sur le présent.

Inutile de gâcher ce séjour qui s'annonçait si prometteur.

Anna sourit et la serra d'un peu plus près tout en contemplant leurs compagnons.

— C'est vrai qu'ils sont plutôt mignons, nos deux pilotes, hein ? lui glissa-t-elle alors qu'elles arrivaient au 4x4.

Effectivement, le jean de Reece le moulait de façon parfaite, et Brody n'était pas mal non plus.

— Tu as raison.

Elles éclatèrent de rire, et les deux hommes les observèrent d'un air intrigué tandis qu'elles montaient en voiture.

L'appartement de Brody était spacieux, moderne, et plutôt impersonnel. A l'évidence, c'était pour lui davantage un investissement qu'un port d'attache. Il comportait trois vastes chambres à coucher, et surtout une large baie vitrée qui surplombait le circuit de Daytona.

Abby était ravie de se trouver là. Pas seulement parce qu'elle était avec Reece et Anna, mais aussi parce qu'elle n'avait jamais imaginé un complexe aussi important, et elle ne se lassait pas ce matin d'observer l'animation constante sur le circuit.

Pour l'instant, seuls quelques stands étaient occupés, et des groupes de mécaniciens s'affairaient sur la piste, mais un peu plus tôt elle avait vu un pilote s'entraîner. Le bruit et la vitesse avaient envahi l'espace, et elle avait été hypnotisée.

Pouvoir contempler des essais d'aussi près était terriblement excitant. Soudain, tout devenait beaucoup plus réel.

Dire que, d'ici peu, Reece serait lui aussi assis derrière un volant et négocierait à haute vitesse les courbes du circuit…

— Tu as l'air d'une gamine dans un magasin de bonbons, dit celui-ci, visiblement ravi de son enthousiasme, en lui posant les mains sur les épaules.

— C'est formidable, dit-elle en se blottissant contre lui. Je suis contente d'être venue.

— Moi aussi, je suis content que tu sois là, murmura-t-il.

La veille, ils étaient sortis dîner en ville avec Anna et Brody. Après la soirée au restaurant, les deux hommes avaient joué pour elles les guides touristiques.

Quelle incroyable expérience que ce dîner ! Sur les murs du restaurant s'affichaient des portraits de Brody, et ils avaient été interrompus par des fans des deux pilotes qui leur réclamaient des photos et des autographes. Les deux hommes s'étaient montrés très amicaux envers leurs supporters, et Abby avait découvert un nouvel aspect de la personnalité de Reece. Certes, elle savait qu'il était célèbre, mais elle ne s'était jamais rendu compte à quel point il était populaire dans son milieu.

Et c'était elle qui dînait et dormait avec lui !

Mais pour combien de temps ?

Bah ! Elle devait cesser de penser aux jours à venir et se concentrer sur le présent. Et le présent, c'était Reece et elle, seuls dans cet appartement, debout devant cette grande baie vitrée au bord du circuit.

— Est-ce que tu ne devrais pas être sur la piste avec Brody ? demanda-t-elle.

Elle n'avait aucune envie qu'il la laisse, mais elle était venue pour l'encourager, pas pour le distraire.

Pourtant, Reece semblait avoir tout autre chose en tête que sa séance d'entraînement. Il lui caressa les hanches, puis ses mains vinrent se poser sur ses seins.

Aussitôt une vague d'excitation la parcourut des pieds à la tête

A priori, personne ne pouvait les voir. Les personnes qui se trouvaient sur le circuit s'affairaient à leur tâche sans se soucier de ce qu'il se passait autour d'elles. Néanmoins, l'idée d'être ainsi exposée attisa son excitation.

— Tu dois aller t'entraîner, dit-elle en poussant un soupir de bien-être, alors que Reece lui mordillait le lobe de l'oreille.

— Je sais, mais j'ai besoin de dépenser un peu d'énergie avant de me retrouver en piste. Tu n'aurais pas des idées ?

Des idées pour l'aider à se dépenser ? Ça, oui, elle en avait !

— Et notre jeu ? suggéra-t-elle.

— Oui, on pourrait peut-être s'accorder un petit interlude, histoire de faire retomber un peu la pression ?

Déjà, il lui dévorait le cou de baisers et soulevait son chemisier, tout en plaquant son sexe dur contre ses fesses.

— Bonne idée, ronronna-t-elle, ravie de s'abandonner au désir qui la tenaillait sans cesse.

La nuit passée, ils s'étaient caressés et embrassés pendant des heures, et elle l'avait pris dans sa bouche, suçant son sexe avec avidité jusqu'à ce que Reece soit au bord de l'orgasme, mais il l'avait arrêtée juste avant que la vague du plaisir ne le submerge. Ils avaient continué de s'embrasser, puis ils s'étaient endormis, épuisés.

Ce jeu qu'elle avait tout d'abord trouvé frustrant se transformait peu à peu en une promesse constante de plaisir extrême.

Après que Reece lui eut retiré son chemisier et dégrafé son soutien-gorge, elle se retourna dans ses bras et attira son visage à elle pour déposer un baiser sur ses lèvres.

— Il me semble que l'un de nous a trop de vêtements sur lui, dit-elle en dégrafant sa ceinture.

La température de la pièce s'éleva soudain, et il lui fallut quelques instants pour comprendre que le bruit qui était en train de résonner était celui de son téléphone portable.

— Laisse-le sonner, suggéra Reece en lui caressant les seins.

— Non, c'est peut-être important, répondit-elle, le souffle court, en s'écartant. Laisse-moi juste regarder qui c'est.

Elle attrapa son téléphone. Comme l'écran indiquait le nom de son agent d'assurances, elle répondit aussitôt.

— Mademoiselle Harper ?

— Oui ?

Elle redoutait tellement ce que cet homme allait lui

annoncer qu'elle était incapable de prononcer un seul mot de plus.

— Excellente nouvelle ! Le second enquêteur a confirmé que l'incendie était accidentel. Nous allons donc pouvoir vous indemniser comme prévu.

Elle était si soulagée que ses mains se mirent à trembler et que les larmes lui montèrent aux yeux.

— Merci beaucoup. Je suis contente que les choses soient allées aussi vite, répondit-elle la gorge serrée.

— Je vous en prie. Nous essayons de faire tout notre possible pour satisfaire nos clients, et le coup de fil de l'ami de votre père a aidé à accélérer votre dossier. Joyeux Noël, mademoiselle Harper. N'hésitez pas à me rappeler si vous avez des questions.

Elle raccrocha et tenta de reprendre contenance avant de se retourner.

Trop tard. Reece la saisissait déjà par les épaules, l'invitant à lui faire face.

— Abby ! Qu'est-ce qu'il y a ? Que s'est-il passé ?

Elle se mordilla la lèvre inférieure puis lui raconta tout.

— Mais pourquoi ne m'en as-tu jamais parlé ? Tu as dû te faire un sang d'encre ! s'exclama-t-il en la serrant dans ses bras.

— A dire vrai, je n'ai jamais eu l'occasion de te mettre au courant. Ce n'était jamais le bon moment. Au début, j'ai eu peur que tu te décides à vendre tout de suite à Keller si jamais tu pensais que je n'avais pas les moyens suffisants pour racheter ta propriété, puis nous nous sommes disputés… puis réconciliés, et… Tout va si vite ! expliqua-t-elle, espérant qu'il comprendrait.

Reece lui souleva le menton et plongea son regard dans le sien.

— Je peux comprendre pourquoi tu as pensé cela à une certaine époque, mais j'espère qu'à présent tu as toute confiance en moi. Je ne ferai jamais rien qui puisse te blesser, Abby. Jamais.

— Je sais. En tout cas, lorsque la compagnie d'assurances m'aura indemnisée, je pourrai utiliser cet argent comme acompte pour racheter ta propriété.

Il hocha la tête.

— Rien ne me ferait plus plaisir que ce soit toi qui acquières notre domaine, mais que comptes-tu faire de ta propre propriété ?

— J'envisage de reconstruire notre maison de famille et de retourner y vivre, mais je ne reconstruirai pas les salons de dégustation. Les vôtres sont beaucoup plus beaux et spacieux. D'ailleurs, j'ai l'intention de transformer votre maison en hôtel, expliqua-t-elle en l'observant pour jauger sa réaction. Ainsi, je garderai la demeure et pourrai faire bon usage de toutes ces chambres.

— Ça, c'est une très bonne idée.

— Je suis contente qu'elle te plaise.

Déjà, elle se sentait plus légère.

— J'ai l'intention de conserver le vignoble aussi, mais je passerai sûrement à une viticulture biologique.

— Mes parents seront ravis par toutes ces bonnes nouvelles ! se réjouit Reece.

Enfin, tout s'arrangeait ! L'assurance allait bientôt la rembourser, et ce serait à elle que Reece vendrait son domaine.

Certes, sa trésorerie ne serait pas très florissante dans les années à venir, mais elle allait pouvoir conserver son héritage et celui de Reece. Tout cela en valait vraiment la peine !

— Au fait, où en étions-nous ? demanda-t-elle en glissant les mains sous son T-shirt. Il me semble que nous cherchions un moyen pour que tu sois suffisamment décontracté avant ton essai sur la piste, non ?

Déjà les yeux de Reece se faisaient lourds de désir. Mais il jeta un coup d'œil à sa montre et poussa un soupir.

— Hélas, je crois qu'il faut que j'aille retrouver Brody. Notre petit divertissement va devoir attendre.

Elle déposa un baiser sur ses lèvres, déterminée à l'aider autant qu'elle le pouvait et à apprécier au mieux les instants qu'ils partageraient.

— D'accord. On s'offrira notre petit moment torride après ton test. Ça sera notre façon de le célébrer.

Les bonnes nouvelles de l'assurance n'avaient pas diminué son anxiété concernant le test de Reece, ni la crainte qu'elle éprouvait de son départ. Après tout, c'était à cause de son avenir qu'il était ici : il tentait sa chance de renouer avec sa vie de pilote, et peu importait qu'elle-même ne fasse pas partie de cet univers.

Mais seul comptait l'instant présent, et elle décida d'oublier tout le reste alors que Reece l'embrassait avec passion avant d'aller prendre le volant d'un bolide.

Reece flatta de la main le capot de la voiture de course.

C'était une véritable splendeur, il était impatient de s'élancer sur la piste à son volant.

Les véhicules qui couraient en stock-car étaient différents des Formule 1, pas aussi bas et bien moins aérodynamiques, mais cette merveille allait lui permettre de tester ses réflexes.

Il avait déjà essayé ce circuit une fois ou deux, et il connaissait plus ou moins les lieux.

Brody avait bien fait de lui suggérer cette épreuve. Il se sentait prêt.

— Ça va ? demanda celui-ci en s'approchant et en lui tendant un casque.

— Oui, super.

— Dans ce cas, allons-y, dit Brody en lui donnant une tape sur l'épaule. Tout est prêt. Les premiers tours ne seront pas chronométrés pour que tu prennes tes marques, tu nous feras signe dès que tu seras prêt.

Reece hocha la tête, essayant de garder un air détaché.

Plusieurs journalistes avaient eu vent de son essai et avaient demandé à pouvoir y assister. Il avait accepté. C'était peut-être un peu risqué, mais il n'avait rien à perdre.

— Parfait, répondit-il en enfilant son casque.

Il ajusta le micro, le vérifia et se prépara à s'installer dans l'habitacle.

Déjà des mécaniciens l'entouraient, prêts à ajuster ses sangles de sécurité. Cependant, avant de s'asseoir au volant, il tourna la tête et jeta un coup d'œil à Abby, postée aux premières loges avec Anna et quelques badauds.

Il lui fit un petit signe de la main, et Abby lui envoya un baiser en retour.

— Tu te décides, Roméo ? plaisanta Brody.

Reece acquiesça et se glissa sur le siège.

Quelques instants plus tard, après que les mécaniciens eurent tout vérifié une dernière fois, il s'apprêtait à s'élancer.

Désormais, la balle était dans son camp.

Soudain, le monde autour de lui n'exista plus. Seules comptaient la voiture et la piste qui se dessinait devant lui.

Une sensation proche de l'excitation sexuelle s'empara de lui. Il fit rugir son moteur.

Il se concentra sur son premier tour, l'abordant tout d'abord avec prudence, histoire de s'habituer à la voiture.

— Dieu que c'est bon de se retrouver là, dit-il dans le micro.

— Oui, ça a l'air de te plaire, confirma Brody.

Terminant son premier tour de piste, il accéléra, faisant grimper le régime du moteur à 7000 tours par minute, puis 9000, et il aborda le virage suivant avec aisance.

Piloter, c'était ce qu'il aimait le plus au monde.

Il fit quelques tours supplémentaires puis signala à l'équipe qu'il était prêt à se faire chronométrer.

Quelques instants plus tard, il s'élançait pour de bon, poussant la vitesse au maximum, testant la voiture, ses réflexes, ses muscles.

Tout semblait fonctionner à la perfection, et il s'arrêta quelques minutes plus tard, écoutant le temps qu'on lui indiquait par radio.

— Je peux faire mieux, dit-il, autant pour lui que pour l'équipe qui l'écoutait dans le stand.

Cette fois, il donna tout ce qu'il pouvait, et le moteur vrombit de plus belle.

C'était si bon d'être de nouveau au volant d'un tel bolide !

Il accéléra encore un peu, entama le dernier virage, et retint un juron en sentant la douleur l'envahir de la cheville au genou.

L'espace d'un instant il perdit sa concentration, et la voiture zigzagua sur la piste. Puis il reprit le contrôle en essayant d'ignorer sa douleur, tandis qu'une sueur glacée lui glissait le long du dos.

— Pas encore, grommela-t-il dans le micro, alors que Brody l'enjoignait de s'arrêter. Je fais un tour de plus.

Il fit un autre tour et réalisa un bon temps, mais moins rapide que ce qu'il avait espéré.

Néanmoins, cette fois, il devait s'arrêter, car la douleur était si forte qu'il ne sentait plus la pédale d'accélérateur.

La frustration était plus pénible encore que la douleur, admit-il en dégrafant sa ceinture de sécurité.

Les mécaniciens l'aidèrent à s'extraire de l'habitable, mais à peine eut-il posé pied à terre que sa jambe gauche vacilla.

Par chance, il s'en rendit compte assez vite et s'appuya nonchalamment sur le capot pour s'épargner une humiliation publique. Mais cette faiblesse n'avait pas échappé au regard acéré de Brody, qui s'empressa de distraire les hommes qui les entouraient.

Abby l'avait vue également. Elle était pâle comme un linge et le regardait d'un air inquiet.

Une seconde plus tard, néanmoins, elle se jetait dans ses bras.

— Tu as été génial ! s'exclama-t-elle avec enthousiasme.

Pourtant, elle tremblait de la tête aux pieds.

— Pourquoi pleures-tu ? demanda-t-il.

— Je suis si contente pour toi ! Quand tu es parti en zigzag, j'ai eu tellement peur. Mais tu as tout de suite repris le contrôle. C'était fantastique, continua-t-elle en le serrant très fort.

— C'est ma jambe qui m'a trahi. J'aurais pu faire beaucoup mieux !

Voilà, il avait effectué son test. Mais, même si son temps de course était honorable, tout le monde allait se focaliser sur cet incident qui lui avait fait perdre le contrôle à peine une seconde. Hélas, cette erreur serait suffisante pour convaincre les sponsors de ne pas miser sur lui.

— C'était tout de même plutôt bon, avant ça, l'interrompit Brody. Qu'est-ce qu'il s'est passé ?

— Mes broches me faisaient tellement souffrir que je n'ai pas pu accélérer autant que je voulais, et j'ai perdu un instant ma concentration, avoua Reece.

Sa jambe le faisait moins souffrir maintenant qu'il était sorti de l'habitacle, mais elle le tiraillait toujours.

— Mais tu as réussi à contrôler la voiture, et ton chrono était bon. Cela dit, les Formule 1 sont différentes et beaucoup plus lourdes à piloter que ces machines-là, dit Brody en se frottant la nuque.

A l'évidence, il ne savait pas trop que penser.

— Peut-être que si tu t'accordais encore quelques mois de repos et de rééducation, tu serais en meilleure forme pour la prochaine saison ?

— Je ne peux pas faire cela, Brody, et tu le sais, le

coupa Reece. On verra bien si ce test les convainc ou non, ajouta-t-il en serrant la main de son ami pour le remercier.

Hélas, il savait que l'épreuve ne s'était pas déroulée aussi bien qu'il l'avait espéré. Pas assez en tout cas pour que des sponsors soient prêts à risquer des millions de dollars sur lui.

Quoi qu'il en soit, il avait enfin passé ce test, et il allait fêter cela avec Abby, comme promis.

— Anna et moi, nous avons des plans pour ce soir. Ça ne vous fait rien de rester seuls ? demanda Brody un peu plus tard, alors que leur petit groupe quittait le circuit.

— Non, ne t'inquiète pas. Amusez-vous bien. On repart de bonne heure, demain ?

— Oui, j'ai prévu un vol assez tôt dans la matinée.

Une fois arrivés au parking, ils se séparèrent.

— Alors, tu veux sortir pour célébrer le fait que je n'ai pas tout foiré ? demanda Reece avec un humour qu'il n'était pas certain d'éprouver.

Abby lui caressa la joue.

— Tu as fait bien mieux que cela. Tu n'as eu qu'une légère défaillance, et on voit des pilotes en pleine forme faire bien pire. Alors, oui, nous devrions fêter cela.

Sentant sa gorge se serrer, il l'attira contre lui. Pour chasser tous les doutes qui montaient en lui, il s'empara de sa bouche et se laissa envahir par les merveilleuses sensations qu'elle lui offrait. Il aurait voulu que cet instant dure à jamais.

Soudain, il comprit ce qui était en train de lui arriver : il aimait Abby !

Cela faisait des jours et des jours qu'il bataillait ferme

contre ses sentiments. Comme il était bon de les accepter enfin !

Il ignorait encore si sa passion pour la Formule 1 pourrait laisser une place pour l'amour dans sa vie, mais il était impatient de le découvrir.

Chapitre 12

De retour à l'appartement, Abby constata avec soulagement que ses mains ne tremblaient plus.

Elle ne s'était pas rendu compte à quel point elle était inquiète pour Reece jusqu'à ce qu'il prenne le volant. Quand il avait entamé ses premiers tours de piste dans cette voiture bleue couverte de logos, elle avait commencé à se détendre, et l'avait même encouragé, jusqu'à ce terrible instant où il avait semblé perdre le contrôle de son véhicule.

Alors, elle avait poussé un cri d'effroi, et la vérité lui était apparue en lettres de feu.

Non, Reece n'allait pas mourir sous ses yeux ! Jamais elle ne pourrait vivre sans lui. Elle l'aimait.

C'était peut-être une erreur, mais elle l'avait compris au plus profond de son âme à l'instant même où la voiture avait commencé à déraper sur la piste.

Elle ne pouvait supporter l'idée de perdre Reece, ni qu'il soit de nouveau blessé.

Perdue dans ses pensées, elle pénétra dans l'appartement et se dirigea vers la chambre dans l'idée de se rafraîchir un peu, et peut-être de faire une petite sieste, lorsqu'elle vit plusieurs paquets joliment emballés posés sur le lit.

— Qu'est-ce que c'est que tout ça ? demanda-t-elle à Reece.

— C'est pour toi, ouvre-les. Tiens, commence par celui-là, dit-il en lui tendant une grande boîte plate.

— Mais… Ce n'est pas encore Noël, et je ne t'ai rien acheté, remarqua-t-elle.

— Ouvre-le, Abby.

Elle reposa la boîte sur le lit, et obtempéra, découvrant la plus magnifique robe de soie vert émeraude qu'elle eût jamais vue. C'était une splendide création au bustier légèrement décolleté et retenu par de fines bretelles spaghettis, qui marquait la taille puis s'évasait en corolle autour des jambes.

— Reece, elle est superbe…

Elle retint son souffle en remarquant le nom du couturier sur l'étiquette.

— Oh ! Non, je ne peux pas accepter, c'est beaucoup trop.

— Abby, dès que je l'ai vue en vitrine hier, j'ai su que cette merveille était faite pour toi. En plus, il fait assez chaud ce soir pour que tu puisses la porter.

— Tu veux dire… maintenant ?

— Rappelle-toi que nous avons prévu de sortir ce soir. C'est comme… notre premier rendez-vous.

— Oh ! Reece, je suis tellement…

Elle ne parvenait plus à trouver ses mots. Les émotions se bousculaient en elle sans qu'elle puisse les analyser. Qu'est-ce que tout cela signifiait ?

— Ouvre les autres boîtes, suggéra Reece.

— C'est beaucoup trop, Reece ! La robe est amplement suffisante.

— Et comment comptes-tu la porter ? Pieds nus, ou avec tes bottes ? plaisanta Reece.

Elle adorait les chaussures, et Reece avait raison, il lui en fallait bien une paire adéquate avec cette merveilleuse robe.

Remarquant qu'une des boîtes avait la taille parfaite pour contenir une paire de souliers, elle l'ouvrit.

Lorsqu'elle en sortit les sublimes sandales aux talons vertigineux, elle eut un sourire extasié.

— J'ai l'impression de vivre un rêve !

— J'ai hâte de voir ça sur toi, dit Reece, malicieux, en lui tendant une autre boîte.

A l'évidence, il prenait autant de plaisir à la voir ouvrir les paquets qu'elle en avait à les déballer.

Cette fois, le paquet contenait une boîte de cuir sur laquelle était inscrit « *Vilaine* ».

Elle retira le couvercle de la boîte et découvrit une paire de menottes dorées.

Son cœur se mit à battre la chamade.

— J'aimerais que tu les portes ce soir, dit Reece. Enfin, un peu plus tard, évidemment, corrigea-t-il.

Elle leva les yeux vers lui.

— Avec plaisir.

Sur le couvercle de la dernière boîte était inscrit : « *Gentille* ».

Elle esquissa un sourire.

— C'est un cadeau aussi sexy que l'autre ?

— Ouvre-le, et tu verras.

Cette fois, son cadeau était un petit flacon d'huile

de massage parfumée à la cannelle. Lisant sur le flacon qu'elle était comestible, elle esquissa un sourire, ouvrit la bouteille et en fit couler une goutte sur son doigt. Puis, d'un air mutin, elle porta son doigt à sa bouche tout en regardant Reece dans les yeux.

— Hmm. Je suis sûre que nous allons nous régaler, « plus tard ».

Mais il y avait encore autre chose dans la boîte.

Elle renversa le petit étui de satin noir, et une longue chaîne en argent lui tomba dans la main. Lorsqu'elle la souleva, les doigts tremblants, une émeraude taillée en forme de larme brilla de tous ses feux sous ses yeux ébahis.

— Elle est magnifique, mais je ne peux absolument pas l'accepter, Reece !

Il la prit dans ses bras et lui donna un baiser passionné.

— S'il te plaît, porte-la pour moi, dit-il enfin. Je veux te voir dans cette robe avec ce bijou autour du cou, et lorsque nous rentrerons ce sera à mon tour de te déballer comme un cadeau.

Quand Abby et lui étaient entrés dans le restaurant, Reece avait éprouvé une énorme vague de fierté. Tous les hommes avaient les yeux rivés sur sa compagne et l'enviaient. A présent, ils étaient assis à une table dans un coin discret, entourés de magnifiques bougainvilliers et de palmiers.

Oui, Abby était sublime dans cette robe. L'émeraude s'accordait à merveille à ses yeux, et il sentait son sexe durcir chaque fois qu'il pensait à l'usage qu'ils feraient ce soir de l'autre cadeau.

Il savait qu'il jouait avec le feu, car il se passerait des heures avant qu'ils retournent à l'appartement et qu'il puisse faire l'amour avec Abby comme il en rêvait.

— Tu veux danser ? proposa-t-il alors que l'orchestre entamait un slow.

Comme elle lui souriait sans répondre, il se leva et s'inclina devant elle.

— Danse avec moi, Abby, demanda-t-il, ému comme un adolescent pour son premier slow.

Il avait envie de tout partager avec elle.

Pourtant, d'ici peu, il retournerait en Europe. Quel dilemme !

Abby mit sa main dans la sienne, et lorsqu'ils se retrouvèrent sur la piste de danse, au milieu des autres couples qui dansaient sous les décorations de Noël de la salle, il eut l'impression de vivre un fantasme.

Ils s'abandonnèrent à une version jazzy de *Have Yourself a Merry Little Christmas.*

Sa robe n'était qu'une mince barrière entre eux, et les pointes de ses seins se dressaient sous la soie.

Il serra Abby contre lui, lui faisant sentir à quel point il était excité. Puis, se mouvant au rythme de la musique, il frotta le torse contre ses seins.

— Reece, gémit-elle, en enfouissant son visage au creux de son épaule, comme si déjà son désir était trop fort.

Tout en se penchant pour l'embrasser dans le cou, il lui caressa les seins de plus belle.

Elle jouit dans ses bras tandis qu'ils dansaient, au milieu de cette foule d'inconnus. Il captura son petit cri de plaisir d'un baiser, la musique dissimulant leur petit jeu.

C'était le moment le plus sexy de toute sa vie.

Abby leva vers lui un regard chaviré, et il remarqua ses joues empourprées.

— Reece, c'était…

— Merci, ma chérie, murmura-t-il en se penchant pour l'embrasser de nouveau.

Jamais il n'oublierait cette journée.

Son test sur la piste était plutôt bon, même s'il avait eu cette petite défaillance. Mais c'était surtout la présence d'Abby qui avait de l'importance à ses yeux.

C'était incroyable. Elle avait beau savoir qu'il retournerait bientôt à sa vie de pilote, elle se réjouissait de chaque moment passé avec lui et le soutenait de tout son cœur !

Avec elle, il se sentait capable d'accomplir des exploits. Il l'aimait, et il tenait à ce qu'elle fasse désormais partie de sa vie. Oui, il voulait tout : les courses en Formule 1 et Abby.

Il n'avait même pas remarqué que la musique s'était arrêtée jusqu'à ce que les applaudissements le tirent de sa rêverie.

— C'était une soirée magnifique, dit Abby, mais si nous rentrions, à présent ? J'ai envie d'aller au lit avec toi.

Sa demande attisa son désir et il acquiesça d'un hochement de tête.

Abby était le seul cadeau de Noël dont il rêvait.

Le visage entre les cuisses d'Abby, Reece se régalait de ses gémissements de plaisir.

Abby était la femme la plus sexy qu'il n'ait jamais rencontrée, en particulier à cet instant, quand elle enfouissait les doigts dans ses cheveux pour le diriger là où sa langue et ses lèvres lui faisaient le plus d'effet.

Il la prit dans ses bras, toute languide de ses baisers intimes, et l'allongea sur le lit. Avec une lenteur extrême, il lui retira ses sandales à talons, embrassant ses chevilles et lui massant les pieds avec délicatesse, avant de se lever pour retirer ses propres vêtements et la rejoindre sur le lit.

— Ne dis rien, demanda Abby en lui posant un doigt sur les lèvres. Fais-moi juste l'amour, d'accord ?

Obtempérant volontiers, il s'allongea en silence sur elle avant de la pénétrer. Leurs corps ondulèrent en rythme, et leur patience des derniers jours fut récompensée par une série de puissants orgasmes, tous plus fabuleux les uns que les autres, qui les laissèrent haletants.

— Je t'aime, Abby, déclara-t-il quand il eut repris son souffle.

Elle l'observa d'un air intrigué durant quelques secondes.

— Moi aussi, je t'aime, Reece, répondit-elle enfin.

Une immense onde de joie déferla en lui.

— En fait, je t'ai toujours aimée, mais il m'a fallu une éternité pour le comprendre, expliqua-t-il en se penchant pour l'embrasser. Je t'en prie, viens avec moi en France.

Sa question resta suspendue dans l'obscurité, et il sut, avant même qu'elle ne la formule, quelle allait être la réponse d'Abby.

— Je ne peux pas, Reece… Et tu le sais. Bien sûr, je pourrai venir te voir de temps à autre, mais je ne peux pas abandonner le vignoble.

— Bien sûr que si. On doit faire en sorte que notre histoire marche.

Ils s'écartèrent l'un de l'autre et se firent face, chacun appuyé sur son oreiller.

Il fallait absolument qu'il parvienne à la convaincre.

— Reece, tu te souviens quand tu m'as expliqué que piloter était une vraie passion pour toi ?

— Oui.

— C'est ce que je ressens envers les vignobles, expliqua-t-elle. J'aime vivre là-bas. C'est chez moi, et il est important pour moi de préserver mon héritage pour lequel j'éprouve une véritable passion. Mes parents m'ont confié cette affaire qu'ils ont passé leur vie à construire. Je ne peux pas abandonner tout cela.

— Mais... Il doit bien y avoir une solution. Tu pourrais embaucher un directeur, nous reviendrions aussi souvent que nous en aurions envie..., commença-t-il.

— Et qu'est-ce que je ferais en Europe ? l'interrompit Abby. Je passerais mon temps à te suivre sur les circuits, les uns après les autres ? Même si j'adorerais être avec toi, ce n'est pas la vie que j'ai envie de mener. Et puis... je ne sais pas si j'en serais capable. C'était très difficile de te regarder piloter, tout à l'heure. J'étais fière de toi, heureuse pour toi, mais si jamais quelque chose de grave t'arrivait de nouveau... Non, je ne pourrais pas.

Il l'attira à lui, désireux de lui cacher à quel point il était déçu.

Pourtant, elle avait raison. Il ne pouvait lui demander un tel sacrifice.

— Tu as raison, c'est égoïste de ma part de te demander de tout quitter pour moi, et je suppose qu'il est temps que j'affronte la réalité. Mon écurie ne va pas me reprendre.

Brody avait raison : peut-être qu'en attendant la saison suivante… Mais peut-être pas. Comment savoir ? En fait, tout ce qu'il m'arrive signifie sûrement qu'il est temps pour moi de passer à autre chose.

— Qu'est-ce que tu veux dire ?

— Que je reste, Abby. Je veux être avec toi, et aujourd'hui j'ai compris que tu es tout ce qui m'importe.

Comme elle ne disait rien, il lui souleva le menton d'un doigt.

— Eh bien ? Je pensais que tu serais contente d'entendre cela.

— C'est le cas, répondit-elle en plantant son regard dans le sien, mais je ne veux surtout pas que tu abandonnes tes rêves pour moi.

— En fait, je crois qu'il est temps pour moi de m'attaquer à un nouveau rêve. Un rêve que nous puissions partager, si tu le veux aussi ?

Cette fois, elle sourit et tendit le cou pour l'embrasser. Il se laissa emporter par la passion, repoussant ses doutes. Il aimait Abby, et il venait de prendre la bonne décision. En tout cas il l'espérait.

Chapitre 13

Abby eut un instant de panique en prenant conscience qu'une odeur de fumée emplissait l'air.

Elle se précipita hors de la cuisine en direction de l'odeur et découvrit Reece derrière la grange.

Il avait allumé un feu et installé un arsenal qui maintenait un tonneau neuf en place.

— Je me demandais ce que tu faisais, dit-elle.

Depuis leur retour de Daytona la veille, Reece avait passé presque tout son temps là, et elle avait été trop occupée pour s'enquérir de ce qu'il fabriquait.

— C'est un fût, expliqua-t-il.

— Je vois bien. Je savais que ton père fabriquait ses propres tonneaux, mais j'ignorais que tu en faisais autant.

— Ce n'est pas le cas, précisa Reece en se penchant pour l'embrasser. Mon père a toujours essayé de m'y initier, mais ça ne m'intéressait pas. J'avais oublié qu'il avait un atelier dans cette grange. J'essayais de voir ce dont je pouvais me souvenir.

Il vérifia le baril fumant suspendu au-dessus du brasero.

— C'est mon premier, on va voir ce que cela donne.

— Eh bien ! Je suis impressionnée. Tu es un homme aux talents multiples, répondit-elle en se haussant sur la pointe des pieds pour l'embrasser de nouveau.

Elle huma la fumée qui embrasait l'air autour d'eux.

Comme elle aimait cette odeur ! Les délicieux arômes de bois fumé s'accorderaient à la perfection avec les vins qui se bonifieraient dans ce tonneau pendant des années.

Quoi qu'il en soit, et quel que fût le plaisir que Reece semblait prendre à retrouver les gestes de son père, quelque chose avait changé, elle l'avait senti dès les premières heures de leur retour.

Oui, depuis que Reece lui avait dit qu'il restait, elle savait. C'était ce qu'elle voulait. Elle l'aimait, et, plus que tout, elle désirait le voir vivre ici.

Mais une légère tension subsistait entre eux, et, même si elle trouvait qu'il était bon pour Reece de renouer avec ses traditions familiales, elle savait bien que la viticulture n'avait jamais été sa passion.

Sa passion, c'était de piloter des voitures de course, et il était en train d'y renoncer pour elle.

Elle avait donc décidé de passer plusieurs coups de téléphone, dont un à Joe, l'homme avec lequel elle avait entendu Reece discuter.

Son numéro était noté dans un carnet à côté du téléphone de Reece. Elle l'avait donc appelé pour découvrir quelles étaient les chances de Reece de courir de nouveau en Formule 1.

Son écurie l'avait-elle définitivement écarté des circuits ? lui avait-elle demandé.

En fait, il n'en était rien, bien au contraire. Les nouvelles du test de Reece s'étaient répandues dans les médias, et ses supporters se réjouissaient déjà de son retour en course. Les sponsors étaient au courant de tout cet emballement et voulaient qu'il passe des tests en Europe en Formule 1 afin de voir de quoi il était capable. Son écurie voulait le revoir très vite, et Joe était d'ailleurs sur le point de l'appeler lorsqu'elle avait pris le taureau par les cornes et devancé cet appel.

La gorge serrée, elle s'écarta légèrement de Reece.

— J'ai quelque chose à t'apprendre, dit-elle d'une voix qu'elle aurait voulue normale.

Son cœur battait la chamade, mais elle savait que c'était la meilleure chose à faire. Elle l'aimait, et son amour impliquait que Reece ne renonce pas à ses rêves pour elle.

— Ça ne peut pas attendre ? protesta Reece en se penchant pour lui voler un autre baiser.

Elle planta les ongles dans ses épaules afin qu'il écoute ce que Joe lui avait révélé durant leur conversation téléphonique.

Toutes sortes d'émotions se peignirent alors sur le visage de Reece, de la confusion à l'incrédulité jusqu'à l'excitation.

Finalement, il secoua la tête et la serra dans ses bras.

— Je ne parviens pas à croire que tu aies fait cela pour moi, s'étonna-t-il.

— Je n'ai rien fait de spécial. De toute façon, ils allaient t'appeler. Maintenant, tu sais que tu dois partir, Reece. Il le faut. Il est hors de question que tu restes ici et laisses tout tomber.

Il ne répondit rien, mais elle vit la lueur d'espoir dans son regard.

— Mais alors, que faisons-nous ? demanda-t-il enfin, d'une voix émue. Je ne veux pas te perdre.

— Je crois que le mieux est d'attendre et de voir comment les choses se passeront. On pourra toujours se rendre visite, et on discutera au téléphone autant qu'on voudra.

Mais comment pourraient-ils maintenir une telle relation à distance ? Leur amour serait-il plus fort que la passion de Reece pour la Formule 1 ?

— On verra bien d'ici un an ou deux où nous en sommes, poursuivit-elle. Il sera toujours temps de prendre d'autres décisions, tu ne crois pas ?

Pourvu que sa voix ne trahisse pas son désespoir !

Reece tenait Abby serrée contre lui, la tête dans les nuages. Confus, il ne savait quoi répondre à sa question.

Les managers de son écurie attendaient son retour. Quelle nouvelle formidable !

Mais il allait être sur le circuit durant des mois. Or il voulait passer ses jours et ses nuits avec Abby.

La plupart des familles des pilotes restaient à leur domicile, surtout lorsque les enfants étaient scolarisés. Quelques-unes des épouses voyageaient avec leurs maris, mais très peu. De toute façon, ces couples vivaient ensemble depuis de longues années et avaient déjà fondé une famille.

Ce qu'il vivait avec Abby était peut-être trop récent pour supporter ce genre de séparation. Qu'allait-il advenir de leur couple ?

Il lui souleva le menton et se pencha pour l'embrasser.

— Abby, ma chérie, je t'en prie, ne pleure pas.

— Je ne peux pas m'en empêcher. Nous nous aimons,

mais je ne vois vraiment pas comment trouver une solution à tout cela, dit-elle d'une voix étranglée. Je le voudrais tant, mais…

Il la tint serrée dans ses bras, incapable de supporter qu'elle souffre à cause de lui.

Alors, la solution s'imposa dans son esprit.

Non, leur histoire ne se terminerait pas. Il allait retourner en Europe, et il ignorait de quoi son avenir professionnel serait fait, mais il était certain de deux choses : il voulait s'accorder la chance de piloter de nouveau, et il ne voulait pas perdre Abby.

La solution était donc on ne peut plus claire.

— Abby ? demanda-t-il, le cœur battant à tout rompre.

— Oui ?

— Est-ce que tu veux m'épouser ?

Deux jours avant Noël, Abby était plongée jusqu'au cou dans le satin et les fleurs.

Elle avait travaillé sans relâche pour s'assurer que tout serait parfait. La décoration du grand salon était terminée, et tout était prêt pour la réception du mariage. Les pièces avaient un air féerique. Un feu brûlait dans la cheminée. Les tables étaient dressées avec de la fine porcelaine de Chine blanche, le cristal des verres brillait de mille feux, et des bouquets de houx et de poinsettias mêlés de roses blanches décoraient chaque table. Des bouteilles des deux vignobles, Maple Hills et Winston, pour lesquelles elle avait fait fabriquer des étiquettes à l'effigie du jeune couple et mentionnant la date du mariage, trônaient sur les tables. Chaque invité s'en verrait offrir une en souvenir.

Des décorations de Noël étaient accrochées aux plafonds du salon de réception et de l'entrée.

C'était Reece qui l'avait aidée à les mettre en place avant son départ. Il n'y avait que quatre jours qu'il était parti, mais elle avait l'horrible impression que cela faisait une éternité !

L'orchestre choisi par les futurs mariés commençait à s'installer. Les seuls éléments manquants au décor étaient la mariée et son époux, qui semblaient prendre tout leur temps pour arriver.

Pour patienter, les demoiselles d'honneur et certains des garçons d'honneur, très élégants dans leurs smokings, admiraient la décoration tout en picorant des amuse-gueules.

En regardant les demoiselles d'honneur vêtues de leurs élégantes robes en satin rouge, elle songea un instant à la magnifique robe de soie qu'il lui avait offerte.

La robe était beaucoup trop légère pour la porter sous ce climat, même à l'intérieur. Aujourd'hui, elle avait revêtu une robe stricte en lainage noir.

Levant la main, elle effleura l'émeraude qui reposait à la base de son cou et qu'elle n'avait pas retirée un seul instant depuis que Reece la lui avait passée, ce soir-là, en Floride.

La gorge serrée, elle tenta de refouler les émotions qui l'assaillaient depuis que Reece s'était envolé pour la France.

Elle avait beau se trouver dans une pièce bondée, elle se sentait désespérément seule.

Pourtant, il devait partir. Ses sponsors attendaient son retour. Ils ne lui avaient fait aucune promesse, mais au moins lui offraient-ils une chance. C'était exactement ce que Brody avait prédit : dans ce milieu, tout le monde aimait les come-back.

Elle refusait de se mettre en travers de sa carrière, comme elle le lui avait fait comprendre en refusant sa demande en mariage. C'était la chose la plus difficile qu'elle n'eût jamais eue à faire.

Reece ne s'était pas fâché, il l'avait seulement avertie qu'il ne cesserait de renouveler sa demande.

Oh ! il le ferait sûrement, au moins durant un certain temps. Puis sa carrière de pilote reprendrait le dessus, et il comprendrait qu'ils avaient fait le bon choix. Peut-être dans quelques années les choses seraient-elles différentes ?

Mais comment le croire ? Tant d'événements pouvaient survenir d'ici là.

Pour couronner le tout, Anna n'était plus là, elle filait le parfait amour avec Brody en Floride. Son amie lui avait proposé de revenir, au moins pour l'aider quelque temps, mais elle l'avait déchargée de ses responsabilités.

Finalement, elle était contente d'être submergée de travail, cela l'empêchait de trop réfléchir. Le chagrin aurait bien le temps de s'abattre sur elle après le mariage de Sandra, lorsqu'elle fermerait l'établissement jusqu'au nouvel an.

Que ferait-elle d'ici là ? Et avec qui passerait-elle les fêtes de fin d'année ? Elle ne pouvait même pas faire des plans pour la reconstruction des bâtiments, étant donné que la plupart des entreprises fermaient entre Noël et le 1er janvier.

Au moins, elle avait Beau et Buttercup…

Reece lui avait demandé de venir passer Noël avec lui en France, et elle avait été tentée. Elle ne connaissait pas le pays. Mais finalement cela ne ferait que rendre les choses encore plus difficiles entre eux, non ? Si elle partait le retrouver là-bas, elle ne serait peut-être plus jamais capable de le quitter.

Le problème était que, malgré l'amour qu'ils partageaient, leurs passions respectives prenaient le pas sur tout.

Qui changerait d'avis le premier ? Qui abandonnerait ce qu'il aimait pour l'autre ? Et quelle base serait-ce pour un mariage ? D'ailleurs, comment pouvaient-ils envisager de se marier alors qu'ils n'étaient amants que depuis un mois, à peine ?

Si elle continuait à réfléchir ainsi, elle allait devenir folle ! La situation était à l'encontre de toute logique. Pourtant, Reece Winston était l'homme de sa vie.

Elle fut soudain tirée de ses rêveries par la vague d'applaudissements qui éclatait autour d'elle.

Des cris et des sifflements accueillaient le jeune couple, et elle se joignit aux applaudissements.

Sandra était magnifique.

Alors que la fête commençait, Abby se mêla aux employés du traiteur et surveilla le bon déroulement des opérations.

Voir Sandra et son mari si heureux la plongeait dans le doute.

Avait-elle fait le mauvais choix ?

Mais que pouvait-il y avoir de plus important que d'encourager Reece alors qu'il faisait son retour en Formule 1 ? Il ne serait pilote que durant quelques années. Ensuite, ils pourraient ouvrir leur établissement vinicole où bon leur semblerait.

Mais diriger le vignoble familial était ce dont elle avait

toujours rêvé, non ? Elle avait tant d'idées pour faire revivre cet endroit, et, de plus, elle devait être là pendant la reconstruction…

Elle ne savait plus que penser. Elle avait le cœur lourd, et elle était épuisée.

Les heures s'écoulaient, et la fête battait toujours son plein, mais elle n'avait plus rien à y faire. Elle avait besoin d'être seule et de réfléchir.

Alors qu'elle se dirigeait vers la maison, elle vit des phares briller dans la nuit.

Une voiture venait de s'engager dans l'allée. S'agissait-il d'un retardataire à la fête ?

Quand la voiture s'approcha, elle poussa un cri de joie en reconnaissant le conducteur. Elle se précipita alors que les portières s'ouvraient.

— Maman ! Papa ! Je suis si contente de vous voir !

Elle se jeta dans les bras de ses parents et fondit en larmes.

Reece s'adossa à son siège et, pensif, jeta un coup d'œil par la fenêtre de la salle de conférences à la neige qui tombait sur Paris.

Les sponsors voulaient qu'il revienne. Il aurait dû en être plus que ravi.

Même si le jeune pilote qui avait été approché par son écurie avait bien failli prendre sa place, les médias avaient largement relayé son test en Floride, ainsi que les quelques courtes interviews qu'il avait accordées aux journalistes présents à Daytona. En France et aux Etats-Unis, ses supporters s'activaient sur les forums du web et les divers blogs consacrés à la Formule 1, et ils insistaient pour qu'il revienne. L'enthousiasme était impressionnant, il avait parfois même du mal à croire que le ciel lui accordât une telle chance.

Il était assis autour d'une table avec son manager, le propriétaire de la voiture, le représentant des sponsors et Dieu savait encore qui. Ils n'avaient cessé de discuter de nouvelles méthodes d'acupuncture, avaient insisté pour engager un préparateur physique qui ne s'occuperait que de lui. Oui, ils semblaient prêts à tout pour qu'il reprenne le volant et gagne de nouvelles courses.

C'était ce qu'il voulait, lui aussi, non ?

Mais alors, pourquoi ne cessait-il de penser à Abby et à ce qu'elle pouvait être en train de faire ?

Le mariage de Sandra avait lieu aujourd'hui, elle devait être si occupée qu'elle n'avait sûrement même pas le temps de penser à lui. Il lui avait envoyé un e-mail, et laissé un message sur son répondeur un peu plus tôt, mais elle n'avait pas répondu.

Il avait encore du mal à croire qu'elle eût téléphoné à Joe. Certes, son retour en Formule 1 ne dépendait pas d'elle, mais qu'elle eût voulu l'aider à ce point, qu'elle eût fait passer ses rêves en premier, cela l'impressionnait, et il ne l'en aimait que plus.

Il ignorait comment il allait s'y prendre, mais il était hors de question qu'il la perde. Elle avait refusé sa demande en mariage, et même si elle avait dû en souffrir terriblement, il fallait admettre qu'elle avait fait le bon choix. C'était beaucoup trop tôt, et peut-être sa demande n'était-elle pas fondée sur de bonnes raisons.

En fait, il avait désespérément cherché un moyen de faire durer leur couple, car Abby était la femme de sa vie.

Peut-être que la prochaine fois elle accepterait sa demande en mariage ? Ou la fois d'après ?

Il le lui demanderait jusqu'à ce qu'elle dise oui.

— Reece, est-ce que tu penses pouvoir te rendre en Italie dans deux jours ? Tu vas pouvoir commencer à t'entraîner. Nous te voulons en pleine forme aussi vite que possible, déclara son manager.

Reece appréciait beaucoup Tony, mais il le soupçonnait de penser plus aux résultats financiers de son écurie qu'à autre chose. En fait, pour tous les gens qui se trouvaient dans cette pièce, il n'était pas une personne, un être humain, mais un investissement. Un pilote qui gagnait des courses et qui leur rapportait beaucoup, beaucoup d'argent. Il les avait suffisamment écoutés discuter des différentes responsabilités, de combien ils perdraient s'il avait un nouvel accident, et des risques vis-à-vis des assurances si quiconque pensait qu'il n'était pas complètement prêt pour piloter.

Il l'était. Malgré ce léger problème à Daytona, il savait qu'il pouvait de nouveau remporter des victoires. Non, il ne redoutait plus de prendre le volant.

Mais si jamais le pire arrivait ?

La voiture et tous les problèmes administratifs ne lui importaient guère, et il n'avait pas non plus peur de mourir en course, mais il redoutait de ne plus jamais revoir Abby.

Pourrait-il vivre sans elle ?

Non.

— Reece ? insista Tony d'un air irrité. J'espère que tu

seras un peu plus concentré quand tu auras le volant entre les mains !

Il y eut quelques rires et commentaires à son sujet, et Reece esquissa un sourire.

Il avait du mal à croire à ce qu'il s'apprêtait à faire.

— Après-demain ? Le jour de Noël ? demanda-t-il.

Il y eut des regards gênés autour de la table

— C'est Noël ? Et alors ? Il faut que tu te remettes à piloter aussi vite que possible, et au moins huit heures par jour, si on veut que ça marche. Les médecins vont tout faire pour que tu sois en forme, mais il faudra que tu signes un contrat t'engageant à suivre l'entraînement et un régime à la lettre.

Il contempla la neige qui tombait au-dehors, songeant à maintes choses qui n'avaient rien à voir avec la Formule 1, comme le délicieux rôti de porc qu'Abby lui avait concocté là-bas, chez eux.

Il avait prévu de lui demander de lui en cuisiner un si elle venait à Paris, mais, à l'évidence, un tel plat ne ferait pas partie de son régime. Il voulait l'inviter à venir lui rendre visite la semaine suivante, mais, d'après Tony, il serait sur le circuit durant des heures et des heures, tous les jours.

Non, il ne pouvait pas demander à Abby de faire un tel effort. Il était hors de question qu'elle abandonne tout et traverse l'océan pour s'adapter à un emploi du temps complètement dingue qui ne leur laisserait que quelques heures grappillées ici ou là.

C'était bien à cause de la vie folle qu'il menait qu'il ne s'était jamais engagé dans une relation jusque-là.

— Reece, qu'est-ce que…, commença Tony.

— Désolé, Tony, mais cette semaine, c'est impossible. J'ai déjà des choses prévues pour Noël.

Finalement, c'était plus facile qu'il ne l'aurait cru. Abby lui avait offert la chance de pouvoir accomplir ses rêves, et c'était bien ce qu'il allait faire.

— Tu… *Quoi ?* croassa Tony.

— Ecoutez, je vous remercie tous de votre offre, c'était exactement ce dont je rêvais. Mais je dois rentrer chez moi pour Noël.

— Chez toi ? Mais c'est ici, chez toi ! s'écria Tony. Au sein de l'écurie.

Au moment où il allait torpiller sa carrière, Reece se sentit incroyablement léger.

— Non. Chez moi, c'est là où se trouve Abby.

— Qu'est-ce qui vous a poussés à revenir ? demanda Abby, enroulée dans une couverture sur laquelle elle percevait l'odeur de Reece, tout en buvant une tasse de chocolat chaud avec ses parents à cette heure tardive de la nuit.

Sa mère et son père échangèrent un regard coupable.

Elle leur jeta un coup d'œil par-dessus sa tasse.

— Dites-moi.

— Eh bien, ma chérie, à dire vrai, Anna nous a téléphoné.

Abby poussa un soupir.

— Je suis désolée. Elle n'aurait pas dû vous inquiéter. Tout va bien.

Sa mère la regarda droit dans les yeux, et Abby eut tout à coup l'impression d'avoir de nouveau dix ans.

— Elle nous a dit que Reece t'avait demandée en mariage.

Abby poussa un nouveau soupir et ferma les yeux, imaginant déjà le savon qu'elle allait passer à Anna la prochaine fois qu'elle la verrait.

— Nous ignorions que Reece et toi étiez en couple, et à quel point c'était sérieux, dit son père.

— Nous… C'est compliqué. Reece a sa vie et moi la mienne, et les deux ne sont pas vraiment compatibles.

— Comment cela ?

— Eh bien, Reece doit vivre en Europe pour ses courses de Formule 1, et moi je dois être ici pour tout reconstruire et gérer le vignoble.

— Mais est-ce ce que tu veux vraiment, ma chérie ? demanda sa mère comme si elle voyait clair en elle. Vu la façon dont tu t'es mise à pleurer tout à l'heure, il est évident que tu es profondément malheureuse sans Reece. Alors, comment se fait-il que tu ne passes pas Noël avec lui en France, avec une magnifique bague de fiançailles au doigt ?

Abby ouvrit la bouche et resta un instant sans rien dire.

— Maman, dit-elle enfin, j'aime vivre ici. Et j'ai des responsabilités, et…

— Tout cela ressemble plutôt à des excuses qu'à des raisons, l'interrompit son père.

— Attends ! s'exclama-t-elle en levant une main pour qu'il l'écoute. Vous savez très bien le travail que le vignoble implique, et c'est encore plus difficile à cause de l'incendie et de tout ce qu'il y a à réorganiser. Je dois être ici, un point c'est tout. De toute façon…

Elle ne termina pas sa phrase.

— De toute façon, quoi ? insista son père.

— Je ne sais pas. En fait, durant quelques instants,

Reece a perdu le contrôle de son véhicule sur le circuit de Daytona.

— Oui, nous l'avons vu à la télévision. Mais il s'est vite repris, n'est-ce pas ?

— Je sais, mais il m'a fichu une peur bleue. Et si jamais il n'était pas parvenu à redresser la voiture ? S'il était mort là, juste devant moi ? Jamais je n'aurais pu le supporter.

— Tu préférerais que cela arrive quand tu n'es pas avec lui ? rétorqua sa mère. Que tu ne sois pas la dernière personne qu'il ait vue avant d'entamer sa course ? La femme avec laquelle il se réveille chaque matin ? Je suis désolée d'être aussi brutale, ma chérie, mais ton père et moi avons vu tant de misère et de vie brisées ces derniers mois que je peux te dire une chose : tu ne peux pas éviter le destin. Si jamais Reece devait mourir en course, est-ce que cela allégerait ta peine de ne pas avoir été avec lui ? Préférerais-tu ne pas l'avoir épousé et ne pas avoir passé autant de temps que possible avec lui ?

Abby resta bouche bée, ne trouvant rien à répondre.

Imaginer un seul instant que Reece ait un nouvel accident, qu'il soit blessé ou pire, tout en sachant qu'elle avait refusé d'être avec lui, de l'épouser. Qu'elle l'avait laissé partir…

Et qu'en serait-il lors de ses victoires ? Quand il aurait envie de fêter ses trophées ? Ne voulait-elle pas partager avec lui le meilleur et le pire ?

Sa mère venait de l'aider à le comprendre

— Oh ! maman, tu as raison, murmura-t-elle alors qu'une nouvelle vague de larmes affleurait à ses paupières.

— Je sais, ma chérie. Parfois, on a besoin qu'une autre personne nous mette les points sur les « i ».

— Mais si je pars, qu'adviendra-t-il de notre propriété ? Le vignoble, les bâtiments à reconstruire ?

— Tu vois qu'Anna a bien fait de nous appeler. Elle nous a donné une bonne excuse pour rentrer.

— Elle… Quoi ? Je croyais que vous aimiez voyager aux quatre coins du monde. Et toutes ces causes dont vous vous êtes occupés ?

— Oh ! ne te méprends pas, nous avons aimé chacun de nos séjours. Mais nous avons aussi compris combien cette terre nous est précieuse. Cela fait déjà un bon moment que nous avons quitté la région, et nous avions envie de revenir nous occuper du vignoble. Mais nous ne voulions pas que tu penses que nous tentions de te reprendre ce que nous t'avions légué, ni que tu croies que nous ne te jugions pas à la hauteur de nos espérances. Lorsque Anna nous a téléphoné, nous avons compris que c'était le bon moment pour revenir. Aussi bien pour nous que pour toi.

— Vous voulez recommencer à gérer le vignoble ?

— Oui, et grâce à nos placements et à l'argent que la compagnie d'assurances va nous rembourser, nous pourrons racheter le domaine de Reece, au lieu que ce soit toi qui t'en charges et que tu te retrouves le cœur brisé en deux.

Sa mère secoua la tête.

— Vraiment, Abby, je pensais que nous t'avions mieux appris à équilibrer ta vie.

Abby ne put s'empêcher de sourire.

— Anna vous a vraiment tout raconté, n'est-ce pas ?

— Oui.

— Rappelez-moi de la remercier.

Ses parents eurent un large sourire.

Comme elle était soulagée de se savoir aussi bien comprise !

— Nous le ferons, dit son père, mais pour l'instant tu dois te préparer.

— Me préparer ? Pour quoi faire ?

Ses parents échangèrent un regard complice, et son père lui tendit une enveloppe entourée d'un joli ruban rouge.

— Voici ton cadeau de Noël, ma chérie : un billet d'avion pour Paris. Ton vol part demain matin, dépêche-toi d'aller préparer tes valises !

Reece tourna dans l'allée et se gara à côté d'un véhicule inconnu.

Apparemment, les invités de la noce n'étaient pas tous partis.

C'était le matin de Noël, et il avait réussi à rentrer chez lui juste à temps. Il était impatient de se glisser dans sa chambre et de réveiller Abby. Il avait l'intention de lui faire l'amour jusqu'à ce qu'elle accepte la bague de fiançailles qu'il avait dans sa poche.

Oui, telle était sa mission du jour.

Il grimpa les marches du porche puis se retourna et contempla les terres enneigées qui s'étendaient le long du domaine.

L'ambiance de Noël flottait dans l'air. Les guirlandes électriques des sapins de la cour clignotaient joyeusement comme pour fêter son retour.

Jusqu'à présent, il n'avait jamais vraiment compris pourquoi les gens se réjouissaient autant de cette période, mais aujourd'hui il ressentait lui aussi cette joie. La magie de Noël opérait sur lui, et ce, grâce à Abby.

Entendant la porte s'ouvrir derrière lui, il se retourna vivement, s'attendant à voir Abby.

Mais c'était un homme âgé qui lui faisait face.

— Euh… Bonjour, dit-il en observant l'homme dont les traits lui semblaient vaguement familiers. Je suis Reece Winston, j'habite ici, et…

— Oh ! je sais qui vous êtes, répondit l'homme en riant.

Soudain une femme apparut à son côté et le dévisagea d'un air étonné.

Il fit de même et se mit à rire, comprenant enfin à qui il avait affaire.

— Monsieur et madame Harper ! Quelle surprise !

Oui, ça, c'était une surprise ! Et les moments passionnés qu'il comptait vivre avec Abby devraient sûrement attendre un peu.

— Je suis ravi de vous voir ici pour Noël. Mais dites-moi, où est Abby ?

Passer sa journée de Noël à l'aéroport international d'Hancock n'était pas exactement ce qu'Abby avait prévu, mais son vol était en retard à cause du mauvais temps, et elle ne pouvait donc que patienter.

Elle mourait d'envie de téléphoner à Reece pour l'avertir de sa venue… Mais, dans ce cas, ce ne serait plus une surprise.

Enfin, comme il l'avait invitée à venir passer du temps à Paris avec lui, elle espérait qu'il serait content de la voir.

Elle se leva pour laisser son siège à une jeune mère qui tenait un bébé dans les bras et alla vérifier le tableau annonçant les horaires d'embarquement, au cas où le retard prévu aurait un peu diminué.

De toute façon, elle était incapable de rester assise. Non seulement elle avait à peine dormi, mais elle était surexcitée de partir à Paris.

Autour d'elle, l'aéroport était bondé de voyageurs. Les enfants s'endormaient sur leurs sièges et les parents semblaient épuisés.

Elle passa devant un distributeur de friandises, y choisit une barre chocolatée puis se dirigea vers le Starbucks pour s'octroyer une nouvelle double dose d'expresso.

Son téléphone portable sonna et elle contempla l'écran.

Reece.

Elle répondit, le cœur battant.

Etait-ce la caféine qui faisait trembler ses mains, ou l'impatience de le revoir ?

— Abby, c'est Reece.

Elle rit.

— Je sais.

— Ecoute, je voulais te prévenir que j'avais changé mes plans et que je ne pourrais pas t'accueillir en France cette semaine.

Elle resta bouche bée.

— Pardon ?

— Oui, je sais que tu avais sûrement prévu de venir, mais je dois partir en voyage, et je ne voulais pas que tu arrives à Paris pour découvrir que je n'étais plus là.

Son cœur se serra. Elle contempla les voyageurs qui s'agitaient soudain et se dirigeaient vers les guichets d'embarquement.

L'heure du départ était enfin arrivée.

Elle prit une profonde inspiration.

— Où vas-tu ? demanda-t-elle, déterminée à passer cette semaine avec lui. Dis-le-moi, et j'irai changer mon billet pour te retrouver là-bas, où que tu sois.

— Tu es sûre que c'est ce que tu veux ?

— Oui. J'ai tant de choses à te dire, mon chéri, et… Je veux passer Noël avec toi et te raconter tout ce qui est arrivé ces dernières vingt-quatre heures. Peu importe où tu es, j'ai juste envie d'être avec toi.

— Je suis impatient, dit-il.

Mais, cette fois, le son de sa voix ne venait plus du téléphone, mais juste de derrière elle.

Elle se retourna et se retrouva nez à nez avec Reece.

Le cri qu'elle laissa échapper retentit dans le hall. Elle se jeta dans ses bras, manquant de les faire tomber tous les deux, jusqu'à ce qu'il reprenne son équilibre et la repose à terre.

Ils ne prononcèrent pas un seul mot avant de s'être embrassés avec passion.

— Bonjour, ma chérie.

— Mais… quand es-tu rentré ? Et comment savais-tu… ?

Il sourit.

— Je ne savais rien. Je suis arrivé à la maison, et tes parents m'ont dit que tu t'apprêtais à embarquer pour Paris. Je crois que j'ai battu mes records de vitesse, tant je ne voulais pas te rater.

— Tu veux dire que… tu étais chez nous ? demanda-t-elle, commençant à comprendre.

— Oui, je suis de retour. Je ne voulais passer ni Noël ni le reste de ma vie sans toi.

Stupéfaite par le nouveau cours des événements, elle restait bouche bée.

— Respire, ma chérie, dit Reece en l'embrassant de nouveau.

Elle se demandait si elle était en train de rêver, mais il l'assura du contraire.

— A Paris, tout s'est déroulé comme je l'espérais, expliqua-t-il, mais soudain cela n'avait plus aucune importance à mes yeux. C'était comme une révélation pour moi. Mon écurie m'offrait tout ce que je désirais, mais je ne pensais qu'à toi. Je voulais être avec toi et me réveiller avec toi le matin de Noël, et tous les autres matins de ma vie. Je t'aime, Abby, ajouta-t-il d'une voix lourde d'émotion. Alors, si tu veux de moi…

— Moi aussi, je t'aime, Reece. Et passer Noël au lit me semble une excellente idée, chuchota-t-elle en se blottissant entre ses bras.

Epilogue

Abby s'affairait en cuisine pour préparer à Reece un magnifique dîner d'anniversaire.

Ils prenaient si souvent leurs repas au restaurant lorsqu'ils étaient sur la route avec la nouvelle équipe de pilotes qu'elle voulait lui concocter quelque chose de spécial.

Ses parents étaient partis en vacances à Talence, dans la demeure de Reece, les laissant seuls au domaine pour s'occuper des vignobles et fêter leur premier anniversaire en tête à tête.

Un anniversaire qu'ils pourraient bien célébrer dans leur magnifique salle de bains, songea-t-elle, un sourire aux lèvres.

Elle aimait cette maison, ainsi que leur nouvelle vie qui les amenait à se déplacer de circuit en circuit dans tous les Etats-Unis, et à revenir pour travailler aux vignobles entre deux courses.

Reece et Brody étaient maintenant copropriétaires d'une nouvelle écurie de course, et ils étaient la plupart du temps très entourés, mais ce soir elle voulait son mari pour elle toute seule.

Brody leur avait promis de s'occuper de tout pendant qu'ils s'accordaient une semaine de vacances pour leur premier anniversaire.

Elle se tourna vers la fenêtre et admira la campagne environnante enneigée, radieuse sous le ciel lumineux.

Elle adorait la période de Noël, même si elle était heureuse de s'être mariée au beau milieu de l'été — les vignobles étaient splendides à cette époque, et la cérémonie avait eu lieu au cœur du domaine de leurs ancêtres, face à cette vue magnifique sur le lac.

Elle avait une surprise pour son mari, qui n'avait cessé de la taquiner depuis une semaine, ne lui accordant ses faveurs qu'avec parcimonie afin de la maintenir dans un état d'excitation totale.

Ce soir, elle avait bien l'intention de le faire craquer.

Elle vérifia une dernière fois que le dîner était prêt, et jeta un coup d'œil au gâteau préféré de Reece, mis au frais dans le frigo.

Elle pouvait partir le rejoindre.

Retirant tous ses vêtements, elle attrapa le tablier de cuisine à l'imprimé à pois dans lequel Reece l'avait surprise lors de leur première soirée, et elle l'enfila sur son corps nu. Puis elle mit son manteau et se dirigea vers l'atelier où Reece avait pris le relais de son père pour fabriquer des tonneaux dans lesquels leurs vins se bonifiaient.

Elle pénétra dans l'atelier et attendit quelques instants que Reece ait terminé ce qu'il était en train de faire.

Quelques secondes plus tard, il levait les yeux vers elle.

— Salut, dit-il en retirant ses lunettes de protection et

en se dirigeant vers l'évier, où il retira ses gants et se lava les mains avant de venir l'embrasser.

— Ça fait longtemps que tu es là ? demanda-t-il.

— Juste une minute. Le dîner est presque prêt.

— Nous avons quelques instants ?

— Bien sûr.

— Dis-moi, il ne fait pas un peu trop chaud pour porter un manteau ? plaisanta-t-il en contemplant ses jambes nues

Elle lui sourit d'un air malicieux.

— Je ne crois pas que tu aurais aimé me voir sortir de la maison en ne portant que cela, dit-elle en retirant son manteau.

Aussitôt, elle vit le désir se peindre dans ses yeux.

— Tu es ravissante… Mais, avant tout, j'ai un cadeau d'anniversaire pour toi.

— Ah oui ? Qu'est-ce que c'est ?

— Oh ! il peut attendre, finalement, répondit-il en se penchant pour l'embrasser.

Elle l'interrompit en lui donnant de petits coups taquins sur le torse.

— Trop tard ! Tu m'as mis l'eau à la bouche. J'ai envie de le déballer tout de suite.

— D'accord, petite sorcière, viens avec moi, répondit-il en l'entraînant dans un coin de l'atelier.

Il ouvrit une bouteille, saisit deux verres sur l'étagère et y versa le vin, qu'il huma et goûta avant de l'inviter à faire de même.

— Il est parfait, tout comme toi, dit-il en jouant avec la lanière du tablier nouée dans son cou.

Elle avala une gorgée du vin et eut un petit geste

d'appréciation pendant que les saveurs se répandaient dans sa bouche.

C'était un vin riche et fruité, à l'arôme quasiment sensuel, et elle en but une nouvelle gorgée alors que Reece dénouait complètement son tablier.

— Je ne crois pas avoir jamais goûté un vin aussi complexe. Comment as-tu réussi à obtenir des notes à la fois aussi douces et intenses ?

— J'ai fait plusieurs essais en mélangeant nos deux cépages. Ce vin, ma chérie, c'est le nôtre. Comme tes parents l'ont fait avant nous, je lui ai donné un nom qui nous ressemble et qui raconte notre histoire. Joyeux anniversaire, mon amour !

— Oh ! Reece, quelle délicate attention ! Comment l'as-tu appelé ?

Reece posa son verre et l'attira contre lui tandis que son tablier glissait à terre.

— *Noël au fond du lit*, répondit-il.

Elle lui sourit et se laissa emporter par ses baisers.

Reece avait raison. Ce vin était parfait, tout comme leur vie, désormais.

Composé et édité par HARLEQUIN

Achevé d'imprimer en Italie (Milan)
par Rotolito Lombarda
en octobre 2015

Dépôt légal en novembre 2015

Pour l'éditeur, le principe est d'utiliser des papiers composés de fibres naturelles, renouvelables, recyclables, et fabriquées à partir de bois issus de forêts qui adoptent un système d'aménagement durable. En outre, l'éditeur attend de ses fournisseurs de papier qu'ils s'inscrivent dans une démarche de certification environnementale reconnue.